QUE MA JOIE DEMEURE

Paru au Livre de Poche :

COLLINE

JEAN LE BLEU

REGAIN

UN DE BAUMUGNES

JEAN GIONO

Que ma joie demeure

ROMAN

GRASSET

ISBN : 978-2-253-00522-3 – 1re publication LGF

A Élise Giono
dont la pureté m'aide à vivre.

I

C'était une nuit extraordinaire.

Il y avait eu du vent, il avait cessé, et les étoiles avaient éclaté comme de l'herbe. Elles étaient en touffes avec des racines d'or, épanouies, enfoncées dans les ténèbres et qui soulevaient des mottes luisantes de nuit.

Jourdan ne pouvait pas dormir. Il se tournait, il se retournait.

« Il fait un clair de toute beauté », se disait-il.

Il n'avait jamais vu ça.

Le ciel tremblait comme un ciel de métal. On ne savait pas de quoi puisque tout était immobile, même le plus petit pompon d'osier. Ça n'était pas le vent. C'était tout simplement le ciel qui descendait jusqu'à toucher la terre, racler les plaines, frapper les montagnes et faire sonner les corridors des forêts. Après, il remontait au fond des hauteurs.

Jourdan essaya de réveiller sa femme.

« Tu dors ?
— Oui.
— Mais tu réponds ?
— Non.
— Tu as vu la nuit ?
— Non.
— Il fait un clair superbe. »

Elle resta sans répondre et fit aller un gros soupir,

un claqué des lèvres et puis un mouvement d'épaules comme une qui se défait d'un fardeau.

« Tu sais à quoi je pense ?

— Non.

— J'ai envie d'aller labourer entre les amandiers.

— Oui.

— La pièce, là, devant le portail.

— Oui.

— En direction de Fra-Josépine.

— Oh ! oui », dit-elle.

Elle bougea encore deux ou trois fois ses épaules et finalement elle se coucha en plein sur le ventre, le visage dans l'oreiller.

« Mais, je veux dire maintenant », dit Jourdan.

Il se leva. Le parquet était froid, le pantalon de velours glacé. Il y avait des éclats de nuit partout dans la chambre. Dehors on voyait presque comme en plein jour le plateau et la forêt Grémone. Les étoiles s'éparpillaient partout.

Jourdan descendit à l'étable. Le cheval dormait debout.

« Ah ! dit-il, toi tu sais, au moins. Voilà que tu n'as pas osé te coucher. »

Il ouvrit le grand vantail. Il donnait directement sur le large du champ. Quand on avait vu la lumière de la nuit, comme ça, sans vitre entre elle et les yeux, on connaissait tout d'un coup la pureté, on s'apercevait que la lumière du fanal, avec son pétrole, était sale, et qu'elle vivait avec du sang charbonné.

Pas de lune, oh ! pas de lune. Mais on était comme dessous des braises, malgré ce début d'hiver et le froid. Le ciel sentait la cendre. C'est l'odeur des écorces d'amandiers et de la forêt sèche.

Jourdan pensa qu'il était temps de se servir du brabant neuf. La charrue avait encore les muscles tout bleus de la dernière foire, elle sentait le magasin du marchand mais elle avait l'air volonteuse. C'était l'occasion ou jamais. Le cheval s'était réveillé. Il était venu jusque près de la porte pour regarder.

Il y a sur la terre de beaux moments bien tranquilles.

« Si vraiment je l'attends parce qu'il doit venir, se dit Jourdan, il arrivera par une nuit comme celle-là. »

Il avait enfoncé le tranchant du coutre au commencement du champ, en tournant le dos à la ferme de Fra-Josépine et en direction de la forêt Grémone. Il aimait mieux labourer dans ce sens parce qu'il recevait en plein nez l'odeur des arbres. C'est le cheval qui, de lui-même, s'était placé de ce côté.

Il y avait tant de lumière qu'on voyait le monde dans sa vraie vérité, non plus décharné de jour mais engraissé d'ombre et d'une couleur bien plus fine. L'œil s'en réjouissait. L'apparence des choses n'avait plus de cruauté mais tout racontait une histoire, tout parlait doucement aux sens. La forêt là-bas était couchée dans le tiède des combes comme une grosse pintade aux plumes luisantes.

« Et, se dit Jourdan, j'aimerais bien qu'il me trouve en train de labourer. »

Depuis longtemps il attendait la venue d'un homme. Il ne savait pas qui. Il ne savait pas d'où il viendrait. Il ne savait pas s'il viendrait. Il le désirait seulement. C'est comme ça que parfois les choses se font et l'espérance humaine est un tel miracle qu'il ne faut pas s'étonner si parfois elle s'allume dans une tête sans savoir ni pourquoi ni comment.

Le tout c'est qu'après elle continue à soulever la vie avec ses grandes ailes de velours.

« Moi, je crois qu'il viendra », se dit Jourdan.

Et puis, c'est bien vrai, la nuit était extraordinaire. Tout pouvait arriver dans une nuit pareille. Nous aurions beau temps que l'homme vienne.

La vie des plateaux est dure, dure. Peu d'avoine, peu de blé, de la terre à l'œuf, tantôt rouge, tantôt jaune, tantôt pâle mais jamais noire, jamais grasse, fuyant le doigt, avec une fourniture inhumaine, des herbes qui servent à qui sait qui ? Non, à vrai dire la vie des plateaux est une dureté.

Il était arrivé ici avec Marthe. Il s'attendait bien à

du travail. Il avait fait le tour de tout le premier jour, et puis vu, et puis tâté, le vent et tout, la terre, la feuille, la paille et le clapotis du soleil qui, à ce moment-là, se balançait dans les feuillages du verger. Et il avait dit : ça s'appellera « La Jourdane ». Ça pour se donner du cœur. Tout le temps il faut s'aider soi-même.

Il n'était plus jeune à ce moment-là. Depuis ça faisait onze ans.

Il fit tourner sa bête, il souleva la charrue. Il enfonça le couteau.

« Ah ! Coquet, dit-il, marche que ça va aller à la descente. »

Il tournait le dos à la forêt.

Et puis, la vie, la vie et la vie. Pas malheureux, pas heureux, la vie. Des fois il se disait... Mais tout de suite, au même moment, il voyait le plateau, et le ciel couché sur tout et loin, là-bas loin à travers les arbres, la respiration bleue des vallées profondes, et loin autour il imaginait le monde rouant comme un paon, avec ses mers, ses rivières, ses fleuves et ses montagnes. Et alors, il s'arrêtait dans sa pensée consolante qui était de se dire : santé, calme, « la Jourdanne », rien ne fait mal, ni à droite ni à gauche pas de désir. Il s'arrêtait, car il ne pouvait plus se dire : pas de désir. Et le désir est un feu ; et santé calme, et tout brûlait dans ce feu, et il ne restait plus que ce feu. Les hommes, au fond, ça n'a pas été fait pour s'engraisser à l'auge, mais ça a été fait pour maigrir dans les chemins, traverser des arbres et des arbres, sans jamais revoir les mêmes ; s'en aller dans sa curiosité, connaître.

— C'est ça, connaître.

Et des fois, il se regardait devant la glace. Il se voyait avec sa barbe rousse, son front taché de son, ses cheveux presque blancs, son gros nez épais et il se disait : « A ton âge ! »

Mais le désir est le désir.

Il était arrivé au bout du champ. Le cheval tourna

tout seul et recommença à marcher vers la forêt. Ils étaient tous les deux à leur réflexion.

Alors, voilà : ça va durer, et puis la vieillesse, et puis la mort.

Un jour, il est allé à la foire de Roume, de l'autre côté de la forêt Grémone. Il y a de ça cinq ans. Il faisait un froid ! Il avait rencontré oncle Silve des Fauconnières, et puis deux autres, un qui était marchand de chevaux et un taillandier avec un éventaire sur le champ de foire. Ils vont boire le coup. Plus par nécessité que par gourmandise. Le froid serrait. Ils se mettent à la table tous les quatre : Jourdan et Silve qui viennent du plateau, le maquignon et le taillandier qui viennent du delà des collines. On se fait faire le vin chaud, on bourre les pipes, on parle. Tant qu'on attend le vin et qu'on a encore le froid qui racle les os, on parle bien comme il faut parce qu'on a envie de quelque chose de simple et qu'on va avoir. Une fois ce désir calmé, voilà les autres désirs qui viennent.

Ils étaient restés tous les quatre sans plus rien dire, à fumer les pipes et à regarder autour de soi ; mauvais remède. Puis Jourdan avait vu les yeux de Silve et puis les yeux du maquignon, et puis ceux du taillandier. Il s'était dit : « Si j'ai aussi les yeux comme ça, nous devons être jolis tous les quatre. » Mais dans le café, il y avait encore quatre ou cinq tablées et des gaies.

Jourdan chercha le regard de ces hommes qui paraissaient en meilleur équilibre. Et alors il s'aperçut que, dès qu'ils s'arrêtaient de rire, ils avaient le même souci au fond de l'œil. Plus que du souci, de la peur. Plus que de la peur, du rien. Un endroit où il n'y avait plus ni souci ni peur ; les bœufs quand ils ont le joug.

« Oh ! se dit-il, c'est une maladie de la terre, comme la maladie des plâtriers dont les doigts tombent ; la maladie des tanneurs qui vomissent leurs poumons ; la maladie des mineurs qui viennent aveugles ; la maladie des imprimeurs dont les boyaux se nouent ; la maladie des cordonniers, des bouchers, des charretiers, des terrassiers, des maçons, des forgerons, des menuisiers, des marins, des vachers, des flotteurs de bois. Une de ces maladies que donne le travail. Le cœur mourait. »

Le taillandier regarda à travers les vitres du café. On voyait la rue...

« Voilà Marion », dit-il.

C'était celle qui tenait la mercerie de la place aux œufs. Une vieille en tablier noir, caraco noir, fichu noir. Elle marchait en faisant des gestes comme pour expliquer quelque chose à l'air devant elle. Elle était soûle.

« Ça fait longtemps qu'elle boit.
— Elle buvait avant la mort de son homme.
— Et avant la mort de sa fille.
— Je te crois, et pendant qu'elle gardait le petit.
— Il est devenu quoi ?
— Ah ! dit le taillandier.

« Il est allé loin, dit-il.
— Delà des mers ?
— Sûr, et delà du reste aussi.
— Il était doux.
— Delà de bien des choses, dit le taillandier. On m'a dit... »

Il s'approcha des trois autres et ils avancèrent la tête pour écouter.

« Il soigne les lépreux.
— Les lépreux ?
— Oui.
— Où ?
— Où il y en a.
— Ça ! » dit le maquignon.

Oncle Silve regarda Jourdan.

« Et, dit le maquignon, il a appris la médecine :
— C'est plutôt d'autres soins, dit le taillandier. Tu sais ce que c'est, toi, des lépreux ?
— Guère, dit le maquignon.
— La médecine y fait zéro, dit le taillandier. C'est une maladie qui te fait pourrir. Pourrir en poussière, il paraît. Le vent t'arrache. Tu perds tes doigts, tu

perds tes bras. Petit à petit, je veux dire. Tu te sens aller vers rien. Et ça se donne. »

Oncle Silve regardait toujours Jourdan.

« Oui », dit Jourdan.

Il ne répondait pas au taillandier. Depuis un moment il lui semblait qu'il entendait chanter une flûte.

Il retourna à la ferme au moment où le soir tombait, et malgré le froid il prit par le long chemin qui fait le tour de la forêt. Il avait besoin de marcher. Il se sentait aller comme dans la danse. Et l'air de flûte était toujours là avec de plus en plus de la précision, et parfois ça montait aigu jusqu'au tonnerre du ciel, et d'autres fois ça redescendait sur la terre et ça s'étendait en musique comme un large pays avec des ondulations de collines et des serpentements de ruisseau.

« La joie peut demeurer », se dit Jourdan.

« Seulement, se dit-il, il faudrait que celui-là vienne. »

Il ne pensait pas à ce petit-fils de Marion, à celui-là du delà des mers. Non. Il pensait à un autre, n'importe lequel, il ne savait pas, mais quelqu'un. Il lui avait suffi de savoir que des hommes existaient qui avaient des mains soignantes et qui n'avaient pas peur des grosses maladies qui se donnent.

Un de ceux-là. Voilà ce qu'il fallait. Un homme avec un cœur bien verdoyant.

Et rien que de savoir que celui-là existe on entend le chant de la flûte et l'espoir vous porte même dans les longs chemins qui font le tour des forêts.

Ils s'étaient arrêtés depuis un moment, Jourdan et le cheval, sans se rendre compte. Le temps ne presse pas. Espérer fait peut-être vivre.

Maintenant, les étoiles étaient dans toute leur violence. Il y en avait de si bien écrasées qu'elles égouttaient de longues gouttes d'or. On voyait les immenses distances du ciel.

Il pouvait être à ce moment-là trois heures du matin.

Il finit son sillon. C'était le quatrième. Il tourna

13

encore une fois le dos à la forêt et il commença à descendre le cinquième en direction de la ferme Fra-Josépine. Il n'y avait rien de changé. Le cheval marchait pareil. Jourdan marchait pareil, l'herbe craquait pareil. Ni les bruits, ni l'odeur, ni la nuit dorée.

Pourtant, il y avait quelque chose. Jourdan la sentait dans son dos. Il n'osait pas regarder. Plus il se forçait pour résister à l'envie de tourner la tête, plus il sentait qu'il fallait tourner la tête. Non. Il poussa le cheval.

Déjà, il y avait quelque chose de changé : le froussement plus rapide de la terre fendue par le coutre et le fer du cheval qui tinta contre la chaîne de ridelle.

Au bout du sillon il se dit : « Maintenant, regarde ! »

Le champ montait jusque vers la forêt, mais là-haut il était arrêté net contre la nuit. Juste sur la ligne on voyait le corps d'un homme. C'était un homme parce qu'il était planté, les jambes écartées et, entre ses jambes, on voyait la nuit et une étoile.

« Monte, cheval », dit Jourdan ; puis à lui-même : « Et il me trouvera en train de labourer... »

L'homme l'attendait.

« Salut, dit-il.

— Salut, dit Jourdan.

— Le temps presse ?

— Le temps ne presse pas, dit Jourdan. Tout vient.

— Et à son heure, dit l'homme.

— C'est mon avis », dit Jourdan.

Puis il abandonna les mancherons de la charrue et il laissa retomber ses bras le long de lui.

« Tu as du tabac ? »

Jourdan se fouilla et donna sa blague.

« Je n'ai pas fumé depuis Roume, dit l'homme, mais dans la forêt valait mieux pas. Les chênes sont secs.

— Il n'a pas plu depuis Toussaint, dit Jourdan.

— Le pays sent bon, dit l'homme.

— C'est la première fois que tu y viens ?

— C'est la première fois qu'il est devant moi. Une saison j'ai fait la vallée de l'Ouvèze. »

(Et il traça dans la nuit une ligne avec son doigt du côté de l'est) « et une autre saison le maquis dans les collines bleues » — il montra le nord.

« J'étais à côté, aujourd'hui, j'entre. »

Il se détourna à contre-vent pour allumer sa pipe et Jourdan ne put pas voir son visage. Il connut seulement les épaules de l'homme. Une bonne grosseur et qui faisaient bien barrière au vent.

« Je t'ai vu labourer, dit-il. Je me suis dit : « Mais il « laboure ! » Alors je suis venu voir.

— Oui, dit Jourdan, ça n'est pas le besoin. La nuit donnait envie.

— C'est quel tabac ? dit l'homme en goûtant la pipe.

— Du gris.

— Mais tu l'as mis dans du grès rouge ?

— Juste, dit Jourdan.

— Je sais les goûts, dit l'homme. Et j'aime bien. Ça fait fontaine.

— Pardon ? demanda Jourdan.

— Le tabac fort, dit l'homme, est déjà épais de lui-même. Si tu le mets dans le grès rouge il sue. Ça fait une sorte d'amitié si tu veux entre le tabac et la pierre et ça donne à la fumée ce goût de bonne vase claire. Tu n'as jamais ramassé une poignée de boue dans une fontaine de source ?

— Non.

— Fais-le et tu verras. Ça a le goût de cette fumée. Sens. »

Il lui souffla une bouffée de fumée dans le nez.

« Tu sens ?

— Guère.

— Goûte. »

Il lui tendit la pipe.

Jourdan suça le tuyau de la pipe. Elle était encore humide de l'homme.

« Tu sens ?

— Oui maintenant. »

Il rendit la pipe.

« Dans le grès bleu, dit l'homme, le tabac prend le goût du fer. C'est comme ça. Je l'appelle du tabac de forgeron. Ça n'est pas précisément le goût du fer. C'est le goût de l'écaille de fer. Tu sais quand on mouille le blanc et puis qu'on le frappe. Les écailles tombent. Voilà, ça sent ça, et encore, pas précisément les écailles qui tombent mais les écailles qui restent collées à la corne de l'enclume. Voilà ce que ça sent, juste.

— Tu as gros goût, dit Jourdan.

— Oui, dit l'homme, et c'est ça l'affaire.

« Le cheval tremble, dit-il au bout d'un petit moment. Il ne faut pas le laisser au repos.

— Où vas-tu, toi ? dit Jourdan.

— Je vais rester un peu avec toi, le temps de fumer cette pipe de bon tabac. Marche, je te suis. »

Et voilà que de nouveau Jourdan fait tourner le cheval Coquet et en droite ligne de la ferme Fra-Josépine le sixième sillon commence.

L'homme marche à côté de la charrue. Il ne parle plus maintenant. Il siffle. Il siffle une chanson qui s'accorde avec tout : le sillon neuf, la nuit de feu, le large du plateau. Il la siffle tout doucement, entre lèvres. Ça a l'air d'être pour lui-même et pour Jourdan. Comme un secret. Et tout de suite Jourdan a reconnu le son de cette flûte qui chantait jusqu'à présent dans sa tête. Voilà que la chanson a pris l'air et que déjà elle est vivante sur le plateau et que le cheval peut l'entendre.

« Alors, dit l'homme, ici ça s'appelle comment ?

— Plateau Grémone.

— Vous êtes nombreux ?

— Une vingtaine.

— Village ?

— Non, des fermes. Là, c'est la mienne. Là-bas, Fra-Josépine. Les autres : la Fauconnière avec ses buis, chez Maurice, Mouille-Jacques. L'autre est au bord même du petit lac, près d'un érable.

— Beaucoup de champs ?

— De larges champs. La terre est bon marché.

— Oui, je vois, vous êtes loin les uns des autres. »

Commence le septième sillon.

« Tu es seul ? demande l'homme.

— J'ai ma femme.

— Quel âge ?

— En rapport.

— Pas d'enfant ?

— Non. »

L'homme siffle encore un petit moment. Mais ça monte.

« Tu aimes ton cheval ?

— Beaucoup.

— Il est vieux ?

— Assez.

— Et tu le gardes ?

— Oui.

— Qu'est-ce que tu dis de cette nuit ?

— J'ai jamais vu la même.

— Moi non plus, dit l'homme. Orion ressemble à une fleur de carotte.

— Pardon ? demanda Jourdan.

— Orion est deux fois plus grand que d'habitude. C'est ça, là-haut. Arrête-toi. Là-haut. Là. Tu vois ?

— Non.

— J'ai jamais su rien désigner, dit l'homme. C'est curieux, ça. On m'en a toujours fait le reproche. On m'a dit : « On ne voit jamais ce que vous voulez dire. »

— Qui t'a dit ça ?

— Oh ! quelqu'un.

— Un couillon, dit Jourdan.

— Mais, dit l'homme, toi non plus tu n'as pas vu Orion.

— Non, dit Jourdan, mais j'ai bien vu la fleur de carotte.

— C'est le cœur pur, dit l'homme ; et la bonne volonté. »

A ce moment-là le septième sillon était fini. Il fallait commencer le huitième.

C'était malgré tout difficile à dire.

« Tu n'as jamais soigné les lépreux ? demanda Jourdan.

— Jamais », dit l'homme.

Mais il eut l'air de trouver ça tout naturel. Et ça, c'était bon signe.

Puis il se mit à siffler. Vraiment, il y a des proverbes qui ont été faits par les hommes de la terre, les hommes qui ont vu cent forêts, cent lacs, cent montagnes et cent fois le ciel renversé. Il faut quand même croire qu'ils y connaissaient quelque chose. Un de ces proverbes dit que d'une chose mauvaise une belle ne peut pas sortir.

Le sifflet était beau comme tout.

Il était fait de juste rond. Il allait calme. Il allait juste où il fallait. On sentait qu'il était né d'une tête solide. Il faisait voir le regard de deux yeux placides, des gestes lents, un homme posé sur le large du plateau Grémone avec la stature et la lenteur d'un arbre. Ce n'était peut-être pas un soigneur de lépreux. Mais il y a des hommes prédestinés. Il suffisait peut-être de lui faire voir le mal pour que se réveille en lui l'appétit de soigner.

Et maintenant il fallait commencer le neuvième sillon et la terre montait, et le cheval était fatigué de ce travail de nuit. Et puis c'est curieux comme on se débrouille mal dans les choses surnaturelles : ou qu'on croit. Il y avait déjà ce goût du tabac, ce grès rouge, cette fontaine de source, ce grès bleu et ces écailles de fer. Maintenant, toutes les étoiles étaient vraiment comme des fleurs de carottes. Il avait dit « Orion ». C'est un mot que peu de gens connaissent. Si j'achetais un cheval jeune, je l'appellerais Orion.

Mais il fallait commencer le neuvième sillon. C'était trop important.

« Tu viens rester ici ?

— Non, je passe.

— Tu vas où ?

— Devant moi.

— Ce n'est pas de curiosité, s'excusa Jourdan.

— Je sais, dit l'homme.

— C'est de nécessité », dit Jourdan.

Mais il comprit tout de suite qu'il allait se tromper. Il avait eu envie de lâcher les mancherons de la charrue, d'arrêter le cheval et puis d'expliquer.

Il ne faut jamais expliquer. Ils sont bien plus contents les autres quand ils trouvent tout seuls.

Au contraire, il poussa dans les brancards. Il fit gros dos, il donna sa force, le timon frappa aux jambes du cheval. Le cheval fit trois gros pas, Jourdan aussi, et voilà qu'ils étaient, charrue et tout, en avance sur l'homme comme pour lui dire : si tu pars, bon vent, nous on reste. On n'a besoin de personne. Qui ne risque rien n'a rien.

« Tu pourras toujours rester un jour, dit Jourdan en tournant la tête.

— Pourquoi pas ?

— Au fond, dit Jourdan, je suis seul et la terre est grande. Tu ne connaîtrais pas quelqu'un qui pourrait m'aider ?

— Non. »

Pour que le sillon soit bien fait, il aurait encore fallu demander : quel est ton métier ?

Mais, il y avait déjà trop de féerie.

On ne voyait presque plus la graine des étoiles. Elles avaient poussé leurs ramures. Le ciel en était tout verdi. Le jour allait se lever. Il faisait froid. Le vent s'étira. La ferme Fra-Joséphine grogna d'une porte. De chaque côté du champ, le plateau commença à s'élargir. La lumière verte se mit à courir sur lui jusque là-bas au fond contre les montagnes encore noires. De temps en temps, là-haut dans le ciel, passait comme le bruit d'une grosse corde de guitare, puis ça s'éteignait et chaque fois la lumière montait d'un écran.

« Que je le voie », se dit Jourdan.

Il était arrivé en haut du champ. Il arrêta la charrue. Mais il regarda les sabots du cheval. Tous les quatre. Enfin, il se dit : « Voyons », et il se redressa.

C'était un homme aux cheveux pleurants, le front large de trois doigts, la peau dorée, tout rasé et sa peau avait le reflet de la nacre. Des lèvres simples et sans chinoiserie, même un peu minces. Des yeux si clairs qu'on aurait dit des trous. Il pouvait avoir environ trente-cinq ans. Pour le reste du corps, du râble et de l'épaule et le bras bon. Des mains légères, presque mains de fille. C'était un « oui c'est oui et non c'est non » inchangeable. L'aspect d'ensemble était plutôt royal.

« Une supposition, dit Jourdan, que tu restes ici un jour ou deux. Ton patron ne te dira rien ? »

L'homme sourit. Il avait des dents de loup.

« Et tu t'appelles ?

— Pour la commodité disons « Bobi ». *convenience*

— Tu bois du café ?

— Tous les matins.

— Viens le boire à la maison. Le jour se lève. »

Alors, l'étranger fit tout seul le dixième sillon, et le onzième, et le douzième, et jusqu'au vingt, et tout le champ, et il passa la herse, et il sema, et peut-être même qu'il récolta tout de suite, allez savoir.

Il regarda le pays, sous le ciel d'hiver, quoique propre.

« C'est triste ici », dit-il.

the harrow.

II

Marthe s'était réveillée avant son heure habituelle. Elle avait soudain eu froid du côté vide du lit. C'était à la percée du matin, à l'heure où les époux se rapprochent toujours, à moitié endormis, et se réchauffent, et sont un peu tendres, même ceux qui ne le savent pas, parce que le jour se lève.

Elle avait pensé : « Où est-il ? » Puis elle avait entendu les ferroteries du cheval qui tintaient dans le labour. « Il aurait dû me le dire », se dit-elle. Ça avait suffi pour la réveiller. C'est très effrayant d'être endormie, de tâter près de soi, de ne pas trouver Jourdan, et puis on entend, dehors, le cheval qui laboure. Et il fait encore nuit.

Il y avait une lueur verte plein la fenêtre. Un coup de vent se fendit sur le pignon de la ferme. L'étincellement de la nuit frissonnait encore au fond de l'aube.

« Il a dû y avoir une belle étoilée cette nuit, se dit Marthe. Et c'est sans doute de ça qu'il s'est senti disposé. »

Elle se leva tout de suite. Elle peigna ses longs cheveux gris. Détortillés, ils descendaient plus bas que ses hanches. Elle avait cinquante-sept ans.

« Ça lui a repris », se dit-elle en pensant à Jourdan.

Il y a un moment, malgré tout, où l'on sent que les hommes s'éloignent. Oh ! ils ne s'en vont pas loin. Et c'est moins s'éloigner que se séparer de nous. Il semble qu'ils sont venus chercher chez nous une chose qui les a longtemps contentés et qui ne les contente plus. On les a soignés, on a été gentils ensemble, on a fait nuit pleine, on a été fille, quoi, le régulier de la jeunesse. Et puis, vient un temps où il semble que la première chose de leur vie soit la recherche.

Elle marchait pieds nus dans la chambre, malgré le froid. Elle était grande, lourde et de marbre. Elle allait, toute d'une pièce, mais sur des pieds souples et qui s'appuyaient de tout leur plat.

On sait bien qu'on n'est pas tout, mais quand on a, toute sa vie, demandé la joie à une femme, ça serait bien facile de lui dire : Marthe ! Pas plus. La façon de le dire ferait le reste.

L'aube gémissait dehors.

Il n'y a pas tendresse de femme qui vaille tendresse d'homme. C'est sûr. Mais, pourquoi demander au vide ? Ah ! Qu'ils sont malheureux au bout du compte !

Elle se regarda à la glace pour nouer le fichu. Elle se dit :

« Il faut lui faire du café. Il laboure. »

Elle regarda par la fenêtre.

Elle ne voyait pas directement le champ mais elle

entendait tinter les attelles et une autre chose aussi qu'elle écouta.

« Il siffle, se dit-elle, ça, s'il pouvait un peu redeve-nir. »

La fenêtre de la chambre donnait vers l'est. Déjà, de ce côté, un morceau du plateau était découvert. Il s'en allait très loin avec tout un marécage d'yeuses basses et d'ombres. Là-bas au bout le petit jour flottait. Un coup de vent frappa encore la maison. Il était un peu plus fort que tout à l'heure. La porte du grenier sauta dans ses gâches.

« Vent d'est », dit Marthe en levant le doigt.

Elle resta un moment immobile à écouter.

Oui, le vent venait de frapper l'autre ferme. Un arbre se mit à crier. Le silence revint.

« Oui, dit-elle, vent d'est. Déjà. »

On croit toujours que les jours noirs ne viendront pas. Et puis, ils sont là.

Au-dessus de ce petit foyer blanc que l'aube avait allumé au fond du monde, une poussière grise cachait le jour.

En bas, Marthe alluma l'âtre avec le bois préparé. L'eau du chaudron commença à chanter. Le café était moulu, la débéloire prête sur la table. Marthe versa le café sec sur la passoire. Ça sentait déjà fort. Le feu, le chant de l'eau, l'odeur du café étaient une maison beaucoup plus solide que la ferme. On pouvait s'abri-ter là-dedans beaucoup mieux que dans toutes les constructions de pierre. C'était souverain contre le vent d'est. Marthe versa doucement l'eau bouillante. Le café se mit à passer. Il clapotait dans le bas de la débéloire, goutte par goutte. Ça donnait envie de s'asseoir près du feu, la tasse chaude dans la main et de boire par petites lippées.

On a l'impression qu'au fond les hommes ne savent pas très exactement ce qu'ils font. Ils bâtissent avec des pierres et ils ne voient pas que chacun de leurs gestes pour poser la pierre dans le mortier est accom-pagné d'une ombre de geste qui pose une ombre de pierre dans une ombre de mortier. Et c'est la bâtisse d'ombre qui compte.

Des voix venaient du champ.

« Avec qui est-il ? » se dit Marthe.

Elle pensa à Carle, de Mouille-Jacques, qui depuis huit jours cherchait sa chèvre.

Elle regarda. On ne pouvait pas voir. Il ne faisait pas assez clair. Jourdan était avec quelqu'un. Ils revenaient tous les quatre : les deux hommes, le cheval et la charrue, mais on ne pouvait pas savoir qui c'était celui-là. Ça n'était pas un homme du plateau. Il marchait comme sur des pas élastiques.

Ils entrèrent à l'étable. Puis, au bout d'un moment on les entendit longer la maison et cet homme parlait, mais on ne put comprendre qu'un seul mot : triste. Ils arrivèrent devant la porte et ils raclèrent leurs souliers.

« Et au printemps c'est pareil, dit Jourdan.

— Mais, dit l'homme, au moment où Jourdan ouvrit la porte, vous avez des amandiers, ça doit fleurir.

— Ça fleurit blanc, dit Jourdan. Le plateau est tout planté d'amandiers blancs. Ça désespère.

— Bonjour, madame », dit l'homme.

Il y a des maçons d'ombres qui ne se soucient pas de bâtir des maisons, mais qui construisent de grands pays mieux que le monde.

« Bonjour, monsieur », dit Marthe, et elle se dit : « Il a pensé aux amandiers. »

La terre tout autour était déjà un peu changée.

« Plantez-en des rouges », dit l'homme.

Mais il posa sa main sur le bras de Jourdan.

« Je vois quelque chose », dit-il.

Marthe arrêta son geste vers la débéloire.

« Il n'y a pas de haies, dit-il.

— Pardon ? demanda Jourdan.

— Il faut planter des aubépines, dit l'homme. Des haies d'aubépines autour des maisons, et des bosquets d'aubépines à l'angle des champs. C'est très utile. »

Jourdan n'avait pas compris et Marthe était immobile. L'homme les regarda un peu longuement l'un et l'autre puis il se passa la langue sur les lèvres pour les mouiller, comme un qui veut siffler et donner la note juste.

« Vous avez peut-être un peu trop employé la terre de borne à borne. L'homme fait bien, je ne dis pas le contraire, mais le monde ne fait pas mal, remarquez. »

Il dressa son doigt en l'air.

« Il faudrait de l'aubépine, des haies, border les champs, non pas pour la barrière, mais vous prenez trop de terre pour le labour. Laissez-en un peu pour le reste. C'est assez difficile à faire comprendre, hé ? »

Jourdan se frottait les joues.

« J'écoute, dit-il.

— Voilà, dit l'homme, que l'aubépine est inutile et puis qu'avec son ombre, tu me diras, elle mange d'un côté le bon des graines et que de l'autre côté, côté soleil, elle mange aussi le bon des graines avec son abri. Car, l'abri de l'aubépine est sec et souple et c'est beaucoup aimé par un tas de bêtes fouineuses, je sais. Mais, justement, ça serait trop long à dire. Une chose seulement, pour te faire comprendre. Si tu comprends ça, tu comprends tout. Avec de l'aubépine il y a des oiseaux. Ah ! »

Il eut l'air d'avoir marqué dans sa pensée un point très important.

Jourdan s'était caché toute la bouche avec sa grosse main. Et il regardait Marthe du coin de l'œil. Marthe se tourna pour faire face aux deux hommes. Dans une main elle tenait la petite cuiller et dans l'autre main le couvercle de la débéloire. Mais, ça ne la gênait pas. Elle venait de voir quelque chose.

« Jourdan, dit-elle, souviens-toi. »

L'homme dressa son doigt comme tout à l'heure et il se lécha encore les lèvres, mais il ne siffla pas.

« La Belline, dit-elle, la ferme qu'on avait au Patis des Vergnes, en Bellosay. Tu te souviens ? Cette haie

qui allait des soues à la mare : c'étaient des aubépines.
On ne s'est jamais ennuyé.

— On était jeunes », dit Jourdan.

Il parlait dans sa main. Il luttait contre son plaisir.
Il se disait : pas trop vite, pas trop vite. Il avait envie de
s'asseoir et de dire : voilà ! comme un qui est arrivé à
sa dernière chaise. Il comprenait tout, presque.

« Qu'est-ce que c'est jeune ? dit l'homme.

— Pardon ? demanda Jourdan.

— Oui, je dis « jeune », qu'est-ce que c'est ?

— On était fort, quoi, souple, jeune, quoi !

— Moins de sous ?

— Oui.

— Moins savant ?

— Oui.

— Moins le désir de labourer jusqu'à la limite ?

— Peut-être, dit Jourdan.

— Oui, dit Marthe.

— Moins sévère ?

— Oui, dit Jourdan.

— Oui, dit Marthe.

— Buvons le café », dit l'homme.

On ne pouvait plus guère dire. Dans son fond,
Jourdan pensait : c'est lui, c'est sûrement lui. Chaque
fois que cet homme parlait, on avait besoin de silence
après. Marthe posa les trois bols sur la table. Le bruit
du bol contre le bois, rien que ça faisait un peu mal.
On avait besoin que tout soit calme, comme si un bel
oiseau allait s'envoler et qu'on attende en retenant
son souffle.

Dehors il y avait un bruit et Jourdan l'écoutait avec
plaisir. C'était le vent d'est. Le jour s'était levé mais la
lumière n'était pas plus grosse dans la fenêtre. Le vent
charriait toute cette poussière qui masquait l'aube.
C'étaient des nuages bas. Ils traînaient sur le plateau.
Ils s'accrochaient aux arbres. Il s'en arrachait des
morceaux qui partaient à la vire-tête comme des
moutons. Puis le vent les ramenait dans le troupeau.

« Donne le pain, dit Jourdan.

« Et assieds-toi avec nous. »

Marthe tira l'escabeau. Elle tournait le dos à l'âtre. Jourdan ouvrit son couteau. Il coupa lentement une grande tranche dans toute la largeur du pain.

« A toi, dit-il, et il la tendit à l'homme.

— A toi, dit-il à Marthe, comment grosse ?

— Tout le large, j'ai faim ce matin. »

Il se tailla pour lui-même en pareille grosseur.

A ce moment-là il y avait dehors de si longs hurlements de vent qu'ils restèrent tous les trois à s'attendre avec les grandes tranches à la main. »

L'homme était éclairé de côté et ça lui allongeait son nez mince.

Jourdan était éclairé de sa barbe de fer.

Marthe tournait le dos au feu et son visage n'était qu'un reflet.

On entendait gémir la forêt Grémone au fond du vent.

*

Un éclair passa devant la fenêtre. Le vent entortillé de pluie galopait dans les champs. La porte du grenier se mit à secouer la maison à coups d'épaules. Elle était comme une porte sauvage mal attachée. Une longe de vent fit longuement siffler les murs. Deux tuiles coururent sur le toit. Le tonnerre éclata du côté de l'étang. Un autre éclair fusa dans la forêt. Il devait rester silencieux.

« Le temps noir, dit Jourdan.

— Si on veut, dit l'homme.

— La nuit faisait pressentir, dit Jourdan. Tu vas être obligé de rester.

— Oui, dit Marthe.

— C'est possible », dit l'homme.

« En tout cas, ajouta-t-il, au moins aujourd'hui. »

L'orage fit un long soupir, se déchira et une flaque de jour laiteux et étincelant fit luire les branches mouillées des arbres. Mais la lumière s'effaça sous une ombre qui venait. Des grêles claquèrent sur les tuiles. Un éclair mou voleta à ras de terre jusqu'au rebord du plateau. Il roula dans la vallée comme un écroulement de rochers.

« Tout à l'heure, dit Jourdan, là-haut dans le champ, je t'ai dit quelque chose que tu n'as pas remarqué.

— Ça m'étonnerait, dit l'homme.

— Je t'ai demandé si tu avais soigné des lépreux.

— Dis-moi, dit l'homme, on n'a que quelques heures de connaissance mais est-ce que je te fais l'air d'un homme qui ne remarque pas le tabac, ou les étoiles, ou les choses qui organisent, les printemps par exemple, est-ce que je te fais l'air ?

— Non.

— Alors ?

— Tu ne m'as pas répondu.

— Si, je t'ai répondu non.

— Je croyais que tu avais répondu sans savoir.

— Je sais toujours, dit l'homme, ou à peu près. »

Il resta un long moment à mâcher son pain. Il regarda Jourdan, puis Marthe. Son regard était une chose claire mais attachante. Attachante dans son vrai sens. C'était comme l'appel d'une corde qui serait nouée autour de votre échine et qui vous lierait les bras et le corps, et puis, à l'autre bout de la corde quelqu'un tirerait à petits coups : « Allons, viens, allons, approche-toi de moi. »

Il regarda toute la maison. D'abord la cuisine, là où l'on était. L'âtre avec son feu construit, les murs, tout ce qui y était pendu : une limousine d'homme, une cape de femme, un fouet, un fusil, la batterie de casseroles. Et puis la bâtisse d'ombre que Jourdan et Marthe avaient carénée tout autour.

« Voilà », dit l'homme.

Et il tourna sa chaise, et il s'éloigna du bol de café et du pain comme si la nourriture de la terre ne pouvait plus servir à rien dans ce cas-là. Et il posa ses mains sur ses genoux.

« Le plateau, dit-il, ce que nous avons vu tout à l'heure à l'aube, ça va jusqu'où ? »

Maintenant, une pluie épaisse, couchée sur la terre

comme l'eau d'un fleuve, coulait dans la campagne. Les vitres étaient mates comme de l'étain.

« Jusqu'à l'Ouvèze comme tu as dit.

— Si j'en juge, dit l'homme, par ce qu'on voit d'en bas c'est cette grande pente couverte d'yeuses noires, et puis là-haut une ligne de terre rouge.

— Oui.

— Par temps clair, vous voyez donc, au fond, de ce côté les monts d'Aiguines avec la neige, et toute la flotte des montagnes ?

— Pardon ? demanda Jourdan.

— Moi je trouve que les montagnes, avec leurs neiges, ça ressemble à des bateaux. Tu n'as jamais vu de ports de mer ?

— Non.

— Tant mieux. Quand on voit on n'imagine plus. Donc, jusque là-bas. Bon. J'ai besoin de bien voir, moi. Ce pays-ci ne s'imagine pas. Je dois te dire que ce n'est peut-être pas par hasard que je suis ici. Hier c'était du hasard. Aujourd'hui non. Les choses se décident toujours sans comprendre. Tu comprends ?

— Non.

— Mais tu vois ?

— Oui.

— Excellent. Qu'est-ce que c'était ici avant que tu arrives ?

« C'était planté en quoi ?

— Comme maintenant.

— Non, mais avant. Avant le précédent, et avant, et avant encore, les premiers temps ?

— Pardon ? demanda Jourdan.

— Oui, il y a bien eu un temps où ça n'était pas construit, ni ici ni plus loin. A quoi ça servait ici ?

— A rien, je crois.

— La grande chose ! C'était forêt, sans doute comme là-bas au bord ?

— Je pense.

— Quand tu es arrivé il y avait des chênes dans tes champs ? Je veux dire de grands chênes, de très grands ?

28

— Non.

— Des érables ?

— Non.

— Des frênes, des fayards, des aulnes, des peupliers, des buissons d'alises, des fougères, des bruyères, du genièvre ?

— Non. C'était tout propre.

— Tu n'as pas trouvé le souvenir d'un arbre ?

— Pardon ?

— Tu n'as jamais trouvé de racines, de vieilles racines ?

— Si.

— Où ?

— Là où je labourais cette nuit. C'était une bosse qui faisait toujours sauter la charrue. Alors je suis venu avec la pioche pour voir. C'était une ancienne mate de chêne. Profonde ! Vivante ! »

Jourdan resta avec ce dernier mot à pleine bouche.

« Vivante, dit-il encore.

— Ça t'étonne ?

— Oui, dit Jourdan, oui, ça m'étonne. Elle était enfoncée de deux mètres au moins, sans air, sans rien, raclée dessus.

— Oh ! dit l'homme, il ne faut pas t'étonner, les racines c'est éternel.

« Alors ici c'était déjà tout propre. Et qu'est-ce que tu as planté, toi ?

— Des pêchers, des abricotiers, des amandiers.

— Qu'est-ce que tu as semé ?

— Du blé, des lentilles, de l'avoine.

— Tu n'as jamais planté de chênes ?

— Non.

— Tu n'as jamais semé, des... des... »

(L'homme chercha un nom.)

« ... des pâquerettes ?

— Pour quoi faire ? demanda Jourdan.

— Tu m'as demandé si j'avais soigné les lépreux. Je t'ai dit non. C'est la vérité. Mais je sais les soigner. Et peut-être que j'en ai envie.

« Les bêtes, dit l'homme, qu'est-ce que tu as amené comme bêtes ici ? »

Il n'y avait vraiment plus de jour dans la cuisine à cause de la pluie et des nuages et, autour de la ferme, le monde grondait comme une grande roue qui tourne. Mais il y avait un endroit où c'était calme, clair et lumière, c'était cet endroit des yeux de l'homme.

« Les bêtes ? dit Jourdan. J'ai amené un cheval.

— Bridé ?

— Bien sûr, attelé à la charrette.

— Tu n'as pas amené de cheval sauvage ?

— Pardon ? demanda Jourdan.

— Il ne faut pas oublier, dit l'homme, que je m'appelle Bobi et que je suis capable de faire ça, tiens, par exemple. »

Il commença une grande grimace. Son visage n'était plus humain. Si, il était humain toujours, mais il était le visage du rire. Il n'y avait dans sa grimace ni douleur ni amertume. La bouche élargie, l'œil clignotant, le nez écrasé, il faisait rire. Il réveillait le rire au fond de la poitrine et il fallait y aller.

Déjà Jourdan et Marthe...

Mais le visage se recomposa brusquement.

« Oui, dit l'homme, je suis capable de ça et d'autres choses encore. Ça trouvera son utilité. Je m'appelle Bobi. Il ne faut jamais oublier ça.

« Donc, tu n'as pas amené de cheval sauvage ?

— Non, dit Jourdan.

— Et pour vos juments, comment faites-vous ?

— On les mène à l'étalon.

— Vous en avez un ici ?

— Oui, à Mouille-Jacques.

— Qu'est-ce que vous faites alors, ça m'intéresse.

— On mène la jument, ça se passe dans l'écurie.

— Et, dit l'homme, tu restes là pendant que ça se passe, comme tu dis ?

— Oui, et parfois j'aide.

— Avec les mains ? dit l'homme en hochant la tête.

— Avec les mains, oui », dit Jourdan.

L'homme commença à siffler un petit morceau de musique. Il regarda Marthe. Elle écoutait sans rien dire.

« Attention, dit-il, quand il faudra se souvenir que je m'appelle Bobi, je dirai : « Bobi. »

« Alors maintenant, je dis : « Bobi ! »

« Dis-moi un peu : tu as parfois su que les chevaux étaient sauvages ? Enfin, dans un temps. Et que, du moment que... »

(Il fit avec sa main le geste d'une roue qui tourne.)

« ... du moment que les juments ont fait des petits jusqu'à présent, ça prouve que les étalons n'ont pas besoin de ta main pour faire l'amour.

— Celui-là a besoin, dit Jourdan.

— Alors, maintenant, dit l'homme, je dis un double Bobi et en même temps je voudrais que madame se bouche un peu les oreilles.

— Je crois, dit Marthe, que je peux entendre, je vois où ça va.

— Tu pourrais faire l'amour, toi, comme ça ? Ne disons même pas devant du monde mais devant un chien, tiens ? »

Il y a un grand moment de silence, et Jourdan et Marthe se sont regardés. Ah ! la grande haie d'aubépine et comme peu à peu le large monde chavire !

« Bon, dit Jourdan, j'ai compris.

— Voilà, dit l'homme, qu'on est déjà très loin dans la leçon et qu'on n'a pas suivi l'ordre. Revenons. A part le cheval — et je parle pour toi et pour les autres là-dessus — je vois à peu près ce que tu as amené : des chèvres, une vache, des poules, des pigeons. Pas un de vous n'a pensé à amener des cerfs, des biches, des rossignols, des martins-pêcheurs ?

— Non, dit Jourdan, toutes ces bêtes-là, c'est inutile.

— Attends », dit l'homme.

Il va chercher le paquet qu'il portait tout à l'heure sur son dos. Il en sort une longue corde, et, aux deux bouts, il y a des anneaux de fer. Il en sort un tapis de cartes en laine avec le roi de trèfle. Il en sort aussi une sorte d'habit rouge moitié vert comme une blouse avec des jambes. Et cet habit, il le met sur la chaise, à la place où il était lui, il y a un moment. C'est un peu comme s'il se dédoublait et qu'il fasse voir une partie de lui-même restée cachée jusqu'à présent.

Il étend le tapis de cartes devant l'âtre. Il enlève sa veste. Il a dessous un tricot bleu marine. Il enlève son pantalon. Il a dessous un caleçon collant bleu marine.

Il siffle.

Il dresse la main en l'air, il rit un peu.

C'est comme un salut.

« Du diable... », pense Jourdan en se caressant la barbe, et Marthe a tourné sa chaise pour mieux voir.

« ... Où ça va tout ça ? Où nous en sommes depuis le cheval ? Et depuis la fleur de carotte ? »

Car Jourdan a encore dans sa tête cet Orion végétal et sensible au vent.

L'homme s'est couché sur le tapis. Il a respiré puis il a rejeté l'air, il s'est longuement vidé. Ça n'est plus une respiration d'homme. Il a relevé la jambe. Il a passé sa jambe sur sa tête. C'était la jambe droite. Il a relevé la jambe gauche, il l'a passée sur sa tête. Il marche sur les mains. Il se dénoue mais c'est pour enrouler cette fois sa jambe droite autour de son cou. Puis l'autre. Il n'a plus de jambe. Il marche toujours sur les mains. Il se laisse tomber sur le côté. Il enroule le bras droit par-dessus les jambes, puis le bras gauche. C'est une boule. Il roule sur le tapis comme une boule. Le menton est en bas et on voit cette boule qui a un visage, puis le front est en bas et c'est encore un visage si on veut, mais terrible, un visage où tout repose sur le front, où les yeux mangent, où le nez respire à l'envers, où la bouche voit de son gros œil unique et tout le commandement est dans le menton. Puis il tourne, se dénoue, se redresse.

C'est l'homme, debout, bras et jambes, œil et bouche, tout ordinaire.

« Bobi », dit-il.

Il y a dans les yeux de Jourdan une admiration éperdue et dans les yeux de Marthe aussi. Pas de peur.

Ils ont souvent vu ça dans les foires. Aujourd'hui, il y a bien dehors la longue pluie installée et les grandes ombres qui marchent et, de temps en temps, de longs éclairs avec de petits claquements comme un qui frotterait de grosses allumettes à soufre. Mais ça ils l'ont vu aussi. Pas de peur. La seule chose c'est que tout ça s'est soudain accordé avec les lépreux, le tabac, Orion-fleur de carotte, l'aubépine, les pâquerettes, l'amour du cheval, et que soudain tout tourne comme cet homme qui tout à l'heure voyait avec sa bouche et mangeait avec ses yeux.

« Je comprends, dit lentement Jourdan.

— Non », dit l'homme.

Et, c'est vrai, il ne comprend pas.

« La jeunesse, dit l'homme, c'est la joie. Et, la jeunesse, ce n'est ni la force, ni la souplesse, ni même la jeunesse comme tu disais : c'est la passion pour l'inutile.

« Inutile, ajouta-t-il en levant le doigt, qu'ils disent ! »

III

Il avait neigé puis gelé pendant la nuit. Tout le pays était cristallin comme du beau verre. On entendait marcher la chaleur légère du soleil. Les branches craquaient, les herbes se penchaient, se déshabillaient de glace et se relevaient vertes.

Dès l'œil ouvert Jourdan sauta du lit. Marthe était réveillée comme en plein jour.

« Qu'est-ce que vous allez faire ? dit-elle.

— Ce qu'il a dit : aller voir les autres. »

Jourdan s'habilla puis ouvrit l'armoire.

« Qu'est-ce que tu cherches ?

— Ma limousine.

— Elle est pendue en bas.

« — La neuve, dit-il, c'est pour lui. Il n'a rien pour se couvrir. Il fera froid sur le boggey. »

Il s'approcha du lit. Marthe était couchée à plat. Elle avait encore de beaux seins vieux, avec du germe. Jourdan posa sa main sur eux.

« Quelle nuit ! dit Marthe. Et alors, qu'est-ce qu'on se croit, toi et moi, à notre âge !

— On est vivant, dit Jourdan.

— Bien sûr, dit Marthe. C'est seulement trop beau pour que ça dure.

— Et qu'est-ce qu'on va manger ? dit Jourdan.

— Vous avez du lard.

— Je compte qu'on sera chez l'oncle Silve vers midi. Mais va savoir au juste ?

— Ton cheval est bien reposé, dit-elle.

— Je pense moins à la distance, dit Jourdan, qu'à ces sacrées fleurs de carottes. S'il se met à parler de ça ça va durer.

— Il faudra bien », dit Marthe.

Jourdan sentait dans sa main le germe de Marthe qui durcissait.

« Il a soigné les lépreux, dit-il.

— Qu'est-ce que tu as toujours à dire avec tes lépreux ?

— C'est une idée. »

Et il se mit à rire.

La limousine neuve avait une odeur de camphre. Jourdan la secoua. Elle pesait au bout de ses bras comme une peau de taureau.

« Il est déjà levé », dit-il.

On entendait du bruit en bas.

« Il s'habituerait bien, dit Marthe.

— Nous aussi, dit Jourdan.

— Pendant que vous serez partis, dit Marthe, moi, aujourd'hui, je vous cuirai du pain neuf. »

L'homme en bas avait allumé le feu et l'eau bouillait. On voyait maintenant comme il était vêtu. Hier on avait manqué de temps pour le voir. Il y avait toujours quelque chose entre. Il avait un blouson de jersey qui faisait à la fois marin et pelage à cause de la grosse laine et à cause des raies bleues et blanches, à cause aussi de la forme qui se fermait haut autour du cou et serrée sur les poignets.

« Voilà un manteau pour toi », dit Jourdan.

Après avoir bu le café ils attelèrent le cheval au boggey. Jourdan mit dans le caisson une musette avec du lard et du pain. Il vérifia s'il avait bien son tabac et sa pipe.

« On en a pour tout le jour, dit-il.

— On en a pour bien plus longtemps que ça, dit l'homme. En avant ! »

La charrette légère roula d'abord dans les champs. Sa capote de cuir criait dans les balancements. La neige gelée craquait sous les roues. Il y avait seulement les bruits de la neige et du froid. Le reste était du silence. D'un côté on apercevait le bord noir de la forêt Grémone. Au-dessus d'elle le ciel était bleu. Entre la forêt et le ciel la neige des feuillages était comme une barre. Du côté où l'on allait la lande était toute tremblante de brume. La solitude.

« Alors, dit Jourdan, au fond c'est ton métier ?

— Oui, dit l'homme, et je ne sais pas si tu as remarqué cette longue corde avec des anneaux. Je la mets comme ça d'un piquet à l'autre et puis je marche sur la corde.

— J'ai vu quelquefois, dit Jourdan.

— Je marche sur la corde raide, dit l'homme, et je marche sur la corde molle. C'est ma spécialité. Plus encore que ce que je t'ai fait hier matin, ces transformations de l'homme.

« Evidemment, dit-il après avoir allumé sa pipe, quand on connaît le métier on sait que tout se tient et que tu marcheras d'autant mieux sur la corde que tu sauras mieux te transformer. L'homme, tu comprends, moi je l'ai appris sur moi, si tu lui laisses l'habitude de sa facilité, il aime mieux être debout sur ses jambes qu'être debout sur ses mains. Mais tu peux le forcer à tout faire. Même le bien. Et, remarque que la plupart du temps, le bien c'est exactement ce que je faisais sur le tapis de cartes devant ton feu.

— J'ai toujours aimé », dit Jourdan.

Il s'arrêta sur ce mot et il resta en silence. Ils venaient de traverser la route. Ils étaient entrés de l'autre côté dans un champ plus gras où les roues enfonçaient un peu.

Le cheval allait au pas.

« Nous commencerons, dit Jourdan, par le Jas de l'érable près de l'étang. Par temps mou, là où nous roulons, c'est déjà un peu marécage. »

L'étang s'annonça sans se faire voir. Il était sous une épaisse fumée. La neige alourdissant les joncs se penchait au-dessus de l'eau. Jourdan toucha du fouet et le cheval se mit à trotter. Au bout d'un moment le froid sentit la fumée de bois de chêne.

« Oh ! Randoulet ! » cria Jourdan.

Une ombre sortit du brouillard.

« C'est toi, Jourdan ?

— C'est moi.

— J'ai reconnu le boggey. »

C'était un homme court et gros, avec plusieurs mentons en collier. Il avait de petits yeux de porc et une bouche sanguine sous la moustache.

« On ne savait pas quoi faire de ce temps, dit Jourdan. On a dit : « On va voir le pays. » Je suis avec mon cousin.

— Venez, entrez », dit Randoulet.

Et il marcha devant le cheval.

La maison avait une petite façade. Dedans on imaginait la pièce en longueur mais elle était courte et embourbée là-bas au fond par un grand lit tout défait, couvertures relevées, draps gris, matelas creux.

« Honorine, voilà Jourdan ! » dit Randoulet.

Honorine était penchée dans la fumée d'une chaudronnée de pommes de terre. Elle se redressa et s'essuya les mains.

« On n'attendait rien, dit-elle.

— C'est ce temps, dit Jourdan. On se disait quoi faire ?

— Prenez le feu, dit Randoulet. Approchez-vous.

Pousse-toi, dit-il à un homme qui était assis au bord de l'âtre.

— C'est toi, Le Noir ? lui dit Jourdan.

— Depuis qu'on a vendu les moutons, dit Randoulet, il ne sait plus que faire. Il se chauffe.

— C'est de saison, dit Le Noir.

— Vous avez vendu les moutons ? » demanda Jourdan.

Honorine avait ouvert le placard.

« Ne vous dérangez pas, dit Jourdan.

— On ne se dérange pas, dit Honorine, mais vous allez bien boire un petit coup.

— On les a tous vendus, dit Randoulet. Heureusement.

— Pourquoi heureusement ? dit Le Noir, tu es toujours heureux, toi.

— Non, je ne suis pas toujours heureux, dit Randoulet, mais qu'est-ce qu'on ferait maintenant ?

— Comme d'habitude.

— Tu les garderais dehors, toi, avec le temps ?

— Non, dit Le Noir, je les laisserais au jas.

— Tu les nourrirais avec quoi ?

— Avec le fourrage.

— Celui-là, dit Randoulet en se tournant, il est terrible. Il s'attache aux bêtes. Il voudrait les garder toute la vie. Donne-lui quand même un verre, Honorine. »

Ils s'approchèrent de la table et Honorine avait placé les verres à la file. Elle versa la liqueur de fenouil.

« Alors, comme ça..., dit Randoulet.

— Eh ! oui, dit Jourdan.

— C'est ton cousin.

— Oui, un cousin, dit Jourdan. On a toujours été très fraternel.

— Ça vaut souvent mieux, dit Honorine, buvez.

— Qu'est-ce que c'est ? demanda Jourdan.

— Ah ! ça, dit Honorine, c'est ma liqueur. Un secret. Malin qui devine. »

Bobi goutta lentement.

« Il y a du fenouil, dit-il.

— Ça, c'est facile », dit Honorine.

Bobi but une gorgée.

« Du serpolet, un peu de genièvre, et attendez. »

Il avait à ce moment-là son sourire. Jourdan se dit :
« Ça commence. » Bobi se lécha les lèvres.

« Vous avez, dit-il, ouvert une gale d'yeuse. Au
milieu est une petite boue noire. Vous avez pris ça du
bout du couteau, et, peut-être deux, pas plus de trois.

— Deux et demi, dit Honorine dans un souffle. Ça
alors !...

— Comme cousin, dit Randoulet, celui-là !... »

Jourdan avait pris un petit air heureux qui voulait
dire : hé oui, c'est comme ça que nous sommes.

« Remarquez, dit Bobi, que ça n'est pas difficile. Il
suffit d'avoir goûté une fois la gale d'yeuse pour la
reconnaître toute sa vie. Mais, votre grande découverte, madame Honorine, c'est de l'avoir mariée avec
le serpolet, le fenouil et le genièvre. Ça c'est des
plantes joyeuses qui font soleil, nuage et joie de mai.
La gale d'yeuse, surtout le cœur, c'est noir comme le
sommeil de la terre. »

Il y eut un silence et Randoulet demanda :

« Pardon ?

— Oui, dit Bobi, je dis qu'il y a des choses qui par
leur goût ou leur couleur, quand on les a sur la langue
ou dans les yeux, font joie et d'autres qui font deuil.
Trois choses de joie, une de deuil, ça fait vivant. »

On se regarda.

Randoulet allait parler.

« Si vous croyez qu'il va comprendre, dit Le Noir.

— D'abord, dit Randoulet, je ne suis pas plus bête
que toi, j'ai compris.

— Non », dit Bobi.

L'ombre bougea. Il y avait quelqu'un d'accroupi
près de l'âtre et qui s'était dressé. C'était une fille d'à
peu près vingt ans. Sa lèvre pendait un peu blanche de
salive mais elle avait de beaux yeux.

« Voilà monsieur », dit-elle.

Bobi tendit les bras. Elle lui donna un petit chien. Il

avait à peine quelques semaines. La fille avait son corsage ouvert. Là-bas dans l'ombre elle avait essayé de faire téter le petit chien à son sein sec.

« Voilà monsieur », dit-elle encore.

Elle faisait avec ses mains le geste : gardez-le.

« Alors, Zulma, dit Randoulet.

— D'ailleurs, dit Bobi, il va falloir partir. On est assez resté. Et le cheval doit avoir froid. »

Il voulut poser le petit chien par terre.

« Voilà monsieur, dit encore Zulma, voilà... »

Elle força Bobi à garder la petite bête dans ses bras.

« Faites semblant, dit Honorine.

— Merci, madame, pour tout », dit Bobi.

Ils sortirent avec Randoulet.

« Elle est simple, dit-il, il faut l'excuser.

— Oui, dit Bobi, voilà le chien, gardez-le bien, ça fera une belle bête.

— Au revoir, dit Randoulet comme ils montaient en voiture.

— Oui, dit Bobi, on se reverra. »

Après un petit moment de trot le long de l'étang :

« La fille Zulma, dit Jourdan, c'est presque elle qui a donné le nom au jas.

— Ça m'intéresse, dit Bobi.

— Regarde », dit Jourdan.

A ce moment-là ils s'étaient un peu éloignés de l'étang qui se contournait en bas dessous, et le terrain, malgré la neige, s'annonçait comme étant de la prairie. Dans le sillage de la charrette la trace des roues était verte.

Bobi regarda.

C'était un arbre, tout seul au milieu du nu. Il chuintait de toutes ses branches noires malgré le grand silence ou plutôt à cause du grand silence. C'était un petit bruit.

« C'est un érable, dit Jourdan, on voulait l'arracher, il a fallu qu'on se batte avec elle. »

Il y avait maintenant, devant, de chaque côté et derrière, une vaste lande plate cernée de brume. Au fond de la neige le sol sonnait dur. On apercevait

vaguement dans la brume, à droite, une forme sombre largement étendue et qui se continuait tout le long
de l'horizon.

« On retourne à la forêt ? demanda Bobi.

— Non, dit Jourdan, c'est le bois Deffends. Une
bordure seulement. C'est de là que les Ubacs plongent
vers l'Ouvèze. »

Ils s'en allèrent au pas ; puis des moments de trot.
Ils marchaient droit vers la forme sombre du bois.
Elle ne s'approchait pas, on la voyait toujours, indé-
cise et noire dans la brume.

« La neige trompe, dit Jourdan, ça semble près et
c'est loin sur la terre plate. L'image nous en vient de
reflet en reflet.

— On ne voit pas d'oiseau, dit encore Bobi.

— Ils sont dans le bois.

— A qui appartient le bois ?

— C'est communal.

— Mais vous n'êtes pas commune ?

— Non, dit Jourdan, mais le terme c'est qu'on a
qualité. On s'entend une fois par an là-dessus chez
Fra-Josépine. »

On était maintenant sur du plat avec très peu de
neige. Le gel qui durait malgré le jour monté faisait
route libre. Le cheval trotta un bon moment.

A midi on laissa souffler.

Jourdan et Bobi descendirent de voiture. On couvrit le cheval avec les limousines et on lui donna son
sac.

Jourdan tira le pain et le lard. Ils mangèrent sans
parler. De temps en temps ils sautaient d'un pied sur
l'autre. Ils avaient l'air de mâcher des choses fuman-
tes. L'haleine, à chaque bouchée, faisait brouillard.

« On va arriver à Mouille-Jacques sur le coup d'une
heure, dit Jourdan.

— On ne voit pas d'oiseau », dit encore Bobi.

En effet, c'était le silence et l'étendue déserte.

Le cheval faisait cliqueter son mors en mangeant.

Mouille-Jacques était une maison seule dans les champs. Plus grande que le jas de l'érable, avec un portail, une fenêtre de chaque côté de la porte, trois fenêtres au premier étage et à celle du milieu un balcon de fer. Un petit chemin soigneusement déblayé de neige menait au seuil. La cour était propre. D'un côté les soues silencieuses et vides. De l'autre côté un hangar abritait des charrues, des harnais, un billot de bois encore entouré de bûches fraîchement fendues et un tas de fourrage sec et qui donnait chaud rien qu'à le voir.

Le boggey entra dans le chemin et s'approcha de la maison. La porte s'ouvrit et un homme parut dans l'encadrement. Derrière lui on voyait flamber l'âtre. L'homme fumait la pipe. Il était vêtu de velours roux. Sa tête nue et toute chauve luisait. Il avait de grandes oreilles. Ni barbe, ni moustache, la bouche mince et tordue. On ne voyait guère les yeux sous les énormes sourcils gris.

« Quelle nouvelle ? » dit-il.

De son tic familier il se passait la main sur le crâne.

« Rien de grave, dit Jourdan, on ne s'arrête même pas. »

L'homme vint jusqu'à la voiture.

« Si, dit-il, descendez une minute.

— C'est mon cousin », dit Jourdan.

La cuisine était spacieuse et nette. On n'en voyait qu'une large table en bois de noyer frottée jusqu'à l'os et devant l'âtre un bon carré de dalles luisantes, propres, sans une touffe de cendres. Le reste était dans l'ombre. Près du feu, Mme Carle reprisait un tricot. Le fils Carle tâtait ses mains. Avec son doigt il essayait la paume dessous le pouce pour voir si le cal était bien dur ; il passait son doigt sur les durillons et les petites verrues.

« ... un air de feu seulement, dit Carle. Asseyez-vous.

— Voilà bien longtemps qu'on n'a pas vu Marthe, dit Mme Carle. Vous auriez dû l'amener.

— Et la soupe pour ce soir, dit Jourdan. On aura

stallion

faim en rentrant. Voilà ce que c'est : on est venu voir ton étalon, Carle. »

Carle les fit passer par la petite porte intérieure. En suivant le couloir on sentait peu à peu venir vers soi la chaleur animale de l'écurie et l'odeur de l'herbe piétinée.

« Il y a deux marches, dit Carle, attention. »

Après les marches le pied se posait sur un sol souple fait de paille et un peu juteux. Il fallait habituer ses yeux à l'ombre.

L'étalon était comme une lumière. Le jour de l'œil-de-bœuf glissait sur son poil. On voyait peu à peu les contours de la bête. Elle était dans une boîte de planches solidement étayées, étroites à ses flancs, et fermée par-derrière avec deux gros troncs d'arbres. C'était un cheval noble. Toute l'encolure dépassait les planches. Il reniflait le râtelier : Le mou de son museau était extrêmement mobile. Il ne mangeait pas. De temps en temps il retroussait sa lèvre et d'un coin de dent il tirait deux ou trois poils de fourrage. Il mâchait. Il gémissait comme une femme. Il crachait la petite boule verte de l'herbe. Il frappait du sabot de devant. Il relevait deux ou trois fois l'encolure. Il secouait la crinière comme s'il était à courir dans les libres prairies. Il frissonnait tout entier, la force coulait dans sa peau et ses muscles. Il était ébranlé comme le lit d'un torrent qui porte soudain trop d'eau. Il ruait d'un grand saut des deux sabots de derrière. Il frappait du fer les troncs d'arbres. Il gémissait encore tout doucement pour lui-même.

Carle s'approcha.

« J'ai été obligé de tourner ce morceau d'arbre, dit-il. Quand on l'a coupé, la hache s'est cassée dedans. Elle y est restée. Chaque fois qu'il frappait là-dessus ça faisait des étincelles. »

De retour à la cuisine, Carle insista pour les faire asseoir un moment. Bobi cligna de l'œil.

« Juste un peu alors », dit Jourdan.

Bobi s'assit près de Mme Carle. Il se chauffa les mains. Il s'étira comme un chat.

42

« C'est bon la chaleur, dit-il.

— Ce temps vous gèle », dit Mme Carle.

Elle abaissa son tricot sur ses genoux.

« C'est moins, dit-elle, le vrai du froid qui vous gèle comme d'être obligé de rester sur place.

— Vous avez un beau cheval, dit Bobi.

— Oui, dit Carle. Il est très gras de semence. Il réussit toutes les saillies.

— Je veux dire, dit Bobi, qu'il est très beau. Beau en parlant de la beauté. »

Jourdan allait dire : « Pardon ? » Il se retint. Il aimait mieux que ça soit Carle qui le dise.

Carle s'était frotté le crâne avec la paume de sa main.

« Oui, dit-il, il est beau, comme vous dites. Et encore vous ne l'avez pas vu en plein jour. Il a un chanfrein pointu et long comme une feuille d'iris.

— Feuille d'iris ? dit Bobi étonné.

— Oui, monsieur, dit Carle.

— Si j'entends bien, dit Bobi, il a le devant du visage allongé, plat, brillant et pointu avec la pointe placée juste entre les deux naseaux ?

— Juste, dit Carle un peu haletant, vous êtes connaisseur ?

— Non », dit Bobi.

Et il laissa s'établir le silence.

« Voilà », dit Carle, et il était haletant, il était toujours haletant et bouleversé quand il parlait de son étalon et il se passa un bon coup de paume de main sur le crâne.

« C'est un signe de race, ça, et puis le garot trouble. J'appelle le garot trouble quand les muscles ne sont pas allongés mais qu'ils font un peu la boule sous la poignée des omoplates. Je ne veux pas parler de ce qu'ils ont vos gros chevaux et qui est là — il se toucha sa propre poitrine — et qui n'est que le bourré en avant comme on dit et ça vient de ce qu'ils tirent avec le collier et c'est de la renforçure mais de la fausse renforçure. Non, ce que je veux dire c'est du trouble — il répéta le mot en le faisant trembler dans sa bouche

43

— du trouble. C'est une force naturelle, une force-cheval.

— Oui, dit Bobi, alors tu sais ce que c'est au juste ?

— Non », dit Carle.

Bobi se mit à sourire et, ouvertement, il cligna de l'œil vers Mme Carle, et vers le fils, et vers Jourdan, et il s'installa en face de Carle avec un rire muet.

« C'est..., dit Bobi.

« Tu as vu des têtes de coquelicot ?

— Oui.

— C'est gros comme le pouce et puis ça s'ouvre et peu à peu il en sort une fleur grosse comme le poing.

— Oui.

— Ce qu'il a, ton cheval — il dit le reste tout doucement — c'est la graine des ailes.

« Oui, continua Bobi dans le silence, et toujours doucement. Il en sortira de grandes ailes blanches. Et ça sera un cheval avec des ailes, et il fera des enjambées comme d'ici au jas de l'érable, et il galopera à dix mètres au-dessus de terre et on ne pourra jamais plus l'atteler ni lui, ni ses fils, ni les fils de ses fils. »

*

« Ça, dit Jourdan longtemps après — et ils étaient déjà en route vers chez Maurice dans le précoce crépuscule d'hiver — ça c'était tout, sauf ce que j'attendais.

— Ça sera souvent comme ça, dit Bobi.

— Le plus, dit Jourdan, c'est Carle ; qu'il soit venu jusqu'à la voiture toujours en parlant, parce que, tu sais, lui, ça n'est pas un parleur, et qu'il nous ait dit « au revoir ». Et puis il a ajouté « et au revoir, ça veut « dire que je voudrais bien vous revoir ». Il n'aime pas beaucoup la compagnie. C'est ça qui m'étonne. »

Ils allèrent un bon moment. Il faisait froid. Le soleil tombait. La nuit était déjà tremblante dans la brume.

*

En approchant de chez Maurice ils entendirent des

cris. C'étaient des cris d'homme. On avait allumé un fanal dans la cour. Jourdan arrêta devant le portail avant d'entrer. Le fanal était posé là-bas près du hangar. Il éclairait l'échafaudage d'un « travail » à ferrer les bœufs, trois hommes penchés, presque sans mouvements ; dans la cage de bois, un homme accroupi et qui criait. A la limite de l'ombre, une femme debout, un enfant dans ses bras.

Bobi sauta de la voiture et courut.

« Q'est-ce que c'est ? dit il.

— Il s'est défait les reins, dirent-ils.

— Ecartez-vous », dit Bobi.

Jourdan arrivait.

« C'est mon cousin, dit-il, laissez-le faire.

— Si celui-là me touche, je le tue », cria l'homme.

On lui avait attaché les bras à la barre basse du « travail ». Il était vieux et poilu. Il soufflait. Il avait des yeux féroces. Puis il devenait mou et tendre avec des yeux d'enfant et il criait.

« Tu as bel air pour me tuer, laisse voir. »

Bobi entra dans l'échafaudage.

« Détachez-le. Ne le touchez plus. Laissez-moi.

— Laissez-le », dit l'homme.

Il était étendu par terre.

« Là ? » demanda Bobi.

Il lui toucha les hanches.

« Non.

— Là ? »

Il lui toucha le moignon de l'omoplate. L'homme hurla.

« Ah ! dit Bobi, c'est aussi dans la graine d'aile que tu as mal, toi ? »

Il se redressa.

« Donnez-moi un fichu, une écharpe, une chose longue et souple, n'importe quoi.

— Ça ? » dit un homme.

Il lui donna un foulard.

« Oui. Entre ici, Jourdan. »

Bobi avait passé le foulard sous le bras de l'homme. Il donna les bouts du foulard à Jourdan.

« Tiens ça, dit-il, et reste tranquille. »

« Un homme », demanda Bobi en se tournant vers les autres.

Un homme s'avança.

« Tiens-lui les jambes, pas plus.

— Tu vas me faire mal ? demanda doucement le malade.

— Je vais te guérir », dit Bobi.

Il regarda Jourdan.

« Quand je dirai « hop » tu tireras en l'air. »

Il prit la main du malade. Il la serra au poignet.

« Tiens bien les jambes. »

Il cria « hop ». Il tira le bras vers lui, Jourdan tira le foulard en haut. L'homme hurla et se renversa en arrière.

« Il ne s'était pas défait les reins, dit Bobi, il s'était démis l'épaule, ça arrive.

— Il ne bouge plus.

— Allez chercher de l'eau-de-vie.

— Portons-le dans la maison.

— Attention, dit Bobi, prenez-le par les pieds, moi je le prends aux épaules. En avant ! »

Comme ils entraient, la vieille femme se mit les mains sur la tête. Elle allait crier. Elle ouvrait déjà la bouche.

« Il est guéri », dit Bobi.

On ne le connaissait pas, mais il disait de bonnes choses et il riait.

« Devant le feu, dit Bobi, et maintenant, de l'eau-de-vie pour lui et peut-être aussi pour nous.

— C'est mauvais d'entendre crier l'ancêtre.

— Oh ! pour l'ancêtre, dit la vieille femme, il l'est. »

La jeune femme regardait sans rien dire. Un petit garçon était venu s'abriter à son ombre.

Les hommes s'essuyaient le front.

Le malade devant le feu semblait mort.

« Jacquou, gémit la vieille pendant que sa main tremblait dans le placard en faisant tinter les bouteilles.

— Il va revenir », dit Bobi.

L'homme étendu ouvrit les yeux.

« L'enfant de pute..., dit-il.

— C'est moi », dit Bobi.

Il se pencha vers lui. Il lui tendit un verre de fine.

« Bois.

« Bouge tes doigts. »

L'homme bougea ses doigts.

« Bouge le poignet. »

L'homme bougea le poignet.

« Le coude. »

L'homme fit aller son coude.

« Maintenant, dit Bobi, pour l'épaule il faut attendre jusqu'à après-demain. Tu n'as plus mal ?

— Le souvenir, dit l'homme.

— Alors, dresse-toi et assieds-toi. »

Il l'aida à se relever. Un des hommes avait avancé une chaise.

« Alors, Jacques ? dit Jourdan.

— C'est toi, Jourdan ? Alors, tu vois.

— Ça va mieux.

— Oui, mais, dit Jacques, je voudrais savoir. Qui vous êtes, vous ?

— L'enfant de pute, dit Bobi.

— Vous êtes le docteur ?

— Oui, je suis le docteur, mais ne le dites pas, dit Bobi en riant, on me mettrait en prison parce que je n'ai pas les billettes.

— Quelle histoire ! dit Jacques.

— En somme, dit Bobi, qu'est-ce que vous en pensez, les putes font assez bien les enfants. »

La vieille femme riait, et les hommes, et Jacques but puis il dit :

« Ça réchauffe. »

Puis :

« Ne riez pas de ça. »

Puis :

« Le mal passe la politesse.

— De rien, dit Bobi.

— Vous allez manger avec nous, dit Jacques.

— Oui, dit la vieille.

— Oui, dirent les deux hommes.

— Sûr, dit la jeune femme.

— Non, dit Bobi, il faut qu'on rentre. Marthe est seule.

— C'est le cousin de Marthe alors, dit la jeune femme.

— Non, dit Jourdan, c'est mon cousin.

— Vraiment non ? dit la vieille. (Elle voulait dire : vous ne restez pas ?)

— Vraiment non, dirent-ils.

— Il faudra seulement, dit Bobi, lui soutenir le bras dans le foulard jusqu'à après-demain, et puis, de quelque temps ne pas faire de force. »

*

A deux cents mètres de chez Maurice, Jourdan fut obligé d'arrêter, de descendre et d'allumer le fanal. Il faisait nuit noire. Avant de l'accrocher aux ridelles Jourdan haussa la lumière à bout de bras. On ne pouvait pas voir à plus de dix mètres. Au-delà, mêlée à la nuit, grouillait la foule silencieuse des brumes. On en voyait rouler confusément les formes, et trembler les chevelures gelées.

« Le cheval est fatigué, dit-il. On a une demi-journée de retard. Je comptais être à la Fauconnière à midi et c'est la nuit. »

On repartit tout doucement. La brume s'écartait devant mais elle revenait frôler le boggey et on l'entendait derrière qui touchait la capote de cuir avec ses doigts craquants.

On était arrivé dans le pays de la nuit. Le cheval tâtait le monde avec ses longues oreilles. Il essayait de voir malgré ses œillères. Il tournait la tête. Il hésitait dans ses jambes. Il glissait du sabot. Il soufflait. Il repartait, tendant le cou avec un renâclement qui lui faisait trembler le ventre. Il n'y avait tout autour dans la nuit que des formes mouvantes à grandes robes d'argent. La frayeur du cheval remontait en secousses le long des guides.

Soudain, il y eut un bruit haut dans le ciel. S'avança le corps d'un arbre, immense de ramure, sans feuilles. Il semblait découpé dans du carton. Derrière lui on voyait les formes d'autres arbres. La brume grésillait dans leurs branches.

« Les platanes de la fontaine, dit Jourdan.

— Ho du boggey », héla une voix.

Le cheval s'arrêta.

« C'est toi, Silve ?

— Oui. »

Les pas d'un homme sur la terre gelée.

Le poids d'un homme qui s'appuyait aux ailerons fit pencher la voiture du côté de Jourdan.

« Qu'est-ce que tu fais en voiture à cette heure ?

— Je rentre.

— Ça va ?

— Ça va.

— Qu'est-ce que tu fais là ? dit Jourdan.

— Rien.

— Il fait froid, dit Jourdan.

— Ça distrait, dit la voix.

— Les jours sont longs, dit Jourdan.

— Et c'est les plus petits, dit la voix.

— Qu'est-ce que tu fais là-bas ?

— Rien.

— Tu veux monter ?

— Non, je marche, ça distrait.

— Alors, dit Jourdan, c'est toujours pareil ?

— Tu avais l'espoir que ça change ? demanda la voix.

— Oui, dit Jourdan.

— Tant mieux pour toi.

— Tu ne crois pas, toi ?

— Non.

— Alors, quoi ?

— Alors, ça. »

La voiture bougea. L'homme de la nuit venait sans doute de faire un geste qui désignait la nuit.

« Pourtant, dit Jourdan, les hommes...

— Oui.

— Quoi, oui ?...

— Les hommes.

— Tu n'as pas confiance ? demanda Jourdan.

— Non », dit la voix.

Un moment de silence, puis la voiture se délesta de ce poids appuyé sur elle. Elle balança un peu. Elle se remit d'aplomb.

« Salut, dit la voix.

— Adieu », dit Jourdan.

Le cheval se remit en marche.

Longtemps après, au fond de la nuit, s'allumèrent deux petites lampes.

« Fra-Josépine, dit Jourdan.

— C'est tard, dit Jourdan.

— Ils seront couchés, dit Jourdan, on rentre. »

A mesure qu'on s'avançait les lampes se séparaient. Maintenant elles étaient éclairées loin l'une de l'autre.

« La ferme et le château, dit Jourdan.

« Comme on l'appelle, continua-t-il. C'est seulement la maison des maîtres, mais on dit « le château ».

« Tu dors ?

— Non », dit Bobi.

Les deux lumières étaient carrées. C'étaient deux fenêtres.

« Il y aura trois ans le 7 février j'étais ici, dit Jourdan, à peu près. Derrière le talus d'arrosage. Ça doit être par là. »

Il tira la guide gauche.

« Serre, Coquet », dit-il au cheval.

On laissait les lumières sur la droite. On longeait leur ligne.

« On surveillait, dit Jourdan. Il y avait à peu près de la lumière comme ce soir mais sans brume.

« A dix heures il s'est tiré un coup de fusil. Sur lui, cette fois. Ça a éteint la lampe.

« Sale corvée, dit Jourdan.

« Deux jours que ça durait », dit Jourdan.

Il sentit que Bobi bougeait dans son manteau.

« Le 5 février, dit Jourdan, j'affûtais ma faux. Ma femme vient. Elle me dit : « Ecoute ! » J'écoute. On tirait des coups de fusil à Fra-Josépine. J'entends courir. C'était la femme et la fillette. « Il nous tire « dessus. — Non, je dis. — Si. » Je laisse tout tomber, je me dresse. Oui, même un plomb avait tracé sur le front de la fillette. Treize ans, elle avait. Il est fou !

« Oui, il était fou. Il avait tout poussé contre la porte : lit, commode, chaises, canapé. C'étaient des gens bien, il avait dû faire provision de cartouches. Il a tiré plus de cent coups. Et d'abord sur sa femme et sur sa fille. Elles ont tout de suite pensé à venir à la maison. Il leur a tiré dessus encore quand elles traversaient le potager. Ce qui les a sauvées c'est qu'elles sont tombées. Il les a cru mortes. Alors il est allé à l'autre fenêtre pour tirer sur les fermiers.

« C'était un homme sec, l'œil doux, avec toujours de grands mots et de grandes phrases. Savant. Il n'était pas venu, disait-il, pour être paysan tout d'un coup puisqu'il n'avait pas été paysan de métier mais pour être enfin à son goût dans le calme et la simplicité. Il avait pris le fermier le meilleur : Adolphe. Loin on le connaît. Il n'a jamais eu un embêtement. Il avait une chambre pleine de livres, on aurait dit un grenier. Il avait une femme : la douceur même. Si on la voulait elle arrivait. Si on ne la voulait pas elle n'arrivait pas. Il avait !... De Fra-Josépine on voit la forêt Grémone, le fond du plateau, l'étang et toute la terre. On voit le travail de tous. Il n'y a qu'à s'asseoir au banc de pierre sous l'allée de platanes et on a le monde entier sous les yeux. Il avait une belle petite fille. Et elle s'appelle Aurore. Tout, quoi !

« Et voilà ; il a tout. C'est nous qui le disons. Quand il fait son compte, lui, il sait qu'il n'a rien. Tu as tout. Oui. Pour les autres, il semble, puisque tout est là, devant toi, tu n'as qu'à prendre. Mais l'appétit ? Ah ! c'est ça, l'important ! Donne du faisan à un qui a envie de vomir. C'est ça la chose. C'est une question de corps. Au fond de tout, il faut que ton corps désire.

Sinon, tu as beau avoir tout, tu as tout mais tu ne te sers de rien.

« Alors, moi je ne suis pas savant, je ne sais pas. Mais je suis bien obligé de penser à ça parce que moi aussi, parce que tous. Et voilà : des fois, quand je suis seul, ou quand ça vient, je me dis que c'est louche, ça a l'air d'un travail mal fait. Il y a une chose que je ne crois pas : c'est que volontairement on veuille que nous soyons malheureux. Je crois que tout est fait pour que tout le monde soit heureux. Je crois que notre malheur c'est comme une maladie que nous faisons nous-mêmes avec de gros chaud-et-froid, de la mauvaise eau et du mal que nous prenons les uns aux autres en nous respirant nos respirations. Je crois que, si nous savions vivre, nous ne serions peut-être pas malades. Avec l'habitude qu'on a prise, maintenant, toute notre vie c'est lutter, et nager, et se battre pour ne pas sombrer. Tout. Que ce soient tes bestiaux, que ce soient tes semences, tes plantes, tes arbres, il faut que tu te gendarmes contre tout. Ce que nous voulons, il semble que le monde entier ne le veut pas. Il semble qu'il le fait par force. Ça a dû nous donner un dégoût de tout, à la longue. Ça a dû obliger notre corps à une fabrication quelconque, est-ce qu'on sait ?... Le monde nous oblige bien à faire du sang. Nous fabriquons peut-être, sans le savoir, un sang spécial, un sang de dégoût et, au lieu de charrier dans notre corps partout, aux bras, aux cuisses, au cœur, au ventre et aux poumons un sang d'appétit, notre grand tuyautage nous arrose avec du sang de dégoût. »

Les lumières s'étaient éteintes. On avait tourné bride, tout lentement. La terre montait un peu. Le froid durcissait la nuit comme le ciment au fond du mortier.

« Regarde les signes », dit Bobi.

Là-bas devant, des signes d'or venaient de s'allumer. Ils étaient comme des lettres. Il y en avait un qui était comme la lettre L majuscule. Et devant cette lettre il y avait un semblant d'apostrophe. C'était au ras de la terre. Il y avait un signe qui faisait le E toujours majuscule, mais ce E devenait de temps en temps un F. C'étaient bien des signes et ils étaient bien en or. Mais on ne pouvait pas lire.

Jourdan essayait. Il appointait ses yeux. Il se disait : elleapostrophe-e, elleapostrophe-f. Qu'est-ce que ça veut dire ? A mesure qu'on avançait les lettres changeaient de forme. Celle qui était un L était devenue presque un O un peu carré et l'apostrophe s'était fondue dans sa forme. L'autre lettre devenait un M renversé sur le côté. « Il aurait fallu marquer ça sur du papier », se dit Jourdan. Savoir. Les remèdes, c'est parfois écrit comme ça en lettres bizarres et celui qui ne sait pas les regarde et ne sait pas.

« Elleapostropheèffeo, elleapostropheèffeo-m », il se disait ça comme un de ces grands mots sans forme qui devaient désigner le soleil, la lune et les étoiles dans la bouche des premiers hommes.

« C'est la maison », dit Bobi.

Jourdan tira sur les guides. Le cheval s'arrêta.

« Quoi ? demanda Jourdan.

— Les signes, dit Bobi, c'est la maison. Marthe a allumé du feu. Elle a fermé la porte et le volet de la fenêtre, et voilà là-bas devant nous la lumière qui coule par les joints tout autour de la porte et autour du volet. »

Jourdan resta un temps sans parler.

« Il vaut mieux un qui sait que un qui cherche », dit-il.

Mais il ne secoua pas les guides pour faire repartir le cheval et il posa sa main sur le genou de Bobi.

« Reste avec nous, dit-il.

« On est devenu comme des lépreux, sans aide et sans secours.

« Les meilleurs, tu sais, il n'y en a plus beaucoup qui aient encore de l'espoir.

— C'est difficile, dit Bobi.

— Tu l'as fait, dit Jourdan, avec tant de simplicité depuis l'autre nuit.

— Je n'ai donné que de petits remèdes.

— Mais ça m'a travaillé tout le corps, dit Jourdan.

— Les grands remèdes, dit Bobi, ça rebutera plus.

— Il faut se commander quand on veut guérir, dit Jourdan. Et puis maintenant tu es trop responsable. Voilà que tu nous as fait voir déjà ce qui pouvait nous soulager. Mais nous ne savons guère nous débrouiller, nous, au milieu de toutes ces fleurs de carottes et de tous ces signes d'or. Une fois nous croyons voir seulement les vieilles étoiles, d'autres fois nous nous imaginons des mondes et ça n'est que la lumière autour de la porte.

« Tout peut guérir, mais nous ne savons pas choisir, et un qui sait vaut mieux que dix qui cherchent. »

La maison qui s'approchait sentait le pain nouveau.

IV

Bobi frappa à la porte de bon matin.

« Holà ! » répondit Jourdan.

Il venait de s'éveiller sur le coup.

« Plus tôt on commence, dit Bobi... Et ce sera le jour, je crois.

— *Beau réveil quand les prés fleurissent* », chanta Jourdan en faisant craquer le lit.

Marthe appela.

« Restez couchée, dit Bobi à travers la porte. Je sais où tout se trouve. Mais tout à l'heure, si j'ai bien calculé, il fera bon être debout. »

Jourdan regarda par la fenêtre.

« C'est le grand gel », dit-il.

C'était le grand gel. Pendant la nuit, le vent du nord était venu. Il avait soufflé tout doucement, sans violence, à peine comme un homme qui respire. Mais sa force était dans le froid. Il avait déblayé le ciel. Il avait verni la neige. Il avait séché la dernière sève aux fentes des écorces. Il avait fait que la forêt était maintenant comme un grand bloc. Il avait verrouillé la terre. Il avait usé le ciel toute la nuit avec du froid, du froid et du froid, toujours neuf, toujours bien mordant, comme un qui fait luire le fond d'un chaudron à la paille de fer, et maintenant le ciel était si pur et si glissant que le soleil n'osait presque pas bouger.

« Houlà ! grelotta Jourdan en passant son pantalon. Dès qu'on touche l'air le sang retourne au cœur. Je suis gelé comme une fleur d'amande. »

A la jointure de la fenêtre le vent du nord, léger mais tenace, sifflotait comme un grillon.

« Si tu voyais, dit Jourdan, rien ne bouge. Ça, c'est la mort complète. A part ceux des maisons il n'y a pas trois vivants dans le monde.

— Et, qu'est-ce que tu veux faire, dit-il après avoir soufflé sur la vitre et dérouillé un beau morceau de gel, le ciel est raide comme du fer. »

Bobi avait allumé le feu en bas. Il était debout devant. Il se chauffait les mains une après l'autre. Puis les pieds, un après l'autre, puis de nouveau les mains. Il était comme une roue que le froid avait mise en mouvement.

Jourdan entre et vient. Et le voilà aussi à faire la roue. Doucement, sans bruit. Comme quand la force arrive à peine et que les volants tournent avant d'entraîner les courroies.

« Tu as encore du blé ? dit Bobi.

— Oui.

— Beaucoup ?

— Deux charges.

— Tu l'as encore tout, alors ?

— Non. J'ai vendu deux charges. La moitié.

— Tu gardes celui-là pour la semence ?

— D'abord. Mais j'aurais pu en vendre encore au moins une charge. Seulement le prix a baissé.

— Le blé te sert à quoi ? demanda Bobi.

— Des fois, dit Jourdan, je comprends mal ce que tu demandes.

— C'est toujours quand c'est simple, dit Bobi. Le blé, à quoi ça te sert ?

— Pour le pain.

— Pour Marthe et toi ?

— Oui.

— Il t'en faut combien pour l'an ?

— Une charge.

— Alors, le reste ?

— Je le vends.

— Donc, dit Bobi au bout d'un moment, avec du blé tu fais du pain pour Marthe et toi. C'est juste. Avec encore de ton blé tu resèmes pour du nouveau blé, c'est juste. Avec ce qui reste, tu fais des sous. Tu donnes ton blé à quelqu'un. Il fait le compte. Il tire son portefeuille. Il te donne un billet, deux billets, trois billets ; tu les mets dans ton portefeuille, tu fermes ta poche. Tu reviens à la Jourdane. Tu prends ton portefeuille, tu tires les billets. Tu les fais voir à Marthe. Tu ouvres l'armoire. Tu places les billets sous les chemises de Marthe, ou bien c'est elle qui le fait. Tu fermes la porte de l'armoire. Bon. A ce moment-là, tu t'aperçois que tu es un lépreux. De ton travail tu as fait trois parts : une qui te sert à vivre : toi et Marthe, ça fait un. Quand je dis : toi, ça veut dire les deux. Bon. Une autre part qui te donne l'assurance de vivre l'an prochain. Une troisième part qui est en papier sous les chemises pliées. Qu'est-ce que tu as fait pour le lépreux dans tout ça ? Rien.

« Quand on ne fait rien pour le lépreux, il devient de plus en plus lépreux.

« Il y a une partie de ton travail qui est perdue. C'est celle qui s'est transformée en papier et qui est à plat, toute mince, sous les chemises de Marthe.

« Je dis perdue.

— Comment, perdue ? dit Jourdan, c'est de l'argent.

— Je dis plus, continua Bobi, c'est ça qui te donne la lèpre. Entendons-nous. Je force un peu pour te faire comprendre. Le germe de cette lèpre, tu l'as en naissant. Il est venu jusqu'à nous de mère en mère.

C'est un petit point noir dans la matrice des femmes, juste à l'endroit où s'appuie la tête de l'enfant.

— C'est donc, dit Jourdan, qu'on est promis à toute la catastrophe ?

— Non, dit Bobi, au contraire.

— Si on a de la naissance, dit Jourdan.

— Ce germe de lèpre, dit Bobi, c'est plus nécessaire que le cœur. »

Le feu a ronflé. L'eau a bouilli. Le volet a crié, la vitre a craqué de froid dans son mastic puis Jourdan a dit :

« Explique-toi. »

Il y a un beau matin sur la terre. Le soleil s'est hasardé dans le ciel et monte.

« Ce que tu appelles la lèpre, dit Bobi, c'est de l'amour sans emploi. Oui, qu'est-ce que tu te figures d'être ?

— Tu me regardes, dit Jourdan, comme si tu me voulais du mal.

— Non, dit Bobi, et tu le sais. Je te regarde parce que je te corrige.

— Qu'est-ce que je suis ? dit Jourdan.

— Oui, tu es un homme, un point c'est tout.

— Je suis un homme », se redit Jourdan.

Et il se regarda.

« Pas plus, dit Bobi.

— Pas plus, se redit Jourdan.

— Le tort, dit Bobi, c'est de se croire plus. »

Et Jourdan resta muet parce qu'il cherchait ce que ça voulait dire.

« Tu es obligé d'aimer le monde », dit Bobi.

Il y avait toujours quelque chose de pas clair. Et, l'éclaircissement ne venait presque plus de Bobi, ni de sa voix, ni de ses mots, l'éclaircissement venait du chaud, du feu, du gel, du mur, de la vitre, de la table, de la porte qui battait dans le vent du nord et des dalles du parquet qui suaient doucement l'argile quoique vieilles. L'éclaircissement venait de toutes ces choses mais c'était encore gauche et maladroit, et le seul avantage de Bobi c'est qu'il mettait des mots d'homme sur ces mots de feu, d'argile, de bois et de ciel pur. Il essayait de mettre des mots d'homme. Mais ça n'était pas tout à fait ça. Si on avait pu avoir des mots-feu et des mots-ciel, alors oui.

« Tu es obligé, dit Bobi.

« Voilà que tu es arrivé en pleine invention. Ça a commencé, Jourdan, dans le moment où tu étais encore entre les cuisses de ta mère, avant qu'on te détache. Oui. Au premier saut. Et ils étaient là à t'attendre. Tous. Ça fait beaucoup.

« Ils ont dit : « Ah ! en voilà encore un. On va lui « apprendre. »

« Et ils t'ont appris. »

Quoi ?

La maison craquait doucement comme un fagot de bois qui dort.

« Guéris-toi de la lèpre, dit Bobi, puisqu'on t'a appris : les savants !... »

Il resta un moment à s'apaiser. On entendait là-haut Marthe qui, levée, chantonnait en marchant dans la chambre.

« Avant de naître, dit Bobi, tu savais plus. Et tu savais juste. Et, ce qui t'a appris, c'est l'endroit où ta tête était collée dans le ventre de ta mère. Un morceau gros comme ça. »

Il montra l'ongle de son petit doigt.

« Mais ça a une voix comme qui dirait... électrique ! »

Il le laissa un moment avec le souvenir des mots autour de lui. Pas seul. Pas rien qu'avec ça ; il y a le feu qui fait compagnie, le bruit du feu, la couleur du feu, l'odeur du feu. Il y a le grand ciel si pur, si bien appliqué sur les vitres qu'on ne peut pas l'oublier. Il y a le craquement du gel, la glace sous les tuiles et qui bouge doucement comme un rat. Il y a le soleil dont on ne voit pas le vrai visage, tranchant les yeux, mais qu'on voit à travers la fenêtre brouillée de buée ; et il est tout écrasé, doux et collant comme un abricot mûr tombé dans l'herbe. Et tout ça c'est maternel. Et Bobi le sait, et voilà que Jourdan commence à savoir.

« Et aujourd'hui, dit Bobi, avec tes sous, qu'est-ce que tu peux acheter pour guérir ta lèpre d'aujourd'hui ?

— Rien, dit Jourdan.

« Et à qui veux-tu que j'achète ?

— Au monde.

— Quel monde ?

— Il y en a combien ? dit Bobi.

« Celui-là, dit-il en montrant au-delà la fenêtre. La forêt, le plateau, la terre, le ciel, le froid. Aujourd'hui, quoi, toi compris. »

On entendait Marthe qui descendait les escaliers.

« Tu as du blé, demanda Bobi, assez pour ton pain, assez pour ta semence ?

— Oui.

— Alors tu es riche. Alors, dit Bobi, on va s'acheter une chose dont t'a parlé ta mère, il y a longtemps. Pendant que tu mûrissais. »

Marthe entra.

« J'ai regardé par la fenêtre, dit-elle en souriant. C'est le grand gel. Il n'y a rien, ni dans le ciel, ni dans la terre. On est seul, à cent kilomètres tout autour. »

Elle les voit tous les deux, Jourdan et même Bobi, coincés comme des rats. Ils ont la grosse ride en épi de jonc au milieu du front. Ils ont l'air de réfléchir et d'être coincés en pleine réflexion. Et elle pense encore une fois que les hommes sont bien malheureux de vouloir, vouloir et toujours vouloir.

Elle sourit encore, à l'un et à l'autre, avec ses bonnes dents toutes blanches entre ces lèvres de vieille femme qui donnent encore envie de manger avec elle, à côté d'elle, et de lui apporter à manger.

« Où est ton blé ? demande Bobi.

— A la resserre, dit Jourdan, c'est plus sec.

— On va, dit Bobi.

— Et alors, dit Marthe, voilà que ce matin ils n'ont même pas pensé au café. »

Bobi a trouvé un balai en genêt. Il le porte d'une

main. De l'autre main il tient l'oreille du sac de blé et, tous les deux, Jourdan et lui, ils sortent par la petite porte de derrière.

Le ciel est mort et serré comme un vieux billot de bois sans sève. Si ce froid dure, le ciel tout à l'heure se fendra d'une grande fente noire, de ce noir qui est la vraie couleur du ciel.

Bobi balaie l'aire. Il fait place nette avec les grumeaux de gel et les grumeaux de terre. Maintenant le sol est dur et net comme une assiette.

Il a vidé là-dessus au milieu le sac de blé. Ça pouvait faire à peu près cinquante kilos. Jourdan a été un peu honteux. Il ne dit rien. Non pas honteux de vider le sac sur la terre mais il a eu de la peine de voir que son blé dont il était si fier — un blé de riz, disait-il, fin et dur comme de la poudre de pierre — avait perdu toute sa couleur et qu'il paraissait blême et louche par rapport à l'éclat environnant de tout le gel.

« Voilà, dit Bobi en s'époussetant les mains. Il faut rentrer. On va regarder ça de la cuisine. »

Ils se sont mis derrière la fenêtre de la cuisine. Ils regardent. Il ne se passe rien dehors. Mais ici dedans il y a l'odeur du café et du pain qui donne patience.

« Il me semble... », dit Jourdan.

Mais il ferma durement sa bouche...

Un oiseau venait de passer. On ne savait pas encore de quelle race il était. Il avait fait seulement un petit éclair avec ses ailes. Il volait vers Fra-Josépine. Il eut l'air de s'écraser sur le ciel. Tout ouvert, ailes et plumes de la queue où l'on put voir un peu de couleur rouge. Il se freinait de toutes ses forces. Il s'arrêtait, ventre au vent ; déjà il tombait quand il piocha d'un grand coup avec ses plumes. Il revenait. Il courbait son vol comme le vent qui abaisse la branche courbe du saule et au bout est la fleur. Il frappa le tas de blé à plein fouet. Il se secoua. Il était étonné. C'était un verdier. Il ne pensa même pas à chanter un petit coup. Il se mit à manger.

Jourdan tira sa blague, bourra sa pipe, tendit sa blague à Bobi. Sans regarder. Il regardait l'oiseau.

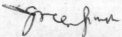

Bobi prit la blague, tira sa pipe, bourra sa pipe, rendit la blague. Puis il alluma l'allumette et alors il jeta un rapide coup d'œil sur le feu dans ses doigts et Jourdan alluma, mais il surveillait toujours l'oiseau du coin de l'œil.

Il était tout ébouriffé de froid. Trois fois plus gros que d'ordinaire. Les rémiges d'or largement écartées laissaient voir son duvet de dessous-plume. Son ventre était fleuri de blanc, comme du coton de clématite sur de l'herbe. Il mangeait.

Les yeux regardaient l'oiseau mais le regard est en forme de rayon et, au-dessus, il y a une zone où on voit les choses sans se les nommer parce que c'est le halo du rayon de l'œil. Ce qu'on voit dans ce halo c'est toujours déformé comme ce qu'on voit dans le brouillard.

Il sembla que le ciel faisait comme le couvercle d'une caverne où des gouttes d'eau se forment, se gonflent et d'où elles tombent. L'illusion y était en plein ; même l'épanouissement de lumière des gouttes d'eau traversées de soleil dans leur chute. Mais, dès que tout ça arrivait dans le regard — toujours fixé sur le petit verdier ébouriffé, si verdelet, si goulu et déjà chuintant — ce n'étaient plus des gouttes d'eau, c'étaient des oiseaux. Des autres. On avait la tête pleine des deux images : la caverne d'azur, les grosses gouttes, le bruit enfantin des eaux sonores et puis, non, voilà des oiseaux, et la caverne c'est le ciel, et le bruit c'est les oiseaux qui chantent, et le mordoré ce n'est pas le fugitif du soleil mais ce sont les plumages de toutes les couleurs qui s'ouvrent, et froutent, et freinent pour que l'oiseau puisse se poser doucement dans le blé.

Il y en avait déjà au moins trente. Il y avait une draine énorme, un turquin tout bleu de turc, un tangara à sept couleurs, des bouvreuils rouges, bleus et noirs, un bruant tout en or, une ouette qui balançait sa crête rouge et frappait de droite et de gauche avec ses ailes noires, des serlis, des tarins, des agripennes, des chardonnerets, des vengolines, des linottes, des jaunoirs, des sizerins, des titiris, des passerines.

Il en arrivait encore.

« Il faut sortir », dit Bobi.

Jourdan le regarda d'abord sans répondre.

« Ils vont s'envoler, dit-il.

— Sortir par-derrière, dit Bobi.

— Que regardez-vous ? demanda Marthe.

— Viens voir.

— Moi, dit-elle, j'aime beaucoup les bouvreuils. Les gros, les bleus. Chez moi on leur dit : binery. Voilà comme on les appelle. Je me souviens que, quand j'étais jeune, j'avais un bon ami qui gluait. Ah ! dit-elle, il prenait plus d'oiseaux que de filles. Il y avait... », dit-elle.

Elle s'était graissé deux ou trois fois les lèvres avec de la salive comme une qui va parler longtemps et elle resta là, avec ses lèvres luisantes. Elle avait cru avoir envie de parler. C'était seulement envie de penser à des choses nouvelles.

« Doucement », dit Jourdan en poussant la porte de l'étable.

Elle donnait derrière la maison et on n'entendait même pas le bruit des oiseaux, mais on voyait la forêt Grémone.

On voyait le ciel.

Voilà ce qu'on voyait : la terre qui montait vers la forêt. Elle cachait les troncs. Dépassant la terre, les branchages noirs. D'autant plus noirs qu'ils étaient plus chargés de neige. Puis, le ciel clair, net, pur et, comme on était abrité du soleil, un ciel terrible dont on pouvait voir l'infinie viduité, l'infinie solitude, la cruauté effrayante et sans borne. Et, ce ciel, révérence parler, il se cassait la gueule sur le toit de la ferme ; voilà ce que je veux dire : ce ciel était fait pour s'en aller, tel qu'il était, jusqu'à la fin du temps, de l'espace et de la durée. Et celui qui aurait pu le peupler d'une algue grosse comme le pouce ou d'un lichen rond comme l'ongle, il aurait été fort, croyez-moi. Mais, de la porte de l'étable on le voyait brusquement finir au ras des tuiles, coupé par le bord de la toiture en dents de scie. A partir de là, ça n'était pas grand-chose, si vous voulez, mais c'était la joie et l'amour. Il n'y avait plus de monde insensible. Il y avait des tuiles d'argile cuite, la dentelle de la génoise, la joue fraîche du toit. L'homme, on a dit qu'il était fait de cellules et de sang. Mais en réalité il est comme un feuillage. Non pas serré en bloc mais composé d'images éparses comme les feuilles dans les branchages des arbres et à travers desquelles il faut que le vent passe pour que ça chante. Comment voulez-vous que le monde s'en serve s'il est comme une pierre ? Regardez une pierre qui tombe dans l'eau. Elle troue. L'eau n'est pas blessée et la voilà qui fait son travail d'usure et de roulis. Il faut qu'à la fin elle gagne et la voilà au bout de sa course qui aplatit à petits coups de vagues la boue docile de ses alluvions. Regardez une branche d'arbre qui tombe dans l'eau. Soutenue par ses feuillages elle flotte, elle vogue, elle ne cesse jamais de regarder le soleil. A la fin de sa transformation elle est le germe, et des arbres et des buissons poussent de nouveau dans les sables. Je ne dis pas que la boue est morte. Je ne dis pas que la pierre est morte. Rien n'est mort. La mort n'existe pas. Mais, quand on est une chose dure et imperméable, quand il faut être roulé et brisé pour entrer dans la transformation, le tour de la roue est plus long. Il faut des milliards d'années pour soulever le fond des mers avec des millimètres de boue, refaire des montagnes de granit. Il ne faut que cent ans pour construire un châtaignier en dehors de la châtaigne et, quiconque a senti un jour de printemps sur les plateaux sauvages l'odeur amoureuse des fleurs de châtaignes comprendra combien ça compte de fleurir souvent.

Oui, la maison, c'était de la joie et de l'amour. Jourdan ne pensait pas aux traces de mains humaines sur l'argile des tuiles et que le pouce du maçon avait marqué le mortier en construisant le mur. Mais il pensait à ce blé là-bas plein d'oiseaux affamés. Les grains n'avaient pas de couleur quand il les avait entassés au milieu de l'aire éblouissante. Maintenant, brillant comme du riz, il volait dans le fouettement des ailes d'or. Il se souvenait que tout à l'heure il avait vu le verdier prendre un grain dans son bec, relever la tête, avaler. Il ne pensait pas plus loin, de ce côté. En réalité, ça n'était pas une pensée mais un travail secret dans son corps. Il était obligé d'avaler souvent sa salive. Il était ivre. Il venait de perdre le sens pauvrement humain de l'utile. Il ne pouvait plus s'appuyer de ce côté. Il ne pouvait pas encore s'appuyer du côté de l'inutile, mais il entendait venir la flûte qui chante pour les lépreux.

« Viens, dit Bobi, et il lui prit la main.

— Ils vont s'envoler », répéta Jourdan.

Ils parlaient tous les deux à voix basse ; ils tournèrent le coin de la maison. Ils arrivèrent à l'autre angle du mur.

On entendait crier les oiseaux.

Marthe était restée près de la fenêtre.

« Voilà maintenant, dit-elle, des rousseroles. »

Elles arrivaient par petits vols clignotants. Ce sont des oiseaux de rivières. Elles venaient de l'Ouvèze, du côté du soleil. Il y avait des tourterelles, des fauvettes. On ne pouvait plus voir tous les oiseaux.

On savait seulement que maintenant tous les buissons étaient prévenus. Il devait même y avoir comme une étrange nouvelle dans le ciel : une chose sirupeuse et dansante comme les traces de la chaleur de l'été. Les flamants qui habitaient au bord du plateau dans les marécages et qui garnissaient leurs nids flottants avec la laine des moutons du jas de l'érable passèrent dans le ciel. Ils faisaient une famille à part. Ils ne cherchaient pas de blé. Malgré tout, ils restèrent à tourner en rond. On voyait leurs longues pattes. Ils étaient comme éblouis par cette boule de toutes les couleurs qui dansait en bas dessous puis éclatait en jetant de tous les côtés des battements d'ailes noires, blanches, rouges, dorées, vertes, bleues.

64

De temps en temps un oiseau fou venait battre de la tête contre les vitres. Marthe se reculait puis elle revenait.

Elle pensait au grand ciel vide tout à l'heure et maintenant à cette foule. Elle avait un grand souci : elle aurait voulu avoir l'idée du grain toute seule. Elle se disait :

« Et demain, est-ce qu'ils en auront ? »

Elle aurait voulu que chaque oiseau fasse provision. Si elle avait connu l'emplacement des nids elle serait allée placer du grain à côté de chacun. Elle avait peur qu'ils se fassent du mal en sautant les uns sur les autres.

« Draine », disait-elle, de temps en temps.

Parce que la draine plus grosse et plus goulue que les autres se battait avec son gros bec.

Marthe se demandait :

« Où sont-ils partis tous les deux ? »

Mais elle était contente d'être seule. Elle se sentait travaillée par une force dont on ne pouvait pas prévoir jusqu'où elle irait ; c'était une force-femme, et dans ces cas-là on n'a vraiment pas besoin des hommes autour de soi.

Elle avait été enceinte au début du mariage avec Jourdan, mais elle n'avait pas pu mener à terme. Elle se souvenait de comment elle s'était d'abord senti les seins durs et tiraillés, puis, peu à peu ce remplissement de tous les vides de son corps et cette plénitude qui s'organisait en elle. Elle était comme de nouveau pleine, mais cette fois elle avait deux joies mélangées : d'abord la joie béate du corps fécondé et puis une joie allègre et sauvage ; car elle savait bien qu'elle était désormais trop vieille pour produire avec la semence de l'homme ; et malgré tout elle était amplement nourrie dans ce qu'elle avait de plus féminin et de plus secret. Elle entendait venir le contentement de tous ses besoins de mère et de femme ; sa vieillesse même n'empêchait plus rien, elle donnait au contraire à tous les gestes une douceur, une noblesse dont elle ne se disait pas le nom mais dont elle comprenait la gravité.

65

Comme quand elle marchait pieds nus, l'été dans les champs, vêtue de noir, son gros corps d'aplomb, ses grands pas solides, son buste droit, sa lente allure, son sourire paisible.

Ah ! comme il y a des choses qui parlent bien à la femme ! Et il n'est pas vrai que le temps finit où l'on est amoureuse. Et l'on est toujours amoureuse. Et c'est la seule bonne chose du corps. Alors, pourquoi ça finirait avant le corps ? Et qu'est-ce qu'on ferait après en attendant la mort ? On attendrait la mort, voilà tout ce qui resterait à faire. Ce qu'on faisait somme toute avant que cet homme vienne sur le plateau.

Pour elle, bien sûr, ça avait commencé avec cette petite chose de l'étalon et de la main, le jour du vent du nord. Le jour ? Ne dirait-on pas qu'il y a un siècle ! C'était avant-hier.

Que de secrets dans le monde !

Elle voyait des loriots. Elle pensait au vent d'ouest. Parce que les loriots viennent toujours mêlés aux bourrasques. Elle voyait des rousseroles. Elle pensait à la rivière Ouvèze couchée au fond de sa vallée fauve et dans les joncs dansent les nids de rousseroles.

Elle voyait des calandres avec les taches de rouille. Elle pensait aux fins d'été, à la touffeur des éteules, aux gémissements de la terre, aux bruits des chars, à l'envie de boire, aux landes beurrées de soleil.

Elle voyait des roitelets, verts, gris, ailes noires et crête d'or et, au lieu de continuer à voir les roitelets, elle voyait et elle respirait les bruyères, les herbes de la montagne, elle entendait la descente des troupeaux et la voix des pâtres.

Elle voyait des geais et des rolliers, des perdrix, des cailles — car maintenant tous les oiseaux du plateau s'étaient appelés —, des mouchets traîne-buisson, des mésanges grises, des cochères à tête bleue, des chardonnerets et une sorte d'oiseau qu'elle connaissait bien et dont le nom était l'oiseau silencieux. Il ne chantait jamais, même pas au temps de l'amour.

Chaque fois que toute la bande s'épanouissait

autour du tas de graines, une fleur de plume s'épanouissait aussi dans Marthe mais elle avait des ailes de vent, de plaines et de montagnes, des yeux de soleil, le ventre bleu du soir dans la campagne et le bruissement de tous les insectes des prés.

Elle entendait à peine le grésillement des oiseaux à travers la vitre.

Elle se demanda encore :

« Qu'est-ce qu'ils font ? »

en pensant aux hommes.

Elle se disait :

« Qu'est-ce qu'ils vont encore m'amener ? »

A ce moment elle vit Jourdan, plutôt le corps de Jourdan, sans son visage. Il débordait du coin de la maison.

« C'est lui ? se dit-elle. Qu'est-ce qu'il va faire ? On dirait qu'il guette. »

Jourdan ne bougeait pas. Si, il bougeait mais si lentement que ça n'était plus des gestes d'homme. C'était une grosse déception de voir là-bas ce velours de pantalon et ce drap de veste.

Elle ne pensait pas une minute que Jourdan pouvait faire du mal aux oiseaux. Mais elle sentait tout d'un coup qu'il n'y avait plus de confiance.

Elle tremblait à l'approche de l'homme. Elle était déjà moins fertile. Presque plus. Elle était du côté des oiseaux.

Le visage de Jourdan dépassa le coin de la maison. Marthe fit un geste pour lui dire « va-t'en » mais ici, dans le noir de la cuisine, on ne pouvait pas la voir. Et Jourdan n'avait pas envie de bouger. Il avait le visage extasié et dur de ceux qui dorment debout.

« Va-t'en », disait Marthe.

Il avança encore un peu.

« Va-t'en », disait Marthe.

Il bougeait à peine ses pieds. On ne le voyait pas avancer. Il avait pris sa place dans l'air comme un arbre. On ne faisait plus attention à lui. Et il avançait.

« Va-t'en », dit Marthe à voix basse.

Les oiseaux avaient fait un saut en arrière. Tous

ensemble. La draine avait tourné deux ou trois fois la tête. On avait vu luire son œil droit, puis son œil gauche. Elle était de nouveau venue au grain. Ils étaient de nouveau venus au grain. De temps en temps la draine s'arrêtait de manger et regardait Jourdan. Les oiseaux s'arrêtaient aussi de manger, parfois avec le grain au bec. Ils regardaient. Ils avaient l'aile prête, puis l'aile tressaillait en s'apaisant, et ils avalaient le grain, et ils picoraient devant eux sans plus regarder.

Alors Jourdan avançait.

Et ainsi il vint jusqu'au tas de blé. Ses pieds touchaient le tas de blé. Et les oiseaux restèrent là sans se troubler et même un se posa sur les souliers de Jourdan et un autre en s'envolant devant le bec de la draine vint frapper de la tête dans les pantalons de Jourdan.

Jourdan se retenait de respirer ; et pour voir les oiseaux il faisait glisser son regard le long de lui sans bouger la tête.

« C'est bien, mon homme », dit Marthe à voix basse.

« Non, dit Bobi, je ne sais rien pour les oiseaux et je ne sais rien pour rien. Il ne faut pas me faire plus fort que ce que je suis. »

C'était le plein soir. Ils étaient tous les trois réunis autour de la table pour la soupe.

« Comment l'idée t'est venue ? demanda Jourdan.

— J'ai vu le grand froid, dit Bobi, et puis j'ai pensé aux oiseaux.

— Tu as pensé aux oiseaux, dit Jourdan en se grattant la tête.

— Ça t'étonne ?

— Non, de toi ça ne m'étonne pas. Mais je trouve que ça n'est pas simple.

— Si, dit Bobi, c'est le plus simple de tout. Voilà à quoi j'ai pensé, il faut que tout le monde mange. »

C'était une soupe aux choux avec du lard et des pommes de terre.

« On se tirera des légumes après, dit Marthe, on partagera le lard en trois. Je n'ai pas fait de ~~soupe~~, vous comprenez bien.

— Oui, Marthe, dit Jourdan.

— Tu n'as pas faim ?

— Si, dit-il, mais j'ai l'impression que peu me contente.

— Il y a une grande joie qui nous vient des bêtes, dit Bobi.

— Oui, dit Marthe.

— Et il y avait beaucoup de bêtes, dit Bobi.

— Beaucoup, dit Jourdan.

— Tu as vu courir des lièvres ? dit Bobi.

— Sûr, dit Jourdan.

— Et des chevreuils ?

— Non, dit Jourdan, mais on m'a dit qu'il y en avait ici avant.

— Autour des fermes ? demanda Marthe.

— Il n'y avait pas de fermes, dit Jourdan.

— Mais, dit Marthe, ils venaient comme ça près de vous ?

— Oui, dit Bobi, ils venaient, mais ça, alors, ça date de très longtemps. »

V

« La vérité, mon bon Jourdan, dit Mme Hélène, c'est qu'après le déjeuner je ne me suis plus senti le courage de rester tout mon après-midi seule à Fra-Joséphine. J'ai dit à Aurore : « Va atteler la calèche. » Cette petite, on ne peut pas s'imaginer ce qu'elle aime s'occuper des chevaux, tripoter tout ça.

— Oui madame Hélène, dit Jourdan, avec ce grand printemps qui est là...

— La vérité, mon bon Jourdan, c'est que, si je ne vous dérange pas, je vais m'asseoir sur le talus et vous regarder travailler, parce que moi, je vous le dis franchement, tout ça — et elle désigna tout le printemps des champs avec ses petites mains en mitaines, — c'est noir, noir, noir. »

Elle cacha son visage dans ses mains.

« C'est cette cérémonie d'hier, dit Jourdan, vous n'auriez pas dû venir.

— Comment faire, dit-elle, c'était notre plus proche voisin, vous d'un côté, lui de l'autre.

— Asseyez-vous, dit Jourdan, j'ai le temps. »

C'était une dame. Même après la mort de son mari et quand elle avait eu à s'occuper de Fra-Joséphine avec le fermier, elle ne s'était jamais habillée autrement qu'en dimanche et bien soignée. Elle était belle de corps et de visage, avec une santé un peu blanche, une régularité un peu amollie dans les contours. Elle avait les yeux violets. Elle sentait bon sans parfum. Elle avait une jupe de bure souple, un corsage noir tout passementé, une guimpe blanche sur la gorge, des mitaines de fil et un béret. Une bouche grise.

« Et Mlle Aurore ?

— Je lui ai dit de me laisser près du buisson. J'avais envie de vous voir, mon bon Jourdan. Aurore est partie du côté de la forêt avec la calèche. Elle doit faire galoper par là-bas. Le sang de la petite devient fort, Jourdan. Ça va finir par nous donner des inquiétudes, vous verrez.

— Vous êtes toute pour le mal aujourd'hui, madame Hélène.

— Mais non, mon bon Jourdan, pas plus aujourd'hui que les autres jours. Qu'est-ce que vous croyez ? Moi je pense souvent à tout. Je crois, dit-elle, qu'on ne pourra jamais s'en débrouiller. »

C'était maintenant le printemps sur le plateau. La forêt au bout des champs luisait déjà comme un nuage vert. L'air était tiède avec parfois des remous qui y creusaient des abîmes froids où l'on entendait gronder le bruit travailleur de la terre.

« Qui l'a trouvé ? demanda Mme Hélène. On m'a dit que c'était le valet de chez Maurice.

— Non, dit Jourdan, c'est Viguier, son propre valet.

— Il avait compris quelque chose avant ?

— Oui. Il m'a dit que depuis quelque temps il sentait venir. Si bien, dit Jourdan, qu'il s'était déjà soucié de chercher une autre place.

— Qu'est-ce que vous me dites ? dit Mme Hélène.

— C'est comme ça, dit Jourdan. Viguier et Silve étaient ensemble depuis, voyons, je crois que ça fait presque quinze ans.

— Et il n'a pas essayé de l'arrêter ?

— Qu'est-ce que vous vouliez qu'il arrête, comme il dit. Ils étaient seuls tous les deux à la Fauconnière. Ils se connaissaient assez l'un l'autre. Viguier m'a dit : « Rends-toi compte, je savais bien qu'il finirait par se « pendre. Je m'étais déjà trouvé du travail dans la « montagne d'Aiguines. J'avais seulement dit, je ne « peux pas vous bien préciser le jour. » Il a dit que, quand il l'a vu pendu, ça ne lui a pas fait un gros effet. Il a dit : « Eh bien, voilà ! »

— Mon bon Jourdan, dit Mme Hélène, vous dites des choses plus terribles que toutes les malédictions des prophètes.

— Oui, dit Jourdan.

— Ça n'a pas l'air de vous toucher », dit Mme Hélène.

Jourdan bourrait sa pipe. Il regarda dans le lointain du plateau, vers la vallée d'Ouvèze. Au-delà la buée du val montaient les hautes montagnes glacées dans le ciel clair. Elles ne prenaient pas pied dans le printemps, émergeant des respirations bleues de la terre et il semblait que le moindre vent allait les démarrer.

« Oui, dit Jourdan, ça me touche. Hier, quand je vous ai vues arriver toutes deux j'ai pensé à votre mari. La mère de Silve, quand elle est morte, on l'a portée à Roume, la femme de Silve aussi. Le père de Carle, on l'a porté à Saint-Vincent-des-Eaux. On les a enterrés tous loin d'ici. Mais votre mari, on l'a enterré là-haut près de la forêt, et Silve on l'a enterré là-haut près de la forêt, à côté de votre mari qui est le premier, mort de notre mal. Voilà à quoi j'ai pensé.

— Oui, dit Mme Hélène, ça m'a frappée aussi. Mon mari avait demandé d'être enterré là-haut, mais Silve ?

— Non, dit Jourdan. Silve n'a rien laissé d'écrit. Ce qu'il a laissé, madame Hélène, c'est les « Salaud de « bon Dieu » qu'il disait de temps en temps. Mais, on n'a pas eu besoin de discuter. On a dit : on l'enterrera là-haut près de l'autre.

« Pardon, dit Jourdan, mais c'est ainsi qu'on a dit.

— Il n'y a pas de mal », dit Mme Hélène.

L'après-midi allait doucement vers sa fin. Le vent était de grosse saveur et il faisait perdre un peu la tête. On avait eu envie de dormir tout de suite après-midi. Maintenant l'envie venait juste de partir et on se réveillait dans un monde tiède.

« J'ai pensé, dit Jourdan, là-haut il faudrait les entourer d'une haie d'aubépine tous les deux, qu'est-ce que vous en dites ?

— Oh ! dit Mme Hélène, mais, l'aubépine c'est une bonne idée. »

Et elle le regarda avec ses yeux violets.

« Ça ferait, dit Jourdan, un peu comme les étoiles. »

Il comprit que Mme Hélène se reculait un peu de lui comme quand on veut voir en plein celui qui vous touche.

« Les étoiles, dit-il, c'est blanc et par paquets, si vous avez remarqué, et l'aubépine aussi. Voilà ce que je veux dire. »

A ce moment-là, Mme Hélène reprit sa position. Elle pianota sur ses genoux du bout des doigts. Ils restèrent un long moment sans parler. L'air était si paisible qu'on entendait crépiter le feu de l'âtre, là-bas à la Jourdane. Les amandiers allaient fleurir. A l'horizon, les hautes montagnes s'éloignaient sous la brume. Jourdan tirait à la pipe. Mme Hélène posa ses bras sur ses genoux. Elle se pencha en avant, les mains jointes. Elle avait tordu ses cheveux blonds en chignon, et bien dégagé sa nuque. Elle avait la peau satinée et rose des petites bêtes qui naissent.

« Et qu'est-ce que vous allez semer dans ce champ-là ? dit-elle.

— Si je vous le disais vous ne le croiriez pas.

— Mais enfin, dit-elle, qu'est-ce qui vous est arrivé, on ne vous reconnaît plus.

— Vous trouvez que j'ai changé ?

— Beaucoup : vous avez l'œil jeune.

— Eh ! bien, voilà ce que je vais semer », dit Jourdan.

Il se dressa pour aller chercher un gros papier d'épicerie qui faisait paquet. Il le détortilla. C'étaient des graines. Il s'en versa dans la main.

« Un peu voir si vous devinez ? »

C'étaient des graines comme en acier brun, avec des formes volantes comme les feuilles d'érable.

« Ça, dit Mme Hélène, c'est du fourrage anglais.

— Gros comme ça ?

— Ça me paraît un peu gros, en effet.

— Alors cherchez. »

Il fit sauter les graines dans la main pour les faire voir sur toutes les faces. Elles étaient toutes prêtes à s'envoler de ses doigts.

« Je sais, dit Mme Hélène, des lentilles d'Espagne.

— Non », dit Jourdan.

Il attendit un peu en faisant sauter la semaille dans sa main.

« Des pervenches, dit-il enfin.

— Vous voulez dire...

— Je veux dire des pervenches, comme il y en a dans les éboulis du côté de Chayes, dit-il.

— Qu'est-ce qui se passe ? dit Mme Hélène.

— Et là-bas sous la maison, dans le creux, j'ai trouvé l'humide. Et j'ai semé des narcisses. C'est déjà fait et ça lève. Ça sera fleuri dans quinze jours.

— Vous allez cultiver les fleurs, Jourdan ?

— Oui, madame Hélène.

— Ça se vend bien ?

— Ça ne se vend pas, dit-il, c'est pour moi, vous pourrez en prendre tant que vous voudrez.

— Jourdan ! » dit-elle.

Sans dire plus. Et elle regarda le champ. Il était capable de porter cinq charges d'avoine. Et là-bas dans le creux il y avait déjà le petit piquetage vert des narcisses qui crevaient la terre.

« Dites, dit-il.

— Je ne sais pas que dire.

— Ça vous paraît comment ?

— J'ai peur que vous vous moquiez de moi, Jourdan, d'abord. Puis maintenant je me dis que peut-être... En effet, je vois bien là-bas. A moins que ce soient des poireaux d'été. »

Elle leva les yeux vers lui qui était toujours debout et qui gardait les graines dans la main. On ne savait pas bien, à voir ces yeux violets et cette bouche dont les lignes se faisaient et se défaisaient en tremblant, si Mme Hélène était inquiète ou quoi. Mais elle attendait que Jourdan dise : « Oui, ce sont des poireaux d'été. » Alors, les yeux et la bouche retourneraient à leur lueur ordinaire.

« Non, dit Jourdan, regardez bien, il n'y a pas d'alignement, ça pousse comme ça veut et, si vous étiez debout, vous verriez là-bas. »

Il avait tendu le bras.

Mme Hélène s'était dressée tout de suite.

« Oui, dit-elle.

— ... il y en a trois de fleuries déjà, dit-il.

— On peut aller voir, dit-elle.

— Oh ! oui, dit-il, au contraire, c'est fait pour ça. »

Ils s'avancèrent tous les deux. Elle avait pris un grand pas, comme le pas de Jourdan.

« Voilà », dit-il.

Le champ commençait. Ici il était un peu sur le nord et à l'ombre presque tout le jour à cause d'une flexion de la terre. Les narcisses sortaient juste. Deux feuilles vertes un peu soulevées et un suçoir blanc comme neige et qui s'enfonçait dans le sol.

Mme Hélène se pencha, puis elle se mit à genoux.

« Bien sûr, dit-elle, c'est vrai. »

Le champ, maintenant qu'on était tout près de lui,

s'étendait encore plus grand que celui de là-haut destiné aux pervenches.

« Enfin, dit Mme Hélène, mon bon Jourdan, il faut me dire, moi je ne sais pas. Vous avez l'air de m'avoir amenée devant un mystère !

— Regardez, dit-il, les belles feuilles ! C'est déjà gras à l'œil, mais venez voir. »

Elle suivait la lisière du champ. Elle faisait comme on fait pour les herbes potagères. Il ne faut pas leur marcher dessus.

« Oh ! entrez carrément, dit Jourdan, c'est solide. C'est de la plante sauvage. C'est fait exprès. Marchons droit. C'est là-bas que c'est fleuri. »

Elle entra dans le champ. Elle avait un peu peur et un peu honte de marcher sur les plantes. C'était une chose indéfinissable. Nouvelle. Elle regarda derrière ses pas. Les feuilles froissées se défroissaient. Les plantes couchées se relevaient de leurs propres nerfs.

Il y en avait plus de trois de fleuries. Il y en avait peut-être dix ou vingt, on ne savait pas au juste, mais c'était déjà comme des copeaux d'aubier blanc avec une tache dorée sur chacun.

Et l'odeur commençait.

« Vous voyez, dit Jourdan.

— Je vois, dit Mme Hélène.

— Ça n'est pas beau, ça ? demanda-t-il.

— Si, dit-elle. Et qu'est-ce que vous allez en faire, Jourdan ?

— Rien, dit-il, comme ça, pour le plaisir. J'en ai assez de faire du travail triste. »

Il se baissa pour cueillir les fleurs.

« Ne les coupez pas, dit Mme Hélène.

— Si, dit-il, ne vous inquiétez pas, je vais en avoir plus de mille, moi après. Celles-là seront pour vous. Ce seront les premières, madame Hélène.

— Et les premières du plateau », dit-elle.

Il en fit un petit bouquet.

« Vous ne pouvez pas savoir, dit Mme Hélène, la joie que vous me faites. »

Elle respirait l'odeur. Elle fermait les yeux pour

mieux la voir dans elle-même. Elle éloignait le bouquet à bout de bras. Elle le tournait dans sa main. Elle le regardait de tous les côtés.

« C'est drôle.

— Quoi ?

— Oh ! rien », dit-elle.

Jourdan pensa à Orion-fleur de carotte. Il avait voulu dire son mot tout à l'heure sur les nervures des feuilles. La chose s'était gonflée en lui puis, en arrivant à sa bouche, ç'avait été de la fumée.

« On dirait, dit-il, des...

— Oh ! dit-elle, ce sont des narcisses. Des narcisses ! »

On les appela de là-bas. Ils n'avaient pas entendu galoper la calèche dans les champs mous.

La jeune fille avait tiré les guides. Le cheval arrêté dur frappait du pied dans l'herbe.

Ils sortirent du champ vers la voiture.

« Regardez ma fille, dit Mme Hélène, regardez comment elle est ! »

Aurore tenait le cheval à pleines rênes. Elle s'était arc-boutée du pied à la planche de devant. Elle s'était tendue en arrière. On la voyait raidie et longue. Elle avait une robe de mousseline, rose à l'endroit de son corps, blanche et flottante autour. Les cheveux nus, lisses malgré tout parce qu'ils étaient retenus d'un ruban qui bandait le front, le front dur, l'œil dur, mais la bouche tendre comme la cerise, et, près de son petit menton doux comme un genou d'agneau, ses cheveux couleur de châtaigne claire coulaient de ses épaules.

Le cheval s'apaisa. Il avait des ruisseaux noirs de sueur qui fumaient le long de l'encolure et autour de la croupe.

« On dirait, dit Mme Hélène à voix basse, qu'elle n'a de tranquillité que lorsqu'elle court, ou quand quelque chose l'emporte. »

Ils arrivaient.

« D'où viens-tu, ma fille ? lui dit-elle.

— De la forêt.

76

— De là, en face ? demanda Mme Hélène en pointant son doigt.

— Non, de tout ça, dit Aurore en désignant tout le front des arbres. J'ai dételé, dit-elle, en voyant que sa mère regardait les roues.

— Tu as monté le cheval ?

— Oui.

— Ma fille, dit Mme Hélène, sur le cheval, sans selle ! Comme les garçons !

— Oui.

— Avec tout ton linge frais que tu as changé tout à l'heure ?

— Je l'ai enlevé, maman, dit-elle.

— Tu n'es plus une petite fille », dit Mme Hélène. Elle regarda l'échine du cheval que sa fille avait serrée à cuisses nues.

« Non, Aurore, tu n'es plus.

— Ah ! Mlle Aurore est en train de se faire le sang, dit Jourdan, laissez donc.

— Mais vous comprenez..., dit Mme Hélène.

— Je comprends. »

Et il regarda le bouquet de narcisses. Tous les trois, ils regardèrent le bouquet de narcisses.

« Je n'ai jamais vu ces fleurs, dit Aurore en lâchant les guides. Donne-les-moi vite, maman.

— Il n'y en a jamais eu sur le plateau, dit Mme Hélène.

— J'en ai planté tout un grand champ, dit Jourdan. Vous y viendrez avec votre cheval. Ça sera pour tout le monde. »

Il les regarda partir. La petite avait fait virer court sur les deux roues de devant. Elle conduisait avec moins de colère. De temps en temps elle se penchait vers sa mère, au-dessus de la main qui tenait le bouquet.

Il était maintenant trop tard pour semer. Tous les bruits du printemps chantaient, et la terre et le ciel étaient pleins d'échos comme la vallée d'un ruisseau de montagne. Des sauterelles vertes crissaient déjà,

les grillons craquaient et les grosses bourianes bour-
donnaient au fond de la terre.

L'herbe faisait un bruit souple et sans forme.

Jourdan jeta une poignée de graines de pervenches.
Il n'y était pas habitué. Ça glissait moins que la graine
de blé. C'était mal fait, à vrai dire, pour être semé à la
main et ça s'accrochait dans la peau.

Bobi avait dit qu'on n'aurait besoin de semer
qu'une seule fois et qu'après ça se referait tout seul.

Jourdan regarda vers la forêt. Le soir était encore
clair de ce côté. Au-delà des arbres fumait le
brouillard des plaines. Le soleil abaissé y allumait de
faux arcs-en-ciel avec rien que du rouge et du bleu
mais d'un bel arc et qui s'enchevêtraient comme
l'osier au bord des corbeilles. En bas, dessous la
brume et les arcs-en-ciel, au-delà de la forêt, en bas
dessous dans les champs gras passait la route vers
Roume la ville, et puis après, le monde avec d'autres
routes, des voies ferrées, des canaux, des fleuves, des
villes et des hommes. On n'entendait pas de bruit
venant de tout ça.

Il y avait déjà un mois que Bobi était parti. Pas tout
à fait. Un mois après-demain, juste quand ce sera six
heures du soir. Il avait dit que ce serait long. Il n'avait
pas indiqué de date. Il avait seulement dit qu'on avait
besoin de plus grosses graines.

« Des graines pour nous, avait-il dit. Il faut changer
aussi la semence de nous-mêmes. »

Il avait encore parlé de l'argent. Il avait bien fallu,
puisqu'on était décidé une bonne fois pour toutes de
guérir cette lèpre de malheur. Et qu'on était décidé
aussi à établir tout ça sur le plateau. Oui, sur ce qui
allait de la forêt Grémone à la vallée de l'Ouvèze. Sur
nous, là près du ciel, sur nous qui n'entendons rien de
tout le bruit du monde...

Jourdan écouta.

Pas d'autres bruits que ceux de la terre, les sauterelles et les grillons et une abeille précoce, et un héron
qui claquait du bec dans un fossé vers le jas de
l'érable. Nous oui.

« Ça serait, dit Bobi, trop de travail si on le voulait pour tout le monde. »

Il avait souri.

« Car, tout le monde en a besoin, tout le monde est malade de ton mal, tout le monde se pourrit avec des chairs terreuses. Ça ne sent pas encore mauvais mais c'est la pâture du vent. La lèpre, quoi », avait-il dit.

Il avait encore été plus souriant.

« Que veux-tu, dit-il, on ne peut pas le faire pour tout le monde mais on va le faire pour nous. On servira peut-être d'exemple. »

Alors, il avait été question d'argent. Mais il avait fait ça comme un Bobi qu'il était. Il y avait dans ce qu'il disait une justice qui vous touchait.

« Ça sert donc à quelque chose ? avait dit Jourdan.

— Oui, avait dit Bobi, puisque tout autour de nous les hommes n'acceptent que ça en échange. Puisqu'il faut échanger pour avoir ce que nous n'avons pas encore, puisque nous sommes devenus si pauvres que nous ne pouvons plus tout faire par nous-mêmes. Il faut encore de l'argent. Mais, moins on pensera à lui mieux ça vaudra. »

Jourdan lui avait montré la provision. Ça n'était pas plié sous les chemises de Marthe. C'était dans un coin de l'étable. Il fallait creuser pour retirer une caisse de fer.

Bobi était devenu très grave. Il avait touché le bras de Jourdan. Il lui avait dit :

« Attends ! »

Puis :

« Tu es toujours bien décidé ?

— Que faire ? avait dit Jourdan. Et je sais déjà par moi-même que ce remède-là vous guérit. Je sais bien ce que je sens depuis que je l'essaie.

— Tu as beaucoup d'argent !

— Mais je suis beaucoup malade, avait dit Jourdan qui commençait à savoir un peu parler à la Bobi.

— Alors bon, avait dit Bobi, donne-moi. »

Et Jourdan lui avait donné de l'argent. Volontiers.

« C'est la première fois que j'ai donné de l'argent

aussi volontiers », avait-il dit à Marthe quelque temps après.

Et puis Bobi était parti acheter les grosses graines pour nous ensemencer le cœur à nous et aux autres. Je veux dire aux autres du plateau. A nous, là. Et peut-être, qui sait, pour les autres aussi là-bas sous la fumée des plaines. Ceux-là qui vivent dans le frottement des routes et des chemins de fer, et dans les villes pleines d'escarbilles. Oui, il était parti. Ça faisait presque un mois. C'était exactement le seize du mois dernier, à six heures du soir. Il faisait encore nuit ronde et le temps était doux.

Jourdan entra chez lui. Il appela :

« Marthe !

— Je suis là ! »

Elle répondait de la resserre. De là, par la lucarne, on pouvait voir la route.

« Pour moi, dit Jourdan, il arrivera de jour, et la nuit tombe.

— Pour moi, dit Marthe en entrant, il arrivera de nuit. Il est arrivé de nuit. Il est parti de nuit. Il arrivera de nuit.

— Tiens, dit Jourdan, place les graines.

— Tu n'as pas semé ?

— Non, dit Jourdan, Mme Hélène m'a dérangé.

— Elle est venue au champ ?

— Oui, c'était quatre heures, j'allais commencer. Elle s'est assise. Alors, moi, je me suis assis. La mort de Silve l'a beaucoup touchée.

— Moi aussi, dit Marthe. Surtout maintenant que peut-être on va finir par être heureux.

— Pourquoi peut-être ? C'est comme ça quand on doute que ça fait tout marcher de travers. C'est pas peut-être, c'est sûrement.

— Je ne doute pas, dit Marthe, non, ah ! non alors !

« Parce que, si je doutais...

— Quoi ?

— Ah ! je ne sais pas », dit-elle.

Puis elle regarda par la fenêtre.

« Voilà la nuit, viens voir. »

Il s'approcha.

« Regarde, dit-elle, les narcisses luisent. Rien que les feuilles, déjà. »

Les plants de narcisses, vernis de grosse sève, luisaient au ras de terre.

« Il y avait déjà quelques fleurs, dit-il, je les ai données à Mme Hélène.

— Tu lui as expliqué ?

— Pas tout à fait. Je lui ai dit que j'allais semer des pervenches.

— En voilà un qui vient », dit-elle.

On entendait marcher dans le chemin et l'ombre bougeait mais trop grossière encore et pas du tout à la forme d'un homme.

« Ce n'est pas lui, dit-il, celui-là a un bâton. »

On frappa à la porte.

Jourdan alla ouvrir.

« C'est la Jourdane ici ?

— Entrez, dit Jourdan.

— Voilà que c'est loin, dit l'homme, je n'étais jamais venu jusqu'ici. »

C'était un homme sec, sans âge, un peu vieux, avec de la moustache blanche.

« Entre, vieux, dit Jourdan. Tu es de Roume ? »

Il se souvenait de l'avoir vu à la ville.

« Oui, dit l'homme.

— Asseyez-vous », dit Marthe.

Elle était allée fermer la porte. Elle avait avancé la chaise près de l'âtre où il y avait le petit feu de printemps.

« Je m'assois, dit l'homme, parce que c'est loin. Je ne vous conseillerai jamais de vous abonner à un journal.

— Parce que ? dit Jourdan.

— Parce que je suis la poste, dit l'homme. Je suis venu à bicyclette jusqu'au bas de la montée. J'ai mis la machine dans les buissons et j'ai pris le raccourci dans la forêt. Une fois ça va bien, mais s'il fallait le faire tous les jours...

— Vous allez boire un coup de vin, dit Marthe.

— Je ne dis pas non, dit l'homme, le temps assoiffe. Ah ! dit-il, et que j'y pense... »

Il portait en bandoulière un gros cartable de cuir. Il l'ouvrit. Il fouilla un moment parce qu'il cherchait là-dedans quelque chose de très petit.

« Voilà. »

C'était une dépêche verte.

« Ouvrez-la, dit-il, ce ne sont pas de mauvaises nouvelles mais ça presse assez. »

Jourdan se baissa pour être éclairé par le feu.

VIENS A MA RENCONTRE MERCREDI SOIR SUR LA ROUTE. ATTENDS-MOI A LA CROIX-CHAUVE. BOBI.

« Et mercredi soir c'est maintenant, dit l'homme avant de boire. C'est pour ça que je suis venu.

— Tu vois, dit Marthe.

— Quoi ? dit Jourdan.

— C'est moi qui avais raison. Il arrivera de nuit.

— C'est à peu près quelle heure ? dit Jourdan.

— Oh ! ça, dit l'homme, je vais te le dire juste. »

Il tira sa grosse montre. Il la secoua.

« Environ sept heures.

— Alors, dit Jourdan, le mieux c'est que je mette ma veste.

— J'irai avec toi », dit Marthe.

Le porteur de dépêche s'en alla vers la gauche. Jourdan lui avait dit que de là il trouverait un rac-courci moins raide qu'à la montée et plus facile à trouver de nuit. Et c'était vrai, mais il y avait surtout que depuis qu'il avait lu le nom : Bobi, Jourdan avait envie d'être seul avec Marthe, seul avec la nuit, seul avec sa joie.

La nuit était veloutée et flottante. Elle claquait doucement contre les joues comme une étoffe, puis elle s'en allait avec son soupir et on l'entendait se balancer dans les arbres. Les étoiles remplissaient le ciel. Ce n'étaient plus les étoiles d'hiver, séparées, brillantes. C'était comme du frai de poisson. Il n'y avait plus rien de formé dans le monde, même pas de choses adolescentes. Rien que du lait, des bourgeons laiteux, des graines laiteuses dans la terre, des semences de bêtes et du lait d'étoiles dans le ciel. Les arbres avaient l'odeur puissante de quand ils sont en amour.

« Combien d'ici à la Croix-Chauve ? dit Marthe.

— Cinq kilomètres par la route. »

A un moment, au fond de la nuit, ils entendirent le bruit de l'étang. C'était un murmure de roseaux et des claquements sur les pierres. Le bruit s'éloigna et se perdit. Ils n'eurent plus, autour d'eux, que des landes plates. Venait l'odeur lointaine des marécages. Les étoiles s'étaient brouillées à l'est et au sud. A d'autres endroits elles avaient disparu derrière des nuages. La pluie marcha dans la lande. Elle soulevait l'odeur de la terre, l'odeur de la pierre, l'odeur des écorces. C'était une pluie mince, pendue dans le ciel comme un serpent qui danse sur sa queue. Elle touchait trois plantes ici, trois plantes là, là un arbre, là le coin d'un champ, là Marthe sans toucher Jourdan. Puis, le serpent s'écroulait des hauteurs du ciel, son corps lourd écrasait la terre, les arbres, les feuilles sèches du sous-bois, et on l'entendait là-bas devant se couler dans les humus bruissants de la forêt.

Le vent parlait. C'était un vent laiteux comme tout le reste. Il était plein de formes, plein d'images, de lueurs, de lumières, de flammes qui n'éclairaient pas un centimètre de la terre mais qui illuminaient tout le dedans du corps. Il charriait des mots, comme les pierres dans les torrents. On les entendait sonner. Il disait : montagne, glace, résine de sapin, vallée de l'Ouvèze, avec l'eau, les roseaux, les bauges d'oiseaux prêts à l'amour ; les amandiers du fond du plateau sont fleuris ; les argilières de Chayes se sont remises en mouvement et l'argile coule lentement vers la vallée ; j'ai passé sur de l'argile neuve ; il y aura de nouveaux renards, il y avait huit renards, ils vont doubler au moins, la renarde appelle, appelle, appelle depuis trois nuits, mais surtout cette nuit-ci, écoute ; attends, je vais voir là-haut — il remontait dans la nuit — le haut du ciel est comme une voûte de cave, tu entends, je frappe de la tête là-haut, et je m'y tourne, et je m'y roule, et me voilà — il redescendait — mais une grande voûte large, avec de vastes pays dessous, pleins d'échos et de remous, et d'arbres et de bêtes vivantes, et d'hommes en route sur des routes et qui m'écoutent en marchant, et ça les porte, et ça les berce, et ils ne pensent plus à des pas qui s'ajoutent à des pas, mais grâce à moi voilà qu'ils voient la voûte du ciel qui contient tout et tout est vivant, tout s'agite doucement dans cette nuit comme une innombrable portée de porcelets roses sous le ventre chaud de la truie.

Puis le silence.

On approchait de la forêt. Les feuilles n'étaient pas encore dépliées. La forêt ne parlait pas. Les bourgeons de la lisière qui étaient de clairs bourgeons de fayards et d'aulnes à profusion faisaient devant la route une barrière phosphorescente.

« La forêt est molle », dit Marthe.

Les bourrasques silencieuses couraient sur la lande. Elles arrivaient avec un tambour de vent, un crépitement de pluie. Elles étaient passées. L'eau était tiède. Il en restait deux ou trois gouttes sur le visage.

La Croix-Chauve était, au milieu du bois, la rencontre de la route et d'une tranchée forestière. On avait à l'entour arrondi une clairière en rasant les arbres. La nuit était éclairée par les étoiles laiteuses et par la lueur des bourgeons. La forêt était toute en charpente, en piliers et en poutrelles. Les nuages passaient avec la petite pluie qui sifflait comme une couleuvre en s'enroulant dans les branches. Un moment, ils apportaient l'ombre opaque. Mais, dans tout ce qui n'était pas sous le nuage on pouvait voir l'échafaudage des arbres, la transparence des branches qui allaient, comme des poutres, de piliers en piliers sans porter de toiture et entre le feuillage desquelles continuait à trembler le ciel brasillant. Puis le nuage s'en allait. On voyait tout près de soi monter le tronc luisant d'un fayard, puis le corps d'un bouleau lisse et portant comme un pilier de marbre une frise de mousse à l'endroit où les branches venaient s'appuyer sur lui. De loin en loin, suivant le flagellement de la pluie qui vernissait des buissons d'aulnes aux bourgeons éclatants puis s'en allait pour les laisser à leurs lueurs, on voyait s'ouvrir des couloirs dans l'édifice de la forêt ; le souffle des lointaines clairières y bourdonnait et on apercevait là-bas loin, au fond des salles sonores, un petit osier blanc couronné de feuilles et qui dansait.

« Ecoute », dit Jourdan.

Il avait cru entendre un bruit de pas sur la route. C'était une belette qui clapait du gosier. Puis elle fit un bond dans les feuilles mortes. Pendant un moment plus de bruit. Puis on entendit gémir la petite femelle et le mâle qui ronronnait sourdement d'une voix de plus en plus forte.

« Ce doit être huit heures passées », dit Jourdan.

D'un moment il n'y eut plus ni pluie, ni vent, et le calme chaud du printemps s'étendit. La forêt luisait. Elle était immobile de tous les côtés comme un bloc de pierre noire avec des paillettes de quartz. Les lueurs allongeaient des avenues où ne pouvaient passer que des rêves et qui s'enfonçaient sous les arbres ou montaient vers le ciel.

La blancheur de la route élargie éclairait tout le rond de la Croix-Chauve.

« Viens » dit Jourdan.

Il était mal à son aise, là, au milieu du clair, en écoutant les mille bruits de l'ombre.

Il donna la main à Marthe.

Il l'aida à s'asseoir à côté de lui sur le talus.

« Dors si tu veux, dit-il.

— Je n'ai pas sommeil », dit-elle.

Mais elle se serra contre lui et elle posa sa tête sur son épaule.

Le vent parla un long mot incompréhensible pour Jourdan. Le fayard au-dessus de Jourdan et de Marthe craqua du long de son écorce depuis le bas jusqu'à la pointe d'une grosse branche. Elle grinça contre le tronc du bouleau d'à côté. C'était un jeune bouleau. Il s'inclina plus qu'il ne fallait. Il était gonflé de sève

85

adolescente et plein d'enthousiasme. Il passa le mot à des buissons de myrtilles, à un alisier, à un érable, à un petit chêne gris. Et puis, de là, le mot s'envola en faisant sonner les poutres et les poutrelles de la forêt.

Jourdan sentait que l'avertissement était pour lui aussi mais il ne pouvait pas comprendre. Il s'efforçait. Il calculait. Il pensa aux signes d'or dans la nuit d'hiver, ce troisième soir quand ils retournaient à la Jourdane dans le brouillard épais. Il s'était efforcé de lire des lettres et ça n'était que la porte et la fenêtre de la ferme avec le feu derrière. Il pensa à la fleur de carotte, aux mystérieuses plantes du ciel pour lesquelles Bobi était meilleur paysan que lui. Il se disait : « Pauvre, pauvre ! Voilà que je ne comprends pas. » Ils étaient là tous les deux, lui et Marthe, comme des déshérités et des malheureux. Tout comprenait autour d'eux, depuis la plus petite plante jusqu'au plus gros chêne, et les bêtes, et les astres même sans doute, et la terre, là, sous ses pieds avec son grumelage, et son feutrage, et ses veinules d'eau. Tout comprenait et était sensible. Ils étaient seuls à être durs et imperméables malgré la bonne volonté. Il fallait qu'ils aient perdu comme ça le bel héritage de l'homme pour être si pauvres, pour se sentir ainsi dépouillés, et faibles, et incapables de comprendre le monde.

Longtemps après la forêt il sentit que quelque chose venait d'arriver. La forêt était déjà en pleine joie magique. Elle avait commencé sa fête nocturne de printemps.

« Marthe !
— Jourdan !
— Regarde là-bas !
— Je vois.
— Qu'est-ce que c'est ?
— Je ne sais pas. »

Un aulne avait ouvert brusquement ses bourgeons et déplié ses feuilles, et, de noir, il était devenu neigeux et frissonnant.

« Ça flotte !

— Oui, mais regarde, ça reste sur place.

— C'est un petit arbre.

— Ça n'y était pas tout à l'heure.

— Sens cette odeur !

— C'est presque un goût, dit Marthe.

— Ça sent le sucre.

— Ça vient de par là », dit-elle en se tournant, et tout de suite :

« Oh ! regarde ! »

Un érable venait de fendre ses bourgeons à fleurs. Il était allumé d'une lumière mate comme un arbre de farine. Chaque fois qu'il ouvrait un bourgeon, un petit éclair sautait tout luisant et l'odeur de sucre coulait.

« Vois, dit Marthe, de loin en loin ça se répète. »

Des érables s'allumaient dans toutes les salles de la forêt.

A la lueur des bourgeons ouverts on distinguait de nouvelles salles, de nouveaux piliers, de nouveaux couloirs, de nouvelles charpentes de branches.

« La forêt est profonde, dit Jourdan.

— Ça sent le tilleul !

— Regarde là-haut, dit Jourdan.

— Ce sont des érables, dit Marthe.

— Non, dit Jourdan, regarde ; ça grossit, ça s'étend, regarde. Ça va d'une branche à l'autre.

— Regarde, dit Marthe, ça éclaire en dessous et là-bas ça ressemble à une cave.

— Des lampes ! » cria-t-elle en tendant son doigt.

Les saules dépliaient leurs feuilles bourgeons à bourgeons le long de leurs branches droites. Il n'y avait que la lueur des étoiles et la lueur des bourgeons. Mais, plus que toutes les autres, les feuilles neuves du saule sont lumineuses et autour de chaque bourgeon elles éclairaient l'écorce d'or de la branche. Ainsi autour des saules s'élargissait peu à peu un halo couleur de cuivre.

« Dresse-toi, dit Jourdan, il faut regarder partout. »

Partout les bourgeons s'ouvraient ; tous les arbres allumaient peu à peu des feuilles neuves. C'était comme la lueur de plusieurs lunes. Une lueur blanche pour les feuilles d'aulnes, les pétales d'érables, les feuilles de fayards, la mousse des peupliers ; une lueur mordorée pour les bouleaux dont le petit feuillage reflétait les troncs et se reflétait dans l'écorce ; une lueur de cuivre pour les saules ; une lueur rose pour les alisiers et un immense éclairage vert qui dominait tout, la lueur des feuillages sombres, les pins, les sapins et les cèdres.

Les odeurs coulaient toutes fraîches. Ça sentait le sucre, la prairie, la résine, la montagne, l'eau, la sève, le sirop de bouleau, la confiture de myrtille, la gelée de framboise où l'on a laissé des feuilles, l'infusion de tilleul, la menuiserie neuve, la poix de cordonnier, le drap neuf. Il y avait des odeurs qui marchaient et elles étaient si fortes que les feuilles se pliaient sur leur passage. Et ainsi elles laissaient derrière elles de longs sillages d'ombres. Toutes les salles de la forêt, tous les couloirs, les piliers et les voûtes, silencieusement éclairés, attendaient.

De tous les côtés on voyait les profondeurs magiques de la maison du monde.

Le vent se fit attendre.

Puis il vint.

Et la forêt se mit à chanter pour la première fois de l'an.

« Marthe ! »

Elle était déjà tout contre lui. Elle cherchait l'abri de son épaule.

A ce moment il s'entendit appeler par une voix d'homme qui venait de l'autre côté de la clairière.

« C'est le grand printemps, dit la voix.

— C'est toi ? cria Jourdan.

— Oui. »

Il vit la silhouette de Bobi se détacher en noir sur la phosphorescence des arbres.

« J'arrive, attendez-nous. »

Une forme épaisse qui était couchée dans les myrtilles et qui se confondait avec la terre se dressa lentement comme un morceau détaché de cette terre molle de printemps. C'était une bête plus grosse qu'un âne. Elle marchait derrière Bobi. On ne savait pas ce qu'elle avait mais des lueurs dansaient au-dessus de sa tête. On entendait claquer ses genoux et taper ses petits sabots. On devinait des cornes mais on ne savait pas car ça semblait aussi crinière luisante.

« Qu'est-ce qu'il nous amène ? dit Marthe.

— J'ai trouvé ce que je voulais, dit Bobi avec sa voix forte, je suis resté longtemps, mais maintenant tout va pouvoir être semé et tout poussera gaillard et solide. Aussi bien pour nous... »

Jourdan pensa aux narcisses puis ici à cette forêt qui grondait de toute son épaisse constellation de feuilles.

« ... Pour nous que pour les autres, cria Bobi. Tu verras comme nous allons tous être printaniers. Dans tout le monde entier les hommes seuls sont tristes. »

Il était arrivé près d'eux. Il dit : « Bonsoir, Marthe, bonsoir, Jourdan. » On l'entendait respirer, on avait son odeur d'homme vêtu de velours et qui a sué, mais en lui répondant « bonsoir, garçon » on ne pouvait pas retirer son regard de dessus cette grande forme qui le suivait et qui était là maintenant.

C'était une bête moitié bête et moitié arbre.

On voyait luire de larges yeux doux mais mâles.

« Qu'est-ce que c'est ? dit Jourdan.

— Un cerf », dit Bobi.

Il portait de larges bois.

« Seulement, dit Bobi, j'ai été obligé d'en chercher un qui soit presque un homme pour qu'on fasse bien le mélange, tu comprends.

— Non, dit Jourdan.

— Qu'est-ce qu'il fait avec ses yeux ? dit Marthe.

— Il regarde, dit Bobi. Et, voyez, tous les deux, comme ce qui est pur et sauvage éclaire l'ombre. Voyez qu'il a les yeux de la même couleur que les bourgeons, et voyez comme notre regard à nous ne sert plus à rien quand nous sommes en pleine ombre mêlés aux choses sauvages, comme nous n'avons plus que des pierres mortes sur les paupières parce que nous avons perdu la joie des saisons et la gentillesse naïve. Regardez comme il a les yeux luisants ! »

Le cerf ne bougeait pas. On voyait ses larges ramures et au-delà la forêt claire.

« Il reste gentiment avec nous, dit Jourdan étonné.

— C'était ça le difficile, dit Bobi, car il n'était pas obligé de savoir qu'on le mérite, dit-il encore. Et il y a trop peu de temps qu'on le mérite pour que les bêtes soient prévenues.

— Que c'est difficile ! soupira Marthe.

— Oui, dit Bobi, mais j'avais tous les atouts. Asseyons-nous une minute, je vais vous dire. »

Assis dans l'herbe, ils voyaient le cerf encore debout. Il avait des jambes maigres, un corps solide, des vagues de poils sous le ventre, le cou droit, la tête immobile, de larges branches pleines de ciel noir et d'étoiles printanières.

« Il s'appelle Antoine », dit Bobi.

Il lui frappa doucement de la main sur les jarrets.

« Couche-toi. »

Le cerf se coucha à côté d'eux. Il allongea sa tête entre leurs pieds. Il soufflait un souffle chaud qui tiédissait les jambes de Marthe et montait plus haut, sous ses jupes, vivant comme la poussée d'un sang.

« Oui, dit Bobi, le difficile, c'était de trouver une bête qui accepte.

— Pardon ? dit Jourdan.

— Notre odeur, dit Bobi, c'est notre odeur qui les gêne. Nous ne sentons plus l'homme ni la femme. Nous sentons une sorte de mélange et ils ont le nez fin. Je voulais trouver une bête qui soit déjà habituée mais qui conserve encore assez de liberté ; comment te dire ? Indulgente, dit-il, voilà. Non pas esclave comme les chevaux taillés, non pas en bataille comme les chevaux entiers, mais une bête qui se dise : « Vous « sentez mauvais mais je vous pardonne. » Et puis qui sera capable d'apprécier notre bonne odeur quand nous l'aurons.

— Tu crois, dit Marthe, qu'il sait reconnaître ?

— Comme un coup de poing sur les naseaux, dit Bobi, c'est sûr. »

Marthe était contente parce que le cerf était en train de renifler son odeur à elle. Et il ne bougeait pas. Et il n'avait pas l'air dégoûté ; il respirait tout doucement à sa cadence.

« D'ailleurs, dit Bobi, ce soir, nous devons avoir une odeur à peu près véritable tous les trois. Il y a le printemps dans la forêt.

— Et, dit Jourdan, comment as-tu fait ?

— Il était au « Cirque National ».

— Où ?

— Oh ! à Sermoise, c'est un petit cirque.

— Tu y es allé avec le train ?

— Non, dit Bobi, à pied, c'est ça qui a fait long mais j'étais obligé. Les traces étaient sur la route. »

La forêt chantait. Une bête appela au fond du bois, la voix roula dans les échos. Le cerf releva la tête. On entendit le bruit de râpe de sa langue sur les babines.

« Il s'appelle Antoine, dit Bobi, je le connais depuis longtemps. Nous avons travaillé ensemble. Il aimait beaucoup me regarder. Moi, j'aimais regarder ses yeux. Nous nous sommes souvent parlé du désir des mêmes choses. Je suis allé le chercher et il nous aidera. Et maintenant nous sommes dans la forêt tous les trois avec lui. Et nous n'avons déjà plus le cœur des habitants des plaines. C'est la nuit, c'est le printemps dans les arbres. La forêt chante.

— Ecoutons », dit Jourdan.

Et ils restèrent tous les quatre dans un long silence.

La forêt chantait sa chanson la plus grave.

VI

Ça s'était dit.

D'autant que le cerf était libre et qu'au soir du vendredi il trotta jusque vers Mouille-Jacques. Il arriva dans la luzernière de Carle. Le fils finissait d'arroser. Il avait coupé le ruisseau. Il écoutait chanter les dernières eaux dans les racines du pré gras. Il entendit le bruit des sabots. Il leva la tête. Le cerf était là à trois mètres de lui et il le regardait.

« J'ai vu ses yeux, bon Dieu ! dit-il.

— Et comment qu'ils sont ? dit Carle.

— Agréables, dit le fils.

— C'est-à-dire ?... dit Carle.

— J'étais à la luzernière depuis midi », dit le fils.

Cet endroit du champ de Carle, c'est un petit tertre plat, pas très haut, à peine sensible, mais assez pour que de là on puisse voir loin autour de soi.

« L'eau, a dit le fils, allait toute seule. Ça met vingt minutes pour aller d'un bout à l'autre, tu sais, j'ai compté, et il faut le faire seize fois, et chaque fois attendre vingt minutes, et le reste c'est seulement planter la martelière, se redresser et attendre. Voilà tout.

— Alors ? dit Carle.

— Alors, dit le fils, ces yeux-là ça lève l'ennui.

— Moi aussi j'ai vu la bête, dit Mme Carle.

« Je l'ai vue quand elle s'est mise à galoper. Ça devait être pour son plaisir. Elle allait, elle retournait, elle sautait sur place. Je suis restée très longtemps. C'est quelque chose », dit-elle en s'approchant de la marmite où bouillait la soupe de pommes de terre.

Carle se frottait le crâne avec la paume de la main.

« J'irai voir, dit-il.

— Et, dit Mme Carle, j'ai vu la dame de Fra-Josépine.

— Ah ! dit Carle, et alors ?

— Alors voilà, tu sais comment elle parle. Moi je la comprends mal. Elle dit des mots extraordinaires, elle parle vite, elle vous regarde avec ces drôles de regards. Je ne sais pas tout à fait ce qu'elle m'a dit mais, d'après ce que j'ai compris, c'est bien ce qu'il nous a dit, le Jacques de chez Maurice. Jourdan a semé des fleurs. Des bleues et des jaunes, des narcisses, elle a dit. »

Carle se frotta le crâne. Mais, cette fois vigoureusement ; à oublier presque qu'il se frottait son propre crâne.

« J'irai voir », dit-il.

Le samedi, le vent s'était mis à bouillir. C'était un vent tout jeune. Il emportait des nuages, des poussières, du soleil, de l'ombre, du froid et du chaud tout ensemble, comme dans un sac. Puis tout d'un coup il laissait tomber tout ça sur la terre et alors, tout ça libéré se remettait doucement à sa place et on était ravi de voir bouger la jeunesse et la vigueur du printemps.

Le cerf quitta le hangar et il vint humer, puis il partit droit devant lui, assez vite mais sans trop de hâte, moins vite que le vent qui l'entourait, le poussait, le dépassait et sifflait dans ses ramures comme dans des cordages de bateau. La route du cerf était vers Fra-Josépine cette fois parce que le vent y poussait. Il ne vit personne. Il fit le tour de la maison, monta au grand escalier du perron, catacla des sabots sur la terrasse, brouta un peu d'herbe au joint des dalles et s'en alla au pas vers la Fauconnière par le travers du vent, balançant la tête de haut en bas comme s'il se frayait un passage à travers des buissons froids qu'il était seul à voir.

A la Fauconnière, tout était fermé depuis la mort de Silve et le départ de Viguier pour les montagnes d'Aiguines. Le cerf se coucha près d'une fontaine dans l'herbe noire. Il tendit le cou vers le ruisseau, il se mit à boire puis il arracha à pleines dents le cresson, et il mangea, et il but tout à la fois, et il bava une salive verte terriblement abondante. Tant qu'à la fin ça le gêna et il fit un bond vers le soleil ; il avait vu un endroit tout propre avec de l'herbe chaude. Il s'y étendit comme un cheval mort, couché sur le flanc, les jambes allongées. Il dormit, puis il s'éveilla, mais il resta quand même couché ; le glissement des nuages se reflétait dans ses yeux, le vent le piquait gentiment sous les poils. Un pistil de fleur de platane tout hargneux vint se poser sur ses naseaux et il n'osa pas bouger pour le chasser. Il fronçait seulement les babines.

Le midi, il fit tout d'un coup très chaud pour la première fois. Le cerf écouta. On entendait des cris d'homme du côté de chez Maurice. C'était loin. C'était comme des chants de gros oiseaux, modulés et par petits coups. Le cerf se dressa. Là-bas loin, dans le jour clair, il vit des points noirs dans un champ, il devait y avoir trois hommes et un cheval. Il s'en alla vers eux de son petit trot léger.

Quand il arriva dans les environs du champ il s'aperçut que c'étaient trois paysans qu'il n'avait pas encore vus. Un vieux, mais encore très dangereux de gestes et avec une voix à laquelle on obéissait, et puis deux jeunes à peu près du même âge. Le cheval était un de ces chevaux sans odeurs comme on en rencontre habituellement sur les routes ou dans les champs. Le cerf se renifla l'entrecuisse pour bien se rendre compte, puis il huma vers le cheval. Oui, le cheval sentait seulement le poil, la sueur et le fumier. Les trois hommes le faisaient travailler. Le cerf s'arrêta pour regarder. Il y avait dans le lointain l'odeur de la ferme. Le vieil homme sentait le cuir et le velours. Il était monté sur le grillage de la herse. Il avait les guides en main. Il se laissait traîner par le cheval. Il sentait aussi la vieille dent parce qu'il criait tout le temps avec la bouche grande ouverte. Les deux autres hommes sentaient la sueur et la terre. Ils couraient d'un côté et de l'autre de la herse. Le cerf huma vers l'odeur de ferme qui venait du lointain. Il y avait là-bas des femmes et des enfants. Mais tout était sous la forte odeur du vieil homme. C'était le chef. Il était debout sur la herse. Le cheval le traînait. Les deux hommes couraient à côté. Un des deux couchait avec une femme de là-bas. Ça devait être le père des petits enfants. L'autre homme couchait au grenier. Mais l'odeur du vieux était partout. Il était debout sur la herse. Il tenait dur les guides. Le champ s'aplatissait sous lui. Il criait.

Au sommet du champ, ils firent tourner la herse et le cheval. Le cerf allongea le cou et il brama vers eux un petit grondement d'ami, puis galopa par le travers du soleil en décrivant un grand arc de cercle autour du groupe des hommes et du cheval. Le vieux, monté sur sa herse, était plus grand que tous les autres.

Au bout d'un moment le cerf se retrouva au bord de la luzernière où il était venu la veille. Le jeune homme n'y était plus. Le pré sentait fort parce qu'il avait été arrosé le jour d'avant. Le cerf retrouva l'empreinte de ses sabots là où il s'était arrêté pour regarder le jeune homme qui arrosait. Mais il trouva la trace d'un hérisson. Puis il trouva le hérisson qui aussitôt se boula. Au bout d'un moment le hérisson pointa sa tête, son petit œil, vit le cerf et alors, il se déroula sans crainte. Car il s'était boulé sans savoir, au bruit seul. Et il s'en alla dans l'herbe.

Un peu plus loin le cerf trouva une route de loutre. [otter] Elles avaient passé là à deux. Elles se dirigeaient vers le nord, du côté d'où venait l'odeur de roseaux, de [reeds] boue et de moutons. Il trouva aussi le piétinement d'un héron et un morceau d'entrailles de grenouille. Il entendit chanter des martins-pêcheurs. Il entendit clapoter une étendue d'eau. Il tourna la tête pour revoir la luzernière. Il se souvenait du garçon et des yeux qu'il avait. Des yeux d'homme, mais paisibles et où il s'était vu reflété, lui, le cerf, avec les branches arides de son front. Le garçon n'était plus là. Il devait être à la ferme là-bas. Le cerf ne pouvait pas savoir au juste car l'odeur de cette ferme était une odeur de cheval mâle et prisonnier, l'odeur accumulée et terrible d'un cheval privé de femelle depuis longtemps.

Alors le cerf dansa pour lui-même. Il était sur une lande nue. Il se sentait triste en se souvenant du cheval. Il levait les jambes une après l'autre. Il baissait la tête, il la relevait. Il éternuait. Il était triste. La lande nue, le printemps, pas de femelles, le cheval, le vieil homme, le jeune homme qui arrosait.

Il dansa le vieil homme, il dansa le jeune homme aux yeux paisibles. Il dansa le cheval malheureux et le cerf malheureux. Il dansa la lande. Il dansa son désir de printemps. Il dansa la brume et le ciel. Il dansa toutes les odeurs, et tout ce qu'il voyait, et tout ce qui était sensible à ses yeux, à ses oreilles, à ses narines et à sa peau. Il dansa le monde qui était ainsi entré dans lui. Il dansa ce qu'il aurait dansé s'il avait été joyeux. Et il redevint joyeux.

Il galopa jusqu'à l'étang. Il entra dans l'eau. Il but ; il se regarda dans l'eau.

Il marcha dans le pré. Il passa sous un érable solitaire. Il s'approcha à pas sans bruit de la bergerie. Il sentit l'odeur d'un bélier. Il essaya de pousser la porte avec son front. Elle était fermée.

Il demanda au bélier à travers la porte : « Quoi de nouveau ? Et la brume est chaude. Les grenouilles chantent. Qui est le cheval de la ferme ? Le vieil homme était debout sur la herse. C'est le printemps. »

Le bélier se leva là-bas au fond de l'étable et s'approcha de la porte. Non, ça n'allait pas. Il ne savait pas. Il était de la montagne. Là depuis hier. Il était venu à pied, il était fatigué. A deux jours de marche il y a des collines toutes fleuries de thym. Ici l'herbe est un peu amère.

Ils reniflèrent au joint de la serrure.

Le cerf comprit qu'on le regardait. Il s'écarta. C'était une jeune fille. Elle suçait son doigt. Elle tortillait sa main dans son devantier. Elle ne riait pas. Elle n'avait pas l'air surprise. Elle ne bougeait pas, sauf sa main.

Il s'approcha d'elle et elle ne recula pas, elle n'appelait pas. Elle n'était pas surprise. Le cerf regardait son reflet grandir dans les yeux immobiles de la jeune fille. Il s'arrêta à un pas d'elle. Elle tendit la main. Il tendit le cou. Il renifla la main. Il avait à ce moment-là dans les jambes l'envie de danser la vieille danse sauvage du cerf qui a trouvé la femelle. C'était pourtant une femelle d'homme mais elles ont toutes la même odeur.

Il retroussa les babines. Il lécha la main. Il lécha le poignet, puis le bras. Il la regarda. Elle se laissait faire. Il vit encore son reflet dans les yeux de la jeune fille. Elle avait un cerf dans ses yeux. Il avait envie de se dresser debout et de la serrer dans ses pattes de devant, et de la courber vers la terre.

Elle dit :

« Zulma ! »

Alors, il bondit en arrière et il s'enfuit en galopant à travers les prés marécageux.

Au soir il arriva vers la Jourdane. Il vit que l'homme et Bobi étaient près du champ de narcisses entièrement fleuri. Il s'approcha d'eux au petit trot. Il resta à côté d'eux. Il les suivit pas à pas. Les deux hommes avaient des odeurs paisibles.

Bobi disait :

« C'est un commencement. Ne soyons pas pressés, tout viendra. »

L'autre homme dit :

« Oui, bien sûr. »

Ils marchèrent tous les trois vers la ferme. La porte s'ouvrit. La femme se montra.

« Le voilà revenu, dit-elle.

— Il ne risque pas de partir », dit Bobi. Et il caressa le front du cerf.

La bête se plaignit sous la caresse.

Il détournait la tête du champ de narcisses qui sentait fort.

« On dirait qu'il demande quelque chose », dit Marthe.

*

Les lumières s'allumèrent à Fra-Joséphine. Mme Hélène avait éclairé les lampes du salon.

« Pourquoi veux-tu ouvrir les persiennes, dit-elle, je

n'aime pas rester dans ce rez-de-chaussée, le soir, toutes les deux seules si les contrevents sont ouverts. Les portes-fenêtres donnent de plain-pied sur la terrasse.

— Je voudrais ouvrir, dit Aurore, pour qu'on puisse revoir la bête si elle revenait. »

Mme Hélène regarda sa fille.

« Approche-toi, dit-elle, viens sous la lampe. Baisse-toi que je te voie. »

Aurore se mit à genoux devant sa mère.

« Regarde-moi, quels yeux as-tu ?

— Quels yeux, ma mère ?

— Et qu'as-tu fait à tes cheveux ?

— Je les ai lavés, ma mère, et séchés au soleil. Il faisait si beau !

— Tu te coiffes, dit Mme Hélène, d'une drôle de façon. »

Mme Hélène était coiffée à bandeaux plats et réguliers, bien lisses et, avec son beau visage, elle était l'immobilité elle-même. L'œil d'amour, mais immobile et attentive.

Aurore avait rejeté tous ses cheveux en arrière. Le soleil les avait fait friser et, avec sa figure aiguë et lisse, polie par les vents, elle était la vitesse volante comme un bréchet d'oiseau.

Elle leva son front. Ainsi, elle était encore plus rapidement emportée à travers les étoiles.

« Tu t'es beaucoup soignée aujourd'hui, dit Mme Hélène. Et tu n'as pas couru dans les champs, mais tu es restée assise sur la terrasse. »

Aurore caressa la main de sa mère pour essayer de lui faire comprendre ces choses difficiles : la jeunesse, les faits d'elle-même, comme le bois sec, les flammes.

Des fois on arrive à les faire comprendre en caressant la main comme ça.

« Oui, dit Mme Hélène, aujourd'hui tu as pris beaucoup de soin de ta personne. Tu as mis ta blouse de soie, ta jupe de laine, tes souliers qui craquent. Ma fille, mais je ne comprends pas, dit-elle en joignant les mains à mesure qu'elle voyait mieux tout le grand soin.

— Ma mère, dit Aurore, vous êtes toujours étonnée. »

Il y eut un bruit sur les pierres de la terrasse. Cela ressemblait à des petits sabots de corne marchant doucement et à un souffle de bête.

« Non, dit Aurore, ça c'est seulement la branche de l'orme qui frotte contre la balustrade.

— Comme tu sais vite les choses ! dit Mme Hélène.

— Oh ! dit Aurore, d'abord j'ai cru comme vous, puis je me suis rendu compte. Depuis ce matin j'écoute cette branche et j'ai vite su que c'était elle.

— Je croyais, dit Mme Hélène, que c'était encore le cerf. »

Aurore sourit.

« Moi aussi, dit-elle, mais pendant tout le jour j'ai cru. Alors maintenant je sais.

— Dresse-toi, ma fille. »

Aurore se dressa et alla chercher le fauteuil pour se mettre à côté de sa mère sous la lampe et commencer le travail de la laine comme tous les soirs de printemps.

« Tu marches comme un garçon », dit Mme Hélène.

Aurore s'arrêta.

« Tu marches comme un garçon et tu danses en même temps. Et, dit-elle, tu ne te rends pas compte ; devant ta mère ça n'a pas d'importance, mais devant d'autres ça en aurait.

— Je ne comprends pas, mère, dit Aurore, je marche comme mes jambes veulent. »

Elle traîna le fauteuil. Elle vint s'asseoir sous la haute lampe. Elle tira la corbeille où était la laine des trois brebis. Elle commença à l'épurer du bout des doigts. Elle avait beaucoup de délicatesse, et facilement, car elle avait les doigts très pointus et la main légère.

Le salon était paisible et campagnard. Il avait de grosses chaises solides en beau bois ciré d'usage et qui luisait comme s'il était mouillé. L'horloge frappait lentement de longues secondes. On avait laissé sur la table une betterave rouge entamée pour la soupe.

« Tu as attendu le cerf tout le jour ? dit Mme Hélène.

— Oui.

— Tu l'as regardé longtemps ce matin ?

— Il n'est pas resté longtemps. Il a dansé sur la terrasse puis il a galopé vers les terres.

— C'est après, dit Mme Hélène, que je t'ai trouvée en chemise dans l'escalier ?

— Oui, dit Aurore.

— Tu étais descendue pour le voir ?

— Oui, dit Aurore.

— C'est toi qui as ouvert la porte qui donne sur la terrasse ?

— Oui.

— Après, dit Mme Hélène, tu as lavé tes cheveux, tu as mis une blouse de soie, tes souliers qui craquent, et tu es allée t'asseoir sous les platanes, et tu as attendu tout le jour ?

— Oui », dit Aurore.

Elle tira doucement d'un gros flocon de laine blanche une petite paille sèche. Elle garda dans ses mains le poil de bête, léger, chaud, et maintenant sans souillure.

« Il était si beau ! dit Aurore. Et on a tellement envie dans ce printemps d'avoir des habillements de fleurs, et de s'asseoir, et d'attendre. »

*

Sur tout le plateau traînait un brouillard roux couleur de la lune. Il était très épais du côté de chez Maurice. Le gendre qui entra le premier dit :

« Si ça dure, il va geler. »

La vieille femme dit :

« La soupe est prête, où est le maître ?

— Il détèle, dit le gendre. Où est la femme ?

— Elle couche les petits. »

Le valet entra, s'approcha du feu, se chauffa les mains, tira l'escabeau, s'assit. Il essaya de regarder dans le chaudron sous la vapeur pour savoir si c'étaient des pommes de terre qui bouillaient, ou des navets, ou des choux, ou de la soupe au lard

Le vieux maître marcha dans le couloir.

Il entra. Il dit :

« Où sont mes bottes ?

— Qu'est-ce que tu veux en faire ? dit la vieille femme.

— Je les veux », dit-il.

Le gendre roulait une cigarette.

« Elles sont sur la planche. »

Le vieux maître alla chercher ses bottes.

« Et du lard, dit-il.

— Et puis quoi ? dit la vieille femme.

— Je ne te demande rien, dit-il.

— Tu m'as demandé tes bottes.

— Oui, dit-il, mais après, plus rien.

— Tu demandes du lard, dit-elle.

— Je sais où il est », dit-il.

Il ouvrit le tiroir de la table, prit le lard qui servait à graisser les couteaux.

Il s'assit près de l'âtre et il commença à graisser ses bottes.

La jeune femme descendit des chambres. Elle venait de coucher les enfants.

« Je croyais que vous mangiez, dit-elle.

— On va manger, dit la vieille femme, mais il graisse ses bottes.

— Allez seulement à table, dit le maître, j'irai après. »

Les deux femmes mirent le couvert. Le valet se dressa et vint s'asseoir devant son assiette. Le gendre tirait sur sa cigarette.

« Tu as le temps demain, dit la vieille femme.

— Je les veux demain », dit le maître.

Il graissa soigneusement les coutures des semelles, le tour de l'empeigne, la tige, les tirants, les clous, puis il jeta le restant du lard dans le feu. Ça poussa une haute flamme toute bleue.

Il vint se mettre à table.

« La soupe », dit-il en tendant son assiette.

Il mangea sa soupe.

« Vous avez vu la bête ? dit-il.

— Quelle bête ? dirent les femmes.

— Un cerf, dit-il.

— Jourdan a acheté un cerf, dit le gendre.

— Non ! dirent-elles.

— Voilà, dit le maître. Demain matin j'irai le voir. Tu viens ? dit-il en se tournant vers le gendre.

— Et moi ? dit la jeune femme.

— Viens, dit le maître.

— Et les petits ? dit la vieille femme.

— On les mènera, dit le maître. Et toi aussi. Il n'y a qu'à prendre la jardinière. Porte du jambon et des œufs pour pas qu'on leur tombe dessus à six à l'improvisée. Charles gardera la ferme.

— Oui, dit le valet, allez-y, j'irai dimanche prochain, moi. »

*

Dans la région de l'étang, la brume était plus claire. La lune se reflétait dans l'eau et il y avait ainsi deux sources de lumière.

Les loutres avaient découvert un trou où dormaient de jeunes brochets. C'était sous les racines noires d'un vieux saule.

Elles arrivèrent toutes les deux. Elles glissaient déjà dans la nuit comme dans de l'eau et la clarté de la lune les faisait luire. Le saule était près de la bergerie. Les loutres s'arrêtèrent devant le piétinement du cerf. Un peu plus loin elles trouvèrent l'odeur de la jeune fille ; elles la connaissaient. Elles avaient l'habitude de trouver souvent ces traces en travers, à côté de leur route de loutre, autour de l'étang. Mais ici, quelque chose d'extraordinaire était inscrit. Malgré tout, elles allèrent jusqu'à l'eau pour regarder. Les brochets ne dormaient pas encore. Ils ondulaient dans l'eau noire. Même, des fois, un œil brillait, ou une mâchoire. C'était trop tôt. Il valait mieux savoir tout de suite ce qui était marqué dans les traces. Les loutres revinrent près de la bergerie. Il y avait un bélier derrière la porte. Il demanda. Il parlait fort. Les loutres avaient leur voix de nuit pour se parler entre elles et ça ne pouvait être entendu de personne, sauf d'une loutre. D'ailleurs, le bélier parlait tout à fait colline et les loutres ne parlaient même pas ruisseau ou torrent, ou il y a analogie ; c'étaient de pures loutres Grémone et elles parlaient étang Grémone.

Mais le bélier avait l'air d'être là derrière la porte depuis longtemps. Ça prouvait qu'il y avait eu quelque chose de nouveau et il faut tout savoir. Les traces du cerf étaient d'odeur chaude. Le curieux c'est que les traces de la jeune fille aussi. Là ils étaient à trois mètres l'un de l'autre. Là, le cerf s'était rapproché. La jeune fille n'avait pas bougé. Elle avait seulement eu tendance. Elle avait appuyé fortement le bout de son pied et son talon s'était levé, comme une qui porte le poids de son corps en avant car son esprit la tire en avant et elle va marcher en avant. Mais elle était restée sur place.

La porte de la maison s'ouvrit. Il y eut de la lumière et un homme sur le seuil. Les loutres glissèrent vers le saule. Les brochets dormaient, mais on ne pouvait pas encore plonger.

« Il fait très clair, dit l'homme.

— Le tout, dit une voix de femme, c'est que l'étang soit éclairé. Elle connaît assez les routes de terre pour ne rien risquer. Ce que je crains, c'est quand l'étang est noir. Alors, elle pourrait ne plus voir la différence et mettre le pied dans l'eau.

— Ce soir non, dit l'homme. On le voit comme si c'était midi, même mieux. »

L'homme rentra et ferma la porte.

Les loutres plongèrent. Il n'y eut presque pas de bruit. Puis, elles sortirent de l'eau en s'égouttant comme des paquets d'herbes. Elles avaient chacune dans la gueule un brochet luisant qui se débattait en leur frappant de la tête et de la queue.

« Non, dit Randoulet, ce soir ça ne risque rien.

— Oh ! dit Honorine, ce n'est pas la première fois que ça lui arrive, mais chaque fois qu'elle part la nuit je suis toujours à me demander si, un soir, elle ne fera pas quelque chose avec toute cette eau, elle qui a la tête rêveuse. Voilà. »

Au fond de la pièce, longue et étroite comme un couloir, le lit n'était pas fait. Il y avait de la boue sèche sur la couverture parce que Randoulet s'était couché tout habillé pendant l'après-midi. Il était fatigué de la route faite derrière le troupeau le jour d'avant. Il n'avait même pas enlevé ses souliers.

Honorine avait préparé le repas du soir. Elle mettait le couvert sur une table demi-ronde, appuyée au mur. Elle allait chercher les assiettes dans le placard et chaque fois elle dérangeait le berger, Le Noir, assis sur des sacs vides, devant l'âtre et qui radoubait les lanières d'un fouet de bergerie.

« Qu'est-ce que tu penses ? » dit Randoulet.

Il y eut un moment de silence. Puis Honorine dit : « Qui, moi ?

— Non, dit Randoulet, Le Noir.

— Moi ? dit Le Noir.

— Oui. »

Il s'arrêta de tresser ses lanières.

« Penser quoi, de quoi ?

— Les moutons ?

— C'est des moutons comme les autres fois.

— Le bélier ?

— C'est un bélier.

— Etant mené au printemps, dit Randoulet, tu crois qu'il va remplir les brebis ?

— Il les remplira », dit Le Noir.

Il recommença à tresser sa longe.

« Et les agneaux ? dit Randoulet.

— Ça sera des agneaux, dit Le Noir.

— Venez, dit Honorine. Voilà la soupe. »

Le Noir mit son fouet dans le coin de l'âtre, poussa les sacs, prit la chaise, s'assit.

« Qu'est-ce que tu veux dire ? dit-il.

— Rien », dit Randoulet.

Il coupait du pain dans sa soupe. Il ouvrit son couteau, il l'essuya à ses pantalons.

« Savoir, dit-il, si on gardait les bêtes au lieu de les revendre tout de suite ; si on les gardait un peu plus ?...

— A ton idée, dit Le Noir.

— Mais qu'est-ce que tu en penses, toi ?

— Tu les garderais comment ? demanda Honorine.

— Ce que je pense, dit Le Noir, c'est difficile. Il faudrait savoir ce que véritablement tu veux faire.

— Véritablement ? Qu'est-ce que tu veux que je te dise ? Ce que j'ai envie de faire, c'est les garder, faire remplir les brebis, avoir les agneaux, attendre. Avoir peut-être un autre bélier, l'acheter ou n'importe. Attendre peut-être qu'un jeune soit capable. Encore faire remplir et attendre, voilà. Les garder, quoi !

— Pour quoi faire ? dit Honorine.

— On verrait par la suite.

— Bien sûr, dit Le Noir.

— Attendre quoi ? dit Honorine.

— Tais-toi, dit Randoulet.

« Ce que je veux, dit-il, est facile à comprendre. Si on regarde ici tout ce qui est à nous, ça va de la route jusqu'au rebord de Chayes et c'est tout en prairies, les plus grasses du plateau. Est-ce la vérité ?

— Oui, dit Le Noir, sauf derrière l'étang où l'herbe est farcie de joncs.

— Bon, dit Randoulet, mais de ce côté-ci ?

— De ce côté-ci, dit Le Noir, je t'ai toujours dit que c'était magnifique.

— Et combien ça peut porter de moutons ?

— A perte de vue, dit Le Noir.

— Ne parlons pas de perte de vue. Tu vois loin toi, mais tout en restant dans la chose humaine, cent cinquante, deux cents ?...

— Cinq cents avec aisance, dit Le Noir.

— Voilà », dit Randoulet.

Il chercha la salière. Il poivra sa soupe. Il la goûta. Elle était tiède. Il mangea deux ou trois cuillerées.

« Des moutons libres, dit-il, j'ai envie de belles bêtes.

— Et, dit Le Noir, tu as vu le cerf à Jourdan ?

— Oui. »

Randoulet resta un moment à regarder l'ombre. Il n'y avait presque pas de bruit dans la maison, sauf le bruit du feu. Honorine écoutait le rêve des hommes.

Dehors, pas de bruit. La lune glissait le long des montagnes de l'ouest. Les loutres étaient parties. Un chat-huant guettait sans bruit sur la poulie du grenier. De temps en temps il ouvrait ses yeux rouges. L'étang suçait doucement les sables de ses petites plages. Les champs étaient noirs. La terre labourée ne se laisse pas éclairer par la lune. Seuls luisaient les talus d'herbe. La brume s'était fondue. Sous un amandier fleuri le renard se léchait les pattes. Les sauterelles vertes chantaient. Elles étaient toutes immobiles sur les chardons pelucheux qui gardent la chaleur du jour. L'herbe s'étira. Un rayon de lune se refléta dans une longue feuille d'avoine. Le reflet éclaira les yeux de pierre d'une sauterelle. Le renard s'arrêta de lécher ses pattes. Il regarda ces deux petits points d'or. Il se mussa, sauta ; la sauterelle lui partait d'entre les pattes. Le renard la vit luire et s'éteindre. Il sauta sur place comme pour essayer de mordre la nuit puis il se coucha et hurla doucement.

Loin vers la forêt, au-delà de la route, un perdreau entendit, s'éveilla, vola d'un vol court. Il retomba dans l'herbe, s'endormit, retrouva sa peur, s'envola, retomba, s'endormit, et il resta enfin dans l'herbe, frissonnant mais alourdi de nuit.

Des blaireaux marchaient dans les labours en traînant le ventre. Sous l'arbre fleuri le renard avait recommencé à sauter après les sauterelles. La lune descendait dans un col lointain de la montagne.

Des colombes qui nichaient dans les amandiers

près de la Jourdane entendirent le bruit. La première qui s'éveilla était une colombe de quatre ans, à gorge bleue et qui couvait déjà. Elle porta sa tête au rebord du nid et, sans ouvrir les yeux, elle écouta. C'était un pas dans la terre molle. Elle roucoula pour avertir les autres nids, deux sur le même amandier à côté. Après elle ouvrit les yeux, lentement, comme si elle avait peur du bruit qu'allaient faire ses petites paupières verdâtres. Elle vit passer quelqu'un au bout du champ. C'était une femme. On la voyait bien. Elle était entre la lune et la colombe. Dans les autres nids, il y avait deux amoureuses solitaires et qui se reposaient, lourdes d'œufs ; elles ne s'éveillèrent pas. La colombe à gorge bleue rentra sa tête, courba son cou vers le chaud et se rendormit.

Brusquement, la lune disparut.

La femme marchait vers la Jourdane. C'était plutôt une jeune fille.

Elle arriva près de la ferme. Tout dormait. Elle se glissa le long du hangar aux parois de bois. Elle chercha à tâtons une fente avec ses mains. L'ayant trouvée, elle approcha son visage, non pas pour voir, il faisait maintenant nuit noire, mais pour sentir. L'odeur qu'elle trouva lui dit d'aller un peu sur la gauche. Elle eut besoin de chercher comme ça cinq à six fentes avant d'arriver à la bonne. Là, de l'autre côté, une bête dormait qui s'éveilla et, sans se dresser, allongea le cou et vint renifler à la fente, de l'intérieur. On l'entendit souffler. Le souffle était chaud. Puis, la bête laissa retomber sa tête comme pour dormir et l'on entendit ses grandes cornes qui froissaient le fourrage.

La jeune fille s'allongea contre le mur de bois du hangar. Elle approcha sa joue de la fente. De l'autre côté, la bête avait aussi approché ses naseaux et elle soufflait régulièrement du chaud et du froid en s'endormant.

La jeune fille regarda les étoiles qui s'allumaient une à une. Et elle s'endormit. Le souffle de la bête faisait bouger ses longs cils.

VII

C'était le dimanche. Bobi se leva à l'aube et monta au grenier. Le ciel vert pétillait d'alouettes. Une belle journée en perspective.

De la grande fenêtre à fourrage ouverte sur le vaste du plateau, on voyait toute l'étendue d'herbe. Les prés et les champs de blé étaient luisants de rosée, mais traversés de longues raies noires d'herbes couchées : les unes larges, d'autres étroites, les unes courbes, les autres droites et dardées vers des buts lointains comme des courses de flèches. C'étaient les routes et les pistes des bêtes nocturnes. Elles s'entrecroisaient, se côtoyaient, s'écartaient, se rapprochaient, se confondaient, se séparaient, s'en allaient vers des talus, des arbres, des terriers, des nids, des bauges, ou vers le lit sec de la lande où la terre était chaude. Dans quelques-unes de ces pistes l'herbe déjà se relevait. Tous ces chemins étaient déserts.

Le jour montait maintenant sans arrêt.

Bobi était là depuis un moment quand il entendit jouer du clairon. C'étaient sept à huit notes longues, enrouées et tristes. Ça venait du fond du plateau.

Il essaya de regarder à travers le brouillard de l'herbe. On ne pouvait voir que les taches roses des amandiers fleuris.

Le clairon sonna encore. La dernière note était une note mélancolique et elle donnait l'idée du large plateau étendu sans force sous le ciel.

« Le clairon du commencement », se dit Bobi.

Il avait fait une fois une tournée dans les montagnes de l'est. Un copain l'accompagnait qui ne savait que jouer du clairon. Mais c'était très important. Il se postait sur la place des villages et il se mettait à sonner de tous les côtés. Il répétait toujours le même air, comme ce clairon triste du plateau. Il faisait quatre quarts de tour sur ses pieds joints pour jouer aux quatre coins du monde. Et tout le village sortait. Alors Bobi étendait le tapis de cartes sous l'orme de la liberté, à côté de la fontaine, et il commençait à devenir l'homme-roue, l'homme-crapaud, l'homme-soleil.

On ne pouvait pas voir qui jouait du clairon ce matin. Le brouillard qui fumait des herbes mettait son rideau sur tout le pourtour de l'horizon. Il ne laissait transparaître que la masse rose des arbres fleuris. Enfin, il laissa luire la toiture lointaine de Mouille-Jacques.

Aussi loin qu'on pouvait voir, la terre était déserte. L'herbe qui se séchait de sa rosée se relevait lentement, noircissant peu à peu les champs. Les pistes des bêtes s'effaçaient. Au bout d'un moment il ne resta plus de visibles que les chemins des hommes avec les ornières. Mais le large du plateau était toujours vide. Personne. Rien, sauf le pétillement des alouettes.

Et encore une fois, le clairon.

Cette fois, Bobi vit luire le cuivre à travers la brume du matin puis, un peu après, il distingua la forme noire d'un homme qui marchait à travers champs. Il était à la lisière du verger d'amandiers. Il arriva au champ de narcisses. L'homme mit le clairon sous son bras et regarda les fleurs. Il se pencha pour en cueillir. Il les approcha de son nez. Il en respira l'odeur. Il resta longtemps immobile avec les fleurs contre son visage. Puis il emboucha son clairon et il joua sa chanson lente et triste, tournant son embouchure aux quatre coins du ciel comme pour appeler. Après, il marcha vers la ferme. Bobi s'effaça derrière le montant de la fenêtre pour regarder sans être vu.

L'homme s'approchait avec précaution. Il se méfiait de la Jourdane. Il ne voulait pas être vu non plus. Il ne voulait réveiller personne. Pourtant, arrivé de l'autre côté du champ de narcisses et à cent mètres du hangar, il emboucha encore son clairon et il appela avec sa chanson. Mais ça avait l'air de s'adresser à une grande chose vivant au-dessus de la terre et des nuages.

Bobi se retira à reculons vers l'escalier. Il descendit.

On entendait en bas Jourdan et Marthe. Bobi ouvrit la porte de la cuisine.

« Je crois qu'il nous arrive du monde, dit-il.

— Qui ? demanda Marthe.

— D'abord un homme qui joue du clairon.

— Qui est-ce ? dit Jourdan.

— Le fils Carle.

— Ça, dit Jourdan, c'est extraordinaire !

— Ce petit ? dit Marthe. Et il est sournois. Il ne parle jamais.

— Et maintenant, dit Bobi, le voilà qui essaie de parler avec la grande langue.

— Pardon ? dit Jourdan.

— Oh ! il a trouvé, dit Bobi. Il parle de loin. Il souffle dans son clairon. Il dit très exactement ce qu'il veut.

— Et qu'est-ce qu'il veut ? dit Jourdan.

— Comme nous autres, dit Bobi. Il en a assez. Voilà ce qu'il dit. »

Il cligna de l'œil.

« Marthe, dit-il, le matin est beau.

— Oui, dit-elle.

— Donne-nous — pour une fois — le petit verre d'eau-de-vie. »

Elle s'en alla au placard chercher la bouteille.

« Pour ce matin, dit Bobi en passant son bras sur l'épaule de Jourdan, on va trinquer tous les trois pour la dernière fois.

— Comment dernière, dit Marthe en arrêtant son geste. Tu vas partir ?

— Non, dit Bobi, mais nous ne serons plus guère ensemble par la suite. Tout en restant côte à côte.

— On ne sait jamais ce que tu veux dire, dit-elle, et elle resta muette et immobile près du placard.

— Tu cherches aussi, toi, dit Bobi à Jourdan en le serrant dans son bras. Tu ne dis rien. Tu ne me demandes pas comme d'habitude en disant : pardon ?

— Oui, dit Jourdan, je cherche ce que tu veux dire.

Et si ça doit être la dernière fois qu'on trinque j'aime mieux casser la bouteille et le verre tout de suite.

— Ça n'arrêterait plus rien maintenant, dit Bobi. Ecoutez tous les deux : il y avait une fois », dit-il en dressant la main en l'air...

On gratta à la porte du couloir.

« Entrez », dit Marthe.

Un coup ébranla la porte.

Bobi alla ouvrir. C'était le cerf.

La bête avait de la salive blanche aux babines. Elle gémissait. Elle essayait de faire passer ses grands bois dans la porte. Elle frappait le seuil de son sabot.

Bobi lui mit la main sur le front. Il la repoussa et il sortit avec elle.

« Qu'est-ce que tu vois, dit-il, qu'est-ce que tu sens, toi ? »

Le cerf frotta son museau contre la manche de Bobi.

« Toi, tu n'as pas à t'inquiéter, qu'est-ce que tu veux me dire ? Oui, le ciel, bien sûr c'est un beau ciel. Oui, les arbres, je les ai déjà vus les arbres. Ils sont fleuris. Oui, je les ai vus ce matin à travers le brouillard du printemps. Oui, la terre, qu'est-ce que tu sens dans la terre ? »

Le cerf roucoula un long mot sombre qui fit trembler son gosier et ses babines. Il découvrit ses dents, souffla un peu de morve, ouvrit ses narines bleues, éternua et se mit à marcher vers le hangar. Il regarda si Bobi suivait.

« Je viens », dit Bobi.

Il venait.

Il avait vu tout d'un coup le grand ciel d'avril fleuri lui aussi d'épais nuages, pommelé et dansant comme un verger sous le vent. Il avait senti la chaleur dans sa chair et le soleil levé et déjà chaud n'était plus seulement du soleil mais un aliment qui à travers sa peau suintait jusqu'à son cœur, plus nourrissant que de la farine et de la salive mélangées.

Il se sentait presque cerf, presque bête. Il savait d'avance par science de bête que, là où le cerf le menait, il y avait intérêt de cerf et intérêt de son cœur à lui, Bobi, alimenté soudain par la farine d'or du soleil.

Il avait pensé appeler Jourdan et Marthe, puis il s'était dit :

« Je le leur dirai tout à l'heure. Au fond, je ne sais pas où il me mène. Ce que je sais seulement c'est que nous sommes sous les branches fleuries du ciel. »

« Je viens », dit-il.

Le cerf s'était retourné, l'avait regardé avec ses beaux yeux ronds, avait gémi tout doucement une petite phrase d'amour.

Ils contournèrent le hangar.

Brusquement, Bobi vit le champ de narcisses entièrement couvert de fleurs et, à travers le champ, une fille qui fuyait à la course.

Il s'élança à la poursuite. Il entendit danser derrière lui les quatre sabots du cerf puis la foulée de la bête qui le gagnait, puis le petit galop facile à côté de lui. Le cerf avait rejeté sa tête en arrière, retroussé ses babines ; il riait et le vent sifflait entre ses dents vertes.

La fille avait des jupons larges. Elle courait vite avec de fortes jambes nues. Elle monta le talus d'arrosage, descendit de l'autre côté et disparut.

Bobi arriva au sommet, lancé droit. Mais droit devant il n'y avait plus rien que le plateau désert avec deux ou trois fumées de brume. Le cerf, cabré sur ses jambes de derrière, secoua ses bois et s'élança vers la gauche. Bobi le suivit. La fille courait là-bas devant vers la lisière de la forêt.

Maintenant, ils ne pouvaient plus la perdre de vue.

Il fallait la gagner avant les arbres.

Elle tenait ses jupons relevés. Elle courait à pleines jambes. Ses cuisses nues faisaient mousser du linge blanc. Elle crocheta vers la droite. Là, il y avait un verger fleuri. Elle le traversa. Elle filait vers ce côté du ciel où s'entassaient les nuages d'un orage du matin. Sur la lande rase elle était seule, blanche contre les nuages profondément bleus.

Elle s'arrêta, fit face, mit sa main sur son cœur et attendit.

Le cerf s'approcha d'elle au pas, avec un peu d'amble, et en balançant sa tête d'arbre aux yeux doux.

Comme Bobi arrivait :

« Vous m'avez prise, dit-elle, à cause de mon cœur. »

Elle pressait son sein gauche sous sa main. Elle respirait, bouche ouverte et fort. Chaque fois qu'elle aspirait l'air ses yeux se fermaient, de paix et de plaisir.

« Pourquoi couriez-vous ?

— Je ne voulais pas qu'on me voie.

— Mais on vous voit aussi quand vous courez et alors on a le désir de courir après vous et de vous attraper.

— Sans mon cœur, dit-elle, je serais loin. »

Elle avait en effet le visage même de la vitesse, avec des chairs lisses et tous les cheveux jetés en arrière et mousseux comme la poussière que soulève le pas puissant des orages.

« On peut aller très loin même avec son cœur », dit Bobi.

Il avait, lui, ses beaux yeux d'homme. Il sentait que leur lumière grandissait et qu'elle jaillissait de lui, brillante et fine.

« Voulez-vous revenir ? dit-il.

— Maintenant que je suis plus calme, oui », dit-elle.

Il tendit la main ; elle la prit. Ils retournèrent du côté de la ferme.

Le cerf resta un moment immobile. Il fit quelques pas en avant, droit devant lui, dans l'ancienne direction de la course, vers le large du plateau, les bois, l'horizon où sous l'orage tremblaient les profondeurs du lointain, puis il se tourna en piétinant la terre et il suivit l'homme et la femme. Il marchait la tête basse ; ses ramures arrachaient la pointe blonde des herbes.

« Je m'appelle Aurore, dit la jeune fille.

— Et moi Bobi, dit-il.

— C'est vous qui avez amené le cerf ?

— Oui, il est à moi.

« Vous me faites mal parler, dit-il ensuite. Il n'est pas à moi, il est à nous. Aussi bien à vous. A tout le monde. »

Ils se tenaient par la main. Ils marchaient du même pas. Ils balançaient leurs mains jointes.

« Je me suis levée de bonne heure pour venir le revoir, dit-elle, j'ai pensé à lui toute la nuit.

— Vous l'aviez déjà vu ?

— Oui, hier. Le matin. Il est venu, il a passé sa tête sous les rameaux du saule qui sont déjà en feuilles, il a regardé autour de lui. Il a sauté sur la terrasse. Je le regardais de ma chambre. Ce matin je me suis levée tôt pour l'attendre.

— Vous étiez déjà levée quand on a joué du clairon ?

— Oui, et j'attendais déjà depuis un bon moment. Et sous le saule l'ombre était toujours très noire, et je pouvais toujours m'imaginer que le cerf était là dans cette ombre à attendre que le premier coup de soleil passe dans les branches, quand j'ai entendu le clairon.

— Ah ! dit Bobi en arrêtant un peu le balancement du bras, dites-moi bien, ça m'intéresse.

— J'ai pensé : le cerf ne viendra pas.

— Pourquoi ?

— Ce que ça jouait c'était triste...

— Oui, mais c'était triste et large, dit Bobi. C'est-à-dire que c'était exactement comme ce plateau et ça avait autant de chemins tout ouverts qui s'enfonçaient dans la tristesse et dans le large. Et, au fond, ça donnait tout à coup l'idée que sur un de ces chemins ou peut-être sur tous on pouvait rencontrer la joie. Et alors, on avait envie de partir et on pensait que peut-être la joie était au-dessus des chemins de la terre comme un arc-en-ciel, et qu'elle les enjambe tous, et que quand on ne la voit pas, c'est seulement parce qu'on est mal placé, il suffit alors de marcher pour arriver à l'endroit où l'on sera dans la pluie, sous la pluie luisante de la joie, n'est-ce pas ?

— Je ne sais pas, dit-elle, j'ai juste eu le temps de prendre un fichu — et je l'ai perdu tout à l'heure dans les narcisses quand j'ai commencé à courir — je suis descendue doucement et je suis venue.

— Vous êtes la demoiselle de Fra-Josépine ?

— Oui.

— Je connais tous les autres du plateau, mais vous je ne vous connaissais pas. De vue, ajouta-t-il, parce que, pour le reste, Jourdan m'a parlé de vous.

— Et vous ne me connaissiez pas comme je suis ?

— Non », dit-il.

Il sentit à ce moment-là la petite main dans sa main. Elle était chaude et lisse. La peau un peu molle. Les doigts craquants et tendres comme les petites branches des aulnes. Il regarda la main, le poignet, le bras, l'épaule, puis le visage.

Elle avait des yeux violets et laiteux et le bord des paupières était d'une pureté de sable.

« D'habitude, dit-elle, on ne m'aime pas.

— Pourquoi dire d'habitude ? Car, continua-t-il en recommençant à balancer la petite main, si un ne vous aime pas, si deux, si trois, si cinquante ne vous aiment pas, celui qui arrivera après les cinquante trouvera peut-être des raisons de vous aimer, et quand vous vous en irez avec lui sur les chemins vous ne penserez plus aux cinquante, mais à lui seul, et vous direz : d'habitude, on m'aime.

— Je ne sais pas, dit-elle. Quand vous parlez longtemps, on vous comprend moins.

— J'ai toujours cru qu'on me comprenait mieux, dit-il d'un air fâché.

— Non, dit-elle, mais c'est agréable de vous entendre parler. On n'a pas besoin de comprendre, on se laisse faire. Me connaissez-vous mieux maintenant ?

— Oui, et moi ?

— Je ne vous connais pas du tout, dit-elle.

— Je suis l'homme au cerf.

— C'est vrai, dit-elle, le cerf, je l'avais oublié. »

Ils étaient arrivés près de la ferme. Le jeune garçon au clairon leur faisait des signes. En même temps il leur indiquait de s'approcher sans faire de bruit. Il était près du hangar. Il regardait quelque chose par terre.

« C'est le matin des jeunes filles », dit Bobi à voix basse.

C'en était une nouvelle. Elle était couchée près le mur de bois du hangar, la joue contre une fente des planches.

« C'est Zulma, dit Aurore. Je la connais. Elle est belle.

— Oui, dit Bobi, elle dort. Que dieu la bénisse !

— Je suis arrivé là, dit le jeune garçon au clairon, je l'ai vue, je l'ai regardée dormir.

— Vous êtes le fils Carle, dit Bobi.

— Oui.

— Je me souviens de vous avoir vu, le jour où votre père m'a montré son étalon.

— Moi aussi, dit le garçon. Je me souviens.

— Il ne faut pas la réveiller, dit Aurore. Regardez, elle a un beau sourire sur les lèvres.

— C'est la fille de Randoulet, dit le garçon, ça ne lui arrive pas souvent de rire.

— Alors venez, dit Bobi, mais comment êtes-vous là tous les trois ? — Il avait pris le bras du garçon. Il tenait toujours la main d'Aurore. — Un qui joue du clairon dans l'aube, une qui court en tenant son cœur, une qui dort sur la terre dure avec un grand sourire ?

— Moi, dit le garçon, je suis venu voir le cerf. Où est-il ?

— Il nous suivait, dit Bobi. Il a dû aller voir Marthe. C'est l'heure où elle lui donne le pain. Venez. »

Comme ils approchaient de la maison, ils entendirent des voix joyeuses. Le vieux Jacquou de chez Maurice venait d'arriver avec toute la famille : la vieille, la jeune, le gendre et les deux petits.

« Le valet est resté pour garder, dit-il en descendant noblement de voiture, mais il viendra dimanche prochain.

116

— Tu as eu une bonne idée, dit Jourdan. Ça, c'est une idée comme tu en avais du temps que nous allions tous les deux acheter des vaches à Aiguines.

— Le temps est passé, dit Jacquou, on se fait vieux.

— Rien n'empêche, dit Jourdan, puisque, tu vois !... Et alors, vous autres, il faudra descendre de cette voiture et entrer à la maison, Barbe, Joséphine, Honoré et les petits. Je pense que c'est ici que vous veniez ? Oui ? Alors qu'est-ce que vous faites là-dessus ? »

Le vieux Jacquou avait ses manières de dimanche et de jours de grande fête. Il se faisait plus lourd que d'habitude ces jours-là. Il avait l'air de peser beaucoup sur la terre. La vieille Barbe faisait mille précautions pour descendre de la jardinière.

« Je vous aide, dit Bobi, attendez. »

Il abandonna la main d'Aurore et le bras du garçon.

« Il me tenait encore par la main, se dit Aurore. Là, devant le monde. »

Elle frotta sa main contre sa jupe.

« Il a des bras de fer », dit la vieille Barbe.

Il venait de la déposer doucement sur l'herbe.

« Vous pesez comme une sauterelle, dit-il.

— Que de monde, cria Marthe du seuil, et elle s'avança.

— Donnez la main, dit Bobi à Joséphine.

— Oh ! demoiselle, dit la vieille Barbe, vous êtes déjà là de bonne heure. Et Mme Hélène ?...

— Elle viendra », dit Aurore.

Elle pensa : « Quand elle verra que je suis partie de la maison elle viendra. »

« Elle est là, dit Marthe.

— Qui ?

— Votre mère. Elle est là depuis plus d'une grosse heure, elle boit le café. Venez, Barbe. Que de temps, depuis la dernière fois ! Venez, mademoiselle Aurore. Jourdan, tu t'occupes des hommes.

— Joséphine, dit Barbe, porte-moi mon capucet. Il est sur le siège.

— Et alors ? dit Jourdan à Jacquou.

« — Alors voilà », dit Jacquou à Jourdan.

Et ils regardèrent lentement tout l'alentour de terre plate. Joséphine s'était appuyée à pleine épaule sur Bobi. Et Bobi l'avait serrée à la taille, enlevée de la voiture et posée à terre.

« Voilà, dit-il.

— Merci », dit-elle.

Elle épousseta sa jupe et tira son corsage qui blousait sur ses seins.

« Tu viens », lui cria Barbe qui allait entrer à la maison. Aurore les suivait. Elle se disait :

« Ma mère est déjà là. Depuis une heure. Elle est venue sans me le dire. »

Elle regardait Joséphine. Elle lui trouvait l'air femme et de gros avantages de corps.

« Elle est, se disait-elle, aussi grande que Bobi. Elle est plus pleine que moi. Ses joues sont plus dorées que les miennes. »

Elle sentait la chaleur de la main de Bobi dans sa main.

« Dire, se disait-elle, que nous avons marché du même pas en balançant nos mains. »

« Entrez, mademoiselle Aurore », dit Marthe.

Elle regarda Bobi avant d'entrer. Il était en train de rire avec les enfants, Joséphine le regardait. Elle était debout, toute droite à côté de lui, avec ses seins de femme, bien gonflés et ses hanches rondes.

« Joséphine, cria Marthe, viens prendre le café chaud. »

Joséphine s'approcha d'un grand pas large qui était comme une danse de paix.

Honoré fouillait dans le caisson de la voiture.

« On s'est invité, dit Jacquou.

— Tu as bien fait, dit Jourdan.

— On a porté un lièvre, dit Jacquou.

— Ça, c'est mal, dit Jourdan, on se serait arrangé.

— C'est mieux de ne pas avoir à s'arranger, dit Jacquou, mais de trouver tout bien d'accord. On ne pouvait pas te tomber six comme ça sans rien dire et sans rien apporter.

— Aide-moi, Jules, dit Honoré au fils Carle. Prends ça. »

Il lui tendit le lièvre. Il n'était pas sanglant mais net et propre, et tout gonflé comme les bêtes prises au collet.

« Si j'avais su, dit le fils Carle.

— Quoi ? dit Honoré.

— Je crois que mon père va venir.

— Et alors, dit Honoré, il mangera avec nous, tant mieux. Attends, on a encore du jambon. Et le vin, père ? où l'avez-vous mis ? cria-t-il à Jacquou.

— Dans le caisson, dit Jacquou.

— Il n'y est pas.

— Pourquoi du vin ? dit Jourdan.

— Pour boire, dit Jacquou. Regarde au fond, les bouteilles sont couchées sous la paille.

— Et voilà, dit Bobi aux enfants. Tout à l'heure, je vous ferai voir la grande bête. Elle a comme un arbre planté sur la tête et elle est si sage qu'on voudrait qu'elle vous lèche la figure. Et le plus, dit-il, c'est qu'elle le fait. »

Les enfants le regardaient sans rien dire. Puis ils coururent vers la maison.

« Vois, lui dit Jourdan, tout ce qu'ils ont apporté ! »

On avait étendu le lièvre sur l'herbe, aligné les bouteilles, placé le jambon et les trois grosses andouilles grasses à côté. Honoré fouillait toujours dans le caisson en remuant la paille.

— Il y en a pour huit jours, dit Bobi.

— On voudrait bien », dit Jacquou en clignant de l'œil.

Il se passa la main sur les moustaches.

« Et pourquoi pas, dit Bobi, on n'a que le bon temps qu'on se donne. »

Jacquou devint sérieux.

« Qu'est-ce qu'on m'a dit ? dit-il.

— Qu'est-ce qu'on a pu te dire ? dit Jourdan.

— Tu as semé des fleurs ?

— Je t'expliquerai », dit Jourdan.

Honoré se redressa.

« Je ne la trouve pas, dit-il.

— Quoi ?

— La grosse bouteille ronde.

— Elle doit y être, dit Jacquou.

— Elle n'y est pas. »

Jacquou monta sur la ridelle avec un geste de vieil homme un peu raide mais toujours commandant.

« Laisse voir.

— Où est le cerf ? demanda Bobi.

— Il est venu, dit Jourdan, il a mangé son pain. Mais quand il a entendu le bruit, il est sorti par la porte de derrière.

— Barbe ! » cria Jacquou.

Il était debout sur la ridelle et plein de colère.

« Quoi ? répondit Barbe de là-bas dedans.

— Tu as oublié la grosse bouteille ronde ?

— Non, répondit Barbe. Il n'y avait plus de place. Je l'ai transvasée dans des litres. Ils y sont. »

Jacquou et Honoré sautèrent dans l'herbe.

« C'est ça, dit Honoré, voilà le vin et voilà la blanche. Si on avait regardé on aurait vu.

— Honoré, dit Jourdan, dételle, mets la jument au hangar. L'avoine est dans le coffre à gauche.

— Oui, dit Honoré, de ce temps, trouvez-moi un couteau pointu. Je déshabillerai le lièvre de retour. »

Il prit la jument par le bridon et la fit tourner.

« On le fait rôtir ? dit-il.

— Sûr, dit Jacquou.

— Le mieux, dit Bobi, ce serait d'installer ça dehors.

— Oui, dit Jourdan, je crois que Marthe doit avoir son idée là-bas dedans. Elle ne va pas tout vous laisser faire et nous avons aussi Mme Hélène, et toi, Carle. Tu restes.

— Si vous voulez, dit le garçon au clairon. Et mon père va venir tout à l'heure. Il l'a dit.

— On le gardera, dit Jourdan. Ecoute, là-bas derrière...

— Je reviens, cria Honoré qui emmenait la jument et la charrette. Préparez le couteau.

— Va là-bas derrière près de l'ancienne étable et apporte des pierres ici, on va faire un foyer.

— Laisse ton clairon, dit Bobi.

— Je n'y pensais plus.

— Que si, dit Bobi, qu'il faut y penser. Mets-le à côté des bouteilles.

— Le vent vient d'où ? dit Jacquou.

— De la forêt.

— Voilà où on fait le feu, dit-il en traçant un carré avec son pied.

— Je vais chercher le couteau, dit Bobi, et voir si Marthe veut que je l'aide.

— Voilà, dit Jourdan en tapant sur l'épaule de Jacquou. Tu ne t'imagines pas ce que je suis heureux.

— Oui, dit Jacquou, il faudra que je te parle justement.

— Marthe, dit Bobi, il me faudrait un couteau pointu.

— Ah ! le voilà, dit Mme Hélène. Je ne l'avais pas encore vu cet homme. Vous m'en avez parlé, mais il vaut mieux le voir. Il n'est pas vieux, du tout. »

« Il me donnait la main tout à l'heure, se dit Aurore, et nous marchions dans les champs. Il a le bras solide et léger. »

Il lui semblait que cette main était maintenant très loin d'elle. Que jamais plus il ne la regarderait avec ses yeux doux si clairs et qu'il n'accorderait jamais plus son pas au sien pour marcher loin de tout le monde elle et lui seuls.

« Fouille dans le tiroir, dit Marthe, il doit y en avoir un.

— Je vais mettre un tablier, dit Joséphine.

— Je plumerai les poules, dit Barbe, mais pour aller plus vite il faudrait les ébouillanter. Tu as de l'eau chaude ?

— Et comment faire pour le feu ? dit Marthe en regardant l'âtre.

— Faites votre affaire, dit Bobi, nous allons allumer un foyer dehors pour le lièvre et les andouilles. Le couteau n'est pas là.

— Tu ne trouves rien.

— Les hommes ne trouvent jamais rien », dit Joséphine.

Elle riait, elle avait une grande bouche saine et de larges dents ; le gonflement de sa belle gorge engraissait la douce colombe de son cou.

« Ils trouvent, dit Bobi, mais quand ça y est. »

« Ils trouvent », pensa Aurore.

Elle était assise dans l'ombre et elle se lissait doucement les cuisses à travers sa jupe.

« ... il a trouvé ma main, il m'a attrapée et trouvée à travers les champs. Ils trouvent quand ça y est. »

Elle pensait qu'il avait dit ça pour elle. Pour elle seule et il l'avait regardée en le disant.

« Mais, nous ne resterons pas, dit Mme Hélène en se dressant. Vous avez déjà bien assez de tracas.

— Si, dit Marthe en s'approchant d'elle. Si, et faites-nous ce plaisir et faites-vous ce plaisir aussi, dit-elle en riant.

— C'est vrai que je me le ferai, dit Mme Hélène, mais rien de ça n'était dit.

— Rien n'est jamais dit à l'avance, dit Bobi, et puis ça arrive. Restez, madame. Carle va arriver. On sera presque tous réunis.

— Carle vient ? demandèrent les femmes.

— Son fils l'a dit.

— Ça c'est un dimanche, dit Barbe.

— Et mon couteau ?

— Le voilà, dit Marthe. Il était sous les épinards, je les ai cueillis ce matin sans savoir.

— Faites-moi travailler alors, moi aussi, dit Mme Hélène.

— On fera bien assez, dit Joséphine. Regardez-nous. »

On sentait qu'elle pouvait tout faire elle seule, et tout bien faire. Elle s'était noué sur le ventre une large serviette en guise de devantier et caché ses cheveux sous un capuchon fait avec deux tours de foulard. Elle avait un visage juste, rond, riant et solide où tout était de large mesure et bien humain.

« Non, dit Mme Hélène, moi je veux travailler. Donnez, je trierai les épinards et donnez-moi les légumes aussi. »

Bobi s'approcha d'Aurore.

« Chauffez-vous les pieds, dit-il.

— Je n'ai pas froid. »

Et elle le regarda de bas en haut, car il était debout et elle assise.

« Si, dit-il, vous avez marché dans l'herbe mouillée.

— Nous avons marché, dit-elle, vous aussi.

— Oui, mais je suis plus solide, dit-il. Allongez vos jambes vers le feu. »

Elle ne voulait pas le faire. Pour aller contre sa volonté à lui. Pour ne pas faire ce qu'il disait, puisqu'il ne marchait plus au même pas qu'elle.

Il se pencha. Il la déchaussa de ses petites socques. Il toucha ses pieds nus.

« Vous avez froid et vous êtes mouillée. »

Il lui plaça les pieds sur le rebord de l'âtre.

« Restez là comme ça », dit-il.

Elle resta là. Elle le regardait avec deux yeux qui le remerciaient d'être revenu et d'avoir donné à une autre partie d'elle-même la chaleur de ses mains.

Mais il s'était déjà détourné.

« Ça vous donne envie de chanter », dit Mme Hélène.

Le feu ronflait. Marthe apportait du gros bois. Barbe regardait si l'eau bouillait.

« Venez », dit Joséphine à Bobi.

Elle se mettait toujours devant lui avec sa plénitude de femme dorée et elle le regardait droit dans les yeux en souriant.

« Attrapez-moi la bassine là-haut vous qui êtes grand. »

Elle le commandait et il obéissait. Ce n'était guère la peine de se réchauffer les pieds à l'âtre. Cependant, Aurore resta sans bouger. C'était bon de lui obéir quand même.

Le clairon joua dehors. Toujours la phrase du matin mais cette fois plus allègre et comme si tout le large du plateau s'était mis à moutonner et à fleurir comme la mer sous le vent.

« Qu'est-ce que c'est ? » dit Bobi en sortant.

Le matin de printemps, bleui d'orage et tout éclaboussé de soleil, balançait les arbres. Les oiseaux passaient par bandes. Le vent chargé d'ombre couchait les herbes.

« En voilà d'autres, cria Honoré.

— C'est Randoulet, dit Jourdan.

— Pour le coup, dit Jacquou, il aurait dû apporter un chevreau. Les parts de lièvre seront petites. »

Du verger d'amandiers fleuris venait de surgir la charrette bâchée de Randoulet. Elle avait un peu hésité dans le labour frais mais maintenant qu'elle avait sous les roues l'éteule dure elle venait au galop. Le bras de Randoulet balançait le fouet.

« Sonne », dit Jourdan.

Le fils Carle emboucha le clairon.

Les femmes vinrent au seuil.

« Qui est-ce ? » demanda Joséphine.

Marthe s'abritait les yeux sous la main.

« Randoulet, dit Jourdan.

— On arrive sous l'orage, cria Randoulet.

— Pas si vite, dit Jourdan. Restez là-bas pour dételer. On a déjà la broche en train ici dehors.

— Alors, viens chercher les paquets, dit Randoulet.

— Tu as un chevreau ? demanda Jacquou.

— J'en ai un, dit Randoulet. Travaille un peu, toi, Le Noir, dit-il à son berger. Moi je vais voir les autres. Dételle. Tu viens, Carle ?

— Carle est avec toi ?

— Il est au fond de la charrette. Oh ! Carle !

— Voilà, dit Carle, je suis mélangé avec les paniers et les bouteilles. Attends que je me démélange.

— J'ai un chevreau, dit Randoulet, tout prêt, tout bardé, roulé dans sa crépine. Il n'y a plus qu'à l'embrocher. »

Marthe héla au seuil :

« Honorine est là ? »

Elle aidait Le Noir à dételer le cheval.

« Viens, lui cria Marthe, laisse le travail des hommes. Ici il y a du travail de femme. Amène.

— Nous avons perdu Zulma, dit Honorine à Jourdan.

— Comment perdue ?

— Depuis hier soir.

— Elle est ici, dit Bobi.

— Tu l'as vue ?

— Je l'ai vue. Elle dormait. Ne vous inquiétez pas.

— Moi, dit Randoulet en prenant Bobi aux épaules, je te dis la vérité : je suis venu voir ton cerf.

— Ne mélangeons rien, dit Bobi. Maintenant c'est le temps de cuire. Le reste viendra.

— Ce qui vient, dit Le Noir, c'est l'orage. »

Une montagne bleue glissait doucement dans le ciel et le vent giclait sous elle. Elle avait commencé à éteindre le soleil.

« Ça sera juste un coup de grêle.

— Le soleil est derrière.

— Qu'est-ce qu'on fait ?

— On embroche le chevreau là sur place, dit Jacquou, avec le lièvre, tout sur le même. On fait le feu. Et pour que le ciel l'éteigne, il faudra que ça soit un gros ciel. Moi je surveille la broche. Et pour que le ciel me l'arrache il faudra que ça soit un gros ciel. Hardi les jeunes ! Les vieux sont encore solides. Faites du feu.

— On a rencontré Carle sur la route, dit Randoulet. Il a le père des chevaux et il marchait à pied.

— C'est un tort, dit Bobi.

— Alors, on lui a dit : monte, on y va aussi.

— Le fils était parti de bonne heure avec son clairon.

— Travaille, dit le garçon au lieu de parler, moi je porte du bois. Va chercher du bois toi aussi. »

Ils avaient fait un foyer avec de grosses pierres. Jourdan mesura deux pas.

« Ma broche a deux pas de long.

— C'est trop », dit Jacquou qui plaçait le bois morceau à morceau en surveillant le tirage. Il avait poussé son chapeau en arrière et sa cravate de cordonnet s'était défaite.

« Non, dit Randoulet, on met le chevreau au milieu, et d'un côté le lièvre, et de l'autre les andouilles. »

Le feu flambait et s'était mis à jaillir de tous les côtés du foyer de pierre quand on entendit une pluie dure qui frappait du tambour dans les arbres fleuris.

« Ah ! » dit Le Noir, et il pointa son doigt vers le cœur blanc de l'orage.

On le voyait grandir, rond et lourd, et blanc comme une meule, et s'approcher à toute vitesse.

« La broche, dit Jacquou.

— Voilà, dit Jourdan.

— Le chevreau, dit Jacquou.

— Voilà, dit Randoulet.

— Embroche. »

Marthe était venue au seuil, inquiétée par l'ombre grandissante.

« Rentrez, les hommes, cria-t-elle.

— Non, dirent-ils tous ensemble.

— Le lièvre, dit Jacquou.

— Voilà », dit Honoré.

Il venait juste de l'écorcher et de le vider à mains rapides. Il avait les doigts collants de sang.

Jacquou frappa sur le feu. Il s'écrasa en braise. Deux petites flammes bleues sifflaient de chaque côté du foyer. Jacquou les tua sous ses talons.

« Allongez la broche. Laissez le bois au sec, on ira le chercher au fur et à mesure. Là, dit-il ; maintenant si vous voulez vous mettre à l'abri, allez-y, moi je reste.

— Nous restons tous, dirent-ils.

— Le monde va bien, dit Bobi.

— Ça dépend de ce qu'on veut dire », dit Le Noir.

Et juste à ce moment-là il montra le cœur de granit de l'orage qui tombait à pic des hauteurs du ciel, et, tout d'un coup, ils furent tous flagellés de pluie raide et le vent les poussa aux reins, souleva la poussière, emporta des braises dans ses ailes, fit chanter la lardoire qui trembla sous le poids du chevreau. L'odeur épaisse de la terre mouillée.

Jacquou s'arc-bouta.

« Du petit bois sec », dit-il.

Il s'était mis dos au vent pour protéger le feu que le vent essayait de soulever et d'emporter.

« Le chevreau ! dit Jourdan.

— Laisse, dit Bobi, la pluie parfume. »

Il était souriant et échevelé, avec des yeux terriblement clairs.

Les femmes crièrent :

« Rentrez, fous que vous êtes ! »

Mais un coup de vent ferma durement la porte sur elles. On ne vit plus, là-bas à travers les vitres de la fenêtre qu'un visage, on ne savait pas de qui, qui faisait signe :

« Venez !

— Non, dirent les hommes, et alors, quoi !... »

Ils avaient tout le visage huilé de pluie.

Les deux Carle, le fils et le père, arrivèrent à la course pour porter le bois sec. Ils le jetèrent sur le foyer et, tout d'un coup, une flamme jaillit, épaisse, drue, rouge comme du sang, comme si on venait de trancher une artère du monde. Mais il fallait beaucoup de bois. Les deux Carle étaient repartis à la course. Jourdan aussi. Bobi aussi. Le Noir, Randoulet.

Jacquou retira la broche. Pour le moment, il s'agissait de gagner, de faire haute flamme, de montrer que rien ne commande : ni l'orage, ni le ciel, ni les femmes quand l'homme veut.

Le Noir jeta dans le feu une grosse brassée de bois sec. La flamme sauta par-dessus. Honoré jeta sa brassée de bois, puis Jourdan, puis les Carle, puis Bobi. La flamme siffla comme un serpent qu'on met en cage, puis elle hurla de coin, puis elle tira sa langue, puis elle ouvrit sa gueule bleue et elle écrasa le bois avec ses grandes lèvres saignantes, molles, et elle se mit à chanter au milieu de la pluie la chanson du feu.

Les hommes se reculèrent.

L'orage tourna et il fut emporté vers les fonds du

sud, et il se mit à rouler dans des échos lointains en écrasant des plaines maraîchères dont, d'un coup, fuma l'odeur de légumes. On le voyait s'en aller là-bas loin. Il roula sur des collines et dans des bois de pins. Vint une odeur de résine. Enfin, il s'enfonça en bouillonnant dans une gorge au fin fond de la vallée. Il ne faisait plus qu'un bruit retentissant mais léger comme le cours d'un char vide sur les chemins pierreux de la montagne. Le soleil était revenu. Le ciel était lavé et fleuri de petits nuages à couleur de pâquerettes. Les arbres soupirèrent. Les tuiles de la maison gémirent. Une colombe roucoula. Le vent fit encore deux ou trois pas puis il s'étendit dans l'herbe et ses longs membres silencieux couchèrent l'herbe et il resta là, sans force et tout doré, tout de suite endormi, avec à peine la respiration paisible d'un beau travailleur qui se repose en souriant.

La porte s'ouvrit. Les femmes sortirent de la maison. Le soleil luisait sur le visage mouillé des hommes. Ils avaient comme des arcs-en-ciel dans la barbe, les moustaches, les cheveux et le duvet des joues.

« Alors, les têtus ?
— Alors on a gagné !
— A quoi ça a servi ?
— A gagner.
— Vous êtes mouillés.
— Ça séchera.
— Quelle idée ! Et passionnés comme des boucs ! Regardez-moi ça !
— C'est la belle vie. »

Elles avaient toutes des yeux magnifiques, un peu plus larges que d'habitude et pleins de couleurs car ils reflétaient le visage des hommes.

« Et maintenant, dit Jacquou, on va cuire. »

Et il recommença à assommer le feu pour faire des braises lentes.

Il plaça la broche, aidé des deux Carle et d'Honoré.

Les femmes regardaient le ciel.

Aurore s'approcha de Bobi.

« Vous êtes mouillé, dit-elle.

— Et vous, dit-il, avez-vous chaud aux pieds ?

— J'ai chaud, dit-elle, je vous ai obéi. Obéissez-moi et venez sécher votre tête. »

Il la regarda avec des yeux qui s'attristaient. Il lui dit :

« Venez avec moi, on va voir si les chevaux n'ont pas eu peur. »

Ils s'en allèrent vers le hangar. Il lui prit la main et il recommença à marcher comme le matin au retour de la course.

« Il doit être Italien, dit Mme Hélène. Regardez comme il a un front lisse et pur, et puis cette bouche avec des fossettes de chaque côté suivant les mots qu'il prononce, et ces petites lèvres minces.

— C'est un bel homme, dit Joséphine. Il a de larges épaules. » Elle se serra la taille dans ses deux mains. Elle se sentit nue dans ses vêtements, nue et dure, avec une douceur tout au fond d'elle à regarder cet homme. Elle était belle femme.

« Attendez », dit Bobi.

Ils avaient tourné le coin. Ils étaient seuls. Les chevaux étaient paisibles sous le hangar.

« Vous m'avez dit de vous obéir et vous m'avez dit de sécher ma tête.

— Oui », dit-elle.

Elle était un peu plus petite que lui ; adossée au mur, lui devant elle, les bras pendants car il l'avait lâchée. Et il était un peu voûté dans ses épaules.

« Jamais personne ne s'est soucié de moi », dit-il.

Elle le regarda sans répondre.

« J'ai toujours été seul, continua-t-il, et c'est toujours moi qui me suis soucié des autres. Vous êtes à peine comme une petite fille et il y a beaucoup de choses que vous ne savez pas. Mais, vous venez de dire quelques mots et de faire un petit geste, le geste de votre main vers mes cheveux, comme pour les essuyer vous-même. Et ça, jamais personne ne l'a fait. Et voilà que je suis devant une chose nouvelle. J'ai toujours été seul, toujours. Et c'est toujours moi qui ai essayé de sécher les cheveux des autres, vous comprenez ? Quand ma tête était mouillée, je savais que ça ne donnait de souci à personne, vous comprenez ? Et c'était amer, vous comprenez ? ».

Elle baissa les yeux.

« J'ai essayé, dit-il, de me faire une compagnie avec toutes les choses qui ne comptent pas d'habitude. Je vais vous paraître un peu fou et je dois être un peu fou. Je me suis fait doucement compagnie de tout ce qui accepte amitié. Je n'ai jamais rien demandé à personne parce que j'ai toujours peur qu'on n'accepte pas, et parce que je crains les affronts. Je ne suis rien, vous comprenez ? Mais j'ai beaucoup demandé à des choses auxquelles on ne pense pas d'habitude, auxquelles on pense, demoiselle, quand vraiment on est tout seul. Je veux dire aux étoiles, par exemple, aux arbres, aux petites bêtes, à de toutes petites bêtes, si petites qu'elles peuvent se promener pendant des heures sur la pointe de mon doigt. Vous voyez ? A des fleurs, à des pays avec tout ce qu'il y a dessus. Enfin à tout, sauf aux autres hommes, parce qu'à la longue, quand on prend cette habitude de parler au reste du monde, on a une voix un tout petit peu incompréhensible. »

Elle le regarda avec ses yeux aux reflets violets.

« Je vous comprends », dit-elle.

Il lui prit la main.

« Comprenez-vous, demoiselle, que si je n'ai rien demandé ce n'est pas parce que je n'avais pas besoin ? Comprenez-vous aussi que si j'ai toujours donné c'est justement parce que j'avais grand besoin moi-même ?

— Oui, dit-elle, je comprends, mais peu à peu. Et ce que je comprends le mieux, c'est que vous me parlez et que vous avez encore la tête toute mouillée de l'orage, que vous ne m'avez pas obéi, que vous ne vous séchez pas les cheveux, et que vous allez prendre froid, surtout ici dans ce courant d'air qui passe entre la grange et le hangar.

— C'est vrai, dit-il, vous avez raison, il faut toujours faire les choses simplement. »

Elle dénoua son devantier et il se sécha la tête dans l'envers de ce tablier de lin. La toile était tiède.

Jacquou avait réussi à mater le feu, à mater la broche qui tournait rond, à mater les femmes (elles étaient retournées à la cuisine), à mater les hommes (il leur disait : « Arrose le lard » — ils cueillaient le jus dans la lèchefrite et ils arrosaient le lard. — Il leur disait : « Au bois » — ils allaient chercher du bois. S'il ne leur disait rien ils restaient là à regarder tourner le chevreau et le lièvre déjà dorés comme des soleils). Il devait avoir réussi également à mater le temps. Il n'y avait plus trace d'orage. C'était maintenant un grand ciel de la fin du matin, en plein printemps. Largement étendus autour de la ferme et des hommes, les champs d'herbes luisantes miroitaient comme de l'eau.

Jacquou, assis près du feu, écoutait la grande broche de fer qui craquait doucement sous le poids de la viande.

Jourdan, à genoux, surveillait le rôtissement. Juste, la chair du chevreau venait de se fendre au pli de l'épaulon. C'était comme une bouche avec tout un intérieur de viande crue en dedans. Cette fente avait fait « cloc » en s'ouvrant et tout de suite les deux lèvres de peau mince s'étaient mises à grésiller avec une odeur de lait brûlé. Jourdan prit la louche et versa du jus dans le trou.

« Oui, dit Jacquou.

— Tu l'as farci ? demanda-t-il à Honoré en montrant le lièvre.

— Oui.

— Avec quoi ?

— Le foie, la fressure du chevreau, une moitié d'andouillette et le hachis, dit le fils Carle.

— Oui, dit Honoré, du hachis d'épinard aussi. »

Randoulet regardait le feu. Il suait à plein visage. Il essuyait sa sueur. Il recommençait à suer. Il ne pouvait pas s'empêcher de suivre le roulement souple de la broche qui emportait les viandes vers le feu (et on les entendait grésiller et gémir) puis qui les tournait vers l'air frais des champs (et on voyait passer sur elle, frisant la graisse, le vent parfumé aux narcisses et aux fleurs d'arbres). Randoulet était gras avec trois mentons et un ventre qui repoussait les ceintures.

Carle roula une cigarette.

« Du bois », dit Jacquou.

Carle s'en alla chercher du bois. Il mouilla sa cigarette d'un bon coup de langue

Le Noir regarda le ciel. Non, maintenant il n'y avait plus rien de mauvais à prévoir.

Une femme chantait là-bas dans la cuisine. Ce devait être Joséphine :

> *Le 29 de juillet*
> *Quand on taille le blé*
> *M'est venue une jeune fille*
> *Qui portait un faix de fleurs.*
> *Elle n'était pas de la ville*
> *Mais portait son corps bastidan*
> *Doucement comme une jonquille*
> *Et tout le bon de son cœur*
> *Se soufflait entre ses dents.*

Bobi arriva. Il vit les hommes installés autour du feu. Carle revenait avec sa brassée de bois.

« Va encore en chercher, toi », dit Jacquou.

Le fils Carle s'en alla vers le bûcher. Randoulet regardait tourner la broche. Il suait et il s'essuyait du plat de la main. Jourdan, la louche à la main, guettait les lézardes du rôti. Jacquou plaça le bois, morceau à morceau, dans les vallées blanches de la braise et quelques bouts bien secs sur les cimes rouges qui s'enflammèrent. La viande se mit à crier. Jourdan se recula en couvrant ses yeux sous sa main.

Les hommes s'étaient séchés seuls autour du feu. Ils sentaient le drap humide et le poil. Ils fumaient encore un peu du bas des jambes. Bobi pensa au devantier d'Aurore avec lequel il s'était séché les cheveux et le cou. Un devantier chaud parce qu'elle l'avait gardé noué autour de son corps.

> *Me mit doucement la bouche*
> *Dessus le front,*

chanta Joséphine, puis on l'entendit frapper avec son tranchoir sur les membres des poules ébouillantées (car les femmes avaient décidé de faire une fricassée) et l'on n'eut plus que des mots de la chanson :
« *Me fit une étoile... mon cœur... douleur... amour.* »
Enfin toutes les femmes chantèrent le refrain ensemble.

Marthe faisait la tierce, Mme Hélène le ténor, Barbe le fausset, Honorine la voix plate, et, bien au-dessus de toutes par sa fraîcheur, dansait la voix d'Aurore.

> *Ah ! belle fille, dis-moi donc le vrai,*
> *Même si pour tout le monde*
> *C'est un mensonge,*
> *Je le croirai.*

« Voilà qu'elles chantent », dit Jacquou.
C'était un drôle d'événement.
« C'est vrai », dit Randoulet.
Et Carle qui venait de rapporter le bois dit aussi :
« Vous avez entendu ? »
Randoulet se cura la gorge, et ses trois mentons tremblèrent, et il se redressa sur ses courtes jambes, et il se tourna vers la ferme, et il ouvrit la bouche... On savait ce que ça voulait dire.
« Non », dit Jacquou, et il leva la main. « Ecoute, on a déjà eu l'orage mais c'était bien, c'était juste avant de commencer à cuire. Rien ne risquait. Maintenant, si tu chantes, le ciel se couvre, la terre danse, la foudre tombe et nous avons besoin encore d'un gros quart d'heure de temps calme pour que les bêtes soient cuites. Tu chanteras après manger.
— Oh ! dit Randoulet, je voulais juste leur pousser le refrain du « joli tambour ».

133

— Oui, eh bien, dit Jacquou, ça aurait suffi.

— Alors, dit Randoulet, si on n'a plus le droit de chanter !

— Mais si, on a le droit, dit Jourdan. Sûr qu'on l'a. Attends seulement. Regarde. Tu as ouvert la bouche. Regarde si on dit des mensonges. Voilà déjà les pluviers. »

Trois pluviers frangés de rouge passaient dans le ciel.

« Alors, tu vois.

— Non, mais le beau, dit Bobi, c'est qu'on ait envie de chanter. Voilà le beau. Qu'est-ce que vous en dites ? »

Il les regarda les uns et les autres, un coup pour chacun. Il vit qu'en effet ils trouvaient que voilà le beau. Il vit aussi que subitement ils eurent un peu peur et qu'ils regardèrent le plateau, la terre, le monde. Tout était bien toujours pareil mais il y avait un beau champ gras, bourré de narcisses toutes fleuries et un autre champ avec des pervenches ; l'air était si épais de ce parfum, le matin en était tout sucré et le visage ordinaire de la terre était tout bouleversé par cette soudaine beauté. Loin derrière, les champs grisâtres et la ligne fermée de l'horizon.

Randoulet s'essuya le front. Il s'approcha de Bobi.

« Et le cerf ? » dit-il.

« Oui, se dit Bobi, c'est vrai. »

« Ah ! dit Randoulet, il faudra que je te parle longuement. Le cerf m'a donné des idées, j'ai réfléchi à des choses sur les moutons, sur les bêtes, sur la terre, mon pâturage, mon herbe, enfin tu verras.

— Ce que vous devriez faire, dit Jacquou, c'est dresser une table. Là dehors ça va être à l'ombre, on sera très bien. On dirait que le temps est fait exprès.

— C'est prêt dans combien de temps ?

— Ce sera cuit dans un quart d'heure.

— Et les femmes ?

— Demande-leur.

— Femmes !

— Nous avons des noms ! » crièrent-elles.

Jourdan et Jacquou se regardèrent en souriant.

« C'est toujours pareil, dit Jourdan, quand elles sont ensemble elles sont arrogantes.

— Qu'est-ce que vous voulez ? crièrent les femmes.

— Vous serez prêtes quand ?

— Nous sommes prêtes tout de suite.

— Alors, dit Jacquou, ça veut dire qu'on a le temps de dresser une table. Allez-y, les enfants. »

C'est Marthe qui s'approcha.

« Viens », dit-elle à Bobi.

Et elle le gronda.

« Car, dit-elle, je ne dis pas que ce matin vous le saviez mais maintenant, vous auriez dû y penser, Jourdan et toi. D'abord toi et lui après. Va te changer de chemise. Va te mettre une chemise un peu plus propre. Va te mettre ta chemise bleu clair. Et puis après je le ferai aller lui aussi. Je ne veux pas, moi. On va manger tous ensemble, je veux que vous soyez propres tous les deux. Allez, va ! »

Les femmes avaient le souci que tout soit beau et elles allaient dans les petits détails. On voyait maintenant que la journée s'organisait, comme quand on commence à construire une maison ; c'est d'abord un tas de pierres, un tas de sable, puis un carré de fossés creusés dans la terre, puis un mur qui affleure au sol et c'est la fondation. Puis les murs montent, puis ils se couvrent d'un toit, les fenêtres s'ouvrent, les cloisons s'entrecroisent et voilà désormais un endroit où l'on peut vivre, avec des chambres au nord, des chambres au sud, des couloirs dans lesquels chante le vent d'est et, des quatre murs maîtres, quand vient midi, deux sont à l'ombre, deux sont au soleil et la ligne médiane qui sépare le jour de la nuit passe par la diagonale du toit.

Bobi monta à sa chambre. Tout d'un coup, il se recula de la fenêtre et il se cacha pour regarder. Il venait de voir le cerf. La bête n'était pas seule. A côté d'elle marchait une jeune fille. Celle qui, au début du matin, était endormie si fort au creux du sillon et dont

Bobi se rappelait le sourire. Le cerf et Zulma étaient là-bas au bord du verger.

Ils marchaient tous les deux dans une sorte de gloire.

« Oh ! oui », se dit Bobi.

Derrière eux, le verger, ses fleurs et les serpents noirs des branches, l'ombre du verger, une ombre flottante et douce, non pas noire mais verte comme la lumière au fond d'un ruisseau. Les arbres ne bouchaient pas le ciel. Ils étaient sur un fond de collines et de montagnes. Les collines, avec leurs landes à genièvre, les petits champs labourés, les bosquets et les forêts d'yeuses ressemblaient à des tapis de laine bourrue et mordorée comme on en fait pendant les soirées d'hiver avec les déchets de la fileuse. La montagne, c'était encore en cette saison de la glace pure. On voyait un petit village là-haut dans les plus hautes collines, à un endroit perdu. Il était rond, crénelé et roux comme la couronne qu'on voit sur la tête des rois dans les images. A un autre endroit, la fumée suintait d'à travers le couvercle bosselé du bois d'yeuse. Ce devait être le campement de quelque bouscatier. Du côté de l'est, les arbres, les guérets, les rochers mêmes verdoyaient à travers le ruisseau de lumière qui, jaillissant du soleil penché, coulait directement à même la terre. Mais, à mesure qu'on s'en allait vers l'ouest, tous les détails du monde lointain se séparaient l'un de l'autre par des ombres, des jeux de couleurs, et l'on ne voyait plus la masse verdoyante et lisse de la colline, mais on pouvait distinguer un arbre et sa forme, on pouvait presque en voir le balancement, on voyait l'ombre des chênes sur les prés, le petit tapis d'herbe profonde à côté des fermes solitaires, la couleur des murs, le corps anguleux des maisons et le miroitement des pigeonniers dont le crépi est constellé de morceaux de verres pour que le soleil, rouant dans ses effets, attire du plus loin des bois les pigeons sauvages. On pouvait s'imaginer toute la vie humaine ; là-bas, sous les arbres et à travers les hautes herbes l'entendre marcher dans ses mille chemins avec son froissement de fourmilière. Puis, si on tirait toujours vers le couchant, tout se fondait de nouveau, cette fois sous la brume. L'humidité des vallées et la force verte des forêts fumaient en brouillards sous lesquels la vie terrestre, les hommes, les arbres, les champs travaillés, les guérets et les bois étaient tous uniformément de la couleur du ciel.

Devant le verger marchaient le cerf et Zulma. Ils venaient d'un pas accordé. Les deux corps glissaient côte à côte avec le même balancement.

« Qu'est-ce qu'elle a autour des cheveux ? se dit Bobi. On dirait une couronne d'épis de blé. »

Il se retira dans le coin près du lit. Il changea de chemise.

Il entendit passer sous la fenêtre le pas du cerf et le pas de Zulma. Il se précipita vers la porte. Il descendit les escaliers. On criait de tous les côtés dans la ferme et autour de la ferme.

VIII

Bobi traversa la cuisine vide. Les femmes avaient abandonné la fricassée. Il arriva au seuil. Elles étaient toutes dehors avec les hommes à regarder. On ne criait plus. Tout le monde faisait silence. On entendait juste les pas du cerf.

Il s'avançait à côté de Zulma avec beaucoup d'assurance et de poids. Ses épaules et son dos étaient comme des montagnes en marche et l'arbre de sa tête était un arbre. Il fascinait comme une étoile par la lueur de sa peau, de ses yeux libres et par le rayonnement de ses gestes paisibles.

Zulma : on voyait son pied nu se poser dans l'herbe, tous les doigts écartés, puis les doigts se fermaient, puis le pied se cachait sous la longue jupe, l'autre pied s'avançait. Et ainsi était son pas : lent, bien plat, posé sur une grande chose solide. Elle portait une brassée d'herbe. Elle avait la tête penchée de côté, les yeux baissés, la bouche triste. Elle faisait penser à l'amertume des moissons.

« Ce sont ses cheveux, dit Bobi, ce sont ses cheveux qui sont roux comme du blé. »

Et puis elle les avait tressés en petites tresses pareilles à des épis ; elle en avait sur les oreilles, elle en avait une poignée sur la nuque, elle en avait deux ou trois allongées de chaque côté de son front.

C'était bien comme le fruit mûr du blé avec tout : les grains luisants et durs, et les barbes, et la tige des épis, et tout était fait en cheveux blonds roussis de soleil, et rien qu'à voir cette coiffure on avait dans le nez la touffeur des juillets avec son odeur de sueur et de poussière.

Et puis le visage de Zulma était triste et immobile, penché sur le côté comme en grande lassitude. La bouche amère. Elle faisait penser à l'abandon des gerbes dans le vide des champs.

« D'où viens-tu ? demanda Honorine.

— Je suis allée chercher du cresson », dit-elle.

Elle portait toute une gerbe de cresson qu'elle avait dû arracher à poignée dans les ruisseaux.

« Mais tu es partie hier soir ?

— Oui, dit-elle sans lever les yeux, sans presque bouger sa bouche amère.

— Laisse-la, dit Jacquou.

— Non, dit Randoulet, car tu vois, voilà ce qu'elle fait — il montra le cresson — elle est toujours fourrée dans les endroits où il y a de l'eau. (Du bout des doigts, Zulma toucha ses cheveux, puis sa joue, puis elle plaça soigneusement une petite tresse sur son oreille) — Et un jour elle se noiera, voilà ce qui va arriver.

— Laissez-la, dirent les femmes. Donnez-nous-la. Viens, Zulma. »

Marthe la prit par la taille.

« Donne, dit Mme Hélène, et elle lui prit le gros paquet de cresson, viens.

— Elle a le ventre tout mouillé, dit Joséphine, regardez.

— Oui, dit Honorine, c'est comme ça. Elle se couche à plat ventre, elle se penche sur l'eau (du bout des doigts Zulma toucha ses cheveux) et voilà comment elle arrive.

— Ça peut lui faire mal, dit Joséphine. Viens, Zulma, menons-la, on va l'essuyer. »

La vieille Barbe regardait et branlait la tête.

Aurore appela doucement : « Zulma, Zulma ! »

Elle mettait toute sa tendresse à l'appeler. Elle se souvenait de s'être penchée sur Zulma endormie au début du matin. Et à ce moment-là cette fille dormait, et elle souriait, et elle avait l'air paisible et heureuse, elle n'avait pas le ventre mouillé, elle ne s'était pas penchée sur l'eau dangereuse. Voilà comment la douleur vient. Aurore appelait doucement :

« Zulma, Zulma ! »

Toutes les femmes retournaient à la maison, emmenant la jeune fille aux yeux baissés. Elle se laissait cajoler. Elle ne marchait pas plus vite que tout à l'heure. Cette maison devait être naturellement sur la route mystérieuse qu'elle suivait, qu'elle seule connaissait. Les femmes s'étaient mises à son pas. Cela faisait un grand froissement de jupes et, de temps en temps, quelques petits mots doux : « Viens, ma belle » et puis Aurore qui appelait : « Zulma, Zulma ! »

Honorine suivait en se parlant toute seule. Elle essayait de faire de grands gestes avec ses bras courts. Elle disait : « Que faire à tout ça, que faire ? »

Bobi s'écarta du seuil pour les laisser passer. Il voulait voir les yeux de la jeune fille. Elle ne releva pas ses paupières. Elles étaient larges, bleutées et alourdies par de longs cils courbes, épais comme des barbes de plume.

« Tirez-vous, dit Joséphine, et allez avec les hommes, vous, nous allons la déshabiller et la sécher. »

Et elle eut un sourire de femme. Ses lèvres luisaient. Elle avait de fortes dents. Elle regardait bien en face avec des yeux qui ne devaient jamais être cachés et qui disaient franchement ce qu'ils voulaient dire. Elle soupira. Puis elle ferma la porte.

Le cerf s'était avancé jusque-là. Il renifla la pierre sur laquelle venaient de se poser les pieds de la jeune fille. Puis il leva la tête, secoua ses bois, allongea le cou, ouvrit sa gueule, et il poussa une longue plainte en regardant tout l'alentour des champs. Un long fil de bave tremblait sous son menton.

« Je ne sais pas que te dire, lui dit Bobi.

— Oh ! cria Jacquou, quelle musique ! »

Il se boucha les oreilles.

Et Jourdan aussi, et Carle, et Honoré, les uns après les autres, les deux mains en coquilles.

Le Noir regarda le ciel.

Les deux petits enfants qu'on avait oubliés dehors se mirent à courir vers la maison, et ils frappèrent avec leurs petits poings contre la porte, parce qu'on avait fermé au verrou. Joséphine leur ouvrit et les fit entrer vite. On vit dans l'entrebail une haute flamme rouge, et, devant, une forme blanche, et toujours des cheveux de moissons.

« Vite, dit Joséphine, faites taire la bête, vous. »

Elle referma.

« Qu'est-ce que tu veux, dit Bobi au cerf, je n'en sais pas plus que toi, moi. On ne lui fait pas de mal, on la sèche, le ventre des femmes est sensible.

— Joue du clairon », cria Jacquou.

Il avait toujours ses oreilles sous ses mains.

Le fils Carle emboucha le clairon et il recommença à jouer comme à l'aube, comme tout à l'heure, toujours ses sept ou huit notes paisibles, plates, mais tristes, et qui semblaient soulever les horizons pour en faire sonner les échos et en découvrir les chemins qui partaient dans le monde.

Le cerf s'arrêta de gueuler et regarda Bobi.

« Oui, dit Bobi, tu vois. Peut-être. Il y a encore de l'espoir. Je leur parlerai tout à l'heure. »

Il lui flatta le plat des épaules.

« Écoute, lui dit Bobi, écoute ce qu'il dit avec le

clairon. Dès qu'ils ne parlent plus avec leurs mots on dirait qu'ils comprennent. C'est au fond de leur cœur. Il y a encore de l'espoir. Ils ont déjà eu besoin d'un peu de musique. C'est bon signe. »

Le cerf frotta son museau contre la poitrine de Bobi.

« Oui, dit Bobi, ils ont l'air de te faire réponse. C'est pas mal ce qu'ils disent, tu sais. »

Et il se mit à sourire.

« Ah ! dit Jourdan en se découvrant les oreilles, ça va mieux. Qu'est-ce qui lui a pris au bestiau ?

— Rien, dit Bobi, il a voulu vous dire quelque chose au sujet de la jeune fille, au sujet de nous tous en général.

— Ça lui prend souvent ? dit Jacquou.

— Chaque fois que c'est nécessaire. »

Le cerf s'en allait maintenant du côté du fourrage.

« Les bêtes, dit Bobi, ont la voix forte.

— C'est surtout, dit Randoulet, parce que ça vous touche là. »

Il mit sa main sur sa poitrine.

« Ça vient, dit Bobi, de ce qu'elles n'ont pas perdu l'habitude de parler comme on doit parler.

— Pourquoi ? dit Jacquou.

— Parce qu'elles n'ont pas perdu l'habitude de faire ce qu'on doit faire.

— A cause, dit Carle.

— Moins bête que ce qu'on croit, dit Bobi. Je vous en parlerai quand on aura mangé.

— On t'y fera penser », dit Jacquou.

Jourdan ne disait plus rien. Il venait de sentir en lui exactement la même joie que cette nuit d'hiver quand Bobi avait parlé pour la première fois d'Orion-fleur de carotte. Il sentait en lui le bien et le remède. C'était un tout petit peu douloureux.

« Et la viande ? » dit Bobi.

Heureusement, Jacquou avait pensé à reculer la broche. D'ailleurs, elle tournait encore toute seule sous son ressort. Tout était cuit.

La grande table était montée.

« Si seulement les femmes étaient prêtes », dit Randoulet.

La porte s'ouvrit et Joséphine appela.

« Alors, les hommes ?

— C'est prêt, dirent-ils.

— Nous aussi », dit-elle.

Elle laissa la porte ouverte.

Le Noir s'approcha de Bobi. Il le tira par la veste.

« Ecoute, dit-il à voix basse, c'est vrai. »

Il dressa le doigt en l'air.

« ... Je m'entends, dit Le Noir, et je veux dire tout. Tout est vrai.

— Laissez-la, dit Joséphine, elle se réchauffe. Elle va bien. Vous allez voir comment ça va être mis en vitesse la table. »

Marthe venait avec un drap. C'était en guise de nappe. Barbe apporta les assiettes, Honorine la corbeille à fourchettes.

« Un grand plat », demanda Jacquou.

Il débrocha le chevreau.

C'était midi. Les grillons chantaient. La terre mouillée sentait fort. Le vent était tombé. Le soleil semblait faire un moment de repos. On le sentait lourd et abandonné.

Le chevreau s'était gardé entier malgré les louchées de jus que Jourdan lui avait fait entonner par toutes les ouvertures de sa peau. Il glissa du bout de la broche sur le grand plat. Il s'installa là de son propre poids, avec ses os rôtis et sa chair d'or. Le jus se mit à suinter de lui et à monter peu à peu tout autour.

Honoré pensait à son lièvre. Il attendait que le beau-père ait fini de débrocher le chevreau. Lui voulait débrocher le lièvre, mais Jacquou n'en finissait que très lentement de racler la broche avec la fourchette.

« Encore un peu et vous nous ferez manger du fer.

— Tu es bien du pays des grosses têtes, va, dit Jacquou. Quand ça ne se voit pas ça s'entend. Tu ne sais pas que c'est le meilleur, ça ? Là où la bête s'est couchée sur la broche c'est le meilleur. Oui, mais c'est vrai que dans ton pays on ne mange que des betteraves. Tiens, la voilà, ta broche.

— Si vous la trouvez si bonne cette broche, on vous la gardera pour votre part. Ne vous gênez pas, hé. Vous allez voir que, comme betterave, ce lièvre-là il est un peu, personnellement, comme qui dirait, pas mal. Fils de garce, que c'est chaud ! »

Il faisait descendre le lièvre le long de la broche à petits coups de fourchette. Commençait à doucement fumer une odeur d'herbes montagnardes cuites dans le hachis de foie, le sang et le lard de marbre.

« On va se placer comment ? dit Joséphine.

— Attendez, dit Bobi, vous allez voir, voilà...

— Où serez-vous ? dit-elle à voix basse en se penchant vers lui.

— En face de vous.

— A côté, dit-elle.

— En face on se voit, dit-il.

— A côté on se touche », dit-elle.

Mme Hélène arriva. Après son travail de cuisinière elle s'était refaite toute sa coquetterie. Elle avait lavé ses beaux bras. Elle avait demandé la poudre de Marthe. Elle s'était poudré les mains, les poignets et les bras, et les joues, et le haut de la gorge. Elle avait une blouse de soie blanche à manches courtes, à col très ouvert, juste un peu guimpée d'un rucher bleu de vin. On voyait le haut de ses beaux seins, fermes et amples, un peu gras. Elle était très désirable. Elle avait les yeux un peu meurtris par son veuvage.

« C'est dommage, dit Carle.

— On se demande, dit Jourdan, pourquoi il s'est tué. »

Il pensait qu'on n'y avait guère vu clair jusqu'à présent.

« On ne voyait pas clair devant soi, dit-il encore.

— Oui, dit Carle, je ne sais pas à quoi ça tient, mais j'ai l'impression que maintenant on y voit.

— Ça sent bon, dit Mme Hélène.

— C'est le farci d'Honoré, dit Jourdan.

— Il l'a fait à la mode de son pays ? demanda-t-elle.

« — Oh ! dit Carle, son pays, c'est le pays des grosses têtes.

— Oui, dit Honoré, agenouillé près du plat où il dépeçait soigneusement la bête, mais dans les gros pots il y a plus que dans les petits. »

Du ventre de la bête toute l'odeur du farci se mit à fumer. Carle se pencha sur le plat.

« Monstre, dit-il, ça n'est pas vilain. »

Mme Hélène se lécha les lèvres. Elle regarda Jourdan.

« Vous aussi vous avez belle odeur, mon bon Jourdan, vous sentez le velours mouillé.

— Je sens le vieux poil, oui, dit Jourdan.

— Pourquoi vieux ? dit-elle. J'aime bien cette odeur.

— Placez-vous, cria Marthe, j'apporte la fricassée.

— Venez », dit Bobi, et il prit la main d'Aurore.

Chaque fois c'était comme s'il allait l'emporter au fin fond du monde.

« Vous serez à côté de moi, dit-il.

— Qu'est-ce qu'elle fait ? demanda Randoulet.

— On l'a habillée avec de belles choses, de Marthe, dit Honorine. Elle a l'air calme. Elle chantonne. Je vais la chercher. »

Elle s'en alla vers la ferme.

Les autres s'asseyaient sur les bancs et sur les chaises. On avait sorti aussi un grand fauteuil paysan recouvert de vieux satin à fleurs, mais personne n'osait le prendre et s'en servir. Il restait tout seul dans l'herbe. Aurore vit que Joséphine s'asseyait là-bas de l'autre côté mais juste en face de la chaise qu'allait occuper Bobi.

« Là, dit Joséphine, on sera bien. En face on se voit. »

Elle lissa ses cheveux et puis, sans trop y penser, elle passa sa langue sur ses lèvres et ses lèvres devinrent luisantes et gonflées, et elles étaient dans son visage comme une grosse fleur qui venait de s'épanouir. Elle en eut honte.

« Comment ça va, demoiselle ? dit-elle à Aurore.

— Très bien, madame », dit Aurore.

Mais elle pensait qu'en effet, de là-bas, Joséphine allait pouvoir regarder Bobi tout le temps, que Bobi la verrait tout le temps et qu'elle était très malheureuse, elle, d'être seulement à côté de lui.

Honorine trouva Zulma devant le feu. Elle n'avait plus besoin de se sécher. On l'avait changée de linge et de robe. On l'avait habillée avec des vêtements de Marthe du temps où elle était jeune fille : des choses souples avec des dentelles, puis un jupon matelassé à petites roses rococo et un casaquin aubergine.

« Qu'est-ce que tu fais ? »

Zulma se regardait. Elle ne levait toujours pas les paupières, mais elle regardait les jolies choses sur elle. Elle était très émue, car ses longs cils battaient très vite.

« Viens, dit Honorine, on va manger. »

Elle lui prit le bras pour la relever. C'était un bras tout abandonné et mou. En le touchant on pensait à l'eau des ruisseaux et des étangs.

« Allons, dit Honorine, dis-moi, et elle s'agenouilla près d'elle. Pourquoi es-tu partie cette nuit ? Tu sais que, chaque fois, je me tue de mauvais sang. »

Les longs cils s'étaient arrêtés de battre vite ; ils frémissaient seulement de loin en loin comme un oiseau immobile mais qui écoute le vent.

« Et, qu'est-ce que tu as fait de venir dormir dans un sillon, près de l'étable du cerf ? Et pourquoi ? Avec tout ce qu'il y a autour de toi, ma fille, dans la nuit, sur ce plateau ! Toi qui marches sans regarder. Et ce matin, pourquoi es-tu partie avec cette bête ? Elle aurait pu te faire du mal. Tu nous entendais bien parler et rire. »

A travers les cils on voyait maintenant la lueur de l'œil ; elle était verte et profondément luisante.

On venait de servir la fricassée et on avait dit :

« Où est Honorine ? »

Quand on la vit venir de là-bas avec Zulma.

« Zulma se mettra à côté de moi, dit Bobi, je lui ai gardé une chaise exprès, venez.

— Il faut que je la serve, dit Honorine, et que je lui coupe son pain. Il vaudrait mieux qu'elle se mette ici à mon bout.

— Je la servirai, dit Bobi, ne vous en faites pas. »
Il la fit asseoir.

La fricassée était bien servie. Il n'en restait plus qu'un peu mais, caché dans la sauce, un beau morceau de foie.

« Si je l'avais vu ! » dit Randoulet...

Mais Bobi le servit à Zulma. Il lui coupa son pain. Il lui dit : mangez. Il avait penché la tête. Il essayait de voir ses yeux, mais les paupières étaient obstinément baissées. On ne voyait que les longs cils.

« Mangez aussi », dit-il à Aurore.

(Il a la voix plus douce en me parlant à moi. Sa main a fait un geste vers la mienne. Il s'est retenu.)

« Que je pense, se dit Bobi, à regarder Joséphine. Elle est si gentille... »

Il revoyait Aurore courant dans les narcisses mais il ne pouvait pas faire que, les seins, les hanches, le rire largement humide de Joséphine ne soient pas dans le monde, et les cheveux de Zulma, gerbes comme une moisson ! Quelque chose allait sortir de ces trois femmes. Il pensa à l'aube sortant de trois montagnes.

« On dirait qu'il rêve !

— C'est à moi qu'on parle ? demanda-t-il.

— Oui, c'est à toi.

— Oui, je rêve, un peu.

— Tu rêves à table ?

— Il est comme ça, dit Jourdan.

— Oh ! dit Bobi, qui commença à manger, cette fricassée !... »

Elle était bonne. Jacquou séchait son assiette à grandes torchées de pain, puis il ouvrait sa bouche — on ne pouvait pas imaginer une plus grande bouche — on voyait un trou sans dents. Il fourrait son pain là-dedans, il fermait la bouche. Alors il regardait tout le monde avec ses petits yeux de rat. On sentait qu'il avait envie de parler mais il ne pouvait pas avec sa bouche pleine. Il disait : hou, hou, il montrait le plat, son assiette, sa bouche, son ventre.

« Oh ! toi, dit Barbe, pourvu que tu manges ! »

Mais elle mangeait aussi et, seulement, quand il y avait de petits os elle recrachait sa bouchée dans sa main, elle triait les os et elle renfournait le reste. Mais elle pouvait parler en mangeant. Elle ne s'en faisait pas faute.

« Mais comment faites-vous ? lui dit Carle.

— Pour quoi faire ?

— Pour manger et parler en même temps ?

— Je ne sais pas. »

Carle rongeait une carcasse de poule. Il lançait sa langue là-dedans le plus loin qu'il pouvait pour lécher l'envers des os.

« Vous ne devez rien goûter.

— Je goûte tout », dit-elle.

Ils faisaient tous beaucoup de bruit avec leurs coudes, avec les couteaux et les fourchettes, avec leurs pieds sous la table, avec leurs bouches en mangeant. Ils s'appelaient aussi, les uns les autres.

« O Carle !

— O Randoulet ! »

Et Randoulet se tapotait sur le ventre du bout des doigts pour dire : je mange. Et il mangeait.

Marthe avait apporté la fricassée puis elle était restée debout à côté de sa place. Elle avait regardé les uns et les autres pour guetter leur premier mouvement après la première bouchée. Ça avait été de se dépêcher vers l'assiette, puis vers le plat. Donc, c'était bon. Jourdan suçait ses doigts.

« Femmes, dit-elle, vous voyez ! »

Joséphine lui fit signe de la main pour lui répondre : oui, je vois, ils l'aiment tous, on a bien travaillé.

« Quand je le disais, dit Marthe, je sais que c'est bon au printemps, la fricassée de poule. »

Elle s'assit. Elle commença à manger.

« Marthe, cria Mme Hélène de l'autre bout de la table, vous êtes comme une cuisinière d'auberge.

— Manque de sauce, répondit Marthe.

— Non, dit Honorine en face, c'est tout juste. »
Puis elle se pencha vers son voisin qui était Honoré.

« Qu'est-ce que vous disiez ? demanda-t-elle.

— Je disais, dit Honoré, que vous vous appelez
Honorine et moi Honoré et on nous a mis à côté. C'est
curieux.

— C'est vrai, dit-elle, faites manger vos petits. »

Il avait ses deux petits enfants à côté de lui, au bout
de la table. On les avait un peu oubliés.

« Du vin ! » cria le fils Carle.

Alors, Jourdan se leva et il alla chercher la grosse
bonbonne.

« On commence par le mien, dit-il.

— Vous n'allez pas boire tout ça ? » dirent les femmes.

Elles savaient que si. Et elles en avaient peur, et
elles étaient au fond d'elles soudain heureuses d'un
énorme bonheur comme si, du lointain des bois et des
forêts, venait de sourdre le bourdonnement monotone d'un tambour de danse sous les coups duquel il
faudrait tout à l'heure tourner et danser.

Jourdan versa à la ronde. Il allait de place en place.
Il penchait la bonbonne sur le verre. Elle était si
lourde qu'il devait se pencher avec elle en même
temps et, quand il relevait le goulot, il se relevait en
même temps. Il avait l'air de se donner lui-même à
plein verre. Ses poignets étaient rouges de force et ils
tremblaient.

Le vin était comme chargé de petites feuilles d'or et
de fleurs de lumière quand il coulait. Mais, dans le
verre il était soudain lourd comme du plomb et il
attendait.

Jacquou releva son verre et but. A l'autre bout de la
table Jourdan qui allait servir Honoré s'arrêta. Il
regarda Jacquou.

« Oui, dit Jacquou.

— Verse », dit Honoré.

Les hommes buvaient tout le verre d'affilée, les
femmes à petites lampées.

Jourdan servit Marthe.

« Voilà, ma belle », dit-il doucement.

Elle le regarda du coin de l'œil et elle respira plus vite. Et elle but, et elle entendit le grondement du tambour de danse qui suintait plus fort des bois, des forêts, des arbres, des herbes, et on aurait dit de la terre même. Il semblait qu'on entendait battre ses coups dans la terre, là, sous les pieds, là sous la table, comme les coups violents du sang dans les artères des hommes enflammés.

Jourdan fit encore une fois le tour de la table pour verser à boire. La bonbonne s'allégeait.

Honoré enlaça Honorine.

« Ne vous en faites pas, dit-il en riant sous ses moustaches, ce n'est pas pour vous. »

C'était pour toucher l'épaule du fils Carle.

« Viens m'aider. »

Le fils Carle se dressa. Ils allèrent tous les deux près du foyer de braise où les rôtis mijotaient.

Honorine sentait encore autour d'elle le bras chaud d'Honoré.

« Attention, dit le fils Carle, les plats sont brûlants.

— Porte le lièvre, dit Honoré, je porte le chevreau.

— Le vin est bon, dit le fils Carle.

— Oh ! dit Honoré, et puis le ciel, regarde ! »

Le ciel était entièrement fleuri de petits nuages ronds à cœur violet et ils voguaient doucement sur un azur fin et lisse comme le bassin des claires fontaines.

Ils apportèrent les plats.

« Buvons ! cria Jacquou.

— A force de boire... », dit Mme Hélène.

Elle comprit que Jourdan s'approchait d'elle. Il était encore là avec sa bonbonne. Il lui versa à boire.

« A force..., dit-elle.

— Ce n'est rien, dit-il, buvez.

— Non, dit Jacquou, ce n'est rien. Il faut boire. »

On ne pouvait pas dire que ça n'était rien. Elle sentait que le feu se rallumait au fond de sa chair, dans un endroit où elle croyait que tout était éteint depuis la mort de son mari. Et voilà qu'elle venait de sentir le pétillement et la caresse douloureuse de la flamme. Elle entendait aussi le bourdon, et les coups, et la cadence, et le rythme sauvage du tambour de danse.

« Mon sang frappe, se dit-elle, c'est mon sang qui bat. C'est le bruit de mon sang. »

Le bout de ses seins durcissait rien qu'à frotter contre la soie de son corsage.

« Mon bon Jourdan », se dit-elle à voix basse.

Et elle s'aperçut que le son du nom dans sa voix basse avait forme et odeur, et geste et poids, et que son corps en jouissait.

Les rôtis étaient lourds et juteux et, au premier coup de couteau, ils s'écrasèrent. La sauce était comme du bronze, avec des reflets dorés et, chaque fois qu'on la remuait à la cuiller, on faisait émerger des lardons, ou la boue verdâtre du farci, ou des plaques de jeune lard encore rose. La chair du chevreau se déchira et elle se montra laiteuse en dedans, fumante avec ses jus clairs. Sa carapace croustillait et elle était d'abord sèche sous la dent, mais, comme on enfonçait le morceau dans la bouche, toute la chair tendre fondait et une huile animale, salée et crémeuse en ruisselait qu'on ne pouvait pas avaler d'un seul coup, tant elle donnait de joie, et elle suintait un peu au coin des lèvres. On s'essuyait la bouche.

« A moi ! » cria Jacquou.

Il se dressa et il marcha vers ses bouteilles alignées dans l'herbe.

« Mon vin, dit-il en dressant la grosse bouteille dans le soleil.

— Voilà qu'il va faire le fou », dit Barbe.

Mais Carle était à côté d'elle, entre elle et Jacquou et tout lui faisait sang, et il était devenu rouge, et son cou s'était gonflé. Il entendait depuis longtemps les toung et les toung et les toung du tambour sauvage. Il avait bu trois grosses fois du vin de Jourdan. Chaque fois le grondement avait grossi et la cadence s'était faite plus rapide. Il sentait que ses pieds se décollaient de terre, que son corps se décollait de terre, que sa tête se décollait de terre. Il pensait à ces galopades que ferait son étalon s'il le lâchait dans les champs. Le tambour de son sang battait avec les coups sourds de cette galopade qu'il n'avait jamais entendue.

« Il n'y a pas de fou », dit-il.

Il ne savait plus exactement ni ce qu'il voulait dire ni ce qu'il disait. Il était toujours comme ça et très vite après du vin. Il voulait dire qu'un étalon au chanfrein en feuille d'iris c'était fait pour galoper ventre à terre dans le monde et faire danser les hommes avec le tambour de sa galopade.

« Oui, mais..., dit Barbe.

— Vous êtes trop vieille », dit-il.

Il eut l'air de cligner de l'œil, mais au contraire il essayait de les ouvrir et un seul obéissait.

« Sauf le respect, dit-il, je veux dire — il dressa son doigt en l'air — donne à boire. »

Et il tendit son grand verre à Jacquou.

Le vin de Jacquou était à la mesure de son maître : sec et fort. Et il commandait.

On le laissa un moment dans les verres. Le chevreau était frais et souple, et il réjouissait les bouches. On avait encore le goût franc du vin de Jourdan.

Dans un plat de terre le gros lièvre attendait. C'était un lièvre de printemps, gras et fort. On le voyait bien maintenant qu'on le regardait à l'aise tout en mangeant le chevreau. Il devait peser six kilos sans la farce. Et Honoré l'avait bourré d'une farce à la mode de son pays : une cuisine un peu magique faite avec des herbes fraîches potagères et des herbes montagnardes qu'Honoré avait apportées mystérieusement dans le gousset de son gilet. Quand il les avait montrées on aurait dit des clous de girofle ou bien de vieilles ferrailles. Elles étaient rousses, et sèches, et dures. En les touchant elles ne disaient rien. En les sentant elles ne disaient guère, juste une petite odeur, mais, il est vrai, toute montagnarde. Seulement, Honoré les avait détrempées dans du vinaigre et on les avait vues se déplier et remuer comme des choses vivantes et on avait reconnu des bourgeons de térébinthe, des fleurs de solognettes, des gousses de cardamines, et puis des feuilles de plantes dont on ne savait pas le nom, même Honoré. Du moins, il le disait. Mais alors, quand il les eut hachées lui-même, et pétries, et mélangées aux épinards, aux oseilles, aux pousses vierges de cardes, avec le quart d'une gousse d'ail, une poignée de poivre, une poignée de gros sel, trois flots d'huile et plein une cuillerée à soupe d'un safran campagnard fait avec le pollen des iris sauvages, alors, oh ! oui, alors ! Et toutes les odeurs coulaient déjà d'entre ses doigts qui pétrissaient ; et cependant c'était encore cru, et il n'avait pas ajouté le lard, mais il serra vite tout ça dans ses mains et il le fourra dans le ventre du lièvre. Il avait recousu la peau et c'est tout ça qu'il avait tourné à la broche. Et les jus étaient mélangés. C'était noir et luisant dans le plat de terre.

« Alors ce vin ? demanda Jacquou.

— On n'a pas bu.

— Buvons.

— Attends, dit Jourdan, finissons d'abord ma bonbonne. Le tien, dit-il, est noir comme de la poix. Il est de la couleur du lièvre. Il s'accordera. Regarde le mien, — il haussa la bonbonne à bout de bras, — il est couleur de chevreau. Et il est aussi un peu chèvre. »

Il se mit à danser légèrement sur ses hanches et il fit un petit saut pour faire voir comme son vin était chèvre. C'était vrai, il avait raison, le vin de Jacquou était de la couleur du lièvre.

« Il a raison !

— Regardez-le, dit Marthe, il est comme jeune avec son vin. Regardez-le !

— Oui, dit Mme Hélène, il est jeune. »

Elle avait aussi en elle une grande jeunesse toute dansante et toute chèvre qui la forçait à respirer vite.

Et le sang battait sourdement : boum, boum, boum, comme la danse sauvage de toute la terre, et le bruit semblait suinter des forêts, des collines, des montagnes, et du ciel même.

Jourdan fit encore une fois le tour de la table en versant à boire.

On allait enlever le plat du chevreau. Il ne restait plus que les os.

« Attendez, dit Barbe, moi je suis vieille. Votre lièvre c'est très échauffant. Je le connais Honoré. Donnez-moi des os. » Elle en prit quatre ou cinq gros qu'elle mit dans son assiette.

« Casse-les-moi », dit-elle à Jacquou.

Jacquou appuya les os sur son genou et il les cassa comme des branches d'arbres.

Barbe se mit à sucer la moelle.

« J'aime ça, dit-elle, et ça fait bon estomac.

— Mais nous, dit Carle, on aimerait mieux quelque chose de fort et de solide. Hé les amis ! »

On vit qu'il avait les yeux clignotants comme un qui regarde en plein soleil le galop écumant d'un cheval.

Ce fut Honoré qui servit le lièvre. Il y tenait. Il disait :

« Il vous faut un peu de ci et un peu de ça. »

On disait :

« J'en ai assez. »

Il disait :

« Non, si vous n'avez pas ça, vous voyez cette petite chose — il la prenait du bout de la fourchette et il la déposait dans l'assiette — si vous n'avez pas cette petite chose le lièvre n'est rien. »

Ainsi, à l'un il ajoutait un morceau de bourgeon de térébinthe, à l'autre une feuille de cardamine, à Aurore il donna tout un feuillage cuit de persil des champs, épais et large comme de la ciguë et tout gouttant de sauce.

« Voilà, dit-il, ça vous occupera, ça fait bouger l'intérieur. »

Il servit Jourdan. Il servit Jacquou. Il servit Barbe malgré ses os.

« Pour le plaisir de votre homme, dit-il, mangez nerveux, non pas cette moelle qui vous fait chiffe.

— Comment c'est parler à la mère de sa femme !

— Buvez », dit Jacquou.

Et cette fois on but, car tout semblait accordé :

l'odeur de cette nourriture de feu, la viande noire du lièvre et le vin noir qui attendait avec ses luisances de poix.

Le vin noir de Jacquou était un commandant terrible. Il n'attendait même pas. Il prenait l'ordre de tout, tout de suite.

Il y avait aussi l'odeur de la solognette. C'est une odeur très spéciale et seulement supportable quand elle est en touffe, au milieu d'un ciel sans borne, bien venté sur le sommet des montagnes. C'est l'herbe au sang, c'est l'herbe au feu, c'est l'herbe aux amours de grands muscles.

« Tonnerre ! » dit Jourdan, et il frappa sur la table.

Sa barbe de fer était toute écarquillée autour de son visage. D'habitude, on ne voyait pas sa barbe tant elle était une juste barbe d'homme. Maintenant on la voyait. Il regardait au-delà de tout avec des yeux d'extase. Et il mangeait posément à grands coups de mâchoires.

Il y avait les herbes d'amour. Il y avait la chair noire du lièvre faite avec le meilleur des collines. Il y avait la force du feu. Il y avait le vin noir. A tout ça s'ajoutait l'air qu'on mâchait en même temps que la viande — un air parfumé aux narcisses, car le petit vent venait du champ ; le ciel, le printemps, le soleil qui chauffait les coins souples du corps avec insistance — on aurait dit qu'il savait ce qu'il faisait — il chauffait le tendre des aisselles, les ruisseaux de devant le ventre, ces deux raies entre le ventre et la cuisse et qui se rejoignent — juste là ! — Il chauffait la nuque avec parfois comme une morsure comme font les gros chats pour donner envie d'amour aux chattes qui crient après mais s'énervent seules. Il y avait que tout avait soudain odeur et forme. Le plateau tout entier suait son odeur de plateau. On était comme installé sur la large peau d'un bélier.

Marthe regarda la forêt. Le sang battait fort. Les batteurs de tambours de danses n'étaient plus cachés sous les arbres. Ils avaient fait un bond hors des lisières. Ils battaient leurs tambours à l'air libre. Tout le ciel en sonnait, tous les échos en sonnaient. On avait la tête pleine de ce bruit de sang. On avait envie de danser. Non pas danser face à face et debout avec la musique comme on fait d'ordinaire, non. Danser comme cet incessant tambour du sang le demandait. On ne savait pas bien comment, mais danser et être libres.

Voilà, surtout, être libres. Mme Hélène ne pouvait plus respirer. Son corsage la serrait. Elle venait de se tâter le ventre. Il était dur et tout vivant. Elle sentait une vie qui montait de la terre le long de ses jambes, à travers son ventre, sa poitrine, jusque dans la tête où cette vie tourbillonnait comme parfois le vent dans les granges vides.

« Toute démantibulée ! » se dit-elle.

Elle sourit. C'était un mot de son fermier. Il disait toujours : c'est tout démantibulé, madame !

Jourdan vit le sourire. Il y répondit par son rire à lui, silencieux mais très éclairant, avec sa pleine bouche ouverte dans sa barbe.

Mme Hélène qui le regardait pourtant ne le voyait pas. Elle écoutait ce tourbillon de la vie nouvelle dans sa tête et ça lui prenait toute sa force, même celle de son regard. Mais elle sentit comme le passage d'un fil de la Vierge sur ses bras nus, sur sa peau nue, et toute sa peau tressaillit tout le long d'elle, sous les linges, jusqu'au plus secret. Elle vit alors que Jourdan lui riait avec un bon sourire.

Marthe à l'autre bout se disait : « Jourdan est content. »

« Encore ! » dit Jacquou.

Il se dressa. Il avait les genoux mous. Il fit le tour de la table pour verser à boire. Il s'appuyait aux épaules des gens.

« Donne le verre. »

On tendait le verre.

Il versait. Et à mesure on sentait que Jacquou faisait lourd. On mangeait, on buvait, on mâchait sans parler avec seulement le bruit des dents, de la langue, de l'assiette, de la fourchette, du couteau, avec parfois seulement un mot :

« Du pain. »

Ou :

« Attention ! »

« Le bruit des moutons quand ils sont au beau foin », se dit Randoulet.

Il n'y avait presque pas de bruit. Si peu qu'on entendait le chant des courtilières dans les guérets et les mouvements du vent qui se réveillait.

Mais, par-dessus tout, il y avait le tambour du sang, le grondement du sang. Il tapait sur un sombre tambour dans les hommes et dans les femmes. A chaque coup, ça tapait comme au creux de la poitrine. On se sentait lié à cette cadence. C'était comme le volant des batteuses qui battent le blé. C'était comme le fléau qui bat le blé, vole, bat le blé, vole. C'était comme la peine de l'homme qui saute dans la cuve. C'était comme le galop régulier d'un cheval et s'il galope tout le temps comme ça, régulièrement, avec ses gros sabots, il va jusqu'au bout du monde, et après le bout du monde il galopera dans le ciel, et la voûte du ciel sonnera sous son galop comme la terre sonne maintenant. Toujours, toujours, sans arrêt, parce que le sang ne s'arrête pas de battre, et de fouler, et de galoper, et de demander avec son tambour noir d'entrer en danse. Et il appelle, et on n'ose pas. Et il appelle, et on ne sait pas s'il faut... Et on a dans tout son corps des désirs, et on souffre. On ne sait pas et on sait. Oui, vaguement on se rend compte que ce serait bien, que la terre serait belle, que ce serait le paradis, le bonheur pour tous et la joie. Se laisser faire par son sang, se laisser battre, fouler, se laisser emporter par le galop de son propre sang jusque dans l'infinie prairie du ciel lisse comme un sable. Et on entendait galoper, galoper, battre et battre, fouler et fouler, et le tambour sonner sous la grande paume noire du sang qui le frappe. Mais ce serait la danse, la vraie danse, on obéirait de la vraie obéissance. On ferait ce que le corps désire. Tous ces appels du sang seraient des appels de joie.

Tandis que là, on ne sait pas, on ne sait pas s'il faut. On sait qu'il faudrait, mais on ne bouge pas, on est attaché. Et du creux de la poitrine aussi on est attaché, cette musique de danse, et le sang appelle, et on est comme déchiré. Parce que le pauvre corps ne sait plus. Parce que le jeune sang qu'on vient de faire sait.

Voilà : on croyait prendre son plaisir ensemble et soudain on s'aperçoit qu'on est parti sur le mauvais chemin, puisque celui-là où on est, on ne peut pas le suivre.

Comment voulez-vous qu'on puisse parler, on dit : oui, non, du pain, pousse-toi, attention. Le vent est dans l'herbe comme un chat. Il faudrait chanter. Il n'y aurait que ça. Une grande chanson de tristesse... Ou bien des gestes. On en a assez enfin ! Le sang a raison, somme toute.

Joséphine déboutonna le plus haut bouton de son corsage ; puis le second, puis le troisième, puis le quatrième. Elle regardait devant elle. Elle regardait Bobi. Il était lisse et roux. Il avait un visage lisse comme les pierres roulées par l'eau et roux par le soleil, le vin, le sang. Il avait les yeux bleus. On le voyait maintenant, mais bleus très clairs, très très clairs, à peine bleus.

Elle déboutonna le cinquième bouton. C'était le dernier. Elle ouvrit son corsage. Dessous elle n'avait que sa chemise d'été. Elle n'eut qu'à hausser son épaule et son sein, qu'elle avait dur, sauta hors de la chemise et sortit. Il resta là, dessous l'ombre du corsage, mais on le voyait. Il devait le voir avec ses yeux à peine bleus. Elle sentait le vent sur son sein.

« On est bien comme ça », dit-elle.

Mais personne ne faisait attention à elle, sauf peut-être Bobi, et encore on ne savait pas. On ne voyait pas où il regardait. Sauf peut-être cette fille là-bas : Aurore. Elle avait baissé la tête, et rougi, et cherché sur son corsage pour le déboutonner aussi. Mais son corsage ne se déboutonnait pas, il se laçait, et même délacé il n'aurait rien fait voir. Il ne se serait pas beaucoup ouvert, et puis il n'y avait guère de quoi, dessous. C'était une demoiselle. Joséphine c'est une femme. Une femme ça a profité de tout ce qu'elle a fait avec les hommes.

« Il me regarde avec ses yeux presque bleus. »

Bobi regardait droit devant lui. Il pensait à toutes les moues et les momeries de Joséphine pendant tout le repas. Il pensait qu'elle était souple aux hanches, depuis les hanches jusqu'aux épaules. Il aurait eu joie de serrer cette taille dans ses deux mains. En sentir le chaud et le souple. Ça devait être fruit et chaleur, comme plein de jus et animal ; sentir le poids et le chaud des seins sur la lisière de la main, le long de l'index, puis les saisir et les caresser.

Il baissa les yeux. Il vit à côté de lui les douces mains blanches d'Aurore. Elles allaient et venaient, fines comme de la pâte à pain. Les doigts sensibles, le poignet léger, le bras rond, musclé et de peau neuve, un peu rose avec des veines bleues et du duvet blond.

« Non, dit Bobi, ça ne viendra pas des femmes. Rien ne peut venir des femmes sauf le désir des femmes. Tout viendra de moi. »

De la place où il était, en regardant au-delà de Joséphine, au-delà de Jourdan, du fils Carle, d'Honorine et d'Honoré, au-delà de ceux qui étaient assis en face de lui, de l'autre bord de la table, il voyait la ferme Jourdane et, de chaque côté de la ferme, le plateau qui s'en allait, plat avec ses champs.

Il se dit :

« Me voilà ici » — il pensait à tous les pays qu'il avait traversés. Il pensait à ces quatre ou cinq endroits de la terre où il avait vécu quelque temps. « Je ne sais pas, se dit-il, si c'est de voir cette terre toute plate... », — il fit inconsciemment un geste du bras pour se dépeindre au secret de son corps la large assise du plateau — il toucha la poitrine d'Aurore.

« Pardon, demoiselle, dit-il.

— Faites », dit-elle.

Elle ne savait plus bien ce qu'elle disait. Elle savait seulement qu'il venait de la toucher doucement pour la première fois, là, juste à l'endroit où elle était très sensible, à l'ombre de ses petits seins durs.

« Cette terre toute plate, continuait-il à se dire, me fait croire que cette fois c'est pour longtemps. Pour toujours. » Il se répéta : « Pour toujours. »

Et il regarda au-delà de Joséphine le beau plateau qui s'élargissait autour de tous.

« Affaire de contentement », se dit Bobi.

Il pensait à cette nuit de l'hiver passé, avec ses étoiles extraordinaires.

« Venir, se dit-il, d'en bas de la plaine, avec pas beaucoup d'espoir et trouver soudain un chemin juste à la rivière du bois. Et puis le chemin monte. J'arrive. Je prends par travers champs, j'entends sonner le collier d'un cheval, je trouve un homme qui laboure, je lui dis : « Donne-moi du tabac. » Il me dit : « Tu as déjà soigné des lépreux ? »

« Monsieur, appela doucement Aurore.

— Je ne suis pas un monsieur », dit-il.

Il attendit. Elle n'ajoutait rien.

« Vous vouliez me dire quoi ? dit-il.

— Je ne sais plus », dit-elle.

Elle avait le visage plus rouge. Elle était sûrement toute chaude. Il vit que tout ce visage était sans malice et que toutes les lignes étaient pures. C'était un visage qui donnait de la gravité et de la pureté à tout.

Cette fois il vit aussi le sein nu de Joséphine.

« Monsieur ! se dit-il. C'est la première fois que ça m'arrive. Ça aussi, d'ailleurs c'est la première fois. » Il regarda le beau visage pur et si jeune, si confiant, si bien accordé à lui qu'il frémissait sous son regard comme vraiment la fleur sous le vent. « Oui, cria-t-il à Jourdan qui lui faisait des signes, ça va, ne t'inquiète pas. Qu'est-ce que tu dis ? »

Jourdan essayait de lui faire comprendre quelque chose. Tout le monde parlait.

« Qu'est-ce que tu veux ?

— Il veut dire, dit Marthe : Orion-fleur de carotte. »

Jourdan maintenant s'était penché sur Jacquou et

il devait lui expliquer cette chose-là, car il lui montrait le ciel, et puis il faisait un signe avec sa main : un rond, en faisant toucher son index et son pouce.

Jacquou écoutait gravement sans regarder la main. Il regardait Bobi mais d'un regard sans doute perdu.

« Ne plus être tracassé par le désir de gagner », se dit Bobi. Il pensait à cette constellation d'Orion, si large, si luisante, ce soir d'hiver qu'il avait tout de suite eu à la bouche les deux mots ensemble : Orion-fleur de carotte. Il avait été sensible, se dit-il, et quand j'ai dit ça il a arrêté son cheval et il a dit : « Pardon ! » « Aller dans la vie à l'aventure », se dit Bobi.

Il but son plein verre de vin noir.

« Car, se dit-il en s'essuyant la bouche — et il s'aperçut que, peut-être il pensait à haute voix. — Il serra les lèvres. — Car, j'en sais plus qu'eux tous. Je sais mieux. Ils ne savent pas et c'est pour ça qu'ils étaient tristes. — Il se souvint de l'oncle Silve. Cette voix dans la nuit quand ils étaient de retour de leur tournée sur le plateau, Jourdan et lui, le poids de l'homme appuyé contre la calèche. Et puis il s'est pendu.

« Moi, se dit-il, avec tout ce que j'ai passé ! Car enfin, s'il y avait des raisons au malheur, j'aurais dû être malheureux. Prudence ? Jamais prudence. Economie, ou l'avenir on pensera à ci et à ça ? Jamais. La passion pour l'inutile, se dit-il. La passion ! Inutile ? Inutile pour leur monde, mais dès qu'on sait que notre travail dans ce monde c'est faire de la richesse pour les autres, est-ce que ça n'est pas précisément ça l'inutile et, si on discute, car je discute, je discute avec moi, donc si on discute, est-ce que ça n'est pas précisément l'utile tout ce qui a été ma passion ? »

« C'est rigolo, dit Bobi à haute voix, mais il y a vraiment des gens qui sont morts sur la terre. »

C'était peut-être sa réflexion mais il venait de la dire à haute voix. Comme depuis un moment il ne mangeait plus, tout immobile, il avait eu l'air de vouloir parler à tout le monde. Ils s'arrêtèrent tous de parler et de manger. Ils le regardèrent en silence.

Honoré dit :

« Taisez-vous, les enfants ! »

Il ne resta que le bruit du vent.

« Je n'ai pas assez laissé de temps entre « morts » et « sur la terre », se dit Bobi.

Il répéta :

« Des gens qui sont morts. Sur la terre. »

Et il fit des gestes :

« Morts ! »

Et il ouvrit les mains, écarta les doigts pour dire : « Plus rien, ils n'ont plus rien. Rien, rien, tout a coulé d'eux.

« Et, sur la terre ! »

Il élargit les bras pour miter le large horizon et, en même temps, avec ses longues mains caresseuses, il caressait des formes d'arbres et de collines imaginaires.

A ce juste moment on entendit hennir les chevaux puis, dans le silence, un petit pas. Et on vit arriver le cerf.

IX

« N'ayez pas peur, dit Bobi. Il s'appelle Antoine. »

Il s'approchait à petits pas. Il mâchait du foin sec. Il ne faisait attention à personne. Tout le monde le regardait. Les chevaux et les mulets hennissaient là-bas sous le hangar.

« Regardez-le !

— Il est fier comme un riche.

— Il ne nous voit pas.

— Il nous voit mais il s'en fout.

— Son œil reflète.

— Il est beau », dit Aurore.

Alors, Zulma tourna la tête vers elle comme pour la regarder. Mais elle ne releva pas ses paupières. C'était plutôt l'intention de se faire voir elle-même avec son beau visage régulier. Une idée simple.

« Je voulais justement vous parler de lui, dit Bobi. C'est le printemps, vous le sentez. Et ce cerf-là, il est fort comme un Turc et il n'a pas l'habitude de se passer de ce que son corps désire. Il faudrait que nous pensions un peu à lui acheter une biche entre tous, là. »

Ils se regardèrent sans rien dire. Jacquou rota grandement dans le silence mais c'est parce qu'il venait de faire effort pour parler.

« Une biche ou deux, dit Bobi.

— Pourquoi tu ne me l'as pas dit ? » demanda Jourdan.

Il était d'une extrême gravité. D'abord parce que c'était grave ce que venait de dire Bobi et surtout parce qu'il ne commandait plus très bien à tous les muscles de son visage. Il avait soudain la barbe veule, le nez pincé, les yeux élargis et immobiles et la grande barre au front.

« J'ai pensé, dit Bobi qu'on pourrait s'y mettre à tous pour ça.

— Non, dit Jourdan.

— Et pourquoi pas ? cria Jacquou.

— Oui, cria Randoulet.

— Oui, dit Carle, pourquoi pas ?...

— Car..., cria Jacquou.

— Non », dit Jourdan.

Et il secouait la tête sans arrêt. « Non, non, non. »

« Et moi je parle, dit Bobi, si vous voulez seulement m'écouter un peu.

« D'abord, Antoine tu es bien gentil — le cerf venait d'arriver derrière lui et il lui poussait l'épaule avec son museau — mais je m'occupe de toi. Fous-moi la paix, couche-toi. Là.

« Jourdan, je te comprends et tu as raison, mais attendez ! Vous n'avez pas besoin de crier. Vous : Jacquou, Carle, Randoulet, et même celles et ceux qui ne disent rien, je les comprends et ils ont raison. Vous

162

voyez que je comprends tout. C'est justement de ça que tout va s'arranger.

« Mais dites, vous ne mangez plus ? On ne mange plus ?

— Hé ! parle, salaud de garçon, cria Jacquou. Tu le vois bien qu'on ne mange plus. Il n'y a pas que manger dans la vie !

— Je suis d'accord avec Jourdan, dit Bobi, et je suis d'accord avec vous autres tous. Il vous semble que c'est parce que je veux garder la chèvre et le chou. Pas du tout. C'est parce qu'en réalité il n'y a ni chèvre ni chou et que vous êtes d'accord.

« Maintenant écoutez-moi et ne faites pas de bruit. Je vais parler à Jourdan. Nous avons une langue particulière tous les deux. Ecoutez-nous, vous allez voir. On dirait que c'est la comédie, mais c'est de ça que tout sortira. Car, avant que je commence avec Jourdan, vous êtes bien d'accord ? Vous attendez bien quelque chose ? Vous attendez bien que quelque chose sorte ?

— Oui, dit Jacquou.

— Bon, dit Bobi, alors écoutez-nous, tous les deux, et moi et le phénomène là-bas : Jourdan.

— Oui.

— Je comprends ce que tu veux dire.

— C'est facile.

— Oui, c'est facile. Tu veux dire que tu as acheté le cerf, que le cerf est à toi et que tu veux acheter les biches, toi, toi tout seul.

— Oui.

— Non, dit Bobi en dressant la main, ne parlez pas, ne dites rien. Laissez-moi seul avec Jourdan. C'est exactement comme quand la sage-femme est là. Elle vous dit : sortez et laissez-moi faire. Moi je vous dis : faites comme si vous étiez sorti et laissez-moi faire. C'est pareil.

— Oui, dit Jourdan, je veux acheter les biches, moi. Je n'ai besoin de personne.

— Pour acheter tu veux dire ?

— Oui.

— Question d'argent tu veux dire ? Tu veux dire que tu as assez d'argent pour acheter les biches, c'est ça ? »

Et, à tout hasard, Bobi calma l'assistance avec sa main balancée comme quand on flatte un cheval. Car il était question d'argent et ça fait souvent prendre feu par amour-propre.

« Oui.

— Autrement dit, tu veux être le propriétaire ? »

Jourdan resta un moment sans répondre.

« Non.

— Alors quoi ?

— Le cerf est à moi, je veux que les biches soient à moi.

— C'est ce que je dis. Seulement le mot propriétaire ça ne te paraît pas très juste pour tout ça.

— Non, c'est pas juste.

— Bon, alors on va s'entendre parce que c'est précisément ce propriétaire qui peut tout empêcher. Du moment que déjà tu comprends que pour les biches et le cerf ça n'est pas juste comme mot, quand je t'aurai un peu expliqué tu verras que ça n'est non plus pas juste comme chose. Une minute, dit-il aux autres, j'en ai encore pour une minute. Soyez sages. C'est maintenant qu'on va parler le langage secret. C'est un peu comme la langue des bêtes. Mais vous comprenez tous, dit-il, car il suffit d'avoir le cœur clair.

« Jourdan, tu te souviens d'Orion-fleur de carotte ?

— Je me souviens.

— Le champ que tu labourais, le tabac que tu m'as donné ?

— Je me souviens.

— Tu m'as demandé : « N'as-tu jamais soigné les « lépreux ? »

— Je me souviens comme d'hier. Tu m'as répondu : « Non, je n'ai jamais soigné les lépreux. »

— Tu traînais une grande peine.

— Oui.

— Plus de goût.

— Non.

— Plus d'amour.

— Non.

— Rien.

— La vieillesse, dit Jourdan.

— Tu te souviens, dit Bobi, de la grande nuit ? Elle fermait la terre sur tous les bords.

— Je me souviens.

— Alors je t'ai dit : « Regarde là-haut, Orion-fleur « de carotte, un petit paquet d'étoiles. »

Jourdan ne répondit pas. Il regarda Jacquou, et Randoulet, et Carle. Ils écoutaient.

« Et si je t'avais dit Orion tout seul, dit Bobi, tu aurais vu les étoiles, pas plus, et, des étoiles ça n'était pas la première fois que tu en voyais, et ça n'avait pas guéri les lépreux cependant. Et si je t'avais dit : fleur de carotte tout seul, tu aurais vu seulement la fleur de carotte comme tu l'avais déjà vue mille fois sans résultat. Mais je t'ai dit : Orion-fleur de carotte, et d'abord tu m'as demandé : « Pardon ? » pour que je répète, et je l'ai répété. Alors, tu as vu cette fleur de carotte dans le ciel et le ciel a été fleuri.

— Je me souviens, dit Jourdan à voix basse.

— Et tu étais déjà un peu guéri, dis la vérité.

— Oui », dit Jourdan.

Bobi laissa le silence s'allonger. Il voulait voir. Tout le monde écoutait. Personne n'avait envie de parler.

« De cet Orion-fleur de carotte, dit Bobi, je suis le propriétaire. Si je ne le dis pas, personne ne voit ; si je le dis, tout le monde voit. Si je ne le dis pas je le garde. Si je le dis je le donne. Qu'est-ce qui vaut mieux ? »

Jourdan regarda droit devant lui sans répondre.

« Le monde se trompe, dit Bobi. Vous croyez que c'est ce que vous gardez qui vous fait riche. On vous l'a dit. Moi je vous dis que c'est ce que vous donnez qui vous fait riche. Qu'est-ce que j'ai moi, regardez-moi. »

Il se dressa. Il se fit voir. Il n'avait rien. Rien que son maillot et, dessous, sa peau. Il releva ses grands bras, agita ses longues mains vides. Rien. Rien que ses bras et ses mains.

« Vous n'avez pas d'autre grange que cette grangelà, dit-il en frappant la poitrine. Tout ce que vous entassez hors de votre cœur est perdu.

« Donne-moi à boire », dit-il doucement à Aurore.

Elle se dressa, prit la bouteille, lui versa du vin.

« Donnez-lui du beau vin noir, dit Joséphine.

— C'est de celui-là, dit Aurore.

— Ne bois pas tout d'un coup, dit Marthe, tu as chaud.

— Laissez-le, dit Barbe, s'essuyer et s'asseoir.

— Merci à toutes, dit Bobi, maintenant la comédie est finie, nous pouvons parler tous ensemble.

— Je suis d'accord, dit Jourdan.

— Bon, dit Jacquou. Alors, qu'est-ce que tu penses, toi là-bas ?

— Moi, dit Bobi, maintenant c'est simple. Je pense qu'il faut acheter deux biches ou trois.

— Combien ça coûte ? dit Randoulet.

— On a deux moyens, dit Bobi : ou les acheter, ou aller les chercher nous-mêmes là où il y en a. Qui connaît la forêt de Nans ?

— Moi, dit Honoré.

— Tu la connais bien ?

— Je suis de Verrières sous les Nans.

— J'y ai couché trois nuits l'été dernier, dit Bobi. Pas à Verrières, dans la forêt. J'ai vu des biches.

— Il y en a.

— Mais, dit Bobi, pour les prendre vivantes, il faudrait des filets.

— On pourrait les demander à Richard le compère. A Verrières j'ai tout ce que je veux.

— Alors voilà, dit Bobi, il s'agit de savoir. A ton idée, on pourrait en prendre combien ?

— Trois, dit Honoré, quatre.

— Connais-tu l'affaire ?

— Oui. Il faudrait cerner la clairière Lénore. Je m'en charge.

— Bon, dit Bobi, mais il faudrait être combien d'hommes, car, je vais te le dire, c'est très important : j'aimerais qu'on y soit tous. »

Honoré regarda la tablée. Il fit le tour comme ça avec son regard. Il dit :

« Il faudrait bien qu'on y soit tous.

— J'aimerais, dit Bobi, pour une grande raison. La voilà. Je ne voudrais pas que ces biches soient à quelqu'un. Vous me comprenez ? Là où on va les prendre elles ne sont à personne. Ici elles seront à tous, c'est-à-dire à personne, vous me comprenez ? Il n'y aura pas de propriétaire. Tu me comprends, Jourdan ?

— Oui, dit Jourdan, mieux encore que ce que tu parles. Le cerf est à tout le monde. Voilà ce que je dis, moi.

— Merci, dit Bobi, je te touche la main. »

Il se dressa et Jourdan aussi, et de loin, par-dessus la table, se serrant leur propre main gauche avec leur propre main droite, ils se firent le salut, gravement.

« On fait comment ? dit Bobi.

— On prend un soir de lune, dit Honoré. On barre toute la clairière de Lénore avec les filets. On va sur les débouchés que je connais. On sonne de la trompe.

— La Lénore, c'est le lieu habituel où elles vont et alors, là on les a. On aura peut-être encore un cerf avec elles. Alors, là c'est à voir, qu'est-ce que tu en dis ?

— Non, dit Bobi, on en a assez d'un. Il fera souche, ça sera meilleur.

— Alors, dit Honoré, on relâchera l'autre si on le prend ?

— Oui », dit Jacquou.

Il l'avait dit très fort. Et il avait tapé sur la table en le disant. Ça avait l'air d'être un oui qui venait à grande force après peut-être cent mille mots de réflexions, de ces mots muets qui chantent, voltent, meurent et revivent en un rien de temps comme les reflets du soleil sur l'eau.

On le regarda.

« Je comprends tout, dit-il, j'ai tout compris. Il était dans un grand ravissement.

— On relâchera l'autre cerf, dit Bobi, si on le prend. Il s'en retournera dans sa forêt. Nous, on n'a besoin que de deux ou trois femelles pour notre mâle, voilà tout.

— Mais après ? dit Carle.

— Après, on sera de retour. On aura les biches dans le filet. On aura fait attention à leurs jambes. Elles ont de petites jambes minces, cassantes comme du verre. On leur aura dit des tendresses tout le long, et donné du pain, et donné du sucre, et caressé doucement le dessus du nez, là où toi tu as ces gros sourcils de renard. Là elles sont très sensibles. Une fois ici on ouvrira les filets. Alors, d'abord elles trembleront sur leurs pattes et peut-être elles pleureront. Car elles pleurent. Et puis, tout d'un coup, en se revoyant libres, elles donneront un coup de rein et elles feront un saut, puis un autre, puis un autre, dansant et sautant en tournant la tête. Et leur petite queue claque. Et de temps en temps elles s'arrêtent, appellent, puis recommencent à sauter. Et ainsi elles iront jusqu'à la forêt Grémone. Elles entreront dans la forêt. Et voilà. Et quelque temps après arrivera la saison des amours. Non, Carle, ça n'est pas fait pour un profit, ou tout au moins pour un profit comme tu le comprends. C'est fait pour le grand profit. C'est fait, mon vieux, pour que notre joie demeure.

— Oui, dit Carle, et comment notre joie demeurera ?

— Alors, dit Bobi, arrivera la saison des amours, et le mâle sera embrasé par le désir de la femelle. Un beau matin il se fera beau, il se lichera le poil. Il se frottera la tête contre le pilier du hangar pour faire tomber la mousse de son front. Il regardera le soleil et le soleil lui éclaircira les yeux. Il reniflera le vent de mai et le vent de mai restera enroulé dans toutes les cavernes des os de sa tête. Ainsi il s'avancera jusqu'à la lisière du champ. Il sera tout entouré de liberté. Il restera immobile dans cette liberté, comme la pointe de l'avoine qui ne sait pas de quel côté pencher et qui attend le vent. Et alors il entendra un appel qui ne fait pas de bruit, une odeur, ou bien une partie de cet air dans lequel la femelle a dormi la nuit passée et qui a gardé au creux la forme de la femelle comme toi quand tu marches au bord de l'étang et que la vase garde la forme de ton pied, et moi je le vois et je dis : c'est le pied de Carle. Le mâle trouvera dans le mou de l'air la forme de la femelle et alors le vent aura soufflé. Il partira lui aussi bondissant, tournant la tête, claquant des cuisses, s'arrêtant, regardant, appelant jusqu'à la forêt Grémone dans laquelle il entendra la course des femelles à travers les feuillées.

— Oui, dit Carle, mais comment notre joie demeurera ?

— Tu demandes trop, dit Jourdan.

— Laisse, dit Jacquou, il a raison de demander.

— Alors, dit Bobi, le reste se passera sous le couvercle de la forêt. Ce n'est pas la première fois qu'elle travaillera pour vous. Ce sera la première fois que vous vous en rendrez compte.

— Mais notre joie ! cria Jacquou.

— Non, dit Jourdan, ne dis pas ce qu'on est en train de dire.

— Oui, dit-il encore. Bon je me tais. Ça va bien, mais voilà la vérité : je peux la dire ?

— Vas-y.

— Que faire ? Je vous ai dit que je comprends tout. Oui Barbe je comprends tout, et tais-toi, et cesse un peu de branler la tête, et de jérémier dans ta bouche. Voilà : savoir pourquoi je suis venu ici ? Je ne sais pas. Qui le sait, là, parmi vous autres qui êtes tous venus ? Comme s'il y avait un appelant. Voilà la vérité. Ce qu'il faut dire c'est que nous avons besoin.

— Il y a longtemps que je l'ai dit, dit Jourdan.

— Besoin de quoi ? demanda Jacquou.

— Besoin de tout, dit Joséphine.

— De quoi tu te plains ? » dit Honoré.

Elle se tourna vers lui.

« Je me plains que rien ne soit juste.

— Besoin, dit Randoulet, oui. Je ne sais pas mais rien ne va comme on voudrait même quand ça va comme on veut.

— Besoin d'être amis, mes amis, dit Marthe.

— Besoin de liberté, dit le fils de Carle. Ce matin, j'étais heureux. »

Depuis un moment, Le Noir, se curait la gorge. Il n'était pas parleur mais il voulait parler. Il s'était penché déjà deux fois du côté de Marthe. Il se pencha une troisième fois.

« Le patron, dit-il, va acheter cinq cents moutons. »

Il dressa l'index et il remua la tête pour indiquer que : « Pour lui, c'était là la chose. »

« Il y a trois semaines, dit Jacquou, nous avons enterré l'oncle Silve... »

Alors, il y eut un peu de silence et, pendant que Jacquou reprenait haleine pour discuter fort et longtemps :

« La vérité, dit Bobi, c'est que nous avons besoin de joie.

— Voilà, dit Jacquou.

— Voilà tout, dit Bobi, nous irons chercher les biches, et vous verrez. »

C'était le soir. L'air était devenu étrangement sonore. On entendait, très loin dans les collines, des arbres qui craquaient en s'étirant. La forêt Grémone semblait toute proche ; ses feuillages gémissaient comme une eau qui sourd de terre en gros bouillons sombres. On entendait le bruit, non seulement de la rivière Ouvèze, mais de toute sa vallée avec le chant de tous les petits vallons affluents, le froissement des joncs, le trot du courant dans les graviers et le grondement de la route qui suivait tous les enlacements de l'eau et sur laquelle, à cette heure, marchaient les longues caravanes de tombereaux chargés de pierres de taille et qui descendaient des carrières. Au-delà de la forêt Grémone — et ça devait être loin en bas dans la pente — on entendait ronfler la mince roue d'acier d'une scie mécanique. Dans la plaine un train siffla. Un oiseau passa au-dessus de la Jourdane. Il venait des montagnes. Il descendait vers un large pays qu'il devait déjà voir de là-haut. Il allait à grands coups d'ailes. On les entendait malgré la hauteur où il volait.

Il passa au-dessus du verger. Le battement de son vol claqua dans les échos des arbres en fleur. Des roulements rapides de charrettes éveillaient dans la plaine la sonorité des bosquets de peupliers, et dans les petits moments du plus grand silence on entendait venir du delà de plus de vingt collines le sourd grondement de la ville où tout le monde était sorti pour goûter le soir sous le feuillage nouveau des grands ormes.

Tout s'était clarifié. On entendait autour du plateau l'élargissement de la vie du monde.

« Besoin de joie », dit Bobi, pour celles qui étaient à côté de lui et en face : Aurore, Zulma, Joséphine, et ceux qui étaient plus loin, le long de la table, parlaient doucement entre eux mais entendaient, mêlée au bruit de la terre, la voix de l'homme et sa confiance.

« Et c'est au fond, dit Bobi, la seule chose qu'on cherche et pour laquelle on travaille. Et si on regarde des fourmis, là, dans la terre, demoiselle... vous avez regardé des fourmis ?

— Oui, dit Aurore.

— On les voit, dit Bobi, aller d'un côté et de l'autre et on se demande qu'est-ce qu'elles font ? Et nous, nous avons déjà remué tout le champ avec notre bêche et elles sont là à courir avec des pailles, des grains, des œufs. Vous avez déjà vu ça, madame ?

— Oui, dit Joséphine.

— On se demande à quoi elles travaillent. Elles ont besoin de joie, voilà tout. »

Il regarda Zulma. Elle ne bougeait pas sous sa chevelure d'épis de blé.

« Alors, Zulma, dit Joséphine, tu ne parles pas ? Tu n'as rien dit de tout le jour. »

Les paupières couchées sur ces yeux qu'on n'avait pas vus étaient immobiles comme des paupières mortes.

« Alors, Zulma, dit Joséphine, tu ne parles jamais plus que ça ? Tu ne dis rien. Tu n'entends pas ? Et quand tu es avec ton bon ami alors ? »

Les longs cils se mirent à trembler et elle releva ses paupières. Elle découvrit ses yeux.

« Quand je suis avec lui, dit-elle, je ne parle pas. J'écoute. »

Il fallut partir. On alluma les lanternes. Les chevaux étaient reposés et vaillants. Là-bas dans la maison, à la lueur de l'âtre, les femmes cherchaient les châles et les couvertures. Les hommes attelaient les charrettes.

« Serrons-nous, dit Jacquou, faisons place à Mme Hélène et à la demoiselle. On les ramène par un petit détour.

— Alors, demanda Bobi dans la nuit, entendu pour les biches ?

— Entendu.

— Carle, monte ici.

— Et le fils ?

— Je rentre à pied.

— N'oublie pas ton clairon.

— Où est Le Noir ?

— Il a suivi le cerf.

— Le Noir !

— J'arrive.

— Alors, entendu pour les biches ?

— Entendu. Tu diras le jour.

— Jeudi, cria Honoré, mais je te reverrai. »

Il fallait du temps pour que tout le monde trouve sa place. Les chevaux tapaient du fer, culaient aux ridelles et grinçonnaient sur les mors et dans les sonnailles.

Enfin, la voiture de Randoulet prit de l'erre, doucement à travers les terres meubles qui entouraient la ferme. La lanterne se balançait. Les ressorts criaient. Randoulet faisait claquer sa langue pour exciter le cheval. La bête donnait des reins et des deux jambes de derrière pour arracher les roues au souple des champs. A un petit talus la voiture se pencha et Bobi revit dans la lueur rouge de la lanterne la coiffure d'épis de Zulma. Tout de suite après la voiture et le cheval cessèrent leur danse marine et ils entrèrent sur le sol plat. En même temps monta une forte odeur de fleurs écrasées. Ils traversaient le champ de narcisses. Puis Randoulet cria :

« Ho ! la miaule ! » Et une sorte de hurlement de gorge qui était comme un cri de chien. On entendit le cheval qui prenait le trot. Après, la voiture ayant tourné et masquant sa droite, on ne vit plus la lanterne et le bruit lui-même s'éteignit.

« Voilà », dit Jourdan.

La voiture de Jacquou s'en allait vers Fra-Josépine.

« Une seule étoile, dit Bobi.

— Où ? »

Un petit point rouge, clignotant sur l'horizon, du côté du nord.

« Non, dit Jourdan, ça doit être une lampe dans la montagne.

— On pourrait s'y diriger dessus.

— A quoi ça servirait ? » dit Jourdan.

Bobi le regarda. La lueur qui venait de la ferme éclairait seulement les sommets de ce visage : le rond du front, l'arête du nez, la pomme de la joue, le coin luisant de la bouche. Le reste était dans de l'ombre et dans de la barbe.

« Ça servirait à aller vers une étoile qui est une lampe dans la montagne, dit Bobi. Pas plus. »

Ils revinrent vers la maison.

« Alors, demanda Marthe, qu'est-ce que vous en dites ?

— Lui ne peut guère en dire, mais moi, il me semble que ça n'est pas vrai, dit Jourdan. C'est la première fois que nous nous réunissons tous ensemble sur cette terre de malheur.

« J'ai parlé avec Jacquou, dit-il ensuite.

— Je l'avais considéré comme peut-être pas très sensible, dit Bobi. C'est lui qui a le plus de terres ?

— Il a les meilleures.

— Ils sont trois hommes et deux femmes ?

— Pour les moissons, ils font généralement venir deux garçons de Verrières, un peu beaux-frères avec Honoré, je crois.

173

— Et, dit Bobi, je l'ai trouvé au contraire tout tendrement embroussaillé, un cœur caché, peut-être malade.

— Pas de corps.

— Non.

— Du reste.

— Qui te le fait dire ? demanda doucement Marthe.

— Je lui ai parlé presque tout le temps, dit Jourdan. Il a la même idée que nous autres. »

Marthe resta immobile. Elle ne regardait ni Bobi ni Jourdan. Dehors la chanson stridente des prairies nocturnes.

« Je ne sais pas ce que vous avez, dit-elle, vous, les hommes... Ce que vous cherchez, ce que vous voulez. On dirait que vous êtes comme Zulma, que vous avez les yeux fixés sur quelque chose qui est là-bas sur l'eau, que vous marchez vers ça sans plus savoir si la terre vous porte ou si vous êtes déjà entrés dans l'étang. Et puis tout d'un coup l'eau vous étouffe.

— Les femmes ne peuvent pas savoir, dit Jourdan.

— Elles savent ce qu'elles veulent, dit Marthe. Et ce qu'elles veulent c'est sur la terre, on peut marcher tout autour et le prendre sans se noyer. »

Bobi s'en alla donner le foin au cerf. C'était nuit noire. Comme il arrivait près du hangar il entendit bouger dans le fourrage.

« Alors, dit-il, tu es là, enfant des bois ?

— Je suis là, dit-elle.

— Qui êtes-vous ? »

Elle s'avança vers lui.

Au pas et à l'odeur il reconnut Joséphine.

« Vous n'êtes pas partie ? dit-il.

— J'ai donné ma place à Mme Hélène et à la petite demoiselle, dit-elle. Ils sont allés les ramener à Fra-Josépine. Je rattraperai la charrette au saule Bornans.

— C'est loin ? dit-il.

« — J'ai le temps, dit-elle, je suis solide, je marche vite. Je pensais que vous alliez venir.

— Où est le cerf ?

— Je ne sais pas. Quand je suis venue ici il s'est levé et il est parti du côté de la forêt. J'ai pris sa place. Il a laissé un grand nid et beaucoup de chaud dans le foin. Venez voir. »

Elle lui prit la main. Ils entrèrent sous le hangar.

« Baissez-vous », dit-elle.

Il se baissa. Elle s'accroupit près de lui. Elle sentait fortement la femme.

« Oui, dit-il, il a fait beaucoup de chaleur. »

Mais il se redressa tout de suite et il lui dit :

« Venez. »

Ils marchèrent côte à côte dans la direction de la route. Ils balançaient doucement leurs bras et, de temps en temps, le dos de leurs mains se frôlait.

« Voyez-vous, dit-il, je serai très content si nous allons chercher les biches dans la forêt de Nans.

— Ça me sera facile, dit-elle, de forcer Honoré si toutefois il l'oublie.

— Forcez-le, dit-il, je vous en saurai gré, Joséphine. »

Mais il ne s'arrêta pas de marcher et comme elle avait eu une petite hésitation pour s'arrêter et lui faire face, elle dut allonger un grand pas pour le rattraper.

« Il est connu là-haut, dit-elle, et je crois qu'on lui prêtera tout ce qu'il faut.

— Je vous fais un bout de conduite, dit-il pour expliquer son pas régulier, alors qu'elle avait à tout moment envie de s'arrêter et d'attendre...

— Nous pourrions nous asseoir, dit-elle.

— Je suis sûr, dit-il, qu'il vaut mieux marcher. Il faut encore, dit-il, qu'ils en aient envie de ces biches.

— L'envie, dit-elle, ils l'ont. Et l'envie tant qu'on l'a, on la garde. »

Elle avait avancé de deux ou trois pas plus rapides. Elle s'était trouvée en avant de Bobi. Elle lui avait comme coupé la route et ils s'étaient subitement trouvés l'un contre l'autre : elle arrêtée, lui qui était

175

venu s'appliquer sur elle depuis le ventre jusqu'aux épaules. Pour ne pas tomber il la serra dans ses bras. Alors, doucement elle avança la tête et elle l'embrassa de sa pleine bouche, sur sa pleine bouche à lui au moment où il allait parler.

Il eut un petit mouvement de recul. Elle se dégagea de ses bras. Elle avait dû sauter en arrière ; sa jupe avait claqué. Elle avait couru. Maintenant, elle n'était plus là et il n'y avait pas de bruit dans la nuit tout autour. Elle avait dû courir vers la route.

Il garda longtemps dans sa bouche un goût de narcisse.

« On ne pouvait pas mieux m'expliquer », dit-il.

La nuit bougeait. Elle avait les mouvements lents et souples, la liberté cosmique des mouvements du sang dans un homme ou un animal endormi ; la danse à laquelle doivent obéir les océans, la lune et les étoiles et qui entraîne doucement le sang quand la bête dort. La nuit soulevait les odeurs de la terre ; le parfum du champ de narcisses ne montrait plus de fleurs mais, à la fin de son déroulement sirupeux dans le ciel noir, il redescendait toucher la terre et Bobi seul dans le champ.

Bobi goûtait l'odeur qui était restée dans sa bouche. Il avait encore sur ses lèvres le poids et la chaleur des lèvres de Joséphine.

« C'est difficile », se dit-il.

Il pensait à son projet : le cerf, les biches, les fleurs, la recherche de la joie. Semer la joie, l'enraciner et faire qu'elle soit comme un pré gras avec des millions de racines dans la terre et des millions de feuilles dans l'air. Qu'elle soit la participante comme la mer qui danse, le fleuve qui danse, le sang qui danse, l'herbe qui danse, le monde tout entier qui tourne en rond.

« Je sais très bien ce qu'elle voulait, se dit-il, je ne suis pas un imbécile. »

Il appela :

« Joséphine ! Joséphine ! »

Il avait une voix spéciale, printanière et qui venait de la gorge ; elle était faite pour l'appel. Avec cette voix

176

on ne pouvait pas dire : Orion-fleur de carotte. On pouvait seulement appeler.

« Nous avons peut-être chacun notre joie », pensa Bobi.

Sa voix printanière lui gonflait la gorge. Il n'appelait plus.

« Il n'y a peut-être pas de joie du monde », se dit-il.

C'est à ce moment-là qu'il entendit le clairon. Il jouait au fond de la nuit. Il avait des sons enroués et mouillés. Ses notes étaient comme les mains molles de Dieu. Elles s'ouvraient et, dans l'humidité moite de leurs paumes, on voyait des graines vivantes crevées de partout, débordantes de forêts et de bêtes. Les forêts ruisselaient d'entre les doigts humides, elles coulaient sur la terre, elles jaillissaient de la terre avec leurs amas de feuillages, leurs longs corridors sonores, leurs charpentes huilées de feuilles et de soleil. Tous les chemins étaient ouverts et les horizons ne les bouchaient plus mais ils étaient relevés au-dessus des chemins comme des tentes.

Sur les talus de Mouille-Jacques, avant d'aller se coucher, le fils Carle jouait du clairon en se tournant vers les quatre côtés de la nuit.

Pour la première fois, Bobi entendait le lyrisme de l'espérance des hommes. Le commencement était fini.

X

Rien ne serait arrivé sans le vent bleu. Quand on a bu on décide ; à jeun on ne fait pas. Mais le vent bleu monta de la mer.

La mer n'est pas loin. Elle est loin si vous voulez et si vous mesurez la distance qui nous en sépare avec vos pas d'hommes ou même avec le trot de votre cheval. Il faut monter, descendre des collines et des collines, et des plaines, et traverser des vallées, et remonter sur des collines qui font le dos de vache et dont l'arête est plus épineuse et plus nue que la lame d'une scie, et bleue comme elle, presque en acier, sans arbres, sans herbes, faite de rochers reflétants et si claquants de vent que parfois, quand ils surgissent brusquement du ciel laiteux du matin on se croit arrivé à la mer et surpris par un immense voilier chargé de toiles. Mais elle est plus loin. Elle est au bout des terres rouges. Et, là, elle apparaît si large, si terriblement large, si plate, si profondément enfoncée dans le ciel, qu'on se rend compte, en pensant au plateau Grémone, qu'elle est tout près de nous, car, sans cette obligation qu'elle a d'être collée sur le rond de la terre, elle monterait si haut, tout en restant plate, que nous la verrions apparaître au-dessus des montagnes d'Aiguines, avec son charruage de bateaux et ses gros poissons noirs qui dorment pendant que le soleil et l'eau écument dans leurs poils.

Le vent bleu monta de la mer.

Il est chargé de nuages. Il souffle seulement au printemps. Il traîne sous lui la pluie et la chaleur. Il couche de grandes ombres sur les prés, sur les terres où le blé pousse, sur les bosquets d'arbres. Ces ombres, épaissies par le reflet des sèves nouvelles, sont les plus bleues de toutes les ombres. Le ciel est entièrement habité d'un bout à l'autre par d'immenses nuages à forme d'hommes monstrueux, ou de bêtes, ou de chevaux. Le vent les emporte, les traîne et les pousse et surtout il les anime d'une grande vie qui n'est pas enfermée dans chaque nuage, homme, bête ou cheval, mais qui passe de l'un à l'autre sans barrière ; si bien qu'à tout moment, la forme de l'homme coule doucement en échine de bête, le cheval a fait un bond gigantesque, puis il a laissé couler ses jambes épaissies, ses cuisses, ses sabots se sont rejoints et il est devenu comme une montagne : sa crinière est une forêt d'arbres. Puis, tout de nouveau coule et glisse avec toutes les formes du monde. Le ciel est dans une grande passion.

La pluie descendait sans arrêt sur le plateau. Elle avait pris l'oblique du vent et son caprice. Elle ne tombait pas du ciel ; elle sautait hors du sud par gros paquets comme si elle était lancée de la mer. La terre du plateau écrasée par le poids retombant de ces vagues, blessée par le tranchant de ces lames d'eau qui frappait de biais, fumante d'embruns, toute écorcée, ayant découvert son tendre, coulait en épais ruisseaux de boue le long de toutes les pentes. Les graines, surprises dans leur vie souterraine, se débattaient, se cramponnaient de toutes leurs racines à de petits grumeaux de terre que la pluie effritait, puis le flot soudain des eaux les arrachait de leur trou et les emportait, racines écartées, comme de petites méduses.

Les champs de blé s'enterraient sous les limons des ruisseaux nouveaux. Les arbres dont les feuillages pesants faisaient gémir les branches résistaient au vent et à l'eau ; puis, l'aisselle fatiguée des branches maîtresses se fendait presque sans bruit jusqu'à l'aubier et de grosses charges de feuillages tombaient en déchirant de longs lambeaux d'écorce.

Soudain, dans un écartement de nuages, le calme et le soleil tombaient comme une gerbe de feu. Les flaques, la rainure des longues herbes, les nervures des feuilles, la pointe des chardons, le gras de la terre, tout ce qui gardait un fil d'eau ou un suintement éclatait de reflets. Des paliers de lumière portaient le regard ébloui de la terre à l'herbe, de l'herbe à l'arbre, de l'arbre jusqu'aux cavernes du ciel où, dans la profondeur des gouffres en mouvement, volaient les étincelantes colombes du soleil. Puis tout se mettait à glisser de ce qui était la couleur et la lumière de la terre comme le mouvement éclatant des écailles d'un serpent qui marche. Le rose du toit lointain de Mouille-Jacques se fondait dans le vert d'un pré, le bleu d'un nuage passait à l'azur du ciel, le vert du pré se fondait peu à peu jusqu'à se confondre avec la sombre frondaison des ormes à la limite du champ perdu d'oncle Silve ; le ciel blanchissait, les ombres couraient sur le plateau comme des traces de pas ; l'eau coulait le long des rainures des herbes, s'amassait en gouttes au carrefour des nervures des feuilles, jetait brusquement mille reflets nouveaux avant de s'éteindre sous l'ondulation balancée d'une nouvelle pluie grise que le vent apportait de la mer.

« Je n'ai jamais eu moins de souci », dit Jourdan.

Il bourrait sa pipe. Il tassait le tabac du bout du doigt avec beaucoup de complaisance.

« Tu crois que les narcisses ne souffrent pas ?

— Au contraire, dit Bobi, ça aime l'eau. »

Tout autour de la Jourdane la terre était gorgée de pluie. L'eau regonflait par tous les trous. On avait vu passer à la lisière du champ, dans un moment d'éclaircie, une pauvre taupe vernie comme un rat qu'on a tiré d'une jarre d'huile. Elle ne savait plus où aller, et sans confiance dans la terre, elle dut se cacher dans un creux de mur près des soues vides.

« Mauvais pour le blé », dit Jourdan.

Non seulement on ne pouvait pas travailler mais le travail ancien s'effondrait sous la pluie ; on voyait peu à peu tout se perdre et, en plus, on ne pouvait pas prévoir le temps qu'il faudrait pour retrouver la terre sèche, après la fin de la pluie.

D'ailleurs, elle ne voulait pas finir.

« Mais, je m'en fous, dit Jourdan, je n'ai pas fait de blé, j'en ai pour trois ans.

— Tu sèmeras cet automne, dit Bobi.

— A mon aise, dit Jourdan.

— Seulement pour avoir un peu d'avance.

— Oui, dit Jourdan, seulement un peu d'avance, deux ou trois ans, et pas en argent, en grain. »

Et il pensait avec une joie douce à ces deux ou trois années pour lesquelles il était déjà assuré. Son travail n'était plus changé en morceaux de papier à plat sous les chemises de Marthe, il était changé en trois belles années avec trois fois des hivers, des automnes, des printemps et des étés.

« Le temps est mauvais, dit-il, mais il n'est pas vilain. »

On avait laissé la porte et la fenêtre ouvertes, car il faisait très chaud. La terre sentait fort. A chaque coup de vent, le ciel avait des profondeurs nouvelles.

Dans l'après-midi du troisième jour, on entendit un galop de cheval. C'était Honoré qui arrivait, monté à cru. Il avait les yeux un peu fous et il voulut bouchonner sa bête avant d'entrer se chauffer et se changer. Il venait de passer sous toute l'averse. Et cette fois la pluie avait été plus rageuse, traversée de deux longs éclairs soufrés.

« Je les ai vus sauter dans les guérets comme des carpes », dit-il.

Il dit que Jacquou était devenu comme un diable. Leur grand champ qui allait toucher les terres d'oncle Silve était tout charrué de ruisseaux et le gras, avec sa charge de blé vert, avait été arraché jusqu'au poudingue.

« Notre semence, dit-il, se promène dans l'Ouvèze. »

Quand la pluie cessait, on entendait les torrents qui ruisselaient sur les pentes du plateau et faisaient sonner la vallée de la rivière.

Il ne restait plus, disait-il, qu'un dixième de ce qu'ils avaient fait. Et il avait moins de regret de son travail que de cette semence, déjà levée, et qui avait été emportée toute fraîche avec son herbe, ses racines, et ses promesses.

Après, il dit un peu tout ce que faisait Jacquou. Ça n'était pas de la colère criante. C'était comme quand on dit « merde après tout » et qu'on jette les outils, et qu'on s'assoit, et tant pis pour la suite. Il lui en est arrivé déjà de grosses à cet homme-là. Il a perdu un fils, en quatre, le frère de Joséphine. Elle ne l'a pas connu, elle est née après. Le feu s'est mis à leur ferme. C'était dans la vallée Buech, du côté des montagnes.

« Je ne savais pas, dit Jourdan.

— Si, dit Honoré, ici ils ont recommencé.

— Le temps ne finira pas », dit-il.

Puis il parla des biches. Il demanda si ça tenait

toujours. Ça lui plaisait, cette idée. L'autre soir, Joséphine lui en avait parlé.

Oui, mais Bobi dit qu'il fallait des filets, et que ceux des Verrières soient prévenus.

Alors, Honoré dit que ceux des Verrières étaient prévenus. Et il y eut un moment de silence où l'on entendit seulement le bruit de la pluie.

Il dit :

« La vérité c'est qu'avant de venir ici, je suis allé ailleurs. »

C'est pour ça qu'il était si mouillé, un peu affolé, et qu'il avait eu tant de remerciement pour le cheval. On lui assura que le cheval était maintenant tranquille et qu'il mangeait du beau foin.

Alors, voilà ce qu'il avait fait. Il était descendu du plateau, par la route des Ubacs. Il avait traversé l'Ouvèze sur le pont de bois et il n'avait qu'une peur : c'est de ne plus retrouver le pont au retour, car la rivière gonflait à vue d'œil. Il était allé jusqu'à la route dans l'espoir de rencontrer des carriers. C'est là qu'il avait pris tout le gros de l'orage. Enfin il avait vu, non pas un carrier, car il fallait être fou pour compter en voir un avec ce temps, mais le colporteur des élixirs de chartreuse.

« Il est aveugle », dit-il.

Lui, Honoré, s'était mis à l'abri dans une cabane de cantonnier, à peine un abri, un toit de feuilles. Il avait entendu chanter. Ça lui avait fait un effet. Il s'était vu arriver cette espèce d'homme maigre. Tout le monde le connaît depuis longtemps, mais, de le voir marcher sous la pluie sans se presser, la tête droite, le bâton tendu, et de l'entendre chanter, ça faisait penser à des choses étranges. D'autant que, malgré l'heure, le jour était louche sous les nuages et la pluie.

« Tu comprends bien, dit Honoré, que malgré tout, ça n'est pas ça, j'en ai vu d'autres. Mais, quand il m'a entendu, il est venu s'asseoir près de moi. Et alors, là, de le voir tel qu'il est (il est d'une vieillesse, on ne s'en rend pas compte !) avec juste son petit balluchon et (tant qu'on lui achète des bouteilles, ça va bien, mais

182

quand on ne lui en achète pas, comment fait-il ?) seul sur la route. Aveugle. La pluie. Je te dis, de le voir tel qu'il est et puis, à bien le regarder, à l'écouter, se rendre compte qu'il est heureux comme tout, vraiment heureux, et qu'il chante parce qu'il est heureux, alors ça !...

— Enfin, celui-là, dit-il encore au bout d'un moment, on peut bien dire qu'il n'a rien. »

Le colporteur allait justement aux Verrières. Et quand on connaît la route qui y monte, on se demande comment il fait pour aller là-haut, lui aveugle, au milieu du mauvais temps et de la nuit parfois.

Il lui avait répondu que pour lui c'était toujours nuit.

« Rends-toi compte, dit Honoré.

— Je sais, dit Bobi. Et il y a des choses encore bien plus extraordinaires. C'est pourquoi il faut avoir confiance.

— Alors, moi, dit Honoré, je lui ai dit : « Puisque tu « vas aux Verrières, ça ne te ferait rien de prévenir « Richard le compère ? Tu le connais ? — Si je le « connais, dit-il, c'est la quatrième maison de la rue « qui est derrière la fontaine, à l'angle de l'épicerie. Il « y avait un vieux mûrier à cet endroit dans le temps, « on l'a coupé. » Je lui ai dit : « Ça, je ne sais pas. » Il me répond : « Ça, je sais, ne t'en fais pas. » — Donc, je lui dis : « Tu préviens Richard. — Il me dit : « Oui, « je préviens Richard, mais je ne peux pas lui dire « seulement « je te préviens ». Je le préviens de quoi ? — Qu'on va y aller. — Qui : On ?

« J'étais embêté pour le lui dire. Je me disais : « Tu le lui dis ? » Enfin, qu'est-ce que je risquais ? Je lui dis : « C'est pour aller piéger des biches dans la forêt « de Nans. » Alors il m'a dit : « Ne compte pas sur « moi. » Je lui ai dit : « Je te demande un service. » Il « m'a dit : « Non, tu me demandes une saloperie. Des « saloperies, dit-il, je n'en fais pas. Je pourrais peut- « être en faire à des saligauds comme toi ou tes « pareils, mais pour ce que tu m'as dit, non. » Je l'ai regardé, j'ai vu sa vieille figure, j'ai dit : « Comment,

« saloperie ? » Il m'a répondu : « Ça serait encore
« plus salaud d'essayer de t'expliquer, et d'ailleurs il
« faut que je parte. » Il s'est dressé. « Tu as tes yeux,
« qu'il m'a dit, vous êtes quelques-uns à avoir des
« yeux. Moi, c'est de naissance que je n'en ai pas.
« Alors, je ne sais pas tout à fait ce que vous appelez
« voir avec vos yeux » mais à en juger d'après ce que
« vous faites, ça n'a pas l'air d'être grand-chose. Ou
« alors il faut que vous soyez une belle bande de cons.
Parce que » (et à ce moment-là il s'en allait, et si je ne
l'avais pas retenu il serait parti) « parce que, vous en
« portez les conséquences, qu'il m'a dit. »

« Je l'ai retenu par le bras, je lui ai dit : « Assieds-toi.
« — Non. — Assieds-toi. — Non. » Et il tirait vers la
route où la pluie, je ne vous dis que ça ! Enfin, je lui
dis : « Tu te trompes. — Non. — Si, je lui dis, car c'est
« une chose un peu extraordinaire. Ça n'arrive pas
« d'habitude. Si je te le dis, tu le sais. Si je ne te le dis
« pas, tu l'inventes avec les choses habituelles et tu te
« trompes. Assieds-toi, je vais te le dire. Tu verras si ça
« ne vaut pas la peine. » J'allais dire : « Il me
regarda. » Non, car il est aveugle, mais il tourna ses
yeux vers moi et alors, j'ai vu ses yeux vides, la route
vide, la pluie vide, le monde vide. Et je me suis dit (ça,
je vous le jure) je me suis dit : « Non, le monde n'est
« pas vide. » « Assieds-toi. — Vous voulez les tuer ? dit
« il. — Justement non. — Vous voulez les prendre
« vivantes et puis les vendre ? — Non plus. — C'est
« encore plus salaud, dit-il, vous voulez les mettre
« dans des cages ? — Justement non. — Alors, je ne
« comprends pas. — Je suis content de te l'entendre
« dire et alors, moi je vais te l'expliquer. »

« Là, je te dirai la vérité, dit Honoré à Bobi, je te
dirai ce que je lui ai raconté mais je ne sais pas du tout
ce que tu veux faire.

— Qu'est-ce que tu as raconté ? dit Bobi.

— Ce qui me semblait le plus raisonnable.

— Alors, ça doit être justement ce que je veux faire,
dit Bobi.

— Voilà, dit Honoré. (A ce moment-là il continuait

à me regarder avec ses yeux vides.) Je lui ai dit : « Je suis du plateau Grémone. — Je connais. » J'ai dit : « La vie n'est pas belle », et je vous jure qu'il m'a répondu : « La vie est très belle. » Je lui ai dit : « Nous avons acheté un cerf. » J'ai dit « nous ». C'est Jourdan, mais j'ai dit « nous ».

— Tu as bien fait, dit Jourdan.

« — Nous avons acheté un cerf. » Il m'a demandé : « Pour quoi faire ? » J'ai réfléchi : « Pour rien. — « Comment pour rien ? — Pour l'avoir à côté de nous. »

— Et c'est la vraie vérité, dit Bobi.

— Mais ça a été long pour le lui faire comprendre.

— Qu'est-ce qu'il n'a pas compris ?

— Que le cerf était libre. Il me disait : « Vous le « renfermez bien quelque part ? — Non. — Il va où il « veut ? — Oui. — Toujours ? — Oui. — Il court « partout ? — Oui, il vient nous voir les uns les autres, « il nous fait des visites, il nous regarde, puis il court « et nous le regardons courir. — Il doit vous gâter les « champs. » (Je me suis pensé : pour ce qu'il en reste ! Ça tombait à ce moment-là comme pour crever la terre et j'entendais ruisseler dans les Ubacs les ruisseaux qui emportaient la semence.) Je lui ai dit : « Ça « nous est égal ! »

« Il resta un moment à tourner l'idée dans sa tête. Et après, j'ai l'impression qu'il ne s'adressait plus à moi en parlant, mais peut-être bien au cheval. Le cheval était là à côté de nous sous les feuilles et, de temps en temps, il bougeait quand l'eau froide lui gouttait sur l'échine.

« — Ça c'est nouveau, dit-il. On ne pourra jamais « deviner ce qu'ils finiront par faire. Ils finiront peut- « être par trouver juste. »

« Il m'a dit : « Et alors, les biches ? » J'ai dit : « Alors les biches c'est pour lui. — Pour qu'il les ait à « lui ? — Oui. — Libres ? — Oui. — Vous voulez les « prendre au filet, les apporter sur le plateau vivantes, « puis les lâcher et lui les trouvera si ça lui plaît ? — « Tout à fait notre idée. — Et après ? » C'est là alors que j'ai inventé. Après, j'ai dit, c'est tout. Ils auront des petites bichettes et des petits cerfs, un, puis deux, puis quatre, puis dix, et on voudrait bien que ça soit cent. Et tout ça se mettra à courir. « Et qu'est-ce que vous « en ferez ? — Rien, j'ai dit. C'est tout. Ça nous contentera. »

— Tu n'as rien inventé, dit Bobi.

— C'est bien ça qu'on veut faire ?

— Justement ça, dit Bobi. Alors, qu'est-ce qu'il a dit ?

— Il est resté un moment puis il a dit : « Vous avez « quand même une grande chance d'avoir des yeux. »

« Après, la pluie a pris du calme. C'était environ ce matin vers les dix heures. J'ai dit : « Je compte sur « toi ? — Vous pouvez compter sur moi, tous tant que « vous êtes, je ferai la commission. » J'ai dit : « Excuse-moi mais je pars, je vais les prévenir que tout « va bien. » Il m'a dit : « Va. » J'ai fait sortir le cheval, il m'a rappelé et il m'a demandé : « C'est toi qui as eu « cette idée-là ? — Non, c'est un homme. » Et j'ai parlé de toi. — Dis-lui que je voudrais bien le connaître. »

Honoré avait peur de la nuit avec un temps pareil. Il s'en alla au milieu du crépuscule. Il y avait une éclaircie. Le soleil et un gros quart de ses rayons avaient réussi à forcer la jointure du ciel et de la terre. Un autre quart de rayon crevant les nuages passait sous trois tunnels de nacre et faisait flamber au plus profond de l'orage une mystérieuse caverne d'or, de soufre et de charbon. Des couleurs étaient suspendues dans l'air à des endroits où il n'y avait rien pour les tenir, sauf la trame légère d'une poussière de pluie.

Honoré sur son gros cheval les traversait, tête baissée ; il en emportait des reflets et, avec ses cuisses rouges, sa tête verte, son bras jaune et son dos noir, il était comme un cavalier de parade.

*

On s'était entendu pour le premier jour de calme. Ce fut dans la semaine d'après. Ils partirent avec

186

quatre charrettes légères : Jourdan et Bobi dans une ; dans l'autre Honoré et Jacquou ; dans une autre, Carle et son fils (ils s'étaient fait prêter la jument de Mme Hélène, et même au matin, pendant qu'ils attelaient, l'étalon sentant la femelle s'était mis à frapper des sabots. Ce qui avait permis à Carle de penser à quelque chose de tout à fait nouveau, mais il n'en parla pas). L'autre charrette était celle de Randoulet et il était seul dedans.

Les quatre attelages venant des quatre coins de la terre se réunirent au carrefour de la figue, juste au-dessus de la grande pente qui dévale vers la vallée profonde de l'Ouvèze, en face des montagnes. C'était à la toute première heure du matin. Le ciel et la terre étaient encore pleins d'ombres mais le coucou chantait. Le temps n'était pas très solide. Jourdan et Bobi qui arrivaient de plus loin furent les derniers à rejoindre. Ils se mirent à la queue de la caravane.

En tête marchait le char de Jacquou conduit par Honoré qui savait le chemin. Au moment de plonger dans la grande pente qui par vingt lacets tordus dans des arbres, des rochers et des ravins descend vers l'Ouvèze juste en face le pont de bois, ils se retournèrent vers le plateau pour le regarder. Ils avaient laissé là-dessus, en plus des femmes, Le Noir et le valet de Jacquou. Ces deux hommes devaient, dès le courant de l'après-midi, monter à cheval et patrouiller dans les terres pour protéger les femmes. Contre quoi, on ne savait pas mais, avant ainsi décidé, on était plus rassuré. Surtout dans les environs de la Jourdane et de Mouille-Jacques où Marthe et Mme Carle étaient seules.

Alors, voilà comment ça marchait : en tête Jacquou et Honoré, un char bleu presque neuf avec des moyeux luisants de graisse, un cheval pommelé au cul énorme et qui soutenait tout le poids dans la pente rien qu'en gonflant les reins dans les allonges. Derrière, à cinq ou six mètres, Carle et le fils, une charrette plutôt boggey, pas bien d'aplomb sur ses essieux et portée par deux hauts ressorts en ovale. Elle dansait d'un côté et de l'autre. Carle conduisait. Il habituait son poignet à la marche de la jument. Mme Hélène avait toujours une grande envie d'élégance et la jument marchait à longs pas, un peu frêles mais très aimables. Pour un poignet d'homme, il suffisait de s'habituer ; après, on trouvait ça pas plus désagréable qu'autre chose. C'est ce que pensait Carle. Il pensait aussi à son idée du matin. Randoulet avait laissé un peu plus d'espace entre lui et Carle. Il voyait bien comment ça allait là devant, ce boggey qui faisait cri d'ici et cri de là et cette jument qui avait l'air follette. — Bonne pour les dames. — Mais lui, il avait sa jardinière solide, son cheval rouge solide, une mécanique à serrer le frein d'une solidité à toute épreuve. Il n'était pas là pour s'en faire. Il avait passé les guides à son bras droit. Il avait les deux mains libres. Il roulait une cigarette. Il entendait derrière lui venir la charrette de Jourdan. Derrière à dix mètres, et ça restait à dix mètres, régulier, comme tenu par une barre. Ça venait de ce que Randoulet, pour l'aplomb et la régularité, était le premier homme du monde et que Jourdan suivait bien, avec une souplesse, ça il faut le dire aussi !

Les quatre attelages descendaient la pente comme ça, les uns derrière les autres, au pas.

Les arbres étaient mouillés. Les eaux ruisselaient dans de petits ravins étroits comme des flûtes. Les coucous chantaient de tous les côtés. Le ciel était blond de lumière et la terre encore noire d'ombre. Les longs jours de pluie avaient fait tout neuf. Les odeurs étaient de grande force. Les chevaux reniflaient. Dans l'air tendre et souple on entendait bouger les lointaines grandes pluies, là-bas derrière les montagnes du nord.

Au débouché des détours les hommes virent devant eux la route droite. Elle traversait l'Ouvèze sur le pont de bois ; elle filait vers les montagnes ; elle s'enfonçait dans un vallon ; elle échelait le long des pentes, elle disparaissait là-haut sous une forêt de chênes. Elle se déployait dans le pays. Elle donnait de l'aisance et du départ à tout. Au milieu des ombres et des plaques de soleil, des prés, des bois, des champs, des collines, des tertres, des vallons, elle s'en allait.

Un moment, les chevaux gardèrent le pas paisible, les freins chantèrent encore contre les roues. On s'en allait en se balançant à travers le pays. Tous les hommes comprirent que ça n'était pas seulement une promenade tous ensemble en caravane — et c'était déjà tellement beau — mais qu'ils allaient chercher la joie. Alors, ils desserrèrent les freins, ils firent claquer leurs langues et les chevaux se mirent à trotter les uns après les autres : celui de Jacquou, la jument, celui de Randoulet, celui de Jourdan, et les quatre charrettes traversèrent l'Ouvèze sur le pont de bois, et tout criait, et tout sautait : les planches, les câbles, les piles et les montants — et ça n'était pas prudent. — La rivière gronda un moment sous le sabot des chevaux, sous les roues des charrettes, puis on retrouva la route, et le chant des arbres, et cette fois le soleil, car le matin montait, puis on entra dans un vallon et peu à peu le bruit s'éteignit. Un coucou commença à chanter dans les saules près de la rivière.

A midi, ils avaient déjà dépassé les six premières collines.

Six collines couleur de perle, toutes d'une herbe grise à plumet roux. Le vent couchait les herbes et c'était gris ; le vent s'arrêtait, les herbes se relevaient, les plumets s'épanouissaient, et toute la colline était parcourue de ces reflets étincelants qu'on voit dans les coquilles de la mer. Avec ça, un bruit de poil de chat.

Ils avaient dépassé les six premières collines, montés sur elles, puis descendus, puis remontés, puis ainsi de suite, et chaque fois la voiture de Jacquou était la première à disparaître de l'autre côté de la colline, puis celle de Carle, puis Randoulet, puis Jourdan, et après, comme il n'y avait plus personne, chaque fois un coucou commençait à chanter sur le côté solitaire de la colline. Mais les coucous de l'autre côté se taisaient et se cachaient sous les feuilles, car les quatre charrettes faisaient grand bruit en descendant. On n'entendait plus le froissement de l'herbe à poil de chat. Les coucous qui se voyaient les uns les autres dans les branches se surveillaient. « Qu'est-ce qui arrive ? » disaient-ils. Si celui du chêne s'envole, moi je m'envole. Celui du chêne ne s'envolait pas. Ils restaient tous cachés à attendre. En bas dans le val la montée reprenait. Les chevaux reprenaient le pas. Il y avait plus que le tintement des colliers. Les coucous recommençaient à chanter. Comme ça pour les six collines. Car c'étaient des collines sauvages où l'on ne passe pas souvent, où jamais en tout cas n'était passée une caravane d'hommes et de chevaux comme celle-là.

A midi, ils étaient sur une crête. Ils longeaient l'arête d'une colline plus haute que les autres, déjà montagne : moins aimable, peluchée de houx et de buis et sur laquelle, de loin en loin, on voyait quelques mélèzes avec leur bourre d'hiver. On n'entendait plus les coucous. On avait vu passer un corbeau.

Si on regardait à droite, un immense pays se déployait avec des collines qui étaient comme des taupinières, collées les unes contre les autres, la tête toute jaune de soleil, le ventre noir aplati dans la terre. Au fond des brumes une sorte de radeau plat comme en font quelquefois les bouscatiers pour descendre le bois dans la plaine. C'était le plateau Grémone. Sur ses bords le soleil bouillonnait dans des forêts. Si on regardait à gauche : une barre de montagnes montait très haut, couverte des pieds à la tête par une épaisse fourrure de sapins noirs. Derrière elle, une autre montagne encore plus haute avec de la neige, et, derrière celle-là, alors un entassement de montagnes entièrement glacées et qui faisaient lointainement siffler et fumer le vent.

Les chevaux allaient au pas. On approchait de la halte. Les hommes regardaient tantôt à droite, tantôt à gauche, en réfléchissant.

Ils ne parlèrent pas beaucoup pendant la halte. Ils ne pouvaient pas s'empêcher de penser au large pays et de voir le monstrueux relief de la terre. Les chevaux étaient autour d'eux dételés mais entravés parce qu'on s'était arrêté dans un pâturage très gras et que les bêtes étaient devenues tout d'un coup gourmandes. L'air était léger et tout en silence. Un oiseau passa lentement au-dessus du campement. C'était un oiseau roux, large d'un mètre, avec des plumes énormes ; le bord transparent de ses ailes écumait de soleil. Il volait avec indolence malgré la légèreté de l'air des hauteurs. Il s'en alla voyager au-dessus du gouffre immense qui contenait les petites collines, les petites vallées, la petite rivière, le petit plateau Grémone, la brume et les larges plaines inconnues. Il se sentit porter par l'air plus pesant. Alors, il arrêta le mouvement de ses ailes et il se mit à dormir, immobile, balancé comme une feuille sur l'eau.

Dans le courant de l'après-midi, la caravane s'engagea dans un étroit couloir qui clivait les parois à pic de deux montagnes de schiste. Il y avait juste la place d'une sorte de route mollasse et fragile, à côté d'un gros torrent tout en nœuds et en colères et qui crachait jusque sur le museau des chevaux. La route se déroula ainsi pendant longtemps, toujours au fond de son trou, dans une ombre presque nocturne. Les hommes avaient la tête pleine du bruit du torrent. Il était impossible de penser à quelque chose. Parfois seulement on retrouvait une image du matin : les collines de perle, ou bien la vision du plateau Grémone ensablé en bas dans la brume. Mais ce qu'on avait de bien solide en soi, malgré le ronron monotone et brutal des eaux vertes, c'était le sens de la marche en avant vers quelque chose. Et tous ensemble, ça aussi, ça donnait grand cœur et, de temps en temps, on voyait là-bas devant Jacquou qui se retournait pour regarder venir les collègues et, comme on ne pouvait pas se faire entendre dans ce bruit on ne criait pas, on dressait seulement les bras en l'air et ça voulait dire : tous ensemble. Puis, Jacquou se tournait encore vers l'avant ; on baissait les bras, on se remettait à surveiller les pas des chevaux, les quatre charrettes tournaient les détours, montaient les rampes, passaient les gués, s'en allaient toutes les quatre d'une rive à l'autre suivant la route, sans jamais se dépendre, et c'était la marche en avant.

Aux premières heures d'un soir doré comme du miel ils arrivèrent à l'entrée d'une large conque montagnarde pleine de forêts et de pâturages. L'énorme falaise du Nans barrait la route, la terre, le ciel et l'espoir. A l'orée des bois, le village de Verrières fumait. La route se déroulait jusqu'à lui à travers des prairies couvertes de fleurs qui sentaient déjà le lait.

Ils trouvèrent Richard le compère.

« Oui », dit-il.

Ils avaient eu subitement peur que les filets ne soient pas prêts pour une raison ou pour une autre, ou que le colporteur n'ait pas fait la commission.

« Si », dit Richard.

La maison était au bord du village. On voyait toute la forêt. La clairière Lénore était où ?

« Là », dit Richard.

Il leur désigna une petite pelade là-haut dans le flanc de la montagne.

« On ira ce soir, dit Jacquou. (Il regarda tous les autres.) Ce soir.

— Tout est faisable », dit Richard.

Les chevaux étaient fatigués. Les hommes avaient tout de suite voulu savoir si rien n'était venu empêcher le grand rêve qu'ils avaient rêvé tout le jour dans le balancement des charrettes et ils avaient sauté à terre sans penser à dételer. Maintenant, il fallait y penser.

« Venez », dit Richard.

Les étables montagnardes étaient des étables magiques pour les chevaux. Il y avait une chaleur qui vous saisissait d'un coup et une odeur de foin comme on ne pouvait pas imaginer. Les chevaux entraient là-dedans timidement en se disant : « Non, ça n'est pas vrai ? Non, ça n'est pas possible. Puis, si : c'était vrai et possible ! »

Les filets étaient roulés derrière les coffres à fourrages. Ils sentaient le foin grainé et ils étaient pleins de poussière d'herbe sèche.

On emporta trois gros ballots de filets pour les étendre dans la prairie à côté de la maison. Quand on commença à les déployer, tous les enfants du village arrivèrent.

Le vallon se remplissait peu à peu d'une nuit légère. Il fit frais tout d'un coup, ça sentit l'arbre et la prairie humide.

Jacquou toucha le corps des filets. La trame était lourde, en ficelle plate et verte. Ça imitait la feuille, somme toute. Honoré tenait le filet par un bout, Randoulet tenait l'autre bout. Ça pouvait avoir, ce morceau-là, vingt mètres. Il était déployé. Jourdan, Bobi, Carle, le fils, Jacquou et Richard regardaient.

« Solide », dit Richard.

Bobi imaginait les biches venant buter contre le filet et restant là, prisonnières — pas pour longtemps — mais à nous (ce qu'on est obligé de penser tout de même !).

Une grosse étoile avait déjà ouvert le ciel dans le coin de l'est où la nuit était lourde comme du velours.

Richard leur dit posément mais gentiment de venir manger d'abord à la maison. Ils dirent qu'ils avaient porté de quoi et qu'ils allaient rester là dans le pré pour ne pas déranger la ménagère.

« La soupe chaude », dit Richard.

C'étaient des mots sensibles. Ils ne purent pas résister. Mais ils mangèrent la soupe dehors. Toutes les herbes étaient devenues subitement très froides avec le soir, mais le goût du chou bouilli descendait tout chaud dans le gosier.

« Tu te souviendras ? demanda Richard.

— Je me souviens », dit Honoré.

Il revoyait tout le familier de la forêt de son enfance : les chemins, les pistes, les tranchées, les bauges, les taillis. Il lui semblait que les biches de son temps de petit garçon n'étaient pas mortes et que c'étaient elles qu'on allait chasser.

Richard lui indiqua quelques ruses de lieu et de

temps. Il lui dit de cerner Lénore en laissant ouvert le côté entre le nord et l'ouest. Et comme Honoré regardait le ciel il vit que c'était le côté opposé à la lune ; déjà un peu d'écume brillante éclairait la nuit.

« Eblouir », dit Richard.

Il dit aussi trois ou quatre noms. Ça désignait des endroits presque impossibles à trouver. Enfin, il alla chercher sa trompe. C'était une corne de vache, vidée et ouverte du petit bout. Il souffla dedans. On comprit que, s'il ne parlait guère, il savait parler aux choses sous son commandement.

Un rugissement sombre était sorti de la corne. Il avait empli tout le vallon, frappé les échos de la montagne et la forêt s'était réveillée comme un troupeau que le berger appelle.

Ils partirent à la nuit noire. Honoré en tête, puis Bobi, puis Jourdan, Jacquou qui portait la corne de vache, Randoulet, Carle et le fils Carle chargés de filets.

Quand Jacquou fit sonner doucement sa montre dans la coquille de ses deux mains, il était onze heures et ils venaient d'arriver à la clairière Lénore.

La lune n'avait pas encore dépassé la montagne. Le ciel était clair, mais, par contraste, et dans les arbres noirs, et sous l'ombre du Nans, la nuit était terriblement fermée de tous les côtés.

A l'odeur, Honoré reconnut des bouleaux et des fayards.

« Ne pas planter les crampons dans les bouleaux, dit-il, l'écorce ne tient pas. »

Il avait dit ça sans y penser. Il se souvint que son père disait ça, dans le temps.

Il fallait tâter les arbres avec la main tout le long du tronc et autour du tronc pour savoir si l'arbre était haut et fort. Bon. Pendant ce temps on entendait au-dessus les feuillages qui parlaient la langue des arbres. Le fils Carle avait apporté les crampons et le maillet de bois

« C'est un fayard, disait-il.

— Fais voir », disait Honoré.

Honoré avait pris une grande importance. Il touchait l'arbre. Il avait dit « voir » mais c'était mal dit, il voulait dire « attends que je comprenne si c'est bien un fayard », et il comprenait en le touchant et en humant vers les feuilles.

« Oui, c'en est un.

— Tu sais tout, dit Jacquou.

— Ici, oui, dit Honoré, c'est mon pays. »

Le fils Carle monta sur les épaules de Randoulet. Là-haut à deux mètres il planta le crampon dans l'arbre.

« C'est solide ?

— Ça tiendrait un bœuf. »

Ils parlaient à voix basse. Ils ne faisaient presque pas de gestes. On les entendait à peine, comme le bruit d'un sanglier qui se tourne dans sa bauge.

Au crampon ils accrochaient le filet et ainsi de suite. Ça avait deux mètres de hauteur et ça cernait toute la clairière Lénore.

« Il faut le fixer par en bas, dit Bobi.

— Oui, dit Honoré, mais sans le tendre. Il faut qu'il soit mou, qu'il fasse la poche. »

Il se mit à marcher à quatre pattes dans les herbes.

« Viens ici. Tu vois, dit-il, ça c'est solide. »

Bobi s'accroupit à côté de lui. C'était une racine de houx. Honoré creusa tout autour avec ses mains.

« Donne la corde. »

Il attacha le bas du filet à la racine.

« Viens doucement », dit-il.

Ils marchèrent à quatre pattes tout autour de la clairière.

« Le houx, dit Honoré, j'ai confiance, ça fait des racines croches. »

Ils marchèrent l'un derrière l'autre comme des ours. Honoré cherchait les houx.

« Encore un ici. »

Bobi entendait Honoré gratter la terre.

« Attache. Ne serre pas, disait Honoré. Attends. Laisse du ballant au filet. Ça va. Viens doucement. »

On entendait à peine le fils Carle qui tapait à coups mous avec son maillet.

Il était toujours monté sur les épaules de Randoulet. Il avait quitté ses souliers pour ne pas le blesser.

« Tu ne les retrouveras pas, dit Randoulet.

— Ça m'est égal, je marche pieds nus. Ça y est », dit-il.

Carle lui passa le bout du filet.

« Décroche-le, dit le fils. Il doit s'être pris dans un buisson. Là, ça vient.

— Ne tourne pas comme un fouleur de raisin, dit Randoulet.

— Je fais comme je peux, dit le fils. Il est lourd, ce filet.

— Fais comme tu peux, dit Randoulet, mais ne m'écrase pas les oreilles. »

Le fils Carle sauta dans l'herbe.

« Où est Honoré ?

— Il est parti.

— Viens, dit Carle, je vais essayer.

— Si c'était un cheval, dit Randoulet, j'aurais confiance en toi, mais pour choisir les arbres...

— Viens quand même. »

A l'autre fayard ils restèrent tous les trois à tâter et à humer, puis le fils Carle sentit au-dessous de lui une odeur un peu amère. Ça ressemblait à l'odeur de la sève qui avait déjà coulé sur ses doigts.

« C'en est un. »

Randoulet s'adossa à l'arbre, unit ses mains en corbeille. Le fils Carle posa son pied nu dans les mains de Randoulet. Avec deux efforts : du jarret du fils et des bras de Randoulet, le garçon se haussa le long du tronc. Carle lui passa le crampon et le maillet. Il tira le filet pour être prêt. Jourdan et Jacquou surveillaient la lune. De là où ils étaient ils entendaient à peine les bruits des autres. Cependant eux deux ne bougeaient pas et ils écoutaient de toutes leurs oreilles.

Il y avait une sorte d'émotion sous les feuilles en bas vers le torrent. Ils avaient cru d'abord à de gros oiseaux nageant dans les ramures, mais, à côté d'eux, un courlis s'envola. Au bruit des ailes ils purent comparer et juger. C'étaient des animaux de terre qui, en allant boire, froissaient les taillis. La puce des herbes criait de tous les côtés. De temps en temps un long mot sombre étrangement sonore tombait des hauteurs du Nans. La clarté de la lune chauffait l'air des failles de la montagne et les grandes plaques de granit grondaient.

« Je me suis souvent demandé... », dit Jacquou.

On entendait des petits pas, puis des bruits d'eau. Les feuillages se caressaient. Les troncs gémissaient.

« Tout ça fait son train, dit-il. Ça se fout du tiers comme du quart. »

Ils étaient couchés tous les deux à l'orée de la clairière sous la feuillée. La terre sentait le champignon et l'odeur d'anis qui sort des racines de tous les arbres. De temps en temps une mouche d'or traversait l'ombre et allait s'éteindre sous la lune. Des herbes que rien ne touchait : ni pieds, ni vent, se déployaient rien qu'avec la force de leur sève, dans la fraîcheur de la nuit. Des hauteurs de l'air descendait parfois un grand froid, puis il fondait dans les arbres. On l'entendait couler le long des feuilles et il tombait en larges gouttes tièdes, à parfum de pierre sur les deux hommes.

« Au fond, dit Jourdan, si on s'emmerde c'est bien notre faute. »

La lune était à son plein et exactement à l'endroit où l'avait prévu Richard.

Ils s'en allèrent tous les sept dans la forêt. Ils s'en allaient en face de la lune. Ils étaient à la file indienne. Suivant l'épaisseur des feuillages, la lumière blanche du ciel tombait sur eux, ou bien l'ombre. A dix mètres du chemin qu'ils suivaient, sur chaque bord, la forêt gardait son indifférence. Les arbres luisaient. L'accord était en train de se faire entre les hommes et la vie.

« Ce qui les attire, dit Honoré, c'est l'eau. Là où il

197

faut leur faire peur, dit-il, c'est près de l'eau. Elles ont couru. Elles ont soif. La nuit est fraîche. L'eau chante loin. On l'entend du plus loin des bois. La nuit est calme...

— Tais-toi », dit Jacquou.

Ils marchaient tous les sept du même pas. Comme ils traversaient le torrent, Bobi dit :

« Arrêtez ! »

Il revint un peu en arrière. Il se baissa. Il fit claquer une pierre plate contre une autre pierre plate ; le claquement courut dans les échos.

« Quelque chose s'éloigne, dit Bobi. Je crois que c'est là qu'il faut te mettre pour sonner de la trompe. Ça s'entendra de partout. »

Jourdan et Jacquou restèrent seuls dans le lit du torrent. Les autres cinq retournèrent vers Lénore.

« Lénore, dit Honoré, vous voyez ce bec de la montagne là-haut, eh bien, Lénore, c'est juste dessous. Voilà comment on fait pour s'y guider.

« Marchez droit sur le bec de la montagne, vous arriverez sûrement à Lénore. Maintenant, allons chacun de notre côté. Réunion aux filets tout à l'heure. Attention, Jacquou va sonner, écartons-nous. Attendons que la trompe en ait mis un bon coup et puis après, marchons. »

Ils se dispersèrent dans le bois. Ils étaient à peine seuls, séparés les uns des autres par quarante ou cinquante mètres de taillis que la trompe se mit à sonner. Bobi avait bien choisi l'endroit. De là où se tenait Jacquou le son s'en allait dans plus de cent échos. Quand Jacquou soufflait le premier coup, c'était déjà comme le ronflement d'une énorme bête au gosier de corne mais, au bout d'un moment, quand ça avait été rejeté par cent gosiers de rochers, ça devenait comme le cri de la fin du monde, juste un peu avant que la terre se secoue comme un drap. La bête connaît les bruits de la terre, le cri du rocher, le murmure de la boue, le sifflement de la poussière. Les plus hautes biches couchées sur le bord des éboulis dressèrent l'oreille. Le bruit les avait touchées venant d'en haut. Elles regardèrent du côté de la montagne abrupte. Le mur de rocher était tout tremblant de lune. Pendant qu'elle dort la biche pleure toujours, doucement ; quand elle se réveille, son œil est tout pantelant de larmes. A travers les larmes et la lune, elles virent la montagne qui commençait à chavirer. Elles bondirent dans l'éboulis pour se sauver dans les arbres en bas. Elles étaient cinq. Les pierres ruisselaient sous elles, autour d'elles, derrière elles, avec le bruit d'un fleuve réveillé. La trompe sonna encore. En arrivant dans les sapins, deux biches prirent le trot d'un côté et trois s'échappèrent vers la pointe du Trédon. Le bruit de l'éboulis coulait dans tous les échos de la forêt. La trompe sonna. Les deux bruits mélangés frappèrent les taillis, les buissons, les feuillages, les prés, les rochers, les eaux, et tout le pays se réveilla sous la nuit, depuis Verrières jusqu'au col de la Frasse. Les écureuils tournèrent autour des troncs, cherchant instinctivement l'ombre pour se cacher. Mais l'ombre et le bruit étaient partout. Des marmottes se sifflèrent de tribu à tribu. Les mâles-sentinelles grognaient. Les femelles assemblaient les petits à coups de pattes. Les trois biches, comme elles traversaient la combe de Verel, rencontrèrent la vieille harde. C'étaient cinq biches de dix ans et un cerf très connu dont la ramure gauche qui était fêlée bourdonnait au moindre vent. Le cerf menait sa bande vers la Frasse, à travers les prés de Peloux. Les trois biches prirent le pas. Les cinq femelles reniflèrent. Les trois tendirent le museau, restèrent immobiles un moment, la patte en l'air. Le cerf les regardait. Les cinq femelles qui se sentaient pleines depuis plus d'un mois n'étaient pas jalouses. Les trois biches entrèrent dans la harde. Le cerf les conduisit au petit trot à travers les herbes. La trompe sonna. La harde se mit au galop montant. Le vent bourdonnait dans la ramure creuse du cerf. Une petite biche solitaire qui buvait au torrent les vit passer et, à ce moment-là, le grondement de la trompe et de la montagne la toucha. Elle sauta toute l'eau dans un seul saut. Son premier

199

instinct avait été de bondir seule. Elle était dans le temps de l'amour avec un grand désir de solitude, d'appel solitaire et d'attente. Elle se mit à trotter sous les arbres. Elle était seule avec son désir et la peur. La harde du cerf d'Epelly s'en alla vers le pré des Saix. Les renards de Serveray coururent vers les vieilles meules de Salenton. Les écureuils du bois d'Auterne cachèrent leurs têtes dans l'aisselle des hautes branches. La trompe sonnait toujours. Les loutres du torrent plongeaient, ressortaient, plongeaient toutes en nerfs et en huile. Les oiseaux couraient dans les arbres comme la pluie. Tous les hérissons étaient en boule. Sous les bardanes, les putois allumaient et éteignaient leurs yeux d'or. Des belettes tournaient en bonds fous autour des buissons où était leur petite bauge. Un sanglier s'éveilla, se dressa, écouta, grogna et se recoucha, le museau sur ses pattes. La harde du cerf d'Epelly s'arrêta au creux du col de la Frasse. Il n'osait pas aller plus loin. Les biches s'étaient serrées contre lui et gémissaient dans ses poils. Il sentait contre sa rude peau le chaud des babines et le petit froid claquant des dents tremblantes. Il regardait, là-bas devant lui, émergeant des herbes blanches, les toits luisants du village de Frasse où deux chiens étaient réveillés.

Bobi entendit passer des renards près de lui. Il vit comme un éclair une bête blême qui crevait les taillis dans une course phosphorescente. Il regarda dans le ciel le bec de la montagne. Honoré mit le pied sur une bête souple. Carle appela. La trompe sonnait.

« Quel souffle ! » se dit Randoulet.

Il ne savait pas qu'en bas, dans le torrent, Jacquou et Jourdan se remplaçaient.

« Donne un peu », disait Jourdan.

Il soufflait. Il commandait à l'émoi de toute la forêt. Le pays l'entendait et tremblait, depuis Verrières jusqu'au col de la Frasse.

Là-haut dans le col, le cerf d'Epelly se coucha, les biches se couchèrent contre lui.

Le fils Carle se dit :

« Je vais me perdre. »

Il regarda le bec de la montagne. La petite biche solitaire était poursuivie par le son de la trompe ; en même temps son désir d'amour ne se calmait pas. Elle était seule, elle avait peur, mais elle ne pouvait qu'être seule et avoir peur tant que ce rugissement emplissait le pays et qu'elle ne rencontrait pas le cerf solitaire travaillé comme elle par le désir.

Honoré avait les jambes mouillées. La biche s'arrêta pour se lécher les jambes. Bobi pensait à la clairière entourée de filets. Les deux biches des éboulis cherchaient des abris dans les arbres. Elles appelèrent pour savoir si les trois autres suivaient. La trompe sonna. Les deux biches se remirent à trotter sous bois. Randoulet se dit :

« Que font les autres ? »

Il entendait des bruits de bêtes partout, dans les feuillages, dans les buissons. Il aurait aimé entendre le pas de Carle, ou d'Honoré, ou de Bobi, ou du fils. De quelqu'un. Au milieu du bruit, les deux biches entendirent le son d'une ancienne odeur. Ça datait de l'année d'avant. C'était l'odeur des ciguës fleuries tout autour de la clairière Lénore.

Le fils Carle se dit :

« C'est ce bec de montagne qui marque la route ? Ou bien celui-là ? »

Il avait peur d'être perdu. Il appela.

La petite biche solitaire entendit une voix d'homme. Elle sentit à l'odeur que deux biches venaient de passer depuis pas longtemps, tout près de là. Deux biches vides. De celles qui vivent sans cerf. Elle les suivit. L'homme continuait à appeler là-dessous.

« Je suis là », dit Randoulet.

Il n'était pas très loin.

« J'avais peur d'être perdu.

— Marche. »

Les renards de Serveray venaient de se rendre compte. Le bruit était trop régulier. Il s'agissait seulement de rentrer au terrier et de ne pas bouger. Les trois biches arrivèrent devant la clairière Lénore. Pour elles, le monde continuait à trembler et à chavirer, comme un arbre qu'on frappe au pied. La trompe sonnait. La ciguë était fleurie.

« Allons-y », cria Honoré.

Il venait d'entendre le gémissement des biches. Une luttait déjà des cornes contre le filet. Elle fut tout de suite prise. Randoulet la renversa et se coucha sur elle. C'était une biche des éboulis. Elle crut d'abord à une lutte de cerf. Puis elle sentit l'odeur de l'homme.

Bobi arriva le dernier. Il vit que Randoulet en tenait une.

« A l'autre toi », cria Randoulet.

Il vit Honoré, Carle et le fils couchés dans l'herbe. Il regarda autour de la clairière. Il vit deux gros yeux d'or immobiles dans l'ombre.

La petite biche en amour, immobile dans l'ombre, s'était mise à pleurer comme à l'approche d'un large sommeil. La trompe sonnait. De l'autre côté des larmes, sous la lune le monde entier chancelait comme des montagnes d'eau. Une forme noire sauta vers elle. Elle reconnut une chose vivante et mâle. Son désir de femelle la tenait immobile durement plantée dans la terre, appelant tout, même la mort pourvu qu'il soit contenté. Le mâle sauta sur elle, accabla ses reins. Il ne sentait pas le cerf, mais une odeur étrangère. La biche tomba dans l'herbe. Elle souffrait d'un mélange d'amour et de mort. Elle ferma les yeux.

Au bout d'un moment une voix d'homme cria :

« Venez ! »

La trompe répondit, puis elle ne sonna plus.

Les trois hommes arrivèrent aux abords des Verrières au moment où l'aube touchait le sommet des montagnes. Ils marchaient à travers les prés dans une brume rose, épaisse et froide. Ils portaient les trois biches sur leurs épaules.

Loin avant le village, Richard les attendait.

« Halte ! » dit-il.

Puis :

« Combien ?

— Trois.

— Tu n'as pas dormi pour être là de si bonne heure ?

— Non, vous avez fait trop de bruit. Vous avez tout réveillé. »

Là-bas dans le village on entendait tinter des attelages et des chevaux qui tapaient du pied.

« Vous les voulez vivantes ? demanda Richard.

— Oui, dirent-ils.

— Alors, il vous faut partir tout de suite. J'ai attelé vos charrettes.

« Vous avez trop fait de bruit, dit-il. Les hommes du village sont venus me voir. Ils ont dit : « Qu'ils gardent « la viande, mais qu'ils nous laissent les peaux. » Si vous voulez garder les biches vivantes, partez tout de suite, moi je verrai pour arranger. »

A travers le brouillard, ils gagnèrent l'aire à battre sur laquelle Richard avait attaché les quatre chevaux attelés. Ils chargèrent les biches sur le char de Randoulet. Ils firent marcher les chevaux par les prés pour qu'il n'y ait pas de roulement de roues et de bruits de pas. Ils firent un détour autour du village. Ils rejoignirent la route tout au fond de la vallée, à l'endroit où elle entrait dans les gorges.

Quand le jour se leva, ils étaient déjà très loin, ayant quitté le fond du torrent, ayant monté sur la montagne, ayant à leur gauche, aplati dans les fonds, l'immense pays où ils descendaient, et à leur droite l'entassement des montagnes aux sommets de glace et de jour rouge.

La nuit était encore dans les vallées. A ce moment ils entendirent là-bas au fond un coup de tonnerre.

Vers midi ils étaient dans les collines. Au lieu d'avoir vu le jour monter ils avaient vu le jour s'éteindre. Les coucous ne chantaient pas. Un calme de marécage avait immobilisé les herbes, les arbres, l'air. Le ciel bougeait. Le ciel roulait des flots de nuages sonores et qui se pressaient avec des bruits de métal.

En tête, Honoré fouetta son cheval et il lui fit prendre le trot. Carle réveilla le fils.

« Je me demande, dit-il, si cette jument va tenir le trot pendant le temps qu'il va falloir. »

Randoulet essaya de rattraper les autres. Mais, dès que son cheval se mit à trotter, il entendit la tête lourde des biches qui frappait contre le plancher de la charrette. Il cria d'arrêter et toute la caravane s'arrêta.

« Elles vont s'assommer, dit-il, on ne peut pas trotter. Moi du moins. Moi je ne peux pas trotter.

— Alors personne », dit Jacquou.

Et ils reprirent la marche au pas sous le ciel d'orage. De tous les côtés fumait un parfum de terre écrasée.

La petite biche avait ouvert les yeux. Les deux autres biches avaient les yeux fermés mais elles respiraient fort et elles avaient les narines sèches.

A mesure qu'on descendait vers la vallée de l'Ouvèze le temps devenait plus mauvais. Le ciel n'avait pas l'arrêt qu'il lui fallait pour laisser tomber la pluie et il se charriait toujours d'un bord à l'autre avec violence et grondement sous la poussée du vent bleu mais l'ombre grandissait. Entre deux collines, ils virent le plateau Grémone. Il fumait de partout comme une charbonnière. Avec ses brumes accrochées à tous les arbres il semblait tout crevassé et entouré de fumées d'un feu couvant. La terre était noire. Les torrents des Ubacs ronflaient. La rivière Ouvèze emportait un bruit terrible.

Un bouscatier entendit venir les voitures, sortit du bois, dressa la main. La caravane s'arrêta.

« Où allez-vous ? dit-il.

— Plateau Grémone.

— Vous croyez passer par là ?

— On y est passé hier matin.

— Depuis ça a tout changé, dit-il.

— Depuis quoi ?

— Il y a eu l'orage. Il est tombé des grêlons comme des œufs de poule. Le pont de bois a été emporté. »

Il montra de petites branches de chêne qui, malgré

204

le bois ligneux, avaient été coupées net comme avec une hache.

« Ce que vous allez voir là-haut, dit-il, ça ne sera pas quelque chose de beau. Ce matin, votre plateau dégorgeait d'eau et d'écume comme une marmite bouillante. Ce qu'il vous faut faire, dit-il, c'est que vous descendiez jusqu'au pont en pierre pendant qu'il tient encore le coup. On ne sait pas si ça ne va pas recommencer. Moi je vais aux Carrières.

— Si tu veux on te porte, dit Jacquou.

— Non, j'arriverai avant vous, dit l'homme. Il y a un moment que je vous regarde venir dans les chemins des collines. Vous marchez au pas comme si vous portiez le Saint-Sacrement. »

XI

« Elles mangent, dit Marthe.

— Toutes les trois ?

— Oui, mais celle qui mange le plus c'est la petite.

— Et vos hommes ?

— Ils dorment. Quand je t'ai vue arriver, j'ai eu peur que tu viennes nous chercher pour Jacquou.

— Il dort, dit Joséphine. Honoré dort. Le temps est lourd.

— Je crois, dit Marthe, que le mauvais est passé.

— Et le cerf ?

— Il est venu ronfler au joint de la porte. Il leur a déjà parlé. Il est parti vers le bois. Elles l'ont entendu. C'est depuis qu'elles mangent. »

Marthe s'assit. Il faisait chaud. Un gros nuage immobile était en train de pourrir au milieu du ciel plein de soleil.

« Je suis lasse.

— Vous êtes bien heureuse, dit Joséphine.

— De quoi ?

— Je voudrais être lasse, dit Joséphine, me coucher n'importe où, dormir et ne penser à rien.

— Qu'est-ce que tu as ?

— Je n'ai pas de tranquillité.

— Nous allons avoir le bonheur, Joséphine.

— Quel bonheur, Marthe ?

— Comment, quel bonheur, bonté de Dieu ?

— Ne parlez pas si fort, ils dorment.

— Tu me ferais mettre en colère », dit Marthe à voix basse.

Elle souriait. Elle lissa ses deux ailes de cheveux gris du plat de sa main.

« ... Il a fallu que tu sois rudement bien avant pour que tu ne saches pas de quoi on veut parler maintenant quand on dit : le bonheur !

— Vous savez bien, Marthe, que je n'ai jamais été heureuse.

— Tu m'obliges à te dire des choses dures.

— Vous avez été toujours très douce avec moi, Marthe.

« Nous sommes restées longtemps sans nous voir. Aujourd'hui, j'avais envie que vous me parliez. C'est pourquoi je suis venue.

— J'ai été inquiète de toi, ma petite Joséphine, je dois te le dire. Tu te souviens du jour où nous nous sommes rencontrées à la foire de Roume ?

— Il y a dix ans, je me souviens. C'est pourquoi je suis venue aujourd'hui.

— J'ai été inquiète tout le temps depuis, sauf quand j'ai vu que tu te mariais. Et puis, tu as eu des enfants, et puis tu es devenue paisible.

— Qu'est-ce que vous en savez ?

— Ça se voyait.

— Alors, c'est que rien ne se voit et que tout trompe. »

Marthe resta un moment sans rien dire. Elle se caressait doucement les mains.

« J'ai eu des moments de plaisir, dit Joséphine, sûrement, comme tout le monde.

— Alors, il ne faut pas se plaindre.

— Je me plains de l'inquiétude.

— Guéris-toi.

— Guérissez-vous de votre sang, vous qui êtes si forte pour conseiller. Vous n'êtes jamais inquiète, vous ? »

Marthe caressa ses mains.

« Si, toujours j'étais inquiète.

— Si vous ne l'êtes plus, dites-moi comment vous avez fait, je n'aurai pas perdu le voyage.

— Je le suis toujours », dit Marthe.

Elle joua à regarder ses mains. Les deux femmes parlaient à voix basse et lentement. Elles étaient dans la cuisine de la Jourdane, la grande porte ouverte sur l'après-midi.

« Tout fait envie, dit Joséphine.

— Tu veux parler, dit Marthe, de cette inquiétude de toujours vouloir ?

— On n'a rien, dit Joséphine, on l'a, puis ça passe.

— Reste le goût.

— Le regret.

— Ça nous brûle de plus en plus fort, je ne discute pas contre toi, Joséphine : je dis la même chose que toi.

— Le temps s'en va, le moment s'en va, tout s'en va. J'ai trente-deux ans.

— J'en ai presque le double.

— Dans dix ans tout sera fini.

— J'en ai presque le double, et pour dire que tout est fini, ce n'est pas vrai.

— Qu'est-ce qui reste ?

— L'envie, Joséphine.

« Je ne t'attendais pas aujourd'hui, continua Marthe au bout d'un moment. J'étais paisible. J'étais allée les voir dormir. Jourdan dort. Bobi dort. Le cheval dort. J'avais un peu de souci encore pour les biches. Elles ne mangeaient pas. Maintenant, elles mangent. Je me suis sentie paisible, calme, sans inquiétude, vide. Alors, je t'ai entendue marcher. Tu es entrée. Tu as dit : bonjour, Marthe.

— Ça m'arrive dix fois par jour, Marthe, un

moment de calme, un moment de paix, un moment
où rien, plus rien ne fait mal, et puis quelque chose
entre et dit : bonjour, Joséphine.

— Je me demande, dit Marthe, si ça n'est pas
obligé. Je crois qu'on est obligé.

— Pourquoi, Marthe ? Regarde si les autres choses
sont obligées.

— Parce que, Joséphine, si on regarde bien, si on
pense que depuis mes premières jupes longues, moi...
Je me souviens et quand je dis depuis mes premières
jupes longues, je dis mal. Depuis avant, depuis tout le
temps pour mieux dire, mais à des moments de la
jeunesse on s'en rendait mal compte. Oui, c'est obligé.

— Tu veux parler de quoi ?

— L'inquiétude. Toujours attendre. Toujours vouloir, avoir peur de ce qu'on a, vouloir ce qu'on n'a pas.
L'avoir, et puis tout de suite avoir peur que ça parte.
Et puis, savoir que ça va partir d'entre nos mains, et
puis ça part d'entre nos mains. J'allais dire : « comme
« un oiseau qui s'échappe » non, comme quand on
serre une poignée de sable, voilà. Ça, je crois que c'est
obligé, qu'on l'a en naissant, comme les grenouilles
qui en naissant ont un cœur trois fois plus gros que la
tête.

— Ça n'est pas vrai.

— Quoi ?

— En naissant, les grenouilles n'ont que de la tête
et rien de corps, une chose comme du verre. Dedans,
le cœur est tout petit, juste comme une puce rouge.

— Joséphine ! Si tu crois que c'est en rondeur que
je veux dire !... Le cœur a trois fois plus de vouloir et,
quand la grenouille est grosse, la tête est restée la tête
mais le cœur est devenu si gros qu'on le voit battre à
travers leur dos et il est plus gros qu'une noix. Je sais
ce que je dis, ma fille.

— Parlez bas.

— N'aie pas peur, on ne risque pas de les réveiller,
ils sont fatigués. Ils sont comme le cheval. Ils se sont
menés loin tous ensemble.

— Ecoutez, je crois qu'ils bougent là-haut.

— Je ne crois pas.

— Taisez-vous, Marthe. Ecoutez.

— C'est Jourdan. Il est couché sur le dos. Il ronfle. Ça lui arrive quand il est fatigué et qu'il va chercher son sommeil bien profond. Je suis allée les voir tout à l'heure tous les deux, tous les trois. Bobi est couché sur le côté, le nez presque écrasé sur l'oreiller, la bouche entrouverte et il bave un peu, les paupières entrouvertes comme les enfants qui ont les vers. Si tu le voyais, il fait un effet d'enfant. N'aie pas peur. Laisse-moi parler. Je sais qu'ils dorment.

— Marthe, est-ce que vous avez confiance ?

— En quoi ?

— Dans ce qu'ils vont faire ?

— Oui.

— Vous croyez tout ce qu'ils vous ont dit ?

— Ça s'est déjà trouvé tout vérifié.

— Pas tout.

— Qu'est-ce que tu as à lui reprocher ?

— Je n'ai rien à lui reprocher. Je n'ai rien à reprocher à personne. Je ne l'ai même plus vu depuis le dimanche où on a mangé ici.

— Tu as quelque chose à reprocher.

— Non, je vous dis.

— Si.

— Oui, je voudrais savoir ce qu'il veut faire ?

— Je suis vieille.

— Qu'est-ce que vous voulez dire ?

— Je me parle. J'ai compris tout de suite ce qu'il voulait faire. Et c'est parce que j'ai perdu ce que tu as et que l'envie est restée.

— Vous voulez parler de l'inquiétude ?

— Je veux dire que j'ai envie de m'aplatir comme de l'eau de source.

— Qu'est-ce que vous voulez dire, Marthe ? dites-le.

« J'entends que la maison est calme et il n'y a plus de bruit ni dans les champs ni dans le ciel. »

Le vent passait très haut, au moins à deux kilomètres au-dessus de la terre. C'était un vent montagnard, mais à un moment il s'abaissa. Il rencontra le gros nuage. Il commença à le varloper à grands coups, toujours silencieusement et le ciel fut bientôt plein de duvet comme si là-haut on s'était mis à plumer une oie. Une pluie d'ombre tomba sur la terre. Les gouttes étaient larges comme des champs. Elles couvraient chacune des bosquets d'arbres ou des prés, des sommets ou des flancs de collines. Les ombres marchaient sur la terre. Ce qui était couvert l'instant d'avant se découvrait ; les peupliers luisants s'arrêtaient de brûler avec leurs flammes froides, l'ombre passait.

Au bord de la forêt Grémone, il y avait un champ de verveines. C'était un endroit solitaire. De là, on voyait l'étang. Les martins-pêcheurs faisaient le voyage d'un coup d'aile. Ils venaient dormir au frais sous les feuilles velues. Il y en avait parfois plus de cinquante, accroupis sous l'herbe. Le soleil faisait luire le poil des feuilles et le petit liséré d'œil que les martins-pêcheurs gardent ouvert même quand ils dorment. Quand le fond de l'herbe était bleu, ce n'était pas l'ombre mais l'aile d'un oiseau. Cette verveine perlée a l'odeur fine et pénétrante. Le martin-pêcheur sent le poisson, surtout sur le petit bourrelet jaune, à la charnière du bec et tout le long des quatre longues plumes rouges qui charpentent ses ailes. Car c'est avec ces plumes dures qu'il frappe les poissons, sous les nageoires de devant pour leur faire éclater la vessie d'air.

Le cerf rencontra des buis qui étaient restés roux. Il essaya d'en manger. Les petites feuilles dures se collaient au palais. Mais il mâchonna un morceau de branche de buis. C'était une vieille plante qui n'avait plus que la sève d'automne. Une grande amertume. Le cerf secoua la tête. C'était pour chasser des images qui étaient entrées dans sa tête en même temps que l'odeur amère du vieux buis. Il avait vu les hautes assises des montagnes à l'endroit où les pâturages montants s'arrêtent brusquement dans le ciel. Il piétina la touffe de buis. Il entendit venir un vent d'oiseaux, puis plus rien.

Dans l'écurie de la Jourdane, la petite biche avait mangé du foin. C'était une odeur prisonnière et ça donnait de la tristesse. Les deux autres biches avaient été attrapées après la pâture du soir et maintenant elles ruminaient des goûts de forêts, des odeurs du Nans, elles en étaient toutes ensommeillées ; et c'est pour ça qu'elles ne touchaient pas au foin et que la glande des larmiers était pleine de larmes prêtes à couler dès que le grand sommeil serait là.

La petite biche s'approcha de la porte. Elle sentit que, derrière cette porte, il y avait de l'air libre. C'était une étrange sensation au tendre de l'épaule et sous les cuisses. Les muscles des jambes se tendaient. Elle essaya de bêler. Elle n'avait que sa voix d'amour. Les deux autres biches se réveillèrent. Le gros cheval continua à dormir. La petite biche se coucha près de la porte. Elle écarta ses jambes de derrière. Elle se lécha longuement l'entre-cuisse. Elle léchait son odeur de femelle en amour. C'était meilleur que le foin, meilleur que l'herbe du Nans, c'était salé comme une pierre, chaud comme une pierre qui est restée au soleil. Elle ferma les yeux. Elle sentait ses larmiers qui se gonflaient et devenaient lourds de chaque côté de sa tête. Alors, elle écarta largement ses cuisses, elle coucha son ventre sur le seuil froid. Elle allongea sa tête et elle renifla sous la porte l'air qui venait du dehors.

XII

Dans les tout premiers temps de l'automne, Bobi s'en alla à Fra-Joséphine. On avait déjà vu passer plusieurs fois, au large des champs, la harde des

faon

biches et des faons et le cerf ne venait plus que rarement à la Jourdane. On avait dit qu'ils avaient des quartiers dans les terres laissées incultes d'oncle Silve. Ça semblait tout à fait possible en raison des fontaines et de l'herbe grasse, mais ça surprenait par un côté, car la forêt Grémone était plus ombreuse, plus mystérieuse, et Bobi disait que les cerfs aimaient le mystère plus que l'herbe. *uncultivated*

Après avoir dépassé deux ressauts de terre, on voyait Fra-Joséphine. A cette saison, c'était une grosse chose humaine avec de hautes frondaisons de verdure, hautes, larges, rondes, retombantes, chargées de feuilles épaisses dans lesquelles les vents froids de la nuit avaient à peine taillé de minces éclaircies. La maison était entourée de vieux sycomores laissés libres de tout temps. Ils étaient d'une santé et d'un orgueil magnifiques. Les troncs bosselés de muscles roux s'élançaient vers le ciel avec tant de puissance qu'ils soulevaient la terre dans leurs racines. Au couvert des arbres l'ombre entretenait une herbe épaisse sous laquelle suintaient les débords d'une large fontaine.

La maison semblait morte. On entendait le vent qui soufflait dans la lucarne du nord.

« On dirait qu'elles n'y sont pas. »

C'était l'heure en effet où Aurore, montant le jeune cheval roux, s'en allait dans la forêt. Elle avait fait ça tout l'été. C'était devenu une habitude. Elle fuyait la compagnie de tous. Elle ne parlait à personne. Si on criait : « Aurore, venez ! » elle pressait le cheval avec ses petits talons durs et elle s'en allait en faisant semblant d'être sourde. Elle paraissait n'avoir plus confiance dans cette vitesse humaine qu'elle portait dans son corps en même temps que le sang et qui l'emportait loin de tout, même quand elle était immobile. Elle était devenue insaisissable et dure comme un galet.

Parfois, quand elle passait près de vous, qu'on ne l'appelait pas, qu'on la regardait et qu'elle s'en allait droit devant elle, on voyait, vite éteint sous la paupière, un long regard, triste comme les herbes de juillet.

Bobi monta les escaliers de la terrasse. Les pas ne faisaient pas de bruit sur les pierres couvertes de mousse. Les portes-fenêtres étaient fermées. Il s'approcha pour regarder à travers les vitres. Tout semblait en ordre dedans. C'était un grand salon habité par des meubles.

Bobi fit le tour de la maison. Partout le silence. Du côté du sud la lucarne du grenier était bouchée par un sac bourré de paille, mais la fenêtre du grand couloir du premier étage était ouverte et là-haut dedans le vent secouait doucement les portes des chambres.

Il était quatre heures de l'après-midi.

« Je vais aller voir le fermier », se dit Bobi.

Ce fermier de Fra-Josépine, personne ne le connaissait. Celui qui était là du temps du maître était parti depuis un an. Il avait pris un fermage en plaine, vers l'ouest. Le climat du plateau ne convenait pas à sa femme qui souffrait de sciatique. Et puis, sa plus jeune fille commençait à prendre du goitre sans qu'on puisse savoir d'où ça venait.

« Paraît que les eaux y font, avait-il dit.

— Nous en buvons, Aurore et moi, mon bon Adolphe.

— Alors, dit-il, qu'est-ce que vous voulez que je vous dise ? »

Sa femme était la fille d'un boulanger de Roume. Il y en a qui essaient de se débarrasser de leur mal avec des moyens ordinaires ; il y en a d'autres qui attendent le soigneur de lépreux. Ça dépend des personnalités.

Cette femme disait toujours :

« Qu'est-ce qu'on fait ici ?

— On travaille, disait Adolphe.

— On peut travailler partout, disait-elle. Regarde dans les plaines. C'est plus facile. Tu butterais cent plants d'artichauts, on en aurait. Tu ferais des petits

213

pois de mai, enfin tout ce que tu veux et on serait dans un pays plus facile. Car... »

Elle lui disait ça quand il revenait du travail et qu'elle l'attendait sur la porte. Car... Oui, il n'y avait qu'à regarder. Là où on irait ça ne pourrait être qu'un pays plus facile.

« Les choses, disait Adolphe, sont en état, on ne peut pas dire, malgré que ça ne soit pas gai, mais elles sont en état, rends-toi compte. »

Il disait tout ça très lentement en redressant ses reins.

« Et puis, ça me ferait peine de laisser Mme Hélène et la demoiselle.

— Qui te dit de les laisser, disait-elle, et puis elles sont grandes, pas vrai. Tu te fais toujours du mauvais sang pour des gens qui ne s'en font pas pour toi.

— Selon sur qui elles tomberaient..., dit-il.

— Alors, toi, cherche quelqu'un toi-même, tu seras tranquille comme ça. Tu sauras sur qui elles seront tombées. Car, si tu te faisais pour nous la moitié du souci que tu te fais pour elles... »

Elle avait une pauvre petite figure grise toute tirée d'un côté par la grimace que le mal continuel de son épaule lui faisait faire. Elle appelait :

« Catherine ! »

La petite fille arrivait. Le goitre augmentait tous les jours. En tout cas, il ne diminuait pas.

Adolphe s'en alla chercher son remplaçant. Sur tout le plateau on avait une grande estime pour Adolphe. Il n'avait jamais fait tort à personne, ni d'un sou, ni d'un mot, ni d'un geste. Il ne passait avant son tour nulle part. Sa liberté ne touchait jamais la liberté des autres. On eut confiance en lui. On ne pouvait pas avoir de curiosité pour l'homme qu'il avait amené. C'était sûrement un homme. On le vit seulement de loin dans les champs, tantôt dans le pré, tantôt dans les pommes de terre, tantôt dans le blé ou l'avoine grelette. On lui criait : salut ! Il se redressait. Il criait : salut ! Rien que sur le crédit d'Adolphe qui était déjà parti depuis six mois, on lui prêta quinze cents kilos de sésame ; Jourdan six cents, Jacquou neuf cents. On avait seulement appris qu'il était seul, qu'il se faisait tout en plus du travail : sa cuisine, son ménage et tout, sauf le lavage du linge qui allait avec celui des dames sous les mains de la vieille Cornute.

Au début on avait seulement demandé :

« Vous êtes contente, madame Hélène ?

— Je regrette Adolphe, dit-elle, mais je suis très contente. »

Alors, bon.

La maison de ferme était à deux cents mètres du château, au clair des champs. C'était un long bâtiment presque aveugle, avec de petites fenêtres et une porte basse. Du seuil on pouvait surveiller toutes les terres appartenantes. Pour le moment c'était une éteule, la jachère d'un champ de pommes de terre, un pré de regain et sept alignées de vignes où le ramassage était déjà fait.

La porte était ouverte.

« On peut entrer ? demanda Bobi.

— Oui.

— Salut ! Vous ne savez pas où sont les dames ?

— Salut ! Je ne sais pas. »

L'homme était assis carrément devant sa table à manger. Il jouait avec son couteau ouvert mais il était en train de lire dans un livre.

Ils se regardèrent un moment tous les deux.

« Vous êtes celui de la Jourdane, dit l'homme.

— Oui, on m'a dit que les cerfs sont sur la terre de Silve, alors j'allais voir.

— Je savais, dit l'homme, que nous nous rencontrerions un jour. »

Il ferma son livre, il fit face.

« Je n'ai pas cherché, dit-il, asseyez-vous. »

C'était un homme ayant fini sa jeunesse, blond, maigre et racorni. Il avait des muscles longs, pas de graisse, des poils décolorés par le soleil, ses mains fines mais tannées, ses poignets minces mais forts, ses épaules larges mais creusées d'un trou bleu sous l'os faîtier disaient son entêtement au travail et son courage.

« Alors, dit l'homme, c'est toi qui donnes le bonheur ?

— Je ne me fais pas plus fort que les autres, dit Bobi, j'essaie d'être raisonnable.

— J'ai tout regardé et tout écouté, dit l'homme, je sais ce que tu fais, j'ai vu passer tes bestioles avant-hier. La petite biche a trois faons, une autre en a deux. L'autre biche est morte, je l'ai enterrée. Elle sentait mauvais dans les herbes.

— Morte de quoi ?

— De la mort, autant qu'on peut dire.

— Tu es paysan ?

— Drôle de demande, dit l'homme, si je ne l'étais pas, les autres s'en apercevraient vite. Les champs sont là. Regarde-les.

— Tu lisais ?

— Je lis.

— Tu vis seul ?

— Oui.

— Quand je suis arrivé, dit Bobi, ils étaient à bout de forces. Il y a longtemps que tu es ici ?

— Trois ans, le temps n'y fait rien.

— Il fatigue.

— Il aide aussi. Je veux dire que ça n'est pas une question de temps ou de pays, c'est une question sociale.

— Je parle de la tristesse.

— J'en parle aussi. Je suis un acheteur d'espérance, comme tout le monde.

— J'essaie de leur donner de la joie.

— J'essaie aussi.

— Alors, explique-toi.

— Non, dit l'homme. Toi tu as commencé l'expérience, moi pas encore. A toi de dire.

— J'ai vu beaucoup d'hommes malheureux.

— C'est une chose facile dans ce monde.

— Depuis que je suis sur les routes, dans les villages, sur les pays, j'en ai vu !

— Tu es quoi ?

— Acrobate.

— Je m'en doutais.

— A quoi ?

— Je n'avais pas dit juste « acrobate » en parlant avec Mlle Aurore, j'avais dit « poète ». Un poète. D'accord, vas-y.

— Je me comparais, je me disais : toi tu es heureux ; je me disais « oui ». Je me demandais « pourquoi ? » Je ne savais ni répondre ni savoir au juste.

— Si tu te disais heureux, tu ne l'étais déjà plus, ça ne se sait pas.

— Je ne l'étais déjà plus, justement, dit Bobi. Le malheur des autres m'empêchait.

— Dommage », dit l'homme. Et après un silence : « Dommage que des hommes comme toi se trompent.

— Pourtant, des fois, le soir, seul au bord des routes, assis à côté de mon petit sac, regardant venir la nuit, regardant s'en aller le petit vent dans la poussière sentant l'herbe, écoutant le bruit des forêts, j'avais parfois presque le temps de voir mon bonheur. C'était comme le saut de la puce : elle est là, elle est partie, mais j'étais heureux et libre.

— La liberté n'existe pas.

— Libre d'aller où je voulais.

— Pas libre de ne pas sentir l'herbe ni de ne pas entendre le bruit de la forêt.

— Ça me plaisait.

— Mais ça entrait dans ton corps, tu comprends, dans ta tête. Tu n'étais plus toi, mais toi plus la forêt, plus l'herbe, plus tout le reste. Donc, pas libre. Une pierre même n'est pas libre. La pierre à feu n'est pas libre. C'est dur pourtant. Va savoir si c'est tant imperméable que ça. Là n'est pas la question. Vas-y. Mais ne parle pas de liberté.

— Le monde est une nourriture.

— C'est possible. Ce qui est sûr c'est que c'est un endroit où on travaille.

217

— Je pense autrement.

— A ton aise, mais la vérité est la vérité. Elle se voit comme le nez au milieu de la figure. As-tu le temps ? Alors, dis-moi ce que tu penses.

— Ecoute ce qui m'est arrivé une fois, dit Bobi.

— Je n'aime pas les histoires, dit l'homme. Si on veut trouver la solution, il faut travailler avec le moins de mots possible.

— Celle-là est courte et elle fait gagner du temps. Dans la montagne, un jour, je suis arrivé près de la maison où je suis né, je suis entré chez un de mes amis. Il était vieux, paralysé dans son lit, nourri de lait, incapable de bouger. Soigné par sa fille. Seule. J'entre. Je le vois, je reste un moment, je me dis : « Il « serait mieux mort. »

— Oui.

— Souhait, ou bien tu l'aurais tué ?

— Seulement souhait, reconnut l'homme.

— Il serait mieux mort. Sa fille était là. A un moment il nous regarda. Il essaya. Il fit bouger son œil. Un signe. Alors je la vis. Elle alla chercher la pipe. Elle la bourra de tabac. Elle l'alluma, la mettant à sa bouche à elle et tirant. Une fois bien allumée elle la lui donna. Il se mit à pomper tout doucement. Il ferma les yeux. Sa fille me dit : « Viens, sortons. Ça, il « l'aime. »

— La fin du monde !

— Une seule joie, et le monde vaut encore la peine.

— Tu ne réponds pas ?

— Tu me troubles.

— Une seule joie et nous avons patience.

— Tu m'as touché dans un endroit très enfoncé dans moi et où je défends qu'on me touche.

— Les joies du monde sont notre seule nourriture. La dernière petite goutte nous fait encore vivre.

— Tais-toi ! Il me semble que je vais me réveiller avec une faim terrible. »

L'homme resta un moment immobile à regarder droit devant lui.

218

« Je l'ai toujours pensé, dit-il comme se parlant à lui-même. Il nous faudra des poètes.

« Un homme comme toi peut réveiller le grand appétit de tous. Tu m'as touché dans un endroit que chaque jour je couvre de terre. Et je l'ai senti tout vivant en bas dessous, à ton appel, comme l'eau à la baguette du sourcier.

« Tu sais que j'ai besoin de joies. Tu sais que personne ne peut vivre sans joie. La vie c'est la joie.

« Ce qui est grave, c'est que tu as raison.

« Mais ce qui est grave, c'est que ta joie n'est pas solide.

— Elle est basée sur la simplicité, sur la pureté, sur l'ordinaire du monde !

— Elle est animale.

— Nous sommes des animaux.

— Oui. Des animaux tragiques. Nous faisons des outils.

— Redevenons...

— Devenir c'est en avant. Jamais en arrière.

— Est-ce pour cela que l'eau aboie dans toutes les vallées, que le vent balance les forêts, que les herbes sont souples et que, sans jamais s'arrêter, les nuages blancs traversent le ciel comme des bateaux ?

— Je suis pour le <u>pouvoir des hommes.</u>

— Le vent de la nuit a passé sur des collines de verveines. Cet air parfumé, ce matin, c'est ton cheval, c'est ton chien, ta chèvre, et le petit serpent fou qui le boivent et en profitent. Toi, resteras-tu tout le temps fermé sur toi-même avec tes pauvres outils tortureurs et mordeurs, tes limes, tes scies, tes rabots et tes bêches, tes mâchoires de fer, tes dents de fer, tes écobuages dont tu ne peux plus arrêter le feu ; comme celui qui s'imaginait porter la lampe et puis s'est enflammé la barbe, la moustache, les sourcils, les cheveux, et reste ivre et aveugle au milieu de la joie et n'a plus que le désir de secouer ses mains où la flamme est collée ?

— Cesse de profiter de ton avantage de poète. Ne me couvre plus d'images. Ne jette plus sur moi toutes ces images qui me lèchent avec leurs langues. Ne me parle plus de là-haut où ta voix fait écho avec les étoiles. Je t'ai dit qu'il fallait peu de mots. N'en dis pas tant. Dis-les justes.

— Toi-même...

— Oui, je me laisse prendre, tu vois. Pourtant, je me suis discipliné à cette idée. Dans la discussion, je veux le moins de mots possible. Mais la poésie est une force de commencement ; et une grande force : la dynamite qui soulève et arrache le rocher. Après, il faut venir avec de petites massettes et taper avec patience au même endroit. Ainsi on fait de la pierre à construire.

— Tu m'expliques de grandes choses.

— Nous nous expliquons l'un à l'autre.

— Tu es savant.

— Non, j'aime.

— Quoi ?

— Ce que je n'ai pas.

— Quoi ?

— Ce qu'on a quelquefois et qui ne demeure pas.

— Quoi ?

— Ce que tu cherches. La joie. Ne demande pas tout le temps. Quand je ne dis pas, c'est que je ne veux pas dire. Est-il besoin de dire ? Tout le monde la cherche.

— L'important, c'est de la garder.

— De la trouver.

— Je l'ai trouvée.

— Où ?

— Autour de nous, aussi inépuisable que l'air. L'important c'est de redevenir les blondasses vagabonds du monde. Je suis contre le pouvoir des hommes.

— Nous en sommes enfin arrivés au moment où tu vas parler.

— Hé, mon vieux, nous nous croyons les anges de l'univers et nous sommes à peine comme les pucerons. Je crois que, si au lieu de batailler nous nous laissons faire, alors ça va.

220

— Nous laisser faire ? Nous, des hommes ? Tu rigoles !

— Oui, je rigole de toi. Tu appelles : joie, joie, joie ! Elle vient. Alors, tu lui dis : si vous croyez, madame, que je vais me laisser faire !

— Parlons comme des hommes qui connaissent la valeur de la tristesse.

— Pas la valeur mais la raison de la tristesse. Nous ne faisons rien d'humain.

H — Je vois la chose sur le plan social, dit l'homme. J'ai dit qu'il nous faudra des poètes, mais je dis aussi que, de temps en temps, nous serons obligés de leur foutre des coups de pied au cul.

— Je suis arrivé ici en pleine nuit, j'ai vu un type qui labourait. Je me suis pensé : « Alors, ça ne va pas « mieux. » Le type m'a donné du tabac, on a fumé, je me suis mis à parler. Je disais n'importe quoi, j'avais seulement envie que ça le soulage. A la fin, il m'a demandé : « Tu n'as jamais soigné des lépreux ? »

— Nous voulons justement qu'il n'y en ait plus de ces lépreux.

B — Je t'assure que ça te fait quelque chose quand un homme se confie à toi pour que tu le soignes. Ils m'ont reçu comme le bon Dieu.

H — Tu vas faire rétrécir leurs champs ?

B — Oui, et ils ne travailleront plus que doucement pour leur plaisir.

— Je sais. C'est bien ce que je pense. Le travail est devenu une puante saloperie. C'est comme si on l'avait crevé lui d'abord pour nous faire crever nous après en nous le faisant bouffer. Pourtant, c'est lui le beau vagabond aux cheveux couleur de queue de vache. Ce que tu fais n'est pas bête. Tu ne peux plus te servir du travail, il est pourri. Il n'est plus dans l'idéal, tu me comprends ? Je veux dire qu'il n'est plus dans les belles choses. Alors, tu tires tes gens loin de ça. Ça n'est pas bête.

« Dire qu'on l'a tellement sali ce travail, que tu es obligé de le rejeter et de revenir en arrière !

221

— Je suis un dans ces cent millions de mendiants qui courent entre les gerbiers de blé.

— S'il n'y avait pas de souffrance tu aurais raison. Ça va être la mort des faibles et la souffrance existe.

— Nous ne sommes pas des saints.

— Si : des saints de la charpente, du labour et de la forge. Les saints du pouvoir des hommes.

— Tu te sers des mots du poète.

— Parce que je voudrais t'amener à ma raison. Tu veux vivre sur la vieille terre. Je veux vivre sur la terre nouvelle.

— La terre s'est faite et t'a fait.

— Je la mettrai à mon usage.

— Tu te crois bien intelligent.

— La terre a tout fait, sauf les hybrides. Je pensais à ça dans ma vigne. Sans les hybrides tu boirais de l'eau. Tu bois du vin. Qui a fait les hybrides ? L'homme.

— Voilà le saint laboureur !

— Oui, et regarde comme la joie monte. Bientôt, il n'y aura plus de faibles.

— Tu as trouvé le secret du sang ?

— Non, mais j'ai trouvé ce que tu cherches, j'ai trouvé le secret de la joie.

— Tout fait silence. Dis-le vite, nous écoutons.

— Je vois des champs immenses qui, tout d'un trait, d'un bord à l'autre apaisent les plaines et les collines comme l'huile sur la mer aplanit les vagues. Des sillons joints bord à bord, comme si j'avais enroulé toute la terre dans ma veste de velours. On ne dira plus ni mes arbres, ni mon champ, ni mon blé, ni mon cheval, ni mon avoine, ni ma maison. On dira notre. On fera que la terre soit à l'homme et non plus à Jean, Pierre, Jacques ou Paul. Plus de barrières, plus de haies, plus de talus. Celui qui enfoncera le soc à l'aube s'en ira droit devant lui à travers les aubes et les soirs avant d'arriver au bout de son sillon. Ce sillon ne sera que le commencement d'un autre : Jean à côté de Pierre, Pierre à côté de Jacques, Jacques à côté de Paul, Paul à côté de Jean. Tous ensemble. Chevaux, charrues, jambes, bras, épaules, en avant, tous ensemble, pour tous. Le travail ? La joie ? La générosité qui est la joie ? La générosité qui zigouille toute ta saloperie de morale ? Voilà comment ça sera installé sur la terre !

« Ecoute, ne dis rien, non, ne parle pas, non, je ne te laisserai plus ouvrir la bouche. Ecoute, une petite chose à côté des grandes. Une petite chose qui est comme la truie des grandes. La truie avec dix mamelles en pains de sucre. Ecoute. Voilà. La fleur. Tu vois la fleur. Tu vois la fleur des arbres. Des arbres fruitiers. Tu la vois ? Tu vois comme c'est léger et frais, et délicat, et sensible et faible, et tué par un froid ou une grêle. Tu vois ? A cause de cette faiblesse, la terre, notre monde, le monde où nous sommes a de grandes plaques de déserts : soit le sable, soit la neige, soit le froid, soit les orages, soit, qui sait ce que des gens comme toi appellent la malédiction de la terre et que moi j'appelle l'ignorance de la terre et de la plante, soit donc des étendues de pierres, de silex et de poussières d'albâtre. Tout ça sous le soleil. Tu continues à voir ? Bon.

« Je parle, oui je parle. Il faut que je parle. Il faut que je te parle à toi, que je te parle comme tu dis avec les mots des poètes. Sans habitude ça n'y fait rien. Je te parle à toi parce que j'ai de l'estime pour toi. Nous ne parlerons pas toujours. Un jour nous parlerons de tout ça à coups de poing dans la gueule, nous contre les autres, nous contre ceux qui maintenant nous raclent notre joie sur la peau, nous la paient avec des sous de carton. Et tu seras avec nous.

« Ecoute. La fleur. La fleur fruitière. Tu sais comment ça marche ? Elle se fait l'amour elle-même. Elle s'appauvrit, elle se diminue, elle s'affaiblit, elle se courbe, comme tout, comme le monde, comme la loi du monde, comme une pierre que tu jettes, elle monte haut puis elle tombe. Maintenant elle est faible la fleur. Le froid, l'orage, la sécheresse, et elle est morte. De là sur la terre des plaques de désert. De là dans les hommes des grands déserts d'hommes qui n'ont

223

jamais mangé des pêches, des poires, des melons, des pastèques, des prunes, des pommes. Comprends bien, je ne sais pas si ce que je vais te dire est vrai : je pense aux hybrides. On vient à cette fleur — on intervient. Comprends bien ce mot. Tu as dit redevenir. Je dis devenir — on intervient. Cette fleur, on ne lui laisse plus se faire l'amour toute seule. Sur une fleur sauvageonne mère, tu portes la semence mâle d'une de ces fleurs faibles mais bien fruitières. J'invente, mais de là on va ailleurs. Enfin imagine. J'ai fait des hybrides. Je pense encore en faire. Si ce n'est pas ce moyen ça en est un autre. On cherchera. On fera des fleurs qui résisteront à tout. Nous donnerons à la fleur notre obstination et notre désir. Tu la vois, la nouvelle terre toute couverte de vergers du nord, du fond, du sud. Là où était le sable, vergers. Là où était la neige, vergers. Là où était la poussière d'albâtre, vergers. La montagne crèvera de sources, vergers. L'arbre acclimaté partout, dirigé, fait à notre désir, vergers, vergers sur toute la terre, vergers pour tous. »

Il se dressa.

« Il s'agissait surtout de savoir, dit-il, que nous sommes opposés. Nous nous rapprocherons, ou bien — il fit un geste de bouleversement — tu éclateras comme une étoile perdue. C'est une chose ordinaire. Il faut penser à la grande masse des travailleurs. Imagine-toi. C'est à devenir fou quand on pense que nous sommes des millions et des millions. Et avec des bras terribles. Une force ! » (Il siffla entre ses lèvres.)

Sûrement il devait voir devant lui le monde de son rêve, car il restait debout et sans bouger, avec son visage de moine et son corps bourré de muscles.

Bobi se dressa.

L'homme lui tendit la main.

« Content de t'avoir connu. »

Il accompagna Bobi jusqu'à la porte.

Dehors, c'était maintenant la nuit.

XIII

Enfin, l'automne commença à suinter dans les maisons et les étables. C'était une odeur comme quand on a ouvert toutes les boîtes d'herbes à tisanes. Et Jourdan regarda vers le dessus de la cheminée. Les boîtes étaient fermées. Cependant l'odeur était là. Elle faisait penser à des litières, à des campements dans les bois.

Un, deux, trois, quatre, puis tous les érables s'allumèrent. Ils se transmettaient la flamme de l'un à l'autre. Les yeuses restaient vertes, les chênes restaient verts, les bouleaux restaient verts. De larges assemblées d'arbres gardaient leur paix et leur couleur mais, de loin en loin, les érables s'allumaient.

Il y avait aussi une petite liane presque clématite mais moins ligneuse. Son audace d'été l'avait emportée jusque sur le toit de la forêt. Elle avait fait toute sa vie là-dessus, étendue sur les feuillages : l'amour, les graines, elle s'était accrochée partout avec toutes ses vrilles, elle était mariée à plus de cent espèces d'arbres. Elle commença à jaunir, puis à sécher et, au bout de deux ou trois jours, elle était morte. Le temps restait au chaud. Le soleil passait un peu plus bas. Le ciel restait pareil, mais la petite liane était morte. Voilà, et pourtant, pendant tout l'été elle avait supporté le poids des oiseaux et l'ombre des nuages.

Jacquou, un soir, était assis dans la cuisine. La soupe bouillait. Il était seul. Barbe était allée chercher du persil. Honoré finissait de labourer. Joséphine et les enfants étaient allés au puits. La porte était ouverte. Chaque soir, le ciel était magnifique. Le soleil se couchait après toute une grande bataille. Jacquou était assis et il écoutait. Il entendait marcher dehors. C'étaient des raclements comme quand on marche en traînant les pieds. Ça s'arrêtait puis ça reprenait. Il y avait un peu de vent ; le peuplier se balançait. Jacquou se dit : « Qui ça peut être ? » Il pensa à un des petits enfants, puis à Honoré peut être arrêté là dehors, en train de regarder le ciel lui aussi ; puis à Barbe, et même il lui cria doucement : « Oh ! ma vieille ! » car le temps portait à la tendresse et à l'inquiétude. Mais rien ne répondit et ça resta un moment tranquille, puis ça recommença à marcher. Jacquou avait envie de se dresser et d'aller voir. Loin dans les champs, Honoré cria au cheval. Le ciel semblait une prairie de violettes. Enfin, une énorme feuille d'arbre apparut sur le seuil. Elle était sèche. Le vent l'avait arrachée à la forêt et emportée. Il l'avait posée sur l'herbe. Et depuis il la poussait doucement vers la maison. Jacquou se dressa, se baissa, prit la feuille et la regarda devant derrière. Il ne la reconnut pas tout de suite. Elle était morte, dure comme de la peau d'âne. C'est après qu'il la reconnut pour être cette feuille solitaire que les vieux chênes élargissent au bout du dernier rameau de l'année. Jacquou jeta la feuille dans le feu. Barbe revint avec son persil, puis Joséphine avec l'eau et les enfants.

On était presque à la fin des labours pour cette année. Honoré versa la dernière terre. Il arrêta le cheval. Il essuya le soc avec sa main. La motte était collante et grasse. Il avait moins labouré que les années précédentes. Le vieux avait sans doute son idée. Il avait désigné seulement deux champs au lieu de quatre. Sur les traces de la charrue le sol fumait. Honoré regarda sur le large plateau. Loin vers Mouille-Jacques et vers la Jourdane il vit aussi un peu de vapeurs de labours.

Au fond, c'était ainsi plutôt fini. Voilà l'hiver qui allait venir. Les bécasses criaient dans la vallée de l'Ouvèze. Ce qui trompait c'est que d'habitude on finissait plus tard. La forêt était encore épaisse et le ciel embrasé reposait sur le feuillage vert des yeuses et des frênes.

Le cheval était fatigué. Il suait. Il frissonna et éternua en secouant les harnais. Il valait mieux rentrer tout de suite. On n'a pas l'air de s'en apercevoir, nous, avec nos vestes et nos pantalons mais elles, les bêtes,

Woodcock

toutes nues, elles sentent bien si le froid vient, s'il arrive ou s'il est là. D'autant qu'une fois déjà ce cheval avait toussé. Il avait fallu ouvrir le livre et faire un seau de tisane.

Les autres années, quand on finit le travail, on n'a pas besoin de l'indication du cheval, on le sait soi-même qu'il fait froid. Le vent de la montagne vous frappe en pleine figure. L'hiver ici commence toujours par de gros vents. Commence, je veux dire très à l'avance. Ça n'est pas encore officiel au calendrier mais on est obligé de se chauffer et on est content d'avoir fini le travail dehors. Cette année il fait encore tiède et, sans la sueur et la fatigue, le cheval même ne se serait pas aperçu du tour que les choses prennent, là-haut dans les étoiles.

Les brouillards qu'Honoré avait aperçus du côté de la Jourdane n'étaient pas des embruns de labours mais bien de la fumée de terre. Bobi passait la herse. Il avait dit à Jourdan : « Repose-toi, je vais le faire. — Tu ne sais pas. — Justement, dit Bobi, toi tu sais, ça ne t'amuse pas, moi ça m'amuse. Toi, regarde un peu là-bas ces nuages qui sont comme des montagnes. Assieds-toi. Imagine que tu es en train de les escalader pour aller là-haut dans cette forêt blanche piéger des petites biches. »

A un moment, comme il n'y avait pas de bruit — il avait arrêté la herse pour regarder le vol des pluviers — il entendit galoper dans la forêt. Un peu après, Aurore sortit du couvert des arbres. Elle montait toujours sa jument pommelée. Elle aperçut Bobi, elle tourna bride et rentra sous bois. Lui, il secoua les rênes de cordes et il dit : « Allez, Coquet, au travail ! » Et il recommença à se promener dans le champ à côté de la herse. Une fois au bout, comme il se retournait, il aperçut à travers les feuillages la forme blanche, immobile de la jument. « Allez, Coquet ! » Il recommença à monter vers la forêt au pas du travail.

Il fit ainsi deux ou trois fois l'aller retour. Le fantôme blanc de la jument était toujours immobile sous l'abri des feuillages comme une grosse fleur de pommier. Enfin, la cavalière se décida à sortir du bois. Elle s'avança dans le champ. Elle s'arrêta à quelques pas devant Bobi.

« Je vous défends, dit-elle, d'avoir ces regards qui ont l'air de connaître et de savoir. Ne vous imaginez rien d'autre que ce que je vous dis. Je vous déteste. On ne peut pas avoir d'estime pour vous. Vous êtes plus vil qu'une chenille. Vous n'êtes pas digne d'être aimé. Vous ne comprendrez jamais ce que c'est que l'amour et comme on est sans défense. Vous n'avez même pas le droit d'y penser. Quand on est comme vous on se demande d'abord si on a le cœur capable. C'est de la plus simple honnêteté. Mais vous n'êtes même pas honnête et la rivière a plus de cœur que vous. Si j'étais sûre de pouvoir vous rendre malheureux, je vous maudirais. »

Depuis un moment, elle frappait le ventre de sa jument à coups de talons, mais en même temps elle tirait les guides et la bête dansait dans la terre poussiéreuse. Elle rendit la main.

Il la regarda fuir. Il essaya de comprendre pourquoi cette fille fuyait avec tant de rage, et pourquoi elle avait parlé.

Les bois et les champs faisaient silence. Le bruit du galop s'éteignit dans les terres molles vers Fra-Josépine. Bobi rentra à la ferme.

Jourdan s'était assis au bord du seuil, juste en face du couchant.

« Je n'avais jamais vu l'automne, dit-il.

— Ce n'est cependant pas le premier.

— Je n'avais jamais eu le temps. »

Bobi revoyait Aurore montée sur sa jument, pareille au ciel de mai. Tout le temps qu'elle avait parlé, ses yeux avaient évité toutes les choses terrestres et elle regardait dans les lointains où les montagnes élevaient au-dessus de la brume leurs territoires de rêves.

« Il y a, dit Jourdan, des quantités de choses dont je ne m'étais jamais aperçu. Des détails. Et c'est très important. »

228

Bobi s'était assis à coté de lui. Machinalement, il bourra sa pipe. Il la garda à la bouche sans l'allumer. Il paraissait y avoir une difficulté. C'était bien vrai qu'il n'avait jamais aimé. Ce mot était fade comme de la bouillie de pain. Il sentait que depuis quelque temps — exactement depuis ce soir de l'été passé où il était allé aider les moissonneurs — son corps, s'était mis à brûler à deux ou trois endroits très précis. Il sentait la brûlure et une douleur sourde, pas physique, mais toute rattachée au cœur. Il entendit encore Aurore qui disait : « La rivière a plus de cœur que vous. »

C'était très exactement, ce soir-là, parmi les javelles répandues, qu'il avait senti pour la première fois son corps douloureux. Il pouvait dire « son cœur douloureux », c'était la même chose. Il n'y avait que des hommes dans les champs. C'était dans les éteules de Jacquou. La récolte était maigre. Les hommes avaient chanté. Ils chantonnaient encore. Ils avaient les bras luisants, le visage noir comme un plomb d'être restés à la rage du soleil. Tout le blé était par terre. Il se souvenait très bien. Ça avait été soudainement comme une annonciation. Une chose attendue depuis longtemps, peut-être depuis toujours était arrivée, s'annonçant par des odeurs de paille sèche, de farine et de soleil. Il s'était redressé. Il avait regardé le champ. La forêt d'épis était renversée par terre. Il avait envié Honoré et Jourdan, et Jacquou tout vieux. Il avait pensé à Carle avec Mme Carle ; à Randoulet avec Honorine. Ces maisons douces, ces lits. Il avait eu soudain besoin d'un abri pour son corps ; pensant moins à ces maisons et à ces lits qu'à un désir qui l'avait brûlé soudain en entendant craquer les grains du blé maigre : le désir d'être abrité sous une main qui vous caresse le visage.

Ah ! Le corps est comme la terre : il fait ses propres nuages et il gémit sous les orages qui naissent de lui-même. La joie est difficile. Il y a une grande difficulté.

« Je m'aperçois, dit Jourdan, que cette saison c'est

comme du temps où il y avait des bandes de loups autour des villages. »

L'important, c'était de savoir pourquoi Aurore avait parlé. Pourquoi elle avait parlé avec cette voix brutale et mauvaise, pourquoi elle avait parlé sans se laisser le temps de réfléchir. Il y avait un grand mystère. Aurore ! Il faudrait savoir pourquoi tu vis si vite ? Pourquoi tu mets toutes tes forces à vivre vite ? Cette vitesse qui t'a séché et durci les joues, soûlé les yeux ; et de temps en temps tu détournes la tête pour respirer une large fois à la façon des femmes paisibles. Une fois. Une seule fois. Tu dois bien boire, alors, comme nous, l'odeur du pays et de la saison. Le parfum, la couleur et la forme des choses doivent bien pénétrer en toi, Aurore ! Alors, pourquoi fuis-tu ?

Ou, peut-être n'est-ce pas une fuite, Aurore, et es-tu emportée irrésistiblement vers quelque chose, dis-moi ? Sais-tu, Aurore, qu'on ne peut jamais dépasser l'horizon ? Si vite qu'on vole, si puissant qu'on soit, si résolue qu'on ait la tête et si coulant que soit ton beau corps souple, chaud, brun et juste que j'ai tenu une fois ou deux dans mes mains — à peine tenu : le temps de te toucher et de te lâcher — si bien construite que tu puisses être pour pénétrer dans les magiques horizons, jamais tu ne les dépasseras. Là où tu es, là où tu restes, là où tu demeures immobile, le monde est pareil à celui que tu désires.

« Il y avait, dit Jourdan, des bandes de loups autour des villages. Et, si j'y pense, c'est que cette saison est une saison d'inquiétude et que ce temps, à cette époque, était un temps d'inquiétude. Tu ne t'en souviens pas parce que tu es plus jeune. Au fond, tu es de quel pays ?

— De la montagne.

— Tu as dû connaître alors.

— Non, mais j'en ai entendu parler.

— Il y avait, dit Jourdan, un coteau planté de frênes puis des prairies et une bordure faite avec des bouleaux, les plus beaux que j'aie jamais vus. Comme tous les arbres qu'on voit dans sa jeunesse. J'avais trois ans. La nuit à quatre heures du soir. Seuls ma mère et moi. La porte fermée. Le verrou, le double verrou, et le mot. Sans ce mot, mon père même ne se serait pas fait ouvrir.

« Les loups commençaient à hurler. Ma mère venait s'asseoir. Je me mettais à genoux devant elle. Elle ouvrait ses jambes, j'enfonçais ma tête dans ses jupes. Elle fermait ses jambes, je n'entendais plus rien.

— Tu n'entendais plus, dit Bobi.

— Plus rien. Elle me caressait les cheveux. »

Le soir était devenu comme du plomb.

On ne pouvait plus oublier les mots d'Aurore. Tous les jours, Bobi regardait vers l'orée du bois. Il y voyait seulement les progrès de l'automne. Il avait beau écouter. Il n'entendait plus galoper la jument pommelée, ou alors c'était très loin, très loin, du côté de la lande, là où la terre est sonore. Ça pouvait être la jument comme ça pouvait être autre chose.

Tout le monde attendait des temps propices pour semer. On avait préparé les semences, mais pour l'instant il y avait encore trop de vent, surtout des vents fous, tantôt d'un côté, tantôt de l'autre. Rien n'est si mauvais. Ça entasse les grains dans le même endroit. Ça vous vole les grains dans la main ; ça fait de votre champ une sorte de bourre vilaine avec des touffes et des pelades. On avait bien décidé de moins semer. Et justement pour cette raison il fallait le bien faire. C'était agréable de regarder le temps, se dire « non, pas encore aujourd'hui » et puis, savoir qu'on n'est pas pressé et que tous les moments de la vie sont bons à vivre, même ceux pendant lesquels on n'a rien et qu'on attend d'avoir, même quand on a quelque chose à faire et que c'est pressé. Pourquoi pressé ?

Le vent faisait fumer la terre sur tous les champs hersés ; il charriait aussi de grands vols de feuilles arrachées à la forêt.

Randoulet arriva.

« Ah ! dit-il, les amis, la semaine prochaine, moi je m'en vais.

— Où vas-tu ?

— Vous le verrez. »

Il avait cligné de l'œil et il avait fait sa bouche
gourmande. Quand il se réjouissait, tout le monde
pouvait se réjouir.

Bobi fit quelques pas dans le champ pour aller
ramasser une feuille d'arbre. Le vent venait d'en ren-
verser plus de mille au milieu du hersage bien propre.
Oui, c'étaient des feuilles d'alisier.

« Qu'est-ce que tu regardes ?

— Je regarde ces feuilles parce qu'en bas, d'habitude, il y a la tige du fruit et des fois le noyau sec.

— Toujours le noyau sec.

— Les oiseaux ont mangé le reste.

— Je pense, dit Bobi, qu'il faudra laisser ces
feuilles dans les champs si on en trouve. Et même,
chaque fois, les enterrer un peu. Un coup de talon
c'est vite fait. »

Ils étaient à ce moment-là devant le champ de
Jacquou.

« Je pense, dit Bobi, qu'avec ce noyau sec un arbre
peut se refaire. Ça a l'air d'être une sorte de méca-
nisme qui marche seul. Les oiseaux mangent la chair.
Le noyau reste, il ne pèse plus rien. Le vent l'emporte,
l'arbre se sème. Ici, c'est entre les deux forêts ; si ça se
mettait à pousser un peu par ici, ça ne serait peut-être
pas mal, qu'est-ce que vous en dites ?

— J'aimerais vivre assez pour voir ça », dit Jacquou.

Maintenant qu'il y avait eu deux ou trois rosées de
nuit aussi abondantes que des pluies, les herbes
s'étaient mises à rouir. On s'apercevait subitement
que toutes les terres de Randoulet, les grands prés du
jas de l'érable, les bas marécages et la lande d'osier
avaient été laissés sous le premier regain. ⟵ second
crop
hay?

« Tu n'as pas fait la deuxième coupe.

— Non — il cligna de l'œil.

— On le sent, dit Jacquou. L'odeur de l'herbe est
plus forte que les autres années.

— Ça doit être mûr et archi-mûr.

232   to ret — to soak in water.

— C'est mûr et archi-mûr », dit Randoulet — et il cligna encore de l'œil.

En se tournant du côté des terres de Randoulet et quand le vent venait de là, on recevait une odeur d'herbe rouie, épaisse comme une odeur de bergerie.

Randoulet cligna encore plusieurs fois de l'œil en regardant les uns et les autres.

« Si j'ai seulement trois jours de beau, dit-il, la semaine prochaine, moi je m'en vais. »

Quand on laisse un pré comme ça, qu'est-ce qui se passe ? Il se feutre. On perd tout ce qui s'est trop allongé. Si on part de la graine, disons qu'on perd tout ce qui se trouve entre la graine et les racines. Mais on garde la graine et les racines. Et le reste, on ne peut pas dire que ce soit perdu, ça fait feutre. C'est un moyen sauvage, mais dans les terres sauvages de la très haute montagne on le fait et, au tout premier commencement du printemps blanc, l'homme sauvage gratte le givre ; dessous le feutre il trouve l'herbe neuve, fraîche, verte, douce, tendre, de quoi affoler les moutons. Remarquez qu'en ce même temps l'herbager des plaines qui a fait ses coupes habituelles on pourrait lui dire : trouve-moi une herbe ou je te tue, il serait obligé de se laisser tuer.

« Nous, dit Jacquou, je crois que la semaine prochaine nous pourrons semer à notre aise. »

Il y avait en effet dans les hauteurs du ciel de petits nuages très gais, blancs et ronds comme des fleurs et qui ne bougeaient pas. Cela voulait dire que le calme était déjà là-haut et que peu à peu il allait descendre et aplatir le vent.

Il regarda les feuilles d'alisier dans le champ.

« Je me figure, dit-il, ce que ça serait ici avec deux ou trois bouquets d'arbres. Ça met combien ?

— Un alisier met cinq ans, dit Honoré, mais il y a une chose qui poussera plus vite. »

Il se baissa pour regarder de près la terre hersée.

« Regarde. »

Ils s'accroupirent à côté de lui.

A certains endroits, dans les plis de la terre — et ces plis étaient un peu noirs d'humidité et vivants — il y avait une petite mousse verte. Vue de près, quand on en prenait au bout de son doigt, ça se montrait être des graines. C'étaient de petites graines, les unes en forme d'étoiles, les autres en forme de lunes. Il n'y en avait que de cette forme. Toutes pareilles aux habitantes du ciel : des étoiles à cinq, six, sept ou huit rayons ; des lunes rondes ou en croissants, toutes avec cette lueur verte des étoiles.

Ils en prirent dans la paume de leur main.

Jacquou, du bout du doigt, essayait de les isoler par races.

« Il y en a de quatre ou cinq races.

— Des herbagères, dit Randoulet. C'est de la fétuque — il désignait une petite graine étoilée à cinq branches — et ça du silène, et ça de la vollaire. De la saponaire. Celle-là, ça doit venir des bords de l'étang. Ça, c'est sûrement de l'avoine bâtarde et ça du caillelait, et ça du grateron. Ça, je ne sais pas.

— Le vent n'a pas attendu la semaine prochaine, il sème seul.

— Oui, le vent sème.

— Ça vient de mon jas, dit Randoulet. C'est de mes herbes. Je vous les recommande. »

Ils restèrent un moment tous sans rien dire, à calculer.

Jourdan et Bobi rentrèrent à la Jourdane à travers le vent d'automne qui semait les arbres et les herbes.

On ne pouvait pas oublier les mots d'Aurore.

Il y eut quelques jours durs et laiteux comme du marbre. Enfin, ce fut un beau matin un grand temps immobile.

La nuit d'avant, il était arrivé à Bobi une chose extraordinaire. Il avait eu un rêve et il avait vu le cœur de la rivière. D'habitude, il ne rêvait jamais, ou bien de ces petits rêves que tout le monde fait et pendant lesquels on court avec les jambes pliées, ou bien on tombe dans des trous qui sont le réveil. Mais cette fois c'était un rêve vrai. Ça devait vouloir dire quelque chose. Il y avait une rivière. Elle était tranchante de bord comme un couteau. L'eau au bord était mince et d'un bleu noirâtre comme les lames de mauvais couteaux. Bobi avait reculé instinctivement ses pieds. Au milieu de la rivière l'eau s'abaissait et se soulevait. Cette rivière ressemblait à l'Ouvèze et à cinq ou six rivières que Bobi avait vues, mais principalement à l'Ouvèze. Elle avait la même voix et puis cet air de fraîcheur et cette ombre. A l'endroit où l'eau était émue Bobi avait vu dans les profondeurs le cœur : un cœur gros comme un bœuf, de la forme des cœurs, rouge, plein de sang pointu et battant : plouf, plouf, plouf.

Il s'était réveillé. Il s'était souvenu de la parole d'Aurore : la rivière a plus de cœur que vous. Ce qui l'inquiétait, c'étaient ces bords tranchants et cet air méchant de la rivière. Qu'est-ce que ça voulait dire ?

Il resta éveillé jusqu'au matin. Il ne pouvait plus s'endormir. Il essaya, mais il pensait à la rivière au cœur puissant. Il n'y avait pas de bruit dehors, ni vent, ni bêtes. Et le jour se leva, immobile et solide comme une montagne de verre.

« Où est le petit sac de riz ? demanda Jourdan.

— Lequel ?

— Celui qu'on a vidé, le blanc.

— Derrière la huche.

— Il n'y est pas.

— Il y était, dit Marthe, qu'est-ce que tu veux en faire ?

— Il est plus commode, dit Jourdan, je vais semer.

— Il tient moins. »

Jourdan se retourne.

« Il tient son boisseau. »

On ne peut pas expliquer aux femmes cette vieille chose qui veut que l'homme désire un sac propre pour les grains qu'il sème.

« Le temps est de fer », dit Jourdan.

Jacquou est déjà parti. Il fait de grands pas. Honoré le suit, puis le valet qui pousse la brouette. Le beau temps avait l'air de tenir un grand large. On ne voyait pas le plus petit nuage. On ne sentait pas de vent. Le bleu du ciel était aussi pur et aussi profond qu'en été. Il était à peine un peu décoloré là, à l'endroit où il touchait l'horizon, mais il était si lisse et si dur que même là, sans brumes et sans fumées, il portait le reflet de cuivre des forêts et des terres. Il faisait frais.

Carle était sorti.
« On sème aujourd'hui ? demanda le fils.
— On sème aujourd'hui », dit Carle.
Ils rentrèrent dans la cuisine.
« On sème aujourd'hui », dirent-ils.
Mme Carle monta au grenier. Le grain était beau. Elle en prit dans sa main.

L'homme de Fra-Josépine était aux champs depuis l'aube. Il retourna à la ferme. Il reparut. Il portait un sac. Il le jeta par terre à la limite de son champ. Il retourna en chercher un autre.

A ce moment-là, sur le large du plateau, il y avait huit hommes : Carle, le fils, l'homme de Fra-Josépine, Jourdan, Bobi, Jacquou, Honoré et le valet. Ils étaient loin les uns des autres.
Il y avait le plateau, puis, d'un côté, la vallée de l'Ouvèze, et de l'autre côté la plaine de Roume. La vallée de l'Ouvèze quoique étranglée, ombreuse et charruée d'épaisses avancées de chênes verts avait aussi des champs. Ces champs avaient des formes biscornues : d'ici mangés par les boqueteaux, de là flottés par des chemins muletiers, de là effondrés dans des carrières de grès, d'ici déchirés par la rivière. La terre était en pente ou soulevée par les verrues des premières collines. Au milieu ou au bord de ces champs, il y avait les pierres ramassées sous la charrue ou sous la herse. Des tas hauts comme des mai-

sons tous en pierres de galets, éblouissantes sous le soleil.

Les hommes arrivèrent là aussi. Il en venait des petites fermes pauvres perdues dans les collines. Ils venaient à pied, avec les femmes portant des sacs, des enfants portant des sacs faits à leur taille et à leur âge De temps en temps, ils se reposaient sous les plus grands chênes. On en voyait des groupes qui se reposaient, d'autres qui marchaient à la file indienne dans les chemins. Puis, ceux-là se dressaient et repartaient vers leurs champs, ceux-ci entraient sous des ombrages. Et tous, peu à peu, s'approchaient des champs propres.

La plaine de Roume est large, blonde et à perte de vue sous le ciel. Si on ne voit pas la ville c'est qu'elle est très loin, de l'autre côté, là où commencent d'autres collines, d'autres montagnes, d'autres vallons, avec de l'ombre, des sources, des arbres verts et des échos. En cette saison la plaine est toute blondeur : champs, vergers et vignobles. Il y a de grandes routes qui vont dans tous les sens. De temps en temps, à une croisée de chemin, un bosquet de peupliers chante. Là-dessus est aussi le grand temps calme.

Les hommes étaient partis de la ville avec des camionnettes, avec de bons chevaux trotteurs ; les garçons avec des motocyclettes, le sac de semence attaché au tan-sad.

On voyait mal le grand beau temps de dedans la ville, car il y avait les usines de pâtes alimentaires qui fumaient, mais on l'avait pressenti. A l'air libre, tous ceux qui étaient sortis de la ville s'aperçurent que le temps était vraiment comme cimenté avec de l'eau glacée. Puis la poussière des routes et des chemins se mit à fumer. Ils arrivèrent dans les champs. Les emblavures étaient loin de la ville, au large, plates, un peu revêches, portant le grand soleil sans une ombre ni un espoir d'ombre. Dans certains endroits ils arrivaient dix dans une camionnette, dix semeurs. Le camion suivait avec les sacs de semence. Il y avait un contremaître. Il disait : toi là, toi là, et toi ici. Il comptait les pas entre chaque semeur. Il leur disait : « Fais voir tes bras. » Le semeur déployait son bras. Le contremaître jugeait s'il devait placer les hommes à un pas, à deux pas, ou à trois pas l'un de l'autre suivant la longueur de bras. A d'autres endroits ils étaient cinq, ou trois, ou vingt. Et alors le patron arrivait. Il attendait seul au bord du champ. Il avait sa voiture automobile. Il était descendu et il avait fait claquer la portière. Il attendait puis il s'avançait des camions qui avaient apporté la semence. Il se faisait montrer les graines. Le contremaître en prenait dans sa main. Le patron se penchait sur la main. Il ne touchait pas, il disait : Manitoba ou Florence ?

A d'autres endroits, il y avait des semoirs mécaniques mais seulement dix ou douze parce que la main-d'œuvre est très bon marché dans ces plaines riches isolées au milieu des grands pays sauvages. Le semoir mécanique est toujours un gros débours. Il n'est pas toujours facile de l'amortir. Le temps commande. Tandis que le bras quand on le veut on l'a. Quand on ne le veut pas on le laisse et, entre-temps, il ne coûte rien, il va où il veut avec son propriétaire qui en a la garde, qui en a la charge, comme Dieu l'a dit.

On pouvait estimer à cent cinquante les semeurs de l'Ouvèze et à plus de six cents les semeurs de la plaine de Roume. Ici sur le plateau, huit.

Les grains étaient prêts. Jacquou regarda le ciel. Il avait la première poignée de graines dans son poing. Il regarda le ciel. Jourdan regarda le ciel. Bobi aussi, Carle, le fils, le valet, Honoré, l'homme de Fra-Joséphine. C'était l'instinct. Sur le large du plateau ils étaient maintenant debout, loin les uns des autres, mais debout et la première poignée de graines dans leur main.

Oui, tout avait l'air d'aller : le ciel, la terre, l'air, la graine, la main, la tête, l'envie. Jacquou balançant son bras lança sa première poignée de graines. Il fit un pas. Jourdan lança sa poignée. Bobi, Honoré, le valet,

Carle, le fils, l'homme de Fra-Josépine. Les huit s'étaient mis en marche sur le plateau.

Dans la vallée de l'Ouvèze les cent cinquante regardaient le ciel puis un lança le bras, puis deux, puis vingt, puis cent, puis cent cinquante, et ils se mirent tous en marche dans les champs de la vallée de l'Ouvèze.

Dans la plaine de Roume les contremaîtres criaient, les garçons de service couraient aux camions pour apporter les sacs de graines à pied d'œuvre. Les semeurs étaient à leur place. Eux aussi ils regardèrent le ciel. Ils ne semaient pas pour eux. On aurait même pu dire qu'ils semaient contre eux, mais ils avaient la poignée de graines dans leur poing et la graine a une vieille force électrique qui traverse les peaux les plus coriaces et illumine les cœurs les plus sauvages, et, quand on a une poignée de graines blondes à jeter devant soi pour la semence, que ça soit pour vous ou pour le pape, si on est un homme digne du nom, on est obligé de regarder le ciel. Ils regardèrent le ciel. C'étaient, pour la plupart, des montagnards secs et tannés. Chez eux le pain se moisit. La graine craquait dans leur main dure. Les jambes étaient prêtes, les bras, la tête, tout ; le ciel était vu. « En avant ! » crièrent les contremaîtres ; et les six cents semeurs entrèrent en avant à travers la plaine de Roume.

Les uns allaient droit devant eux, face au nord et ils balançaient le bras. Les autres face à l'est, les autres face au sud, face à l'ouest. Dans toutes les directions de la rose des vents les hommes s'étaient mis à marcher pas à pas en balançant le bras. Le balancement de ce bras était d'accord avec le pas. Le pied droit s'avançait, la main entrait dans le sac. Le pied gauche s'avançait, la main sortait du sac, le bras se balançait et la poignée de graines giclait au moment où le pied gauche se posait sur la terre. Et ainsi, pied droit, pied gauche, balancement de bras, roulement des hanches et des épaules, tous ensemble, les hommes marchaient posément sur les sentiers invisibles et entrecroisés qui étaient les sentiers de semailles. La terre recevait les graines nues à pleines poignées. De temps en temps les silhouettes de deux hommes très éloignés l'un de l'autre dans le vide des champs se rencontraient. C'était seulement un semblant, mais ça arrivait parce que l'un des semeurs allait vers l'est et l'autre vers l'ouest. Alors, d'abord on les voyait s'approcher et venir en face l'un de l'autre, toujours posément, avec la noblesse lente de cette lourde marche utile ; le corps un peu courbé par le poids du sac, la tête penchée pour regarder la terre. Les pas, le bras, les pas, le bras, les deux hommes s'approchent. Qui les fait avancer ? Quelle est cette force lente et formidable qui les porte ? Est-elle dans leurs jambes ? (On voit à peine les petites jambes noires s'ouvrir et se fermer.) Est-elle dans ce bras qui bat l'air comme une aile ? S'avancent-ils portés par l'air, et ce bras est-il la rame, la nageoire, l'aile ? Non, la force vient des jambes. On le voit maintenant. Le corps lourd et encore alourdi par le sac de grain danse sur les jambes. Le bras c'est le rythme, le bras c'est l'esprit, le bras lance les graines, le bras commande, le pas est soumis. La graine vole. Ils s'approchent l'un de l'autre sans hâte. Encore un pas, deux, trois ; dans un moment ils vont être comme les vis-à-vis à la danse sous les tilleuls. Ici il n'y a pas de musique sauf ce chuintement léger des graines lancées. C'est sourd et léger, mais il y a tant de mains qui lancent que peu à peu au fond de l'air il y a quand même la musique souple pour cette danse de lourdeur et de travail. Voilà : les deux hommes se font vis-à-vis. Ils lèvent le bras, ils lèvent la jambe, ils s'avancent. Ils s'approchent. Ils se collent l'un à l'autre, les deux bras se lèvent. Ils vont se frapper. Ils vont se battre. Ils lèvent le bras. Il n'y a plus qu'un homme. En voilà encore deux. Ils se sont croisés. Ils s'éloignent, sans hâte au même pas, à la même cadence, les pas, le bras, les pas, le bras ; un va vers l'est, l'autre vers l'ouest. Ils ne se sont pas vus. Ils sèment le blé. Le temps est clair.

En un rien de temps, toute la plaine de Roume fut couverte d'oiseaux. Ils tournoyaient en grands remous à cinq ou six mètres au-dessus du sol. Ils criaient. Ils étaient comme des auréoles noires au-dessus des semeurs. Ils se mêlaient. Ils se gonflaient en nuages. Ils se dispersaient dans le ciel. Ils s'abattaient dans les emblavures. Ils se relevaient. Ils flottaient en grandes troupes dans le ciel comme un foulard chamarré d'or que le vent emporte. Devant le pas des semeurs fuyaient les bourianes, les sauterelles à gros ventre bleu, les scarabées aux cuirasses de soie, les vers de terre couleur de fer, les hordes de fourmis. Quand les hommes arrivaient au bout du champ, ils faisaient la volte tous ensemble. Ceux qui avaient fait front au nord s'affrontaient au sud, ceux du sud allaient au nord, ceux de l'est, ceux de l'ouest tournaient et repartaient, et dans toutes les directions de la rose des vents, sur un passe-pied, les chemins recommençaient à se croiser à la trame inverse. Les pas, le bras, les pas, le bras. Les insectes fuyaient de tous les côtés. Les sauterelles claquaient, les fourmis sortaient de terre comme de l'écume d'eau. Les oiseaux flottaient en criant. La terre se chargeait de grains. Dans le poignet des hommes les premières douleurs commençaient à tordre les muscles. La musique était maintenant le bruit du blé, le cri des oiseaux, le claquement des élytres, le ronflement des fourmis, le bruit étouffé des pas, le halètement des hommes, le ronflement des camions qui apportaient des sacs neufs, le hennissement lointain d'un cheval. Et le grain tombait sur la terre.

A mesure que la matinée s'avançait, le temps s'établissait de plus en plus pur et solide. Le ciel était d'une immobilité de pierre. Le soleil chauffait comme au gros de l'été. Les contremaîtres se mirent à courir le long de la troupe des semeurs.

« Il faut tout finir aujourd'hui, crièrent-ils. Le temps est trop dur. Il ne tiendra pas. »

Il y avait encore des hectares de terre où la graine n'était pas tombée. C'était le milieu du matin, même plutôt vers la fin. Les semeurs allongèrent le pas. Alors, les contremaîtres recommencèrent à courir :

« Gardez votre pas. Plus vite, mais gardez la longueur du pas. »

A un moment donné, Jourdan et Bobi vinrent remplir leur sac en même temps. Ils ne s'étaient pas parlé de toute la matinée, un ici, un là-bas.

« Le temps s'énerve », dit Jourdan.

Le plateau était plus près du ciel que les plaines. On voyait le bleu qui lentement se décomposait.

« Le jour se finira », dit Jourdan.

Ils avaient encore deux pièces de terre à semer. Ça n'était pas trop de travail.

« Une pipe ? dit Bobi.

— Oui. »

Il y avait un alisier en bordure avec encore un peu d'ombre. Ils allumèrent leurs pipes. Ils vinrent s'asseoir. Ils regardèrent le large du plateau. Ils étaient seuls sur tout ce large sans rien apercevoir tout autour comme des perdus en mer. Ils écoutèrent. Du côté de la plaine de Roume ils entendirent un bruissement sourd et régulier pareil au bruit des eaux du fleuve. Du côté de l'Ouvèze venaient des tintements de grelots.

« Tout le monde sème.

— Les autres doivent être sortis aussi ici dessus. Seulement on ne les voit pas. »

Le plateau semblait désert. Enfin, loin, là-bas au ras des terres ils virent une silhouette noire et qui parut longtemps immobile comme un tronc d'arbre. Puis ils s'aperçurent qu'elle bougeait. Elle balançait le bras. Ce devait être Jacquou. C'était dans sa direction.

A la fin du matin Marthe arriva. Bobi et Jourdan avaient recommencé à semer. Ils la virent marcher à travers les prés et venir. Elle portait la soupe.

« Alors, les hommes ? »

Ils balancèrent leur bras encore un moment, puis ils se retournèrent.

« Alors, la femme ? »

Elle était déjà accroupie à l'ombre en train de dépaqueter le chaudron. On sentait une odeur de soupe au lard.

« Il y a une chose drôle, dit Jourdan, quand on sème on fait toujours la soupe au lard et quand on fauche aussi. Va chercher pourquoi. C'est une habitude.

— Il faut toujours garder les habitudes, dit Bobi.

— C'est une chose naturelle, dit Marthe. Ce matin, le lard m'est venu dans les doigts sans que je le commande.

— Si ça n'était pas la soupe au lard, dit Jourdan, je ne croirais pas que j'ai semé. Je retournerais dans le champ pour voir si c'est vrai. Mais je sens la soupe au lard. Je sais que j'ai semé. »

Marthe avait apporté trois assiettes de grosse terre jaune, profondes comme des gamelles. Elle y versa la soupe par la gueule du chaudron. Les choux blancs et le lard faisaient gicler le bouillon en tombant.

« Les assiettes, c'est du luxe, dit Jourdan.

— L'aise est facile, dit Marthe.

— Ça t'a pesé.

— Une commodité, dit-elle, qui sera plus convenable. »

Elle s'assit à côté d'eux, à l'ombre de l'alisier.

Les grains tombés sur la terre chaude exhalaient leur bonne odeur de semence. Une odeur presque plus forte que l'odeur de la soupe et le parfum qui venait de Marthe, parfum de femme saine et de sueur.

« Savoir, dit-elle, si vous avez semé sous les bonnes étoiles ?

— Oui, dit Bobi, tout à l'heure je les ai vues. »

Du côté du ciel d'où le soleil s'éloignait s'étendait une couleur d'eau, légèrement verte, transparente et tremblante, et parfois parcourue d'une onctuosité luisante qui n'était ni nuage, ni brume, mais seulement travail de l'automne dans le ciel. Et dans les profondeurs du ciel, malgré le plein jour de midi, on pouvait apercevoir quelques étoiles. Elles étaient absolument pareilles à des grains de blé.

« Selon les occasions, dit Bobi, et le temps, voilà les étoiles qu'on voit à la saison des semailles : on les appelle des logis parce que depuis longtemps c'est en elles que se loge l'espoir ou le désespoir des travailleurs de la terre.

— On peut voir... », dit-il.

Et il avala une cuillerée de soupe.

« ... Le logis de l'aigle d'or, le logis du mouton, le logis de la couronne, le logis de la harpe et le logis du lion d'argent.

— Celles qu'on voit, dit Marthe, sont cinq, si je compte bien et elles sont en forme de triangle.

— La soupe, dit Bobi, a une valeur considérable.

— J'ai frisé les choux à la râpe, dit Marthe.

— Celles qu'on voit aujourd'hui, dit Bobi, c'est le logis de la harpe. Elles sont sept. Deux étaient cachées dans un gouffre. Regardez-les, elles sortent. »

On voyait maintenant sept étoiles au-dessus des montagnes de Ruffin.

« Alors ? dit Jourdan.

— La harpe, dit Bobi, c'était comme l'accordéon dans ces temps-là.

— Alors ? » dit Jourdan.

Il avait regardé le large du plateau. La silhouette du lointain semeur avait disparu. Ils étaient seuls tous les trois. Ils étaient seuls, Marthe et lui, à avoir près d'eux cet homme qui parlait des étoiles.

Bobi mâchait le lard et le pain.

« Je vais te dire : ça indique joie et joie.

— Les autres les voient aussi.

— Oui, s'ils regardent.

— Soyez sûrs qu'ils ont regardé, dit Marthe, mais peut-être qu'ils n'en ont vu que cinq. »

La plaine de Roume grondait toujours sourdement comme un fleuve.

« Le signe est quand même le signe », dit Bobi.

Marthe écouta le bruit qui venait des fonds.

« Ils s'y sont mis durement, dit-elle.

— Nous avons aperçu Jacquou, dit Jourdan, oh ! à peine, là-bas loin, comme une mouche.

— Le temps est pour tous, dit Marthe, personne n'a pu oublier ou remettre. »

244

Dans la plaine de Roume, la douleur semait. Chaque fois qu'ils serraient les grains dans la main, la douleur entrait dans leur poignet comme un coup de couteau. Ils avaient mal aussi à l'endroit où l'épaule s'attache au cou. Il fallait semer de plus en plus vite. C'était quatre heures de l'après-midi. Sur toute l'étendue de la plaine, à force d'être piétinée, la croûte claire de la terre s'était mise à fumer sous les pas. Les semeurs marchaient dans un brouillard de poussière. Ils ne se voyaient presque plus les uns les autres, sauf comme des ombres. Ils avaient les yeux craquants et sableux, la gorge terreuse. C'étaient des hommes de la montagne, habitués à l'air pur et léger. Ils avaient tous mal au poignet et à l'attache de l'épaule. Chaque geste était douleur. Ils avaient beau la chauffer en se forçant, c'était une douleur qui ne se délayait pas à chaud mais qui restait toujours cristallisée quoi qu'on fasse. Chaque geste était douleur. Il fallait trois gestes pour que le grain s'envole sur la terre. Il fallait faire deux pas pour avoir le temps de faire ces trois gestes. Au bout des deux pas les trois gestes étaient faits, la poignée de graines était répandue sur la terre. Il y avait trois douleurs sans parler des douleurs intermédiaires : une douleur au poignet, une au coude, une à l'attache de l'épaule. Sans parler de la douleur qui de temps en temps coulait dans l'os du bras, tout le long, comme de l'eau dans un tuyau. Ils avaient environ encore plus de cent kilomètres à faire en arpentant les champs dans toutes les directions de la rose des vents, entre tous ensemble. Ils faisaient un peu moins d'un pas par mètre, à peu près douze cents pas au kilomètre. Deux pas pour trois douleurs. Ça faisait de plus en plus mal. L'air chargé de poussière se respirait difficilement. Il donnait mauvais goût à la bouche, au nez, à la pensée, à l'espoir, à l'image de l'avenir. Avec trois douleurs on jetait une poignée de graines sur la terre. Trois cents graines, deux cents épis, vingt grains par épi pour la récolte prochaine. Le patron était revenu après le déjeuner qu'il était allé prendre en ville, dans sa salle à manger qui donne dans la ruelle tranquille des Observantines. Il était revenu et il avait vu la poussière. Il avait remonté les glaces de son auto. Il restait là-dedans à attendre. Il avait tapé deux ou trois fois à la vitre. Le contremaître était venu chaque fois. Le patron n'avait seulement pas parlé. Il avait fait voir son bracelet-montre à travers la glace. Le contremaître avait fait « oui » avec la tête. Il s'était mis à courir le long de la troupe des semeurs.

« Plus vite, les gars, plus vite.

— Merde ! » lui avait répondu un grand blond.

Ça n'était pas le moment de se fâcher pour ça — somme toute se disait le contremaître, il a raison — il courait après les autres semeurs.

« Plus vite, les gars, plus vite. Cinq heures. Il faut finir. »

Il se disait que dans les greniers il restait beaucoup de grains de l'an passé. Parce que ça n'avait pas fait l'affaire de vendre à bas prix. Le grain se moisissait. Tant pis.

« Plus vite, les gars ! »

C'étaient des hommes de la montagne. Ils ne pouvaient même plus se souvenir du pays. Il y avait à peine trois jours qu'ils l'avaient quitté. Ils s'étaient loués pour semer dans la plaine de Roume. Ils semaient dans la plaine de Roume. Il était cinq heures du soir. Ils ne pouvaient plus se souvenir du pays qu'ils avaient quitté il y a trois jours. Il semblait qu'ils l'avaient quitté depuis des ans et des ans d'enfer. Il y avait les trois douleurs : une au poignet, une au coude, une à l'attache de l'épaule. Trois douleurs, deux pas, une poignée de graines. Ils étaient six cents, la terre fumait. Plus de cent kilomètres à faire dans tous les sens. C'est cinq heures. Il faut finir ce soir.

« Plus vite, les gars ! Plus vite, mes petits enfants ! Vite, mes pigeons. Il faut finir ce soir. Chantez ! Qui sait chanter ?

— Moi », dit le grand blond.

Il était à bout de forces. Les trois douleurs s'étaient subitement dressées dans sa chair comme des saintes de marbre et il ne pouvait plus. Non, il ne pouvait plus. Il était prêt à faire n'importe quoi.

« Chante », dit le contremaître.

Il chanta.

« Chante, lui dit le contremaître à voix basse, mais chante vite, comme ça ils sèment vite. Ils ne s'en aperçoivent pas. »

Le grand blond reposait ses bras. Il ne semait plus. Il marchait paisiblement au pas, à côté des autres semeurs. Ils étaient là cinq copains qui étaient de son village. Il chanta, vite.

Il ne demandait plus qu'une chose, lui : marcher les bras ballants.

Il aurait fait n'importe quoi, pour ça.

Le soir était beau, Jourdan siffla. Il venait de jeter la dernière poignée. Bobi avait encore à jeter trois poignées pour que la terre soit entièrement couverte. Il en jeta deux puis ce fut la dernière. Il s'arrêta, il se retourna. Il répondit au sifflet. C'était fini. Le soir était doux comme de la sève de saule. Ils se rejoignirent sous l'alisier. A l'horizon était encore la silhouette du semeur lointain, peut-être Jacquou, gros comme une mouche. Il était arrêté, il devait avoir terminé aussi. Le soir était paisible et fait pour le repos.

On vit arriver le cerf et toute sa harde. Il y avait longtemps qu'on ne l'avait pas vu.

Bobi était en train d'épousseter les sacs.

« Les voilà », dit Jourdan.

Et Bobi comprit tout de suite qu'il voulait parler du cerf, des biches et des faons.

C'était une harde sauvage et elle semblait être créée pour l'amusette et le doux du cœur.

Le cerf appela vers les deux hommes mais il n'avança pas. Il s'arrêta de l'autre côté du champ. Il tendit son cou, ouvrit la gueule et ronfla une sorte de longue phrase où revenaient trois espèces de syllabes et de claquements de langue. Cela dura très longtemps. La tête basse il avait l'air d'expliquer quelque chose. Derrière lui les biches et les faons s'étaient entassés et on ne voyait que des oreilles tremblantes.

Le cerf s'arrêta de parler. Il attendit la réponse. Bobi siffla.

« Attends, dit Jourdan, je siffle moi aussi. »

Il en avait envie. Il siffla.

Le cerf écouta la voix des deux hommes. Il resta un moment immobile, la tête haute. Il tenait tout le ciel du soir dans ses branches. Puis il se mit à marcher sur une ligne circulaire qui faisait le tour de l'alisier. Il avait un pas noble et sec qui lui secouait tout le cou. Ses bois s'étaient élargis et gonflés. Ils sortaient de son front épais et noirs comme des racines de chêne. Derrière lui, à la file, venaient les biches à petits pas légers et pressés. Elles étaient obligées de s'arrêter de temps en temps pour ne pas dépasser le mâle. Puis, venaient les faons. Il y en avait cinq. Ils étaient roux comme des renards.

Ils firent ainsi tout le tour de l'alisier à une distance peut-être de quarante ou cinquante pas, puis, toujours à la même allure le cerf dénoua la ronde et s'en alla vers le large du plateau, en direction de cet endroit où le lointain semeur s'était montré quelquefois. Enfin, le cerf se mit à galoper, toute sa famille le suivit. Les faons sautaient de tous les côtés mais ils avaient de bonnes jambes et ils ne se laissaient pas distancer. Ils ne furent bientôt plus tous qu'une pelote de poussière, puis plus rien. Le soir redevint silencieux.

« Attends, dit Jourdan, asseyons-nous, rien ne presse.

— Le temps est si doux, dit Bobi, qu'il semble qu'on est en plein été et qu'on nage dans une eau tiède.

— Je le sens, dit Jourdan, jusque dessous les bras. »

Il dressa son bras. Il découvrit son aisselle poilue, touffue comme un nid. Il se la caressa du bout des doigts. Le vent léger la rafraîchissait.

Les champs étaient bien engraissés de graines.

« Maintenant il faudrait qu'il pleuve.

— Il pleuvra. Le Rhône est chargé. Le fond du ciel est louche. »

Très loin dans le soir, du nord au sud, pesait une formidable barre de vapeurs noires.

En arrivant à sa ferme, Jacquou eut soif. Il avait semé tout le jour. Sa bouche avait le goût de la balle de blé et de la terre.

« J'ai vu, dit-il, là-bas au fond, du côté de la Jourdane, deux petites choses grosses comme des mouches. Ça devait être Jourdan et Bobi. »

Il s'en alla jusqu'à sa cave. C'était un silo étroit creusé dans un tertre, à vingt pas derrière la ferme. C'était bouché par une porte de pierre. Dedans, ça faisait la chambre. Il entra. C'était frais et ça sentait la racine. Il mâchait dans sa bouche le goût de terre et de blé. Dans l'ombre, il savait où se trouvait le puise-bois. C'était une grosse écuelle creusée dans un billot de bouleau. Il la mit sous la chantepleure et il la remplit. Il but à même. Le goût du blé et de terre descendit dans son ventre. Dans sa bouche, il eut le goût du vin. C'était son vin. C'était du vin neuf fait d'un mois avec les raisins de vingt rayons de pauvre vigne. C'était un peu vert, mais c'était fait. Plus de douceur. Toute la douceur du raisin était changée en âpreté sur la langue et dans cette chaleur qui lui flambait soudain aux boyaux.

« La vie est belle », dit-il.

Il remplit le puise-bois. Le vin faisait écume noire. L'écume pétillait au ras des lèvres. Le bord des lèvres se chatouillait, l'ardeur lui serra les bourses et son membre se durcit dans ses pantalons.

« Ce vin, dit-il, — il fit claquer sa langue.

Connaît-on beaucoup d'auberges
Où du soir jusqu'au matin
Des filles demeurent vierges ?

Il avait envie de chanter. Il avait envie de dire : blé,

blé, blé, dans des musiques, avec des accordéons et des fifres, et des mouvements de jambes. Il avait envie de danser avec une jeune femme qui sent la sueur, se la plaquer contre, sentir son entrejambe, la main sur les fesses. Danser !...

« En avant, la musique ! Septante cinq ! Oui monsieur ! Rien de moisi ! On n'est pas des bourgeois.

> *Ce n'est rien de faire un crime*
> *Quand on est bien outillé.*

Il but encore au puise-bois. Le vin était sournois. Il fut soudain tout relâché de ses soucis et ses muscles se détendirent comme les cordes du grand char quand on a vidé le foin et qu'elles claquent contre les ridelles. Il sortit devant la porte. Le soir était calme et bleu. Jacquou n'avait plus que la force de chanter :

> *On ne pourra jamais savoir*
> *Le nombre de tant de victimes,*
> *On les porte à cinquante-trois*
> *Qu'a révélé le domestique.*
> *Frémissez toute nation*
> *Des crimes de cette maison.*

Il se cura la gorge.

« Viens, ivrogne, cria Barbe, viens, dieu de la terre, la soupe est versée. »

> *L'an mil huit cent trente-trois*
> *Justement le second octobre*
> *Devant la maison des forfaits*
> *Vers midi fut leur dernier rôle.*
> *Trente mille témoins voyaient*
> *Tomber la tête aux trois brigands.*

*

Après le dîner, Bobi vint s'asseoir devant la Jourdane. C'était la nuit, on voyait toutes les étoiles, sauf celles cachées sous les nuées qui montaient du Rhône. Il y avait le logis de l'aigle d'or qui signifie pureté et courage. Il y avait le logis de la couronne qui signifie que la récompense est éternelle. Il y avait le logis du lion d'argent qui signifie que la bonté du cœur se voit. Mais il n'y avait plus le logis de la harpe qui signifie joie et musique de joie.

« Aimer, aimer, dit Bobi. Qu'est-ce qu'elle a voulu dire ? Ce mot est fade comme de la soupe de pain. »

XIV

La pluie ne vint pas tout de suite. Et Carle arriva.

« Il faudra venir m'aider », dit-il.

Il venait déjà de voir Jacquou et sa bande. Mais Randoulet était parti.

« Avec Le Noir, depuis trois jours. Seulement, dit-il, il faudrait venir m'aider à couper mon foin. Le temps presse. »

Ce qu'il ne disait pas, c'est qu'il avait quelque chose à dire. Il se réservait.

Le pré de Carle portait encore son second regain. Ils se mirent tous en ligne : Carle, le fils, Jacquou, Honoré, le valet, Jourdan et Bobi.

« Ça fait déjà plusieurs fois qu'on travaille ensemble », dit le Jacquou.

Déjà, la chasse à la biche et, aujourd'hui, Carle n'avait pas hésité. Il avait pensé : il n'y a qu'à le leur dire et ils viendront. Ils n'avaient même pas fait une réflexion. Ils étaient tous venus avec leurs faux toutes prêtes et ils étaient là alignés.

Ils marchèrent tous ensemble, de face, dans l'herbe. Les faux allaient toutes ensemble et l'herbe s'inclinait. Les pas se faisaient en même temps. Il y avait une sorte de musique sourde qui entraînait. Ça n'était pas une musique compliquée comme celle des bals où il y a la polka, la mazurka et la valse. C'était comme une musique de tambour. Pas besoin de réfléchir : le corps s'y accorde de lui-même. C'était le bruit des sept pas d'ensemble, des sept faux volantes, des sept faux fauchant, des herbes qui tombent, puis des sept pas, des sept faux volantes, et ainsi de suite. Ça se répétait sans faiblir, toujours au même rythme. Ils ne sentaient pas la fatigue. Ils étaient entourés par l'herbe blonde. Le sommet des herbes où étaient les graines et les panaches moussait légèrement comme l'écume de l'eau et réfléchissait le soleil, et ne pesait pas sur la faux, et se couchait sous le vent, et se relevait, puis se couchait sous la faux, et ne se relevait plus. Ils entamaient à pleine lame ce dessous de l'herbe ombreux et vert, plein d'humidité et d'ombres, et de petits échos, et de longs couloirs noirs où coulent les processions de fourmis, les taupes et les serpents.

A midi, la moitié du champ était couchée par terre. Il n'y avait pas d'arbres autour du pré de Carle. Pour avoir un peu d'ombre et d'abri, les hommes entrèrent dans l'herbe haute. Ils s'y firent une bauge ronde. Ils se couchèrent tous les sept en rond. Ils mangèrent du pain et du fromage. Ils étaient loin de partout. L'herbe faisait barrière.

« J'ai une idée », dit Carle.

Il dressa son doigt en l'air :

« Ecoutez. »

Il faisait signe d'écouter le vent.

Au-delà du bruit des herbes, au fond du monde, on entendait des hennissements de chevaux.

« Les juments sont en chaleur, dit Carle.

— Ça tient ma noire depuis trois jours, dit Jacquou.

— J'entends, dit Carle, que ça tient aussi les deux de Mme Hélène.

— Ça tiendra aussi mes deux, dit Jacquou. J'ai mis ma blanche au pâtis pour qu'elle s'affroidisse et qu'elle n'entende pas trop la chaleur de la noire. J'ai l'impression que ça n'y fait rien.

— C'est la nature, dit Jourdan. C'est la saillie d'automne.

— Oui, dit Carle, les juments sont en chaleur. Alors, moi, dit-il au bout d'un moment, j'ai une idée : si je lâchais mon étalon ? Et si vous lâchiez vos juments ?

— Comment ?

— J'ai l'impression... voilà : ce n'est pas la première fois que l'étalon connaît vos femelles. Et qu'est-ce qu'on a eu comme poulains ? A part le rouge que tu as vendu à Aubergat, qu'est-ce qu'on a eu ?

— Ah ! non, dit Jacquou, j'ai eu aussi le bleu, celui qu'on avait baptisé Diablon, celui qu'Honoré pouvait à peine tenir.

— On ne peut pas dire que ça soit précisément une bête, ça.

— Quand tu avais sa longe au bout du bras tu le disais.

— Non », dit Carle.

Les herbes avaient fait silence.

« Je veux parler, dit Carle, d'une belle bête. Raisonnable.

— Je crois, dit Bobi, que ça pourrait faire quelque chose de très beau.

— Ecoutez, dit Carle. J'ai vu une fois des courses. A Saint-Sigismond, dans la montagne.

— Je les ai vues aussi une fois, dit Jacquou.

— Celles du 24 juin ?

— Oui.

— Dans l'allée des tilleuls ?

— Oui.

— La nuit ?

— Oui.

— Alors, dis si ça n'est pas vrai. Il y a là une allée de tilleuls. Des gros vieux. Pas un n'est droit. Ils sont tous massacrés par le vent de la montagne. Parce que c'est dans la montagne. On fait aligner les chevaux sous les lanternes. Ce sont des lanternes qui font beaucoup de fumée et des flammes rouges. Ce sont de petits chevaux avec de longues queues et des crinières qu'on n'a jamais taillées. Puis tout le monde se met à crier et les chevaux partent. J'étais près du départ. J'ai vu les lanternes avec, je vous dis, la fumée et les flammes, et les chevaux, je vous dis, petits, râblés et tous enveloppés de longs poils. J'ai entendu crier et vu les chevaux partir. Ils ont couru tout le long de l'allée des tilleuls. Mais ça n'est pas ça la course. Voilà ce qui arrive et voilà ce que voient ceux qui savent. Il n'y a pas de cavaliers, je vous l'ai dit ? Non ? Je vous le dis. Les chevaux partent dans la montagne, et galopent, passent les prés, passent le torrent, passent la forêt, passent l'éboulis, rejoignent les prés hauts, entrent dans l'herbe nouvelle, et c'est fini. Ils restent là. Quand on est malin, on va s'asseoir aux lisières du bois pour bien voir la galopade. Le 24 juin, c'est Saint-Jean. La lune est belle. On y voit comme en plein jour. Je n'ai jamais rien vu de plus beau. Et encore j'étais en bas à la mauvaise place. »

Ils continuèrent la fauchaison tout l'après-midi.

« Hé ! dit le valet de Jacquou, ce sont des choses qui peuvent se faire.

— Qu'est-ce que tu dis ? » demanda Jacquou.

L'autre abattit et releva vingt fois sa faux avant de répondre et il fit vingt pas, et à côté de lui Jacquou fit vingt pas en coupant l'herbe.

« Je me parle », dit le valet.

Tout le long de la route de retour, Jacquou parla des chevaux.

« Je connais cette course, moi.

— C'était avant mon mariage ? demanda Honoré.

— Bien sûr, dit Jacquou, qu'est-ce que tu veux que ça compte, ton mariage ?

— Je vous disais ça parce que depuis vous n'êtes plus sorti.

— C'est le tort que j'ai », dit Jacquou.

En arrivant à la ferme il cligna de l'œil. Il appela : « Valet ! »

Honoré s'en allait vers le hangar. Jacquou l'appela : « Honoré ! »

Ils arrivèrent. Il leur dit :

« Ecoutez ! »

Il cligna de l'œil. Il dit :

« Si on lui jouait un bon tour ?

— A qui ?

— A Carle.

— Comment ?

— Je vous le dirai, dit-il. Mangeons la soupe. »

La ferme était toute endormie. Il se leva. Il appela :
« Valet ! »

L'autre qui dormait à l'écurie répondit :

« Je suis là, patron. »

Il pensait : si maintenant le revertigo lui prend la
nuit, la vie ne sera plus tenable.

Mais, dans la lueur de la chandelle, il ne vit pas le
visage triste de Jacquou, mais le visage gai de Jacquou. Le pli de la vieille bouche rasée riait doucement. Il ouvrit la porte de la chambre de son gendre.
Il appela :

« Honoré ! »

Celui-là se leva aussi. Il y avait une grande lune
ronde et rousse en plein dans la fenêtre. Elle éclairait
Joséphine endormie et découverte jusqu'au ventre.

« Couvre-la, dit Jacquou.

— Laissez, dit Honoré, quand les femmes dorment, la lune les mûrit.

— Un mûrir, dit Jacquou, qui te fera plus d'acide
que de sucre. Je la connais, c'est ma fille.

— Laissez, dit Honoré, je la connais aussi, c'est ma
femme. »

Ça se passait dans le couloir. Jacquou souriait, le
valet souriait, Honoré se frottait les yeux.

Ils descendirent à l'étable. Dans un parc, il y avait
des moutons. L'odeur d'urine était terrible.

« Tiens la chandelle, toi. »

Il fit lever les moutons.

« Ils sont couchés dans la merde, dit-il.

— Ça tient chaud, dit Honoré.

— J'ai fait litière régulièrement, dit le valet.

« — Je sais, dit Jacquou, ça n'est pas ce que je veux dire. Ils seront toujours couchés dans la merde, quoi que tu fasses. Regarde les yeux », dit-il.

La chandelle faisait étinceler les yeux de pierre bleue.

« C'est pour cela que vous nous avez fait lever ? dit Honoré.

— Montagnard », dit Jacquou en se tournant de son côté avec mépris.

Il avait sa grosse lippe et il cracha dans la paille.

« Dresse la chandelle. Ils ont des yeux comme si leur cervelle luisait. Ce montagnard est plus dégoûtant qu'un vieux cochon.

— Allez venez !

« Dormir, dit-il, je te demande un peu, à quoi ça t'avance ? »

Derrière son dos, le valet fit signe « le vieux a pompé ! »

« Ici oui, dit Jacquou, ça c'est quelque chose. »

Le plafond chargé de toiles d'araignées pendait bas comme le couvercle d'une caverne. L'odeur des bêtes forçait à respirer à petits coups. Chaque fois l'odeur grasse et chaude bouchait le gosier. Des moucherons dansaient autour de la chandelle. Un rayon de lune éclairait des faux, des bêches, des coutres, des fers, des herses, et l'acier des outils portait de reflet en reflet une phosphorescence jusque dans les profondeurs de l'étable.

« Une tranquillité du tonnerre de Dieu, dit Jacquou. Le plus malin s'y trompe. Ici, tout se fait du commencement jusqu'à la fin — d'une main lourde, il désigna toute l'étable sombre — et sans empoisonner personne, et sans barouf, et sans être plus fier pour ça. Peut-être si, dit-il après un silence, peut-être oui qu'ils sont fiers, peut-être qu'ils se rendent compte qu'on est de pauvres couillons. Qu'est-ce que tu en dis ? »

Honoré dormait debout.

« Hé ! dit le valet.

— Hé quoi ! dit Jacquou.

— Ça se pourrait ?

« — Qu'est-ce qui se pourrait ?

— Ce que vous dites.

— De quoi tu te mêles ? » dit Jacquou.

Ils s'en allèrent tous les trois vers le fond de l'étable.

« Les bêtes, dit encore Jacquou. Moutons et cochons ; et chèvres, et chevaux. »

« Taisez-vous », dit-il.

Et il s'arrêta de parler.

« Regardez », dit-il après à voix basse.

Il secoua durement Honoré endormi.

« Pas de bruit, dit-il dans un souffle, mais réveille-toi, montagnard de mon cul. »

Il y avait trois bêtes couchées dans la litière brune. Deux dormaient sans autre bruit que le souffle. C'étaient les chevaux châtrés. Une dormait, mais elle hennissait doucement entre ses babines et elle frissonnait. C'était la jument vive.

« Elle rêve », dit Jacquou.

Elle avait des narines roses.

« Elle est comme un ruisseau, dit Jacquou. Elle bouge d'un bout à l'autre. Elle dort, mais l'émotion la travaille. Allez ouvrir la porte. »

La grande porte une fois ouverte, on vit la nuit vers l'est, c'est-à-dire à contre-sens de la lune. Le ciel était terriblement noir et sans profondeur, mais venait un air lourd de l'odeur des feuillages pourrissant. Une étoile toute seule, très basse sur l'horizon et très verte, soufflait une petite bise froide.

« Noire, appela Jacquou, oh ! jument noire, réveille-toi ! »

Elle bougea les oreilles mais elle n'ouvrit pas les yeux. Elle s'étira, tendant les jambes de derrière.

« Allons, ma vieille ! »

Il la toucha. Elle ne s'éveilla pas tout de suite. Elle comprenait que ce n'était pas l'heure du travail et il n'y avait aucune raison pour qu'on la réveille. Elle croyait que c'était dans son rêve. Mais elle sentit l'odeur de l'automne et le froid de l'étoile qui entraient par la porte ouverte. Elle s'éveilla et se releva en même temps.

« Laissez-la faire », dit Jacquou. « Oh ! jument noire ! »

Elle secoua la tête pour savoir si elle était toujours attachée. Elle n'était plus attachée. Elle n'avait même plus le bridon de lisière. Elle allongea le cou vers la porte, elle se mit à hennir une petite plainte perçante. Les chevaux se réveillèrent. Les moutons piétinaient leurs litières. La truie grogna. La jument marcha vers la porte. Ses jambes craquaient. Elle continuait à gémir et à secouer la tête. Arrivée au seuil elle s'arrêta un petit moment. Elle était sur le seuil, moitié dans la nuit, moitié dans l'étable.

Le valet haussa la chandelle. On vit qu'une sorte de force était en train de se gonfler dans la jument. Enfin, elle s'élança dehors, d'abord au trot. Au bout d'un moment on l'entendit galoper.

C'était l'aube quand Carle fut réveillé par le vacarme qui ébranlait son écurie. Il était déjà debout. Il disait : « Qu'est-ce que c'est ? » Il cherchait ses pantalons, il n'avait pas encore ouvert les yeux. C'était comme si on démolissait la maison à coups de masse. L'étalon se battait contre ses chaînes, ses ridelles, ses barres, et ses attaches. Des étincelles éclataient sous les fers de ses sabots, les planches craquaient ; une poussière de foin sec fumait dans toute l'étable. Carle essaya de le calmer avec les mots d'habitude mais il était obligé de les gueuler de toutes ses forces et ça ne produisait pas le même effet. Carle sautait autour de la bête folle. Il essayait de se mettre devant les yeux de l'étalon. « S'il me voit, se disait-il, peut-être qu'il s'arrêtera. » Mais ça n'y faisait rien. Heureusement qu'il y avait toujours la grande sangle sous le ventre de la bête. Le fils Carle s'était levé aussi. « Tire de là-bas », cria le père. Ils tirèrent tous les deux sur les cordes. La sangle releva le cheval fou et il perdit pied. Aussitôt il s'arrêta de bouger. Il laissa pendre ses jambes et son cou. Il était séparé de la terre.

« Quelle histoire ! » dit Carle en s'essuyant le front.

Mme Carle était venue au seuil en coiffe de nuit.

« Enlève-toi, dit Carle, l'odeur d'une femme ça suffit des fois.

— Ce n'est pas mon odeur, dit-elle. Il y a une
jument à la porte. Elle danse dans le pré. »

Carle ouvrit le judas du vantail. Une jument noire
dansait au milieu du pré dans la lumière de l'aube.

« C'est la noire de Jacquou. »

Alors il pensa à ce qu'il avait dit pendant qu'on
touchait le regain et il se mit à sourire, et il dressa le
doigt.

« Va à la cuisine, dit-il à Mme Carle. Je sais ce que
c'est ; fais du café, on va y aller. Reste ici, fils, tu vas
voir. Va, Philomène. »

Alors il dit :

« Ferme la porte du couloir maintenant et ouvre la
grande. »

Le fils ouvrit le grand portail tout large. L'aube
d'automne éclairait un ciel libre où le bleu et le blanc
commençaient à naître.

« Prends un bâton, dit Carle, et fais-moi danser
cette petite pute un peu plus loin d'ici. Quand elle sera
au fond du pré, sauve-toi. »

Il détacha l'étalon. Il lui enleva le mouroir de la
lisière, et l'attache-queue, et le floquet. Il le mit tout
nu. Il s'abrita derrière le bat-flanc, et il mollit la corde
de sangle d'un côté puis de l'autre. L'étalon toucha
terre de nouveau. La sangle tomba elle aussi.

L'étalon resta un moment immobile puis, tête baissée, sans regarder, il bondit vers la porte ouverte.

Le fils Carle s'était sauvé derrière les barrières. La
jument noire, repoussée jusqu'au fond du pré, revenait au petit trot. L'étalon galopait si fort vers elle
qu'il la dépassa. Alors, elle fit une volte et elle le suivit.

La noce des chevaux dura tout le jour sous un ciel
cheval plein de galopades, de nuages et de courses
mélangées de l'ombre et du soleil. L'étalon mordit la
nuque de la jument noire. Elle creusa les reins comme
pour s'ouvrir sous elle et elle bondit vers les verdures
de Randoulet. Ils galopaient côte à côte, leurs criniè-

res fumaient. L'étalon essayait toujours de mordre cette place craquante et chaude derrière les oreilles. La jument sentait sur sa nuque la salive de l'étalon qui se refroidissait dans le vent du galop. Elle avait envie d'ombre, d'herbe et de paix. Elle galopait vers l'ombre, l'herbe et la paix. L'étalon la dépassait puis il se retournait vers elle. Ils heurtaient leurs poitrails. Ils se soulevaient l'un contre l'autre. Ils battaient l'air de leurs jambes de devant. Ils s'appuyaient les sabots ferrés dans les poils et les sabots ferrés glissaient dans la sueur. Ils secouaient la tête puis ils retombaient sur la terre et ils repartaient au même galop. Quand ils venaient ainsi de se dresser et de se heurter, leur odeur de mâle et de femelle les suivait un moment avant de se disperser dans le vent frais.

Vers le milieu du matin, ils abordèrent les grands champs d'herbe que Randoulet avait laissés sur pied. C'était comme un océan de foin frais, mûr au-delà de la maturité, avec les graines, et de chaque côté de chaque tige, deux longues feuilles couleur de tabac et qui éclataient en poussière quand on les touchait. Ça n'avait ni borne ni fin. Ni l'étalon ni la jument ne connaissaient l'herbe libre. Malgré leur grand désir ils se plantèrent tous les deux des quatre pieds devant cette immense merveille. Leurs gros yeux reflétaient la blondeur des herbes. Ils ne pouvaient pas manger parce qu'ils avaient trop envie l'un de l'autre mais ils reniflèrent longuement l'odeur. Elle était exactement ce qu'il fallait pour eux deux.

Ils entrèrent au pas d'amble dans l'herbe épaisse. Peu à peu le foin leur monta jusqu'au poitrail. Les cosses de graines éclataient, les feuilles sèches écrasées se soulevaient en poussières blondes.

Au fond des verdures de Randoulet dormait l'étang, aplati par son sommeil d'automne. Il reflétait le ciel. Il était comme un trou dans la terre d'où l'on pouvait apercevoir le jour profond. Mais avant d'être vide et bleu, portant le reflet des oiseaux et des nuages, il venait avec son eau mince sous les hautes herbes mêlées de joncs et de roseaux. Quand les deux bêtes arrivèrent là, elles sentirent la fraîcheur de l'eau monter le long de leurs jambes. Leurs sabots s'écartaient dans la boue. Elles reniflaient l'odeur de l'étang. Elles eurent les yeux éblouis par les reflets de l'eau. Elles entendirent claquer brusquement les nageoires des gros poissons réveillés. Elles se mirent à danser sur place et l'eau jaillit en longues flèches blanches qui s'allumaient au soleil dès qu'elles dépassaient les herbes. Alors, la fraîcheur leur toucha le ventre, et les reins, et les cuisses, et ce fut déjà comme un commencement de l'amour. Ils sentirent se calmer en eux la sauvagerie de cette ardeur qui les portait l'un vers l'autre. Ils se roulèrent dans l'eau en écrasant les herbes, et les bords de l'étang, et la boue. A mesure que l'eau les baignait, ils sentaient que l'ardeur sauvage se changeait en tendresse et, quand ils se relevèrent, un peu hébétés, frissonnants et couverts de boue, ils se léchèrent doucement le museau l'un à l'autre, d'abord autour de la bouche puis autour des yeux.

Après, comme ils regardaient le vaste monde autour d'eux, ils aperçurent, loin dans le nord, la barre rousse et verte de la forêt. Ils contournèrent l'étang. Au bout d'un long moment ils sortirent du grand pré. Ils marchèrent à travers champs. Ils arrivèrent à la forêt. Presque tous les arbres avaient des feuilles rousses et mortes. Ils cherchèrent de l'ombre fraîche. Une odeur vint de l'est qui disait que de ce côté étaient restés de grands arbres tout verts depuis le bas jusqu'en haut. Ils allèrent de ce côté. Ils rencontrèrent un cerf, et des biches, et des faons. Le cerf s'écarta d'un bond, les biches le suivirent, les faons bêlaient. La harde avait laissé une forte odeur d'amour accompli. L'étalon posa sa tête sur la nuque de la jument. La jument s'arrêta. L'étalon ne mordit pas. Il recommença à marcher. La jument le suivit. Il marchait devant, maintenant, vers les arbres verts. Il les trouva à la fin. Ils étaient presque à la lisière de la forêt. C'étaient des cèdres. Un était plus grand au milieu. Il était tout noir. Il distribuait une ombre noire. L'étalon et la jument s'approchèrent au pas de ces ténèbres pailletées de rayons verts. Là, ils s'arrêtèrent. L'étalon posa sa lourde tête sur le garot de la jument. Elle se laissa faire. L'étalon resta un long moment immobile à renifler l'odeur du poil femelle. Puis, sans relever la tête, il s'approcha doucement du grand corps de la jument que les frissons du désir faisaient tressaillir comme un essaim de mouches. Il lécha la nuque. Il pencha la tête et il mordilla doucement l'oreille de la jument. Elle creusa ses reins pour s'ouvrir et elle resta ouverte, attendant. Alors, il monta sur elle et il lui fit longuement et paisiblement l'amour.

Après, ils mangèrent des herbes. Ils burent au ruisseau. Ils sortirent du bois. La jument se souvint de l'écurie. Elle commença à retourner. Elle trottait paisiblement comme si elle avait été attelée. L'étalon galopait à côté d'elle et autour d'elle. Il dansait et faisait dix fois le chemin d'aller et venir. Il lui coupait la route. Elle se détournait de lui et elle continuait à trotter droit vers l'écurie. Il réussit à l'arrêter dans le large du plateau et il la soumit encore une fois longtemps sous lui.

Ils firent route quelques heures puis ils furent en vue de l'écurie. La toiture dépassait la terre. Mais ils avaient fait un gros détour vers l'ouest et ils arrivèrent du côté des pâtis où se trouvait la jument blanche. Elle claironna à pleins naseaux et elle vint s'appuyer à la barrière. L'étalon galopa vers elle. La noire fit encore quelques pas vers l'étable puis résolument elle s'arrêta. Elle regarda ce que faisaient les deux autres puis elle se mit à manger. L'étalon essayait de sauter la barrière, la jument blanche aussi. Enfin, en s'appuyant ils firent craquer les bois, puis la blanche s'élança et fit éclater la barrière et, emportée par son élan, elle galopa dans les terres. L'étalon s'élança à sa poursuite. La noire les suivit. La nuit tombait. Ils s'enfoncèrent tous les trois au galop dans le large du plateau. L'étalon avait déjà mordu la nuque de la blanche et sur le poil clair on voyait des traces de sang. La blanche riait à pleines babines en secouant la tête.

Mlle Aurore s'était arrêtée à la Jourdane. Elle avait surveillé du bois le départ de Bobi puis elle était venue au pas, elle avait sauté de selle devant la porte et elle était entrée, étant sûre que Marthe était seule.

Marthe était seule. Aurore aimait l'odeur de cette maison. A un endroit de la cuisine, à un clou, était pendue une veste de velours qui sentait fort. Aurore s'asseyait à côté d'elle. Tout lui semblait changé et rayonnant dès qu'elle sentait cette odeur de velours. Marthe ne parlait guère. Elle allait et elle venait, à son train. C'était un grand moment de calme.

Marthe lui parla de la noce des chevaux. Jourdan les avait vus. Ils galopaient, avait-il dit, tous les trois du même erre, comme s'ils avaient été attelés de front au même char.

« Il faudra vous méfier de votre bête, dit Marthe. Si vous les rencontriez, elle serait capable de vous jeter par terre pour les suivre.

— Elle ne me jetterait pas, dit Aurore.

— Alors, elle vous entraînerait », dit Marthe.

Aurore respira profondément l'odeur du velours de veste.

Mais, quand même, elle rentra d'assez bonne heure et mit la jument à l'écurie.

La nuit vint. Aurore et sa mère étaient dans le petit salon qui donnait sur la terrasse. Elles avaient laissé les grandes portes ouvertes en plein. C'étaient les derniers jours où on le pouvait encore. Mais la tiédeur de l'air s'en allait.

La pleine lune se leva au fond, sortant des montagnes, toute rousse. Elle éclaira des nuages qui ressemblaient à des chevaux en fuite. Des croupes, des reins, des crinières, des cuisses, des chanfreins. Aurore guettait les bruits de la nuit mais la nuit était silencieuse, les grenouilles s'étaient endormies de leur sommeil d'hiver, les sauterelles criantes étaient mortes, les arbres n'avaient presque plus de feuilles, le vent ne soufflait pas.

Aurore pensait que la jument pouvait l'entraîner. Une cavalcade de lourds chevaux roux traversait le ciel devant la lune. La nuit d'automne sentait le velours. Montée sur sa jument. Emportée par le flot des étalons et des cavales. Attelés tous ensemble au même char. Elle ferma les yeux. Elle vit la veste de velours pendue dans la cuisine de la Jourdane, qui sentait si bon, qui gardait la forme des épaules et des bras vivants.

« Je vais me coucher, dit-elle.

— J'y vais aussi, dit Mme Hélène. Attends, je ferme les portes. »

Elle ferma les grandes portes et l'odeur de l'automne s'éteignit. Le salon sentait le bois verni et la tapisserie un peu humide.

« Il ne fait cependant plus chaud, dit Mme Hélène, mais on étouffe ici dedans dès que c'est fermé de ce côté. »

Au milieu de la nuit, Aurore entendit du bruit. Sa chambre tournait du côté des champs. Elle se leva et vint aux vitres. La lune maintenant donnait à plein. C'étaient trois chevaux vrais qui jouaient dans le pré. Aurore reconnut l'étalon de Carle. Les autres devaient être deux juments, une noire et une blanche. Les deux femelles agaçaient le mâle et des fois il était obligé de sauter très haut sur place parce qu'elles avaient fourré leurs têtes sous ses cuisses. Alors, il se mettait à galoper un peu et, du large, il appelait tout doucement vers l'écurie nouvelle.

Aurore ouvrit sa porte sans bruit, traversa le palier, descendit. Elle était en chemise de nuit et pieds nus. En bas, elle alluma la lanterne tempête et elle entra dans l'écurie. La jument était troublée et inquiète, toute nerveuse, ne sachant plus bien ce qu'elle faisait. Quand Aurore s'approcha d'elle, elle essaya de lui envoyer un coup de pied, mais elle arrêta sa jambe et elle la laissa retomber en gémissant.

« Alors, c'est comme ça ? » dit Aurore.

La jument la regarda en tremblant. Aurore et la bête s'aimaient bien. Aurore mit sa main sur le museau rose tout humide. La jument mordilla la petite main et tira sur sa longe. Aurore détacha le mouroir et enleva le bridon. Elle marcha vers la porte. La jument la suivait. Aurore marchait lentement à cause de ses pieds nus. Elle entrouvrit la grande porte juste pour laisser passer la bête. L'odeur de l'automne entra encore : l'odeur de velours.

« Allons, dit Aurore, va-t'en, seule. »

L'automne mourut trois jours après. Il était empaqueté de longs nuages sanglants et le ciel était déjà froid. Il n'y avait pas de vent. Un piétinement sourd monta des fonds de la plaine de Roume. Il augmentait d'heure en heure. Jourdan, Marthe et Bobi l'écoutèrent tout le long du matin et, à midi, il était devenu si fort qu'ils abandonnèrent leur repas et sortirent pour voir ce que c'était. Une épaisse poussière fumait au-dessus des arbres de la forêt Grémone. Ils avancèrent un peu tous les trois, puis ils virent sortir le troupeau de Randoulet. Le berger Le Noir marchait en tête à côté de Zulma. On ne savait pas comment Zulma avait fait pour être prévenue de l'arrivée des bêtes. Le fait est qu'elle était allée les attendre aujourd'hui à la Croix-Chauve. Peut-être les avait-elle attendues tous les jours depuis le départ de son père et du berger. Et maintenant Zulma marchait en tête devant le troupeau, à côté du berger Le Noir. Lui avait maintenant pris beaucoup d'importance et il balançait son long bâton tout en marchant pour égaliser derrière lui l'alignement des premiers moutons. Il ne regardait ni à droite ni à gauche. Il ne regardait même pas droit devant lui pour voir l'endroit où il allait, menant son troupeau ; il regardait droit devant par habitude et il était seulement heureux de marcher en tête du troupeau qu'il aille où qu'il aille ! Loin que loin ! Pourvu que lui, Le Noir, berger du plateau, berger de cinquante moutons d'habitude, soit par le revertigo du patron le marcheur en tête de ces cinq cents moutons maintenant. Zulma avait attaché ses cheveux avec deux joncs entortillés. La cloche des béliers sonnait. La poussière fumait. Les moutons fatigués secouaient la tête. Le troupeau sortait toujours du bois. On aurait dit une source d'eau boueuse, ouverte dans les arbres et qui, commençant à couler, se déroulait d'abord sur le plateau avant d'aller se déverser au-delà des rebords, dans les vallées basses. Ils passaient derrière les longs bouleaux maigres et tigrés ; on voyait Zulma, puis Le Noir, puis les bêtes. Enfin, ils descendirent le premier ressaut de terre qui s'en allait vers l'étang. Zulma et Le Noir disparurent. La fin du troupeau n'était pas encore sortie du bois. On ne voyait plus que des moutons, plus d'hommes. Seul, un chien noir qui devait être blessé à la patte marchait en boitant au bord du troupeau.

Jourdan, Marthe et Bobi rentrèrent à la maison. La soupe était froide mais ils la mangèrent. Le bruit continuait.

« Voilà l'affaire de Randoulet, dit Jourdan.

— L'hiver arrive, dit Bobi. Son jas est trop petit. Il sera obligé de les laisser dehors.

— Il est allé les chercher dans la montagne. Il a laissé feutrer son grand pré. Il n'a plus coupé ses herbes. La neige ne reste pas sur l'herbe sèche.

— Il pourrait, dit Bobi, construire un jas en arbres. On pourrait le faire tous ensemble, l'aider. »

Au bout d'un moment, Jourdan dit :

« On le pourrait, oui, mais maintenant je ne crois pas que ce soit ça qu'il veuille, ni ça qu'on veut, nous aussi. »

Le bruit diminuait. Dans le soir on entendait parler les lointaines montagnes.

Jourdan se fouilla. Il sortit de sa poche un morceau de branche de chêne, gros et long comme sa main. Il le posa près de son assiette. Il continua à manger.

« Donne-moi le jambon, Marthe. Je suis allé à la forêt ce tantôt, dit-il, et j'ai ramassé ce morceau de bois. Et en revenant je suis revenu lentement et, avec mon couteau, j'ai gratté le morceau de bois et je lui ai enlevé son écorce.

— On n'entend plus rien », dit Marthe.

Ils écoutèrent. On n'entendait plus que le bruit des cloches de fer.

« Ils sont entrés dans les herbes.

— Je crois que nous aussi, on a été grattés de notre écorce.

— Je crois, dit Marthe, qu'on comprend mieux beaucoup de choses.

— Est-ce vrai, dit Bobi, que sur l'herbe sèche la neige ne reste pas ?

— Elle reste moins, dit Jourdan. Dans les pâturages des Alpes, en fin septembre, les moutons mangent de l'herbe givrée.

— Mais on ne sait pas combien il en meurt, dit Bobi.

— Guère, dit Jourdan, les plus faibles. Ça fait une race plus forte un peu redevenue sauvage. »

Il caressa ce morceau de bois qu'il avait gratté de son écorce.

« Qu'est-ce qu'on a encore à manger, Marthe ? dit-il.

— Je crois du fromage sec, dit-elle, on l'avait oublié au fond du placard.

— Donne-le. »

C'était du fromage de chèvre, arrondi à la paume de la main, incrusté de sarriette et de bergamote, mais dur comme de la pierre. Jourdan essaya de le briser mais il dut, pour le couper, frapper du poing sur son couteau. La chair du fromage était jaune, serrée, veinée de blanc comme le dedans d'une châtaigne.

« Je ne crois pas que ce soit bâtir un jas avec des troncs d'arbres ce que veut Randoulet. Il a commencé plus que tous les autres avec son grand champ sur lequel il a laissé l'herbe. On veut revenir fort et sauvage.

— Le bois est plus beau sans l'écorce, dit Marthe qui regardait le morceau de branche de chêne. On y voit comme de petits ruisseaux brillants, minces comme des cheveux blancs.

— Ce que vous dites, Marthe, c'est le contraire de ce que dit Jourdan.

— Sur ce plateau, dit Jourdan, ce qui a été toujours notre passion, ça a été de réfléchir longtemps aux choses. Parce que nous, dans notre travail de la terre, nous ne sommes pas beaucoup de monde. Chaque fois que nous labourons, que nous semons, que nous moissonnons, nous le faisons pour nous-mêmes.

— Ce que Marthe vient de dire, du bois sans écorce, c'est le contraire de ce que toi tu as dit avec ton fort et ton sauvage.

— Peut-être pas tout à fait le contraire, dit Jourdan, mais bien sûr que ça sera difficile d'oublier ce qu'on sait.

— Ecoute un peu si on n'entend plus rien, dit-il au bout d'un moment.

— Plus rien, dit Marthe, plus de cloches, plus rien. Ils doivent être enfoncés loin dans les herbes et presque arrivés.

— Ouvre la porte pour voir. »

Elle ouvrit la porte.

« On entend, dit-elle, les montagnes que le vent d'hiver rapproche de nous avec tous les vallons qui grondent. »

Jourdan mit du bois sec sur le feu.

« Donne-nous de l'eau-de-vie, Marthe, ce soir. »

Elle leur en versa dans leur verre, elle s'en versa dans son verre. Ils regardèrent la couleur de l'alcool. Il était d'un blanc froid, sans reflet, comme de la glace sous un ciel couvert. Il sentait fortement le sarment et la vigne. *le rameau vert que la vigne*

« La fois d'avant qu'on a trinqué, dit Jourdan, c'était ce printemps, ce matin où le fils Carle jouait du clairon sur le plateau. Tu as dit que c'était la dernière fois qu'on trinquait ensemble, tu trinques encore aujourd'hui. Tu t'es trompé.

— Je ferme la porte, dit Marthe ; le vent est en train d'amener des nuages et on ne voit plus les étoiles. »

pousse chaque année

que tu les connais mais tu ne les as pas vus depuis vingt ans. Le Noir m'a dit : « Ils sont peut-être « morts. » Je lui ai dit : « Pourquoi veux-tu qu'ils « soient morts ? » Il m'a dit : « Parce que tout le « monde meurt. » Je lui ai dit : « Ça, c'est possible, au fond je n'y avais pas pensé. »

« J'ai réfléchi à ça tout le long de la route. En arrivant à Embrun, je suis allé au café du Clos. J'ai dit : « Bonjour, madame, vous ne savez pas s'il y a des « bergers à Valsainte ? » Elle a dit : « Je ne sais pas. — « Et sur la montagne de Paille ? — Je ne sais pas. — « Alors, donnez-nous un litre de vin. » Et j'ai dit au Noir : « Qu'est-ce qu'on fait ? » Il m'a dit : « On s'est « trop avancé pour reculer. » J'ai dit : « De toute façon « on montera demain. On verra bien. On est des « hommes ! — Oui », a dit Le Noir. Et il a dit : « On a « bien fait de venir deux. Seul on serait un peu décou- « ragé. »

« J'ai cherché une auberge. Je me souvenais d'une où j'avais déjà couché. C'était un hôtel pas pour nous. On est revenu au café du Clos. Il y avait un forgeron qui buvait, debout près du comptoir. Le hasard. Je le regarde. Je lui dis : « Vous n'êtes pas le fils Barthé- « lemy ? » Il me dit : « Si, pourquoi ? » Je lui dis : « Je « vous ai reconnu à ces gros sourcils que vous avez.

« — Ah ! mon père avait les mêmes.

« — Justement.

« — Vous l'avez connu ?

« — Oui, mais il y a de ça au moins vingt ans.

« — Il est mort. »

« Il s'essuya les mains à son tablier de cuir.

« Je lui dis :

« — Asseyez-vous avec nous. »

« Il s'assoit.

« Je lui dis : « Alors, vous avez gardé le métier de « votre père ? » Il me dit : « Oui, à peu près. Ce n'est « pas ce que j'ai fait de mieux. »

« D'une chose à l'autre, en parlant, après avoir dit qui j'étais, d'où je venais et où j'allais, je lui parle de l'hôtel et je lui dis qu'il n'était pas pour nous et qu'on ne savait pas où coucher.

« Il me dit : « Si vous n'êtes pas difficiles, je peux « peut-être vous faire coucher. »

« On lui dit : « Vous pensez bien qu'on n'est pas « difficiles. » Alors il nous dit : « Mais ça sera la paille, « ça sera dans la grange où je mets mes machines « agricoles. Parce que je vends des machines agrico-« les. Si vous voulez, c'est à votre disposition, mais je « n'ai que ça. » On dit : « Vous pensez bien que là nous « serons toujours d'accord. Buvons. »

« Et on boit.

« Il nous mena dans sa grange. Sa femme avait été d'accord avec lui. Il avait allumé sa lampe tempête.

« Je lui dis : « Qu'est-ce que c'est tout ça ?

« — Des machines agricoles.

« — Comment ?

« — Des moissonneuses-lieuses, des faucheuses, des râteleuses, des semeuses.

« — Alors, je lui dis, vous faites tout faire par les femmes ? »

« Il me demanda :

« — Qu'est-ce que tu veux dire ? »

« Je lui dis :

« — Je veux dire que vous n'avez plus de faucheur « et de semeur, mais des faucheuses et des semeuses. « Vos bras doivent se sécher. »

« Il me dit :

« — Tu aimes rire. »

« Mais il me demanda :

« — Tu ne savais pas qu'on avait ces machines ?

« — Si.

« — Tu es d'où ?

« — D'un pays extraordinaire, ne t'inquiète pas.

« — Mais d'où ?

« — Le haut du pays : Plateau de Grémone. »

Ils étaient là tous ensemble à l'écouter dans la grange de la ferme de Carle. Dehors, c'était l'après-midi d'hiver. Et ils se rendirent compte que c'était ici le haut du pays haut et que c'était d'eux que Randoulet avait parlé dans le bas pays.

« ... Alors il nous dit : « — Hé bien, dormez avec les « machines et ne vous en faites pas. »

« Il emporte la lanterne et nous nous couchons sur la paille. Voilà que la grange est juste à la sortie d'Embrun dans un détour de la route. La porte est toute démantibulée avec des fentes grosses comme mon bras. Chaque fois qu'une auto passe, avec ses phares avancés devant elle, la lumière entre par les trous de la porte et toute la grange s'éclaire. Impossible de dormir.

« Il en passe dix, il en passe trente, il en passe cinquante, il en passe cent. Le Noir est là pour vous le dire. Et à la fin je l'appelle :

« — Le Noir !

« — Oui.

« — Tu dors ?

« — Non.

« — Tu as les yeux ouverts ?

« — Tu vois ?

« — Oui. »

« C'étaient les machines que je voulais dire ; les agricoles. Je lui dis : « Regarde !

« — Oh ! il me dit, celle-là, il y a longtemps que je la « vois. »

« C'en était une qui avait des espèces d'ailes en forme de roue. »

— Et, interrompit Le Noir, j'étais couché plus bas que le patron. Les ailes étaient juste au-dessus de moi, à ras de terre. Juste contre moi il y avait comme une alignée d'étoiles.

— Tu ne me l'as pas dit, s'étonna Randoulet.

— Et, continua Le Noir, j'ai avancé la main et je les ai touchées. Elles étaient froides et le bord coupait comme un bord de couteau.

— C'étaient, dit Bobi, les lames de la faucheuse.

— Oui, dit Carle, on attelle un cheval et c'est un cheval qui fait tout marcher.

« — Les ailes, dit Bobi, c'était le grand tourniquet de bois, l'alignée d'étoiles c'étaient les lames de la faucheuse.

— Comment ça marche ? demanda Jacquou.

— Le cheval traîne, dit Bobi. Les ailes tournent. Les ailes poussent l'herbe contre les lames, les lames coupent, l'herbe tombe. »

Ils restèrent un moment sans rien dire. Jourdan se cura la gorge. Le vent du plateau secoua doucement la grange sonore.

« Puis, reprit Randoulet, tout s'éteignait. J'entendais Le Noir qui bougeait dans la paille.

— Je bougeais, interrompit Le Noir, parce que j'étais sous les ailes et, juste contre cette alignée de lames de couteaux. Chaque fois que tout s'éteignait, il me semblait que la machine craquait doucement comme si elle allait se mettre en marche.

— Sale nuit, dit Jacquou.

— Oh ! oui, sale nuit, reprit Randoulet. Le peu que j'ai dormi c'est avec de gros cauchemars. Ah ! j'avais tout le temps ces dents de fer qui me mordaient la jambe ou ces fourches qui se plantaient dans mon ventre, cette aile de bois qui tournait en me frappant la tête et ces roues qui me passaient dessus. Je perdais ma respiration. Je me tirais en arrière. Je me réveillais, j'appelais :

« — Le Noir !

« — Oui.

« — Tu dors ?

« — Non.

« — Ah ! quel rêve ! Tu as pu dormir, toi ?

« — Non. »

« Alors, vers le matin, il y a eu un plus long moment d'obscurité. Et on a pu se croire seul. Il faisait plus frais aussi. J'ai dormi. J'ai rêvé du plateau Grémone. Bleu.

« Et alors, mes beaux enfants, le jour s'est levé, en plein, peu à peu, pendant que je dormais à une bonne profondeur. Je me suis réveillé. J'ai réveillé Le Noir. On est sorti de là-dedans. Dehors c'était la campagne

274

des Hautes-Alpes avec son matin comme de l'or, les herbes luisantes, les peupliers, le bruit des ruisseaux. On a loué deux mulets au hameau des Conches, on est parti. On a d'abord traversé un peu de plaines. On a passé la Durance. On a encore traversé de la plaine, puis on a commencé à monter, avec de moins en moins des champs. Et alors, moi je me suis mis à penser aux moutons. Et toi ?

— Moi aussi, dit Le Noir.

— Et je me suis mis à chanter.

— Moi aussi, dit Le Noir.

— Ça devait faire beau, dit Jacquou.

— Les moutons qu'on a achetés, dit Randoulet, voilà ce que c'est, et tout le monde peut s'en rendre compte. C'est une race alpinière, nettement, je peux vous le dire, et pas du tout la première venue. Les pères et les mères étaient de Saint-Véran. Ils y sont nés, ils y sont restés, ils y sont morts. Pas morts comme des moutons, morts comme des hommes, et enterrés. D'abord. Ensuite, voilà ce qu'ils ont de plus que les autres : la peau du ventre épaisse comme ça (Randoulet montra l'épaisseur de son doigt), la tête taillée en biseau, une laine de fer. Tout ça fait que, à cause de la peau, ils se couchent dans la neige comme toi dans ton lit. A cause de la tête ils sont comme des arbres : tu les mets ici, ils restent ici ; tu les mets là-bas, ils restent là-bas. Ils n'ont pas d'initiative comme certains de ces moutons mariniers qu'on voit sur les routes. Faciles à garder. Et en plus des yeux superbes, paisibles, des professeurs de patience rien qu'à les regarder. On a tout acheté à Remusat, sur la montagne de Paille, à cinq heures de Valsainte.

— Attendez », dit Randoulet, et il dressa le doigt en l'air. Il resta en silence.

Le vent d'hiver secoua la grange.

« Ce ne sont plus des marchés ordinaires, ça, dit Randoulet. Ce ne sont plus des marchés de notre temps. On dirait que c'est de l'ancien temps. J'ai acheté cinq cents moutons d'un seul coup dans la montagne, à cause de la race, mais, la race, justement à cause d'autre chose, à cause de moi, à cause que j'ai réfléchi, à cause — il se pencha vers eux — écoutez. »

Ils se repenchèrent vers lui :

« ... Je suis nettoyé jusqu'au dernier sou. Cinq cents moutons, ça fait une somme. J'ai dit à Honorine : « Tu « peux laver les tiroirs maintenant.

« J'ai jamais été si content qu'aujourd'hui. »

XVI

Bobi avait raclé sa pipe. Elle était meilleure qu'avant et l'humidité de l'air la rendait encore meilleure de moment en moment.

Cet hiver dans son commencement avait été embarrassé de pluies épaisses et lourdes. Il n'avait pas pu y avoir de grands gels. Tout était resté mollasse et mouillé. L'eau jutait d'à travers les grands humus de la forêt. L'air lui-même était chargé de l'odeur de l'eau ; et c'est ce qui donnait si bon goût à la pipe de Bobi.

Il s'en allait à travers la forêt. Depuis longtemps les juments étaient retournées aux écuries. L'étalon était revenu crier devant la porte de Carle le troisième jour de la pluie. Depuis, il était paisible sur son ancienne litière. Seule, la jument d'Aurore courait encore un peu. Elle avait d'abord gémi devant une porte qu'on n'ouvrait pas. Mais, de toutes les juments du plateau, c'est elle qui connaissait le mieux la forêt et la liberté (car les cuisses d'Aurore n'étaient que nerveuses mais pas très fortes) et elle retourna dans les bois. Aurore était derrière la porte, cachée, regardant par le trou de la serrure, se disant : « Non, je ne te veux plus, reste avec ton étalon. » Une nuit, Aurore entendit craquer un petit gel. Elle descendit ouvrir la porte. La jument rentra. Mais il avait été entendu entre elle et la bête que la porte resterait ouverte. Aurore se disait : « Je

276

ne veux pas la retenir. Elle comprendra que je ne la retiens pas. Si elle veut partir, qu'elle parte. Si elle reste, il faut que ce soit d'un sentiment vrai et non pas à cause d'une porte. »

De temps en temps la jument s'en allait, galopait, restait un jour sous la pluie, revenait, ruisselante d'eau comme sortant d'un fleuve, avec de grandes feuilles rousses collées sur ses flancs.

Bobi entendit galoper la jument. Il ne savait pas que la bête et Aurore s'étaient laissé l'une à l'autre leur douloureuse liberté. Ce qu'il savait, c'était tout différent, et seulement la chose, vue par le petit œil de Mme Hélène. Mme Hélène était venue à la Jourdane. Elle était de plus en plus aimablement grasse, toute en tendresse et en langueur. Ses yeux étaient cernés par de la chair bleue qui éclairait comme un soleil. Deux ou trois autres endroits de la chair de Mme Hélène éclairaient comme des soleils : les coins de sa bouche, le creux de son coude quand elle étendait son bras nu, l'endroit de sa gorge qui effleurait le haut de son corsage. Ça ne pouvait presque plus se regarder. Elle s'était assise. Elle avait dit :

« Aurore ne parle plus. Aurore se colle le nez à la fenêtre. Aurore regarde la pluie et ne bouge plus. Aurore ne mange guère. J'ai l'impression que cette petite ne dort pas. »

Elle pensait que le seul remède, c'était d'attraper la jument, de l'attacher à la mangeoire et de faire comme avant.

Depuis que les pluies s'étaient apaisées, Bobi s'en allait tous les jours dans la forêt. Le ciel était bas et noir. La Jourdane, comme toutes les fermes du plateau, sauf Fra-Josépine, n'avait que de petites fenêtres étroites, faites pour résister au vent. Par ces temps de gros nuages et de froid, la maison n'était véritablement habitée que par le grand feu de l'âtre.

Dès qu'on était dehors, la pipe prenait un autre goût : le goût des venelles et des chemins, le goût des feuilles mortes, des humus et des fumiers naturels qui chauffaient les grandes racines de la forêt ; le goût des branches nues, luisantes, sur lesquelles les uns après les autres étaient morts les oiseaux grelottants et qui maintenant essayaient de chanter seules, sans oiseaux et sans feuilles, la chanson des branches nues dans le vent d'hiver. Ces branches avaient un goût puissant et animal, un peu chaud. D'autres goûts magnifiques venaient autour de la pipe, traversaient le tabac, se mêlaient à la fumée, se fondaient sur la langue. Des goûts pleins des images les mieux aimées des hommes.

Tout en marchant à travers bois, Bobi tétait sa pipe à petits coups. Il ne la touchait pas. Il ne l'enlevait plus du coin de sa bouche. Il ne la sentait plus peser dans ses dents. Il fumait du tabac gris renforcé d'un peu d'humide, bruni au pot de grès, à demi tassé, long à allumer et qui brûlait lentement par l'intérieur.

« Je m'achète un cerf », dit-il, et il regarda sa pipe.

Depuis que le cerf était arrivé sur le plateau, il appelait ainsi les grandes joies intérieures qu'il se donnait à lui-même. Aujourd'hui, le cerf, c'était goûter le goût de l'hiver, de la forêt nue, des nuages bas, marcher dans la boue, entendre les buissons qui griffaient sa veste de velours, avoir froid au nez, chaud dans la bouche. Il se sentait libre et agréablement seul.

Il entendit galoper la jument au fond des bois. Il n'y avait pas d'autre bruit, sauf le grésillement léger des nuages qui passaient au ras des arbres.

Il chercha à s'expliquer pourquoi cette bête ne s'accommodait plus de son ancienne étable. Elle avait pris goût à son sort nouveau. Il imagina Aurore appuyée contre la vitre, regardant les marronniers nus de Fra-Joséphine et la terrasse embarrassée de feuilles mortes. Soudain le galop sonna exactement comme le jour où Aurore avait parlé si sauvagement de l'amour. Il y avait le même silence dans le monde, les mêmes craquements de branches, le même galop. Il lui sembla entendre la voix qui disait : « Vous avez moins de cœur que la rivière. »

Il marcha encore un moment droit devant lui

jusqu'à un petit buisson d'églantier, nu, sans feuilles, mais qui gardait deux gros fruits rouges. Il regarda les deux fruits tout seuls dans les branches mortes. Il revint sur ses pas. Il essaya de voir à travers le grillage de la forêt. Le bruit du galop avait repris un peu plus étouffé ; la jument courait sur les mousses du côté du nord. Il sortit du chemin forestier, il entra directement sous bois vers le bruit. Il marchait comme avant, sans plus de hâte. La jument courait sur les mousses. Elle devait s'amuser, aller et venir, et parfois préparer un grand bond dans la lumière trouble, pour retomber sur l'épaisseur des mousses. Elle était encore loin, là-bas devant. Elle ne faisait pas plus de bruit qu'un lièvre. Sans effort il gardait la direction vers ce fond du bois où s'amusait la jument. Il traversait les petits buissons, il faisait à peine le tour des gros ; il passait à travers les branchages minces ; il marchait droit, dans les flaques, les pentes de sable, le grès, les bardanes molles. Il n'allait pas plus vite qu'avant, mais il avait les épaules plus grosses que pendant sa promenade. Il avait sorti ses mains des poches. De chaque côté de lui ses bras étaient raides comme des piliers de portiques. Il penchait la tête en avant, et les épaules. Sa pipe était éteinte. Ce n'était plus une promenade.

Les petits sabots clairs de la jument se mirent à battre les roches poreuses dans lesquelles la forêt avait creusé des cavernes. Bobi changea de direction. De ce côté-là les bruits sonnaient plus forts : c'était une falaise au-dessus des dévallements vers la plaine ; elle était la mère des échos du ciel et du sous-sol. Le martèlement de la galopade monta jusqu'aux nuages puis retomba sur la terre. Ce bruit multiplié fit apparaître la solitude. Il n'y avait plus dans le vaste monde que Bobi poursuivant la jument. Il traversa des champs de mousse, des marais de champignons pourris. De grosses gouttes de pluie pendaient au bout des branches mortes. Les nuages frottaient le haut des arbres.

Quand le soleil marqua deux heures, la jument

avait presque disparu du monde. On ne l'entendait plus. Il y avait eu un long moment de silence avec seulement les bruits du pas de Bobi et les bruits du cœur de Bobi. Il avait pourtant fait tous ses efforts. Il avait mis toute sa force à marcher solidement, mais, dès qu'il s'approchait, elle fuyait, elle se glissait vers des combes, elle faisait comme si elle allait s'élancer dans la pente vers la plaine de Roume. Il entrait dans les éboulis, il se laissait descendre, porté par des ruisseaux de pierres. Il s'arrêtait contre les souches de chênes. Il entendait la jument là-haut dessus. Il l'entendait galoper dans le bois de bouleaux, là où il y a de l'espace et où on peut faire de la vitesse. Le bruit s'éloignait. Il remonta. Le bois de bouleaux était désert. Rien ne gênait la vue. Il n'y avait que les troncs tigrés plantés droit de loin en loin avec leur écorce charmante comme de la peau de fille. Rien d'autre. Pas de bruit. Pas de traces. Le jour gris éclairait le bois nu. Loin au-delà du bosquet de bouleaux on apercevait la lisière noirâtre d'un canton de la forêt où poussaient des sapins et des mélèzes. La solitude. Bobi marcha quand même droit devant lui. Il faisait toujours ses mêmes pas. Il n'avait pas eu l'idée d'aller plus vite ou de courir. Il marchait à son pas. Il essayait de repousser la solitude avec son front, avec ses épaules pareilles à un portique, avec sa poitrine, sa masse d'homme, comme on fait dans un orage contre le vent et la pluie. Il lui fallait atteindre cette jument, et la saisir, et la prendre prisonnière au bout de son poing. Alors, la solitude s'écroulerait comme une montagne de nuages qui cache le ciel clair et les cent mille routes des étoiles.

« Car j'ai plus de cœur que la rivière. »

Une petite humidité luisante amollissait ses lèvres. Pas de bruit. Peu à peu la solitude, comme une pluie de sable, engloutissait la forêt. Plus d'arbres, plus d'air, plus de joie, rien que le désir de rejoindre la bête invisible.

La jument s'était arrêtée derrière la lisière des sapins. Elle broutait du foin sauvage. Bobi arriva près d'un bouleau fourchu et, de là, il vit la jument. Elle était à dix pas de lui. Elle ne bougeait pas. C'était pour ça qu'on ne l'entendait plus. Toute la forêt émergea de la solitude avec ses couloirs, ses hautes salles voûtées sous les chênes, ses escaliers de roches, ses tapis de mousses et le grand vent endormi qui l'habitait comme un serpent.

La jument sentit l'homme. Elle s'approcha de la lisière et passa sa tête à travers les branches de sapins pour regarder celui qui arrivait par le bois des bouleaux. Elle avait de gros yeux calmes. Elle renifla l'odeur. Bobi s'était mouillé avec la pluie restée dans les buissons. Il sentait fort le velours. La jument se souvenait de cette odeur. Un après-midi d'avant la noce des chevaux, Aurore était entrée à la Jourdane. Il n'y avait personne, sauf cette veste de velours pendue au clou près de l'âtre et qui gardait la forme des épaules et le mouvement des bras. Elle avait pris cette veste et elle l'avait emportée. Elle l'avait gardée devant son corps, couchée en travers de la selle. Elle était allée au fond des bois. Elle avait essayé la veste sur elle, passant ses bras de femme dans le mouvement des bras de l'homme, mettant sa poitrine de femme dans la poitrine de cet homme de fumée. La jument se souvenait. Et, à la nuit, on était revenu pendre la veste à un clou sous le hangar.

Dans un petit gémissement, la jument essaya de faire comprendre tout ça à l'homme. Il se détacha de l'arbre contre lequel il s'appuyait. Il s'avança. Elle retira sa tête d'entre les branches et elle s'enfuit.

Il la poursuivit jusqu'au fond du sud et jusqu'au fond du nord, loin dans l'est, loin dans l'ouest, en face du soleil qui se couchait derrière les nuages. Deux rayons rouges avaient traversé les boues du ciel et ils enflammaient, loin dans le plateau, deux ronds de terre. Elle n'était plus comme avant, détachée de lui, lui la poursuivant sans qu'elle le sache. Mais elle restait presque à la portée de sa main. Toujours cachée mais si près de lui qu'il pouvait l'entendre quand elle glissait dans la pourriture des champignons ou quand elle gémissait à fleur de naseaux de ce petit gémissement qu'elle avait eu en reconnaissant l'odeur de la veste de velours. Il savait bien, lui, qu'il n'était pas nécessaire de courir, mais poursuivre de son pas lent et fort, car dans ces choses-là, si on doit atteindre vraiment, c'est la tendresse, c'est l'amour qui pousse la désirée sous la main. Ce n'est pas une question de force. Et, si on ne doit pas atteindre, rien n'y fait, la désirée s'échappe devant les plus malins. Il allait, de son pas, changeant de direction, suivant les sautes de la galopade, crevant les buissons, traversant les découverts, s'enfonçant lentement dans l'épaisseur craquante des bois taillis. Enfin, la jument sortit de la forêt. Bobi sortit de la forêt. Il s'arrêta à la lisière. Tout était fini. Il restait encore un peu de jour. La jument galopait de toutes ses forces, loin à travers le plateau gelé. Elle disparut d'abord, puis il n'y eut plus de bruit.

En même temps, il n'y eut plus ni monde ni rien. Bobi imagina le visage derrière la vitre, là-bas, à Fra-Josépine, les yeux qui maintenant devaient regarder la nuit, ces joues, ce front, ces cheveux qui étaient comme les joues, le front et les cheveux de la vitesse. Il ne pourrait jamais atteindre Aurore.

Il revint à la Jourdane à travers les champs durcis.

« D'où viens-tu ? dit Marthe.

— De par là autour.

— Tu es tout mouillé.

— J'ai marché dans le bois.

— Qu'est-ce que tu as ?

— Rien.

— Tu as l'air triste.

— Non.

— Tu es fatigué ?

— Non, dit-il, ce que j'ai fait, je pourrais le faire tous les jours sans jamais être fatigué. »

Il était assis. Elle s'approcha de lui. Elle lui toucha doucement les épaules.

282

Au milieu de la paix de l'hiver, les hommes retrouvaient d'anciennes joies dans tous les détours de leurs corps. Il y en avait aux aisselles, aux coudes, aux genoux et à cette partie des épaules qui affleurait le col de la chemise plus sensible au froid puis au chaud. A toutes ces joies on pouvait donner des noms de bêtes. Il y avait des joies de chien dans l'échine : s'étirer, sentir le chaud qui montait le long des reins comme la poussée d'une plante avec des rameaux de chaleur et de grandes feuilles de chaleur veloutées et vivantes qui se repliaient doucement sur la poitrine pour garder le cœur et les poumons comme dans un cocon de ver à soie. Il y avait des joies de renard dans les jambes qui marchaient sur les chemins gelés et qui, malgré le froid, roulaient dans une bonne huile. La souplesse des jarrets, le froid qui saisissait la peau et un centimètre de chair tout autour de la jambe, mais, des profondeurs du corps coulait un sang brûlant qui descendait dans les jambes et, la cuisse, le genou, le mollet, la cheville et le pied commençaient à exister avec une très grosse puissance. Ça ne faisait plus partie de l'homme, mais ça faisait partie du monde, comme la montagne, le torrent, le nuage ou le grand vent. On pouvait marcher tout le jour pour le bonheur de marcher. Il y avait des joies d'oiseau à respirer l'air glacé — et pendant ce temps les feuillages du sang entouraient les poumons avec de grandes feuilles veloutées, brûlantes comme de la soie.

Tous les oiseaux du plateau s'étaient réunis au-dessus des pâtures de Randoulet. Et même les oiseaux du val de l'Ouvèze, de la plaine et ceux des lointaines montagnes. A mesure que le froid se serrait, ils arrivaient plus nombreux et plus étranges. Il y en avait d'espèces très rares et presque pas humaines ; de ces races que l'homme ne voit jamais. Il en venait de très loin avec des plumages qui portaient le reflet des terres semées avec des plantes de l'extrême-sud ; et même de ceux dont les plumes avaient l'odeur de la mer. Dès que le jour se levait ils montaient jusque dans les nuages en criant.

Marthe avait voulu de nouveau leur donner du blé. Elle avait balayé l'aire, entassé deux marmites de grains qu'elle avait gardés exprès pour ça en dehors du compte depuis la moisson. Mais les oiseaux n'étaient pas venus.

« Ils ne viennent pas », avait-elle dit.

Elle avait regardé le ciel vide. Elle était désespérée.

« Randoulet leur donne plus que toi, avait répondu Bobi.

— Il a suffi d'un peu d'herbe donc... », demanda-t-elle.

Elle avait de pauvres grands yeux qui regardaient le ciel vide et les bras abandonnés le long de son corps.

« Pas rien qu'un peu d'herbe, avait dit Jourdan, mais vingt gros hectares d'herbe laissée sur pied avec les graines, les tiges, les feuilles et même le floquet des fleurs tardives.

— Ici ou là, dit Bobi, ça n'y fait rien. Que ce soit toi ou Randoulet, ça n'a pas d'importance. L'important, c'est que le ciel reste libre. Regarde ! Au-dessus de nos têtes, il ne se fermera pas de tout l'hiver. Non seulement nous aurons tous nos oiseaux vivants mais encore ceux des autres terres. Le ciel s'est déjà fermé sur beaucoup de pays. Au-dessus de nous il reste ouvert.

— Mais, dit-elle en regardant toujours le ciel, la navigation est possible dans tout le large du plateau et je suis sûre que Mme Carle, et Joséphine, et Mlle Aurore ont balayé les aires et versé des boisseaux de grains. Et voilà, alors que nous autres nous sommes privés des oiseaux.

— Non, dit Bobi, on les entend. »

Ils écoutèrent. On entendait crier les oiseaux.

« Et nous pouvons rester dehors, regarde, sans être, comme l'autre année, sous un ciel qui faisait peur à force d'être vide. On ne sait pas, mais peut-être parce que là-bas toutes ces ailes de toutes les sortes volent au-dessus du grand pré, nous avons nous ici l'idée que quelque chose continue à nous tenir compagnie.

— Oui, dit Jourdan.

— Et peut-être que tout à l'heure il en viendra quelques-uns jusque sur ton blé.

— Peut-être, dit Marthe, c'est vrai, je suis toujours trop pressée.

— Ce qu'il faut comprendre, dit Bobi, c'est qu'en réalité rien n'est à notre usage, mais qu'à la fin, en réalité, tout est à notre usage et s'approche de nous pour qu'on en profite. Les oiseaux ne sont pas à nous. Il s'est fait là-bas, au-dessus du pré, toute une nation des oiseaux et, par elle, nous sommes assurés que le ciel ne se fermera pas au-dessus de nous de tout l'hiver. C'est déjà quelque chose.

— C'est beaucoup, dit Jourdan.

— Car, dit Bobi, le ciel se ferme au-dessus des contrées dont tous les oiseaux sont morts.

— Oui », dit Marthe,

Elle comprenait qu'il avait raison, mais elle pensait à la joie de nourrir. Ce n'était pas sa faute. C'était son désir de femme. La raison n'a rien à faire contre les désirs du corps. Et quand elle y fait, elle se trompe.

« Oui, se dit Marthe en elle-même, mais moi mon plaisir c'est de voir l'oiseau manger la graine que je lui donne, et le voir qui se goberge dans le tas, et qu'il fait ça et ça avec les pattes, et ça avec le bec, et ça avec les plumes. »

Comme elle se parlait à elle-même, elle s'arrêta soudain, car elle venait de se surprendre en train d'imiter l'oiseau avec de petits mouvements de ses bras et de ses épaules.

« S'ils me voient, se dit-elle, ils me croiront folle. »

Ils ne l'avaient pas vue. Ils s'étaient mis à regarder l'étendue du plateau. La solitude lugubre qu'on voyait d'ici s'élargissait à perte de vue. Les premiers champs près de la ferme avaient été plantés en fleurs. Mais, à ce moment-là, sous le ciel bas de l'hiver, ce n'étaient que des terres nues cuirassées de givre. Au-delà, la lande portait quelques genévriers. Rien de vivant n'était visible, sauf une ombre bleue venue du lent déroulement des nuages et qui rampait dans les pierres. L'horizon était noir comme la nuit et fermé de tous les côtés.

Marthe se dit :

« Un de ces jours, j'irai à la prairie des oiseaux. »

Elle regarda cet étrange pays, triste et muet tout autour d'elle. Elle se dit :

« Oui, mais là-bas je n'ai pas à avoir peur, je ne serai pas seule. Zulma garde les moutons. »

Elle ne se souvenait plus qui lui avait dit que Zulma gardait les moutons, mais elle était sûre qu'on le lui avait dit.

Zulma était devenue la reine des moutons. La reine et tout. Elle était le chaud, le froid, la pluie, le soleil et le vent des moutons, la joie et la tristesse des moutons.

C'étaient des moutons sauvages, avec des fronts de marbre et des yeux pleins de rudes mystères.

On avait été obligé, malgré tout, de les surveiller.

« Ça n'est pas, avait dit Le Noir, que je me monte le coup, je le sais bien. Qu'est-ce que tu veux que je fasse, seul dans tout ce large, et d'autant plus que ces moutons-là vont aller d'un côté et de l'autre, sans demander la permission à personne, mais... »

Il tira un moment sur une sacrée pipe de tabac mouillé.

« ... mais poursuivit-il, l'homme c'est quand même quelque chose, il ne faut pas dire le contraire. »

Il s'était installé une sorte de campement au milieu de cette étendue de vieille herbe enchevêtrée. Il avait refusé de faire une baraque.

« Il ne faut jamais faire de baraque », dit-il.

Il arrêta le bras de Randoulet.

« Ecoute, dit-il, tu as confiance en moi ?

— Oui, dit Randoulet en mâchonnant sa moustache.

— Alors, laisse-moi faire.

— Tu vas te geler, dit Randoulet, qu'on sera obligé d'aller te chercher, raide comme un bâton.

— Je ferai du feu », avait dit Le Noir.

286

Et puis, il était allé déficeler le vieux ballot de peaux de mouton tannées depuis plus de trois ans, il les avait raclées de tout le sel et mises à seréner pendant quatre ou cinq belles nuits. Il avait commencé à se tailler là-dedans des moufles, des toques, des souliers, des cuissards, des jambières, des étoles. C'est à ce moment-là que Zulma était venue près de lui. Ça se passait encore à la ferme, tout ça.

« Tu vas à la fête ? » demanda-t-elle.

Le Noir aimait beaucoup Zulma. Il avait l'habitude d'elle. Il savait jusqu'où pouvait regarder ce regard immobile et miroitant.

« Non », dit-il.

Puis il pensa : « Pourquoi parle-t-elle de fête ? Qui lui a parlé de fête ? Où a-t-elle pris ça ? Il n'y a jamais eu de fête sur le plateau. »

« Quelle fête ? dit-il.

— La fête », dit-elle.

Et elle montra vaguement l'étendue solitaire qui s'aplatissait sous le ciel gris.

Quand il eut taillé tout son costume en peau de bête, il l'essaya. Et alors, il doubla de volume. Il était devenu un gros homme. Il était obligé de faire des gestes très lents et des pas très lourds. Mais il ressemblait à quelqu'un. Comme lui dit Randoulet.

« Tu ressembles à quelqu'un.

— A qui ?

— A personne, mais je voulais dire que, comme ça, tu commences à être quelqu'un.

« Et tu crois, continua Randoulet, qu'une cabane ça n'aurait pas été plus commode ?

— Non, dit Le Noir, avec ces bêtes il faut vivre dans le même air. »

C'était aussi l'avis des moutons.

« Quand tu as une idée dans la tête, dit Randoulet, tu ne l'as pas aux pieds, on peut le dire ! »

Mais il fut bien obligé de se rendre compte. Sur sa vaste pâture sauvage de plus de vingt hectares, son grand troupeau s'était mis à suinter de tous les côtés et à se perdre. Il se disait :

« Je m'en fous, ils ne se perdent pas, je les retrouverai, ils ne sortent pas de chez moi. »

Mais il n'avait pas la joie de voir ses moutons. Il ne pouvait plus compter sur la joie de voir toutes les reproductions : les béliers, les brebis, les agneaux.

Le Noir s'en allait au centre des pâtures, à son endroit choisi. Il installa son campement ; et, de tous les côtés, comme de petites sources qui se seraient ouvertes, les moutons arrivèrent à la file, et d'abord, ils s'entassèrent autour du berger, puis ils s'étalèrent sur un plus grand espace mais sans disparaître, ne s'en allant plus droit devant eux à la recherche des fonds du ciel et de la solitude, mais reniflant du côté du berger et, parfois, aux abords des grandes nuits qui s'annonçaient sans étoiles, ils ronflaient vers lui du fond de la gorge un grand mot qui, disait Le Noir, « te fait l'effet de ces mots que les petits enfants crient quand ils t'appellent ».

Le Noir était là depuis peut-être deux heures et Zulma arriva. Elle avait dû marcher exactement dans ses traces.

« Comment as-tu fait pour trouver ? » dit-il.

Mais il s'aperçut que c'était sérieux. Zulma s'était coiffée en nattes serrées comme une trame de drap. Elle s'était fait une épaisse couronne en vieux épis de fétuque tout rouis ; elle s'était fait un collier de jonc vert et deux bracelets avec les tortillons d'un foin vivant qu'elle était allée arracher dessous les herbes. Les moutons qui étaient là se dressèrent et la regardèrent.

« Les bruyères ne sont pas fleuries, dit-elle en montrant ses ornements d'herbe grise.

— C'est passé depuis longtemps, dit Le Noir.

— Je ne savais pas, dit-elle, si j'avais su j'en aurais fait provision.

— Alors, dit Le Noir, tu n'as pas fait attention que les collines d'Ouvèze étaient toutes violettes il y a deux mois ?

— Oui, dit-elle, c'était le ciel.

— Non, dit Le Noir, c'étaient les bruyères.

— Quand on a besoin des choses, dit-elle, on ne les a jamais sous la main. »

Elle fit un petit geste de ménagère, comme elle en voyait faire à sa mère. Elle regarda autour d'elle. Elle vit les moutons. Elle posa ses mains sur les fronts couverts de laine.

Comme disait plus tard Le Noir à Randoulet :

« Déjà à ce moment-là, je ne discutais plus que par principe. Depuis longtemps ça y était.

— Mais, dit Randoulet, vous êtes rigolos tous les deux, quel rapport ça a avec les moutons ?

— C'est à croire, parfois, lui dit Le Noir, que tu as la tête comme une auge à cochon. »

La discussion monta. Randoulet était devenu rouge et tous les poils de sa barbe de huit jours se hérissaient sur ses joues, et la sueur coulait de son front comme de la buée d'un étang, et il parlait vite, il s'embrouillait, il finissait par ne plus savoir dire que : « Mais alors, explique, explique, je te dis.

— Qu'est-ce que tu veux que j'explique, dit Le Noir. Ça ne s'explique pas, ça se comprend, ou bien, c'est fini. »

Il était devenu tout pâle, il parlait avec une voix profonde, étrangère ; ses mains tremblaient, il regardait à côté de Randoulet, tantôt à droite, tantôt à gauche, mais jamais droit sur le patron.

« Oui, finit par dire Randoulet, et alors ?... »

Il avait avalé une bonne goulée d'air et il se calmait.

« Alors ?

— Alors, dit Le Noir, je lui ai dit : « Attends, je vais « t'essayer le costume. » Il a fallu lui enlever les bracelets et le collier, mais elle a gardé la couronne. Je lui ai donné mes cuissards, et ma chasuble, et mes molletières, et ma toque, et mes brassières, et tout, et mon bâton. Je lui ai dit : « Fais attention de bien entretenir « le feu. » Elle m'a dit : « Oh ! je sais ! » Le chien est resté à côté d'elle, de lui-même. Il faut la laisser.

« — Je veux bien la laisser, dit Randoulet, mais alors, elle ne viendra jamais plus ici à la ferme ? Ça va devenir une femme-mouton ? Elle va rester là-bas toute sa vie au milieu des herbes ?

— Non, dit Le Noir, de temps en temps elle retournera, ne t'en fais pas. Le tout c'est de lui porter régulièrement à manger.

— Je veux bien la laisser, dit Randoulet lentement. Si ça lui fait plaisir.

— Ça fait plaisir à tous, dit Le Noir.

— A moi guère, dit Randoulet, c'est ma fille, à la fin.

— Elle est à son aise, dit Le Noir. C'est tout ce qu'un père peut désirer pour sa fille. Et puis, moi je peux te dire qu'il fallait ça pour tes moutons. »

Le soir tombait. Ils se dirigèrent vers la maison où Honorine allumait les lampes.

« Qu'est-ce que tu as voulu dire avec ton auge à cochon ? dit Randoulet.

— Rien, dit Le Noir, j'ai voulu dire une auge à cochon.

— Quel rapport ça a avec ma tête ?

— Aucun rapport, dit Le Noir. C'est parce que dans l'auge à cochon il n'y a que des restes de soupe et des pommes de terre pourries.

« Tu saisis, dit Le Noir, malgré tout quand les bêtes comprennent tout de suite les choses, nous devrions les comprendre aussi. »

Ils tapèrent leurs gros souliers contre le seuil pour se débarrasser des semelles de boue.

Dans la soirée, Honorine dit :

« Toute cette histoire me paraît extraordinaire.

— Tais-toi, dit Randoulet. Les femmes ne comprennent jamais rien. C'est facile pourtant. Les bêtes elles-mêmes le comprennent. »

Zulma était restée longtemps immobile et elle avait écouté. Elle avait entendu les oiseaux. Ils étaient au chaud sous les herbes. Ils s'appelaient. Ils se parlaient à petite voix. Ils devaient même circuler de nid à nid le long de petits couloirs creusés dans le feutrage de la prairie ; de temps en temps de longues graminées givrées hochaient de leur tête lourde parce que les oiseaux ébranlaient leurs racines.

Le soleil ne se montra pas. Mais, subitement, au milieu de la coupole du ciel gris, une tache d'huile claire s'élargit et s'arrondit comme un fruit pelucheux. Une tige d'herbe gelée craqua. Au bout d'un moment sa gaine de glace glissa le long de la tige, découvrant encore un peu de chair encore verte. De loin en loin des herbes se dénudèrent et une lueur glauque et moirée comme les reflets de l'eau se mit à haleter sur toute l'étendue de la pâture. C'était midi.

Les oiseaux commencèrent à voler. Zulma les regarda. Ils sortaient de l'immense prairie grise. Ils faisaient éclater la mince couche de givre qui collait l'herbe. Ils secouaient la poussière glacée. Ils s'élançaient dans le ciel. Il y avait de grosses huppes, pareilles à de l'or et qui en trois coups d'aile s'en allaient toucher le plafond des nuages.

Le campement de la jeune fille était dans un creux de vingt mètres de tour, rond comme le creux d'un bol et qui avait été dans le temps l'emplacement d'un profond silo à grain. Là était le grand foyer endormi. De temps en temps d'énormes braises éclataient lentement sans bruit, découvrant au fond de leur chair rouge des cœurs de neige où palpitait le sang du feu.

Zulma était vêtue des vêtements que Le Noir avait taillés pour lui dans les peaux. Mais elle était forte. Elle avait de beaux seins, lourds et gonflés et des hanches qui remplissaient les vêtements d'homme. Elle était comme une géante de laine. D'un col, pour lequel Le Noir avait soigneusement choisi le poil luisant et frisé d'un agnelet mérinos, émergeait le visage placide aux lèvres épaisses et plates, aux yeux immobiles, aux larges narines, aux cheveux de paille, coiffés en cent tresses tramées serrées comme les fils d'une étoffe de soie et ils portaient la couronne d'épis de fétuque.

Elle regardait droit devant elle. Elle ne bougeait pas. Elle écoutait. Depuis un moment un bruit s'était levé d'entre le silence du pré d'abord presque pareil au silence, maintenant comme les foulées de l'eau qui avance sur du sable. On n'entendait plus que quelques pépiements d'oiseaux. Il n'y avait plus d'oiseaux dans le ciel, sauf là-haut le miroitement de deux huppes qui se battaient sur le fruit brumeux du soleil.

Un bélier invisible parla à ses brebis. Puis les moutons apparurent autour du creux de campement. La jeune fille les appela. Ils descendirent à côté d'elle. Ils portaient des oiseaux accrochés dans leur laine. Ils se couchèrent dans le creux, autour de Zulma, autour du feu, sur les pentes. Il en arrivait toujours. Ils arrivaient sur le bord, ils restaient là un moment à regarder. Ils avaient de petites cornes avortées, des fronts sur lesquels la laine écumait tumultueusement, et sous les poils, des yeux terriblement froids et bleus. Puis ils descendaient, faisant lever les moutons déjà couchés, se serrant autour de Zulma. Bientôt tout le creux fut plein. Le reste du troupeau se coucha dans le pré là-haut autour. Un vieux bélier noir posa quelques lentes questions graves à une brebis couchée près de Zulma. Les oiseaux dégagèrent leurs petites griffes de la laine et se mirent à voleter d'un mouton à l'autre. La brebis éternua. Un petit chien griffon se glissa entre les bêtes et vint s'asseoir près du feu.

Le jour était coloré de roux par les reflets embourbés du soleil. Il faisait froid. Rien ne bougeait. Les oiseaux seulement sautaient d'un mouton à l'autre.

Le mouvement hivernal du ciel emportait paisiblement les nuages vers le nord. Des ombres glacées marchaient sur la terre. Une de ces ombres toute bleue accueillit Marthe à la lisière des pâtures. Elle s'était décidée à venir. Elle était maintenant devant la grande étendue d'herbe. On ne pouvait pas deviner où se trouvait le troupeau. Elle marcha d'abord à l'aventure. Un roucoulement triste comme celui des colombes l'arrêta. Des moutons dressés derrière elle lui parlaient. Ils s'avancèrent jusqu'à la toucher. Ils reniflèrent la jupe de bure. Marthe avait la main dans la poche de son devantier. Elle leur donna une poignée de ce grain qu'elle avait apporté pour les oiseaux.

Les moutons se mirent à marcher ; elle les suivit. C'était vraiment une terre sauvage et qui faisait peur. Dans cette lumière d'hiver, dans ce froid, dans ce temps où l'on respirait cet air vif qui blessait la gorge on n'avait pas l'habitude de voir des graminées dont les épis s'étaient ouverts librement pour la graine et maintenant pesaient au bout des tiges comme des corps inconnus dans le monde.

Les avoines s'étaient épaissies du pied et elles avaient de larges feuilles pareilles à des feuilles d'acanthe. Mais les tiges surtout apportaient la force nouvelle de leur corps trois fois plus gros que le corps des tiges qu'on avait l'habitude de voir. La graine qui d'ordinaire était close entre les deux longues barbes blondes était tombée sur la terre pour sa semence naturelle. Il ne restait d'elle que l'armure légère qui l'avait protégée et qui, sous le gel, et les pluies, et le vent, était devenue comme du cuivre. Tout avait changé de mesure. L'herbe n'était plus de l'herbe simple dont on sait par exemple que, pour la brione ou l'avoine la largeur de la feuille ne dépassera pas la largeur d'un travers de doigt et la tige la grosseur d'une aiguille de bas, c'était devenu une herbe en marche vers une vie supérieure à la vie de l'herbe. Il y avait la liberté. Subitement, tout se démesurait, échappait à la mesure de l'homme, essayait de reprendre sa mesure naturelle.

« Oh ! se dit Marthe, c'est le paradis terrestre ! »

C'était triste : l'hiver, la solitude, le monde insoumis ; la grosseur et la force des herbes l'effrayait, mais elle comprenait que c'était ça le paradis terrestre.

Elle marcha plus de deux heures derrière les moutons. Elle pensait toujours au paradis terrestre à tous les moments : quand elle trébuchait, quand les herbes se nouaient à sa cheville et elle était obligée de faire effort pour se dégager, quand elle peinait durement pour avancer, quand les moutons tournaient la tête vers elle et roucoulaient tristement comme les colombes à midi (ils avaient de beaux regards incompréhensibles et c'était une grande douleur de ne pas les comprendre), quand les oiseaux s'envolèrent autour d'elle, quand elle vit qu'ils étaient chez eux, patron de leur terre, patron de leur grain, patron de leur liberté, quand elle en aperçut deux gros et bleus, des draines sans doute et qui dormaient au chaud dans les racinages d'énormes blés sauvages, quand elle se sentit étrangère, quand elle respira pour la première fois l'odeur puissante des foins gelés, quand elle se sentit perdue au milieu des herbes, quand un large oiseau doré se mit à voler silencieusement au-dessus d'elle, quand elle commença à voir d'étranges figures dans les nuages, de doux sourires larges comme toute l'étendue du ciel, quand elle comprit que c'était trop pour ses forces, quand elle sentit que le désespoir et l'espoir s'effaçaient de son cœur, quand elle pensa subitement à la cuisine de la Jourdane — cette chose chaude et luisante bâtie par elle et par Jourdan et qui abritait maintenant Jourdan et Bobi qu'elle venait de quitter à peine — et qu'elle vit la lueur de sa maison s'éteindre dans son souvenir comme le reflet d'un sou qu'on a jeté dans l'eau (un coup de vent plaqua ses deux mains froides sur sa poitrine), elle appela :

« Maman ! »

L'oiseau doré plongea dans les herbes. Les moutons tournèrent la tête et ils la regardèrent avec des yeux où tout était expliqué.

Ils approchaient du troupeau. Des bêtes bougeaient dans l'herbe. Un bélier se leva ; sa tête tremblait sous le poids de ses cornes. Marthe entendit une voix de femme qui chantait. Ce fut comme si toutes les lampes du soleil avaient éclairé des moissons. Elle cria :

« Zulma ! Zulma ! »

Mais aussitôt le chant cessa. C'était une chanson noire. Marthe s'avança ; arrivée au rebord du creux, elle vit Zulma au milieu des moutons. Elle la reconnut à cette couronne de fétuque. Marthe vint s'asseoir à côté de la jeune fille. Le chien griffon n'avait pas aboyé. Il s'était seulement arrêté de lécher sa jambe malade.

Zulma parla la première.

« Beau temps, dit-elle.

— Où vois-tu le beau temps ? dit Marthe.

— Partout.

— Je ne vois pas », dit Marthe.

Elle essayait de reprendre haleine. Elle était essouf-flée de peur et de tristesse.

« Je suis le beau temps », dit Zulma.

A ce moment, Marthe s'aperçut que la jeune fille avait elle aussi un corps monstrueux, grossi de cet énorme vêtement de peau de mouton.

« Laisse-moi un peu me reposer », dit Marthe.

(Elle voulait dire : laisse-moi m'habituer, je com-mence à voir que tu es belle, que peut-être tout est beau, que le soleil noir a de la lumière, que tu es peut-être véritablement le beau temps...)

Elle pensa : voilà que maintenant je parle comme elle, sans tenir compte de ce qu'on me dit mais seu-lement de ce que j'ai envie de dire.

« Oh ! pour le repos, dit Zulma, il faudrait d'abord savoir de quel repos vous voulez parler. Qu'est-ce que vous voulez reposer, si c'est vos bras et vos jambes ou si c'est votre tête ?

— C'est tout.

— Moi, dit-elle, c'est surtout ma tête. Elle ne vous gêne pas, vous ?

— Quoi ?

— Votre tête ?

— Ma petite fille, pourquoi ne parles-tu pas comme tout le monde ? »

Au moment où elle disait ça, Marthe vit les oiseaux. Ils étaient, pour le moment, tous cramponnés dans le lainage des moutons. Ils ne bougeaient pas. Ils ne bougeaient que les yeux. Ils étaient de toutes les couleurs. Dans le lainage même de Zulma, une ver-delette, reconnaissable à ses ailes de cuivre, à sa tête verte et à son ventre d'argent, dormait.

« Je ne sais pas, dit Zulma. Comment parlez-vous, vous autres ?

— Ah ! ma fille, nous parlons comme la vie nous force à parler.

— Je ne sais jamais ce que vous voulez dire, vous autres.

— Nous voulons dire que la vie est triste.

— Je ne comprends pas, madame.

— Triste, tu sais ce que c'est ?

— Non.

— Contente ; quand tu es contente, tu sais ce que c'est ?

— Non.

— C'est ton père qui t'a dit de venir ici ?

— Non. Comment voulez-vous, madame, qu'il me dise de venir ? Je vous dis que je ne vous comprends pas quand vous parlez.

— S'il t'avait dit : « Zulma, va garder les mou- « tons. »

— Mais il ne peut pas le dire. Personne ne peut le dire. Tenez, madame, en voilà un là-bas qui se dresse près du feu et qui vient me voir. Bien, c'est pour que je le gratte derrière l'oreille.

— Au lieu de me dire madame, tu pourrais m'appeler Marthe. Tu sais bien où je reste. Tu es venue. Tu te souviens bien qu'on avait mangé tous ensemble. Enfin, tu sais bien qu'on se voit depuis vingt ans. Je t'ai endormie dans mon tablier quand tu étais petite.

— Je ne sais pas, dit Zulma, moi j'écoute ce que vous vous dites quand vous vous parlez. Je me dis : ils se disent madame, il faut leur dire « madame » parce que moi, quand je parle comme je sais, vous ne me comprenez pas. Je me souviens bien de votre maison, j'y suis allée pour le cerf. Vous, vous m'avez essuyé le ventre. Vous, je sais qu'on ne vous dit pas « madame », mais moi j'ai plus d'audace quand je le dis à quelqu'un. »

Elle regarda Marthe longuement.

Marthe était pleine de réflexions. Tout ce qu'elle sentait, entendait et voyait ne la touchait plus directement mais se brisait d'abord sur son cœur. Elle était obligée de parler à Zulma et de se parler à elle-même. « Je n'avais jamais vu ses yeux, se dit-elle. Je crois que personne ne les a vus. Elle a toujours les yeux baissés. Maintenant je les vois ! »

Ils étaient immobiles et larges mais parcourus par une foudre verte.

« Moi, dit Zulma, je n'ai pas d'audace. Et, peut-être c'est mieux.

— Pourquoi voudrais-tu de l'audace ? dit Marthe.

— Vous avez tous fait quelque chose pour moi. Toi, tu m'as essuyé le ventre. Je m'étais couchée au bord de l'eau pour cueillir le cresson. Mon ventre était mouillé. Tu as relevé ma jupe. Tu as passé le torchon sec bien partout. Et après mon ventre était chaud. Ah ! mais voilà, dit-elle en fermant les yeux, maintenant, je ne sais plus parler comme toi ! »

Elles restèrent longtemps en silence.

« Madame, dit Zulma, puisque vous êtes là, je voudrais que tu m'expliques le fin fond des choses. J'aime beaucoup quand tu me touches avec ta main parce que tu as la main claire comme de la farine.

— Je ne sais rien, ma fille.

— Vous devez savoir. Ce sont les femmes qui le chantent.

— Qu'est-ce que tu veux dire ?

— Ma mère prépare du lait bourru pour les petits agneaux et elle y met de la farine d'orge pour l'épaissir et le faire gras. Alors, elle touille avec un grand bout de bois et elle chante :

> *J'avais pour moi un grand trésor,*
> *Qui me l'a pris ?*
> *C'est l'amour, la mort.*

— Je connais la chanson, dit Marthe. Je l'ai chantée moi aussi à l'époque où j'étais jeune. Voilà comment ça dit :

297

Marie avec ses pieds blancs
Est venue devant la porte,
Mais le berger a passé
Sans la regarder.

— C'est juste celle-là, madame.

— Sûr, dit Marthe. C'est « l'amour, la mort ». Toutes les femmes ont chanté cette chanson quand elles étaient jeunes.

— Je ne la chante pas, moi, dit Zulma.

— Alors, qu'est-ce que tu veux que je t'explique ?

— Rien, dit Zulma, restons un peu sans parler. Depuis que vous êtes là, vous ne faites que parler et je ne vous comprends pas. Reposez-vous comme vous avez dit. »

Commença le silence. On entendait les herbes, le froid, les plumes des oiseaux, la laine des moutons, le ciel.

Marthe rentra à la Jourdane en même temps que la nuit. Les hommes avaient placé le couvert sur la table et fait briller un grand feu.

« On t'a soignée, dit Jourdan, regarde ! Voilà qu'on a fait ton ouvrage. Aujourd'hui, c'est nous qui te servons. Pour une fois que la maîtresse sort ! Alors, comme ça va, ma vieille Marthe ? Pas fatiguée ?

— Non.

— Et vous avez vu les oiseaux ? demanda Bobi.

— Je les ai vus.

— On dirait que tu n'es pas contente.

— Ecoute, dit-elle à Bobi, maintenant, je crois que ce sera difficile.

— Quoi ?

— En somme, dit-elle, moi maintenant, je crois qu'on ne peut pas faire durer la joie. »

Elle remarqua tout de suite comme le visage de Bobi s'assombrissait.

« Qui vous le fait dire ? » demanda-t-il.

Il n'interrogeait plus comme un qui a la réponse prête ; elle comprit qu'il savait peut-être déjà.

« Et même, dit-elle, je crois qu'il ne faut pas le désirer. »

Bobi ne répondit pas.

Marthe raconta son après-midi chez Zulma. Ils venaient tous les trois de terminer leur repas du soir. Les deux hommes bourraient leurs pipes.

« Elle dit toujours ce qu'elle veut dire, dit-elle. Elle va chercher les choses très loin, là où nous autres nous n'irions pas. »

Les deux hommes allumèrent leurs pipes. Le tabac était mouillé. Ils se penchèrent plusieurs fois sur l'âtre pour prendre du feu.

« Ce qu'elle m'a dit, dit Marthe, elle me l'a dit en deux fois. »

Puis, elle se dressa de sa chaise et elle alla souffler la lampe. Ils restèrent tous les trois seulement éclairés par le feu de la cheminée. Marthe plaça sa chaise dans l'angle du manteau. Elle avait son visage dans l'ombre.

« Voilà ce qu'elle m'a dit, dit-elle. Elle m'a dit d'abord : « Et pour nous, où est le berger ? »

Marthe s'arrêta de parler. Elle voulait faire comprendre le temps de silence qui, là-bas, dans le plein large des herbes et de l'hiver avait suivi les premières paroles. La pendule battait. Les deux hommes fumaient lentement la pipe.

Puis elle m'a dit : « Je suis la bergère. »

Et autour d'elle, tout était paix et repos.

XVII

Le printemps sauta tout d'un coup sur la terre. Les jonquilles vertes dépassèrent les herbes. Les églantiers tremblèrent sous de larges fleurs. L'air était amer et ardent comme de la sève de figuier.

Jacquou sortait tous les jours. Il s'en allait à grands

pas à travers ses champs, puis dans la lande qui le séparait des champs des autres. Il se léchait les lèvres. A la fin, elles se gercèrent.

« C'est la force du temps », dit-il.

L'inflammation s'élargit tout autour de sa bouche. Le bord des yeux devint sanglant.

« Arrête-toi, dit Barbe, calme ton sang.

— Ah ! dit-il, toi tu as compris.

— Quoi ? dit-elle.

— Voilà, dit-il, ma vieille que, pour la première fois, je ne me commande plus. »

Il avait parlé avec sa voix de jeune âge. Et calmement, et posément, et tout.

« Tu devrais prendre du dépuratif.

— Je prends le dépuratif qu'il me faut », dit-il.

Malgré ça, Barbe lui fit de la tisane d'aigremoine. Au bout de quelques jours, il était guéri. On revoyait son visage de terre.

Un soir, en rentrant, il s'en alla vers les étables. Les jours avaient grandi. L'air était doux. On avait ouvert les portes et mis des claies pour empêcher les bêtes de sortir. Les brebis, les agneaux, le petit âne, les chèvres, le cheval se pressaient contre les barrières. Ils reniflaient l'air du soir. Il y avait une odeur de fleur du côté des champs. La jument noire s'approcha. Jacquou avait l'habitude de lui donner du pain. Il trouva un croûton dans ses poches. Elle le fit craquer sous ses grandes dents.

« Alors, fille, dit Jacquou, est-ce que tu es pleine, oui ou non ? »

Le lendemain matin, Jacquou sella le cheval.

« Je vais à la Jourdane. »

Il s'enleva encore souplement sur les étriers de corde et une fois d'aplomb sur la selle, il poussa un soupir. Il se sentait les reins solides, les hanches lourdes, les cuisses fortes. Il s'en alla au pas. Le cheval fouettait de la queue les petites mouches dorées. Les champs qui touchaient la ferme avaient toujours été entretenus en prairies. Cette fois, ils étaient plus gras. Jacquou les avait ensemencés en double sans rien dire à personne. Une nuit, il avait pensé à tous ces grumeaux de terre noire que la racine des herbes soulève et qui dort dans les sous-bois des prés. Il s'était dit : « Je vais redonner de la graine à tout ça. » Il avait choisi dans plus de cent paquets de papier et il avait surtout choisi les paquets sur lesquels étaient collées les étiquettes coloriées des plus belles fleurs. La méthode, il la connaissait comme pas un : un pré, c'est de l'herbe. La fleur ne sert à rien. Ce qui compte, c'est ce qui est entre la fleur et la racine. Au bestiau, la fleur ne fait rien. Et, qui sait, s'était-il dit ? Qu'est-ce que vous en savez, vous autres (vous autres, c'étaient les ancêtres, les pères et les grands-pères, et tous ceux qui avaient créé des prés et des pâturages avant ce printemps-ci). Qu'est-ce que vous en connaissez de la bête ? Et si, des fois, cette fleur — se disait-il tout seul au milieu de la nuit — si cette fleur donnait du poil, ou donnait de l'œil, ou donnait de la dent, ou de la corne, ou du sabot, ou qui sait quoi de beau sur la bête ? Qu'est-ce que vous en savez ? Ainsi, en pleine nuit, il discuta longtemps avec l'ombre des ancêtres. Le bord de son sommeil fut tout illuminé de bœufs et de vaches à la peau de feu, de moutons, de chevaux et de chèvres à la beauté extraordinaire.

Maintenant, du haut de son cheval, il voyait ses larges prés écumeux. La petite éclaire, la grande éclaire, la pâquerette, l'herbe d'or, la drave et la cardamine étalaient leurs fleurs. Il traversa les prés et l'odeur de miel monta autour de lui à mesure que le cheval froissait les herbes avec ses jambes. Plus loin, étaient ses blés clairs. Puis, les deux champs où il n'avait pas semé de blé mais des narcisses comme Jourdan. C'était devenu la fleur préférée du plateau. Elle venait avec aisance. Il comprenait soudain, grâce à elle, que tout le sous-sol était parcouru d'eau. Après, était la lande couchée sous la brume bleue. Il pensa qu'un jour il faudrait en venir à s'entendre au sujet de cette lande, s'y mettre tous, la gratter au hérisson de fer et jeter là-dessus des graines de fleurs. Planter des arbres, des érables, des ormeaux, des bouleaux qu'il aimait tant. Des bouleaux dont l'écorce est douce à l'œil comme le flanc des biches.

Il pensait à un monde consolant. Il languissait de connaître le poulain neuf qui devait être dans le ventre de sa jument. Il lui supposait une peau d'ocre tachée de blanc. Il lui voyait une crinière transparente pleine de vent et des jarrets minces comme des poignets de jeune fille. Il le voyait galopant. Lui il allait au pas à travers les terres. Il traversa les narcisses de Jourdan et il arriva à la Jourdane.

« Tu es guéri ? demanda Marthe.

— Je n'ai été malade que de dessus, dit-il en se touchant la peau du visage. C'était la crasse du sang.

— Ça t'a merveilleusement passé, dit Marthe. Et alors, te voilà en promenade ?

— Non, dit-il, je suis venu exprès. Où est Jourdan ?

— Entre. »

Il attacha le cheval au pilier du hangar.

« Au fond, dit-il, j'ai été très inquiet.

— De quoi ?

— De ce qui m'était venu sur la figure.

— Ça n'était pas grave.

— Non, dit-il, mais ça n'était pas beau. »

Jourdan était en train de préparer une grande étagère pour des paquets de graines.

« Je vais, dit-il, me les préparer pour avoir tout ça sous la main et au moment qu'il faut. On a maintenant le temps de tout faire.

— Voilà, dit Jacquou, moi je suis venu à propos d'une chose. Nous devrions lâcher nos bêtes.

— Tu sais, dit Jourdan, que moi je n'en ai pas beaucoup. J'ai juste mon cheval. Et ma truie.

— Qui te la couvre ?

— Le verrat de Fra-Josépine.

— Elle est pleine ?

— Elle fera les petits dans une vingtaine de jours.

— Voilà, dit Jacquou. Descends de ton escabeau, viens t'asseoir. J'ai une demi-heure de temps. Où est Bobi ? Je voudrais t'expliquer.

302

— Bobi est à la forêt. Il y a des choses nouvelles au sujet du cerf et de toute la bande.

— Quoi de nouveau ?

— Du bon, dit Jourdan.

— Alors, viens t'asseoir.

— Moi, dit Jacquou, je dis qu'il faut vouloir tout ou ne rien vouloir.

— Moi aussi, dit Jourdan.

— Moi, dit Jacquou, je dis que tout le temps de cet hiver je me suis posé cent questions. De nuit et de jour.

— Moi aussi, dit Jourdan.

— J'ai attendu le printemps.

— Moi aussi.

— Et le printemps est là.

— Oui.

— Et je comprends les choses, dit Jacquou d'une voix tendre.

— Je les comprends aussi, dit Jourdan. Mais, je n'ai pas beaucoup de bêtes à lâcher. Je n'ai jamais été un fermier d'élevage. J'ai plutôt été un fermier de plante.

— Au fond, dit Jacquou, tu pourrais continuer à t'occuper des plantes.

— C'est ce que je fais, dit Jourdan.

— Mais, je voulais dire, t'en occuper d'une autre sorte.

— C'est ce que je fais, dit Jourdan.

— Je suis devenu, dit Jacquou... voilà, il faut que je te parle d'une autre façon. Je suis heureux. Non, je ne suis pas devenu heureux comme un couillon. Avant de voir le taureau blanc...

— Quel taureau blanc ?

— Une nuit j'ai vu un taureau blanc.

— Où ?

— Debout devant moi.

— Dans les prés ?

— Non, dans un rêve. »

Ils étaient assis sur l'aire. Devant eux les champs

303

dormaient sous le matin blond et la brume. Les alouettes chantaient.

« Un taureau ! dit Jacquou. Il était planté devant moi, de face. Depuis ses sabots jusqu'aux épaules, ses jambes faisaient l'arc comme le timon de ce rouleau à blé. Sa tête avait un nez large comme mes deux mains. Ses cornes s'ouvraient toutes droites. »

Jacquou dressa ses deux bras tendus.

« Oui, dit Jourdan, c'est bien un taureau de rêve.

— J'ai eu tout mon temps pour le voir, dit Jacquou. Il est resté là. Il ne bougeait pas. Moi non plus. Je le regardais en détail comme si on m'avait dit : « Ou « bien tu meurs ou bien tu vas apprendre par cœur tous « les endroits de son corps où tremblent les lunes, les « demi-lunes et les étoiles de ses muscles, ses demi-« muscles et ses pointes de muscles. » Sur la peau, des fois, on aurait dit le frisson d'un touché de mouche et ça faisait dans son poil comme l'éclair d'une étoile. Mais ça n'était pas une mouche. C'était un petit éclat de force qui pointait là. A d'autres endroits, des muscles plats tournaient en faisant coucher le poil qui blanchissait en rond. Voilà ce que moi, dans mon rêve, j'ai appelé les lunes, les demi-lunes et les étoiles. Quand le taureau s'est effacé je me suis réveillé. C'était mon heure habituelle de réveil. Quand il est venu devant moi, c'était mon heure habituelle de sommeil. Il est resté tout le temps sans que nous languissions, ni lui ni moi. Toute la nuit.

— C'était quand ?

— Alentour de mars.

— Le froid était parti ?

— Juste il partait.

— Nous avions encore la pluie ?

— Non. Il y avait eu trois jours de grand soleil. Puis le brouillard s'était levé et on a eu alors des jours où on ne voyait rien que le brouillard. C'est une nuit de ces jours-là.

« Qu'est-ce que tu en dis ?

— Rien.

— Pareils, dit Jacquou, j'ai eu le rêve de la chèvre,

le rêve du cheval, le rêve de mes juments avec dix poulains couleur de feu. Le rêve de la truie. Je n'ai pas de truie. J'ai peut-être rêvé de la tienne. Enfin, une truie.

— Elle mettra bas, dit Jourdan, juste quand les jours se seront clarifiés en plein.

— Qu'est-ce que tu en dis ?

— Je ne dis rien, dit Jourdan, je dis que tu as rêvé des bêtes.

— Oui.

— Moi, j'ai rêvé des plantes.

— Ah !

— Pas régulièrement, dit Jourdan, mais je dormais vert.

— Alors, toi et moi, à nous deux, nous avons rêvé les plantes et les bêtes. Et ça se passait quand, pour toi ?

— A peu près de la même époque. Je me souviens des jours de brouillard.

— Tu en as rêvé beaucoup ?

— Je crois que je les ai rêvées toutes. Seulement, elles étaient mélangées. Ça n'était pas comme toi pour le taureau ou la truie, une bête pour chaque rêve. C'était un rêve vert. Tout mêlé.

— Moi, dit Jacquou, oui, c'était chaque fois une seule bête. Ça ne pouvait pas être plus. Quand j'avais commencé à la voir, je n'avais qu'une envie, c'était qu'elle reste là pour que je la voie bien. Et elle restait là.

— Moi, dit Jourdan, j'ai vu de drôles de choses. Une fois ça a été une herbe blanche et bleue comme le brouillard, luisante, un peu épaisse et un peu grasse comme juste ce brouillard qui était venu après les grandes pluies. Elle n'était pas plantée dans la terre, on n'aurait pas dit. Ou bien alors elle montait très haut et elle retombait comme le feuillage d'un arbre. Je la voyais retomber doucement du fin fond du ciel. Elle avait les feuilles divisées comme les feuilles de l'absinthe. Mais elle était, je te dis, grasse et cendrée, et luisante, et huileuse, quand on écrasait un bout de ses feuilles dans les doigts. Et si petit qu'on en écrasait, ça donnait une odeur terrible, une odeur qu'on aimait tout de suite à la folie. Une odeur qui ressemblait un peu à l'odeur du marc de raisin et du marc d'olive mélangés.

— Nous n'avons pas rêvé des choses ordinaires, dit Jacquou.

— Non, dit Jourdan.

— Pourquoi ? dit Jacquou.

— Moi, dit Jourdan, je dois te dire que ces rêves-là me plaisent beaucoup et que, depuis, ça m'a donné des idées.

— Je l'ai vu, dit Jacquou, je l'ai vu tout à l'heure à ton étagère et à tes paquets.

— L'an prochain, dit Jourdan, j'aurai des graines extraordinaires.

— Des graines de quoi ?

— Des graines d'herbes, des graines de fleurs, de…

— Je vois, dit Jacquou.

— Depuis que j'ai rêvé des plantes, dit Jourdan, j'ai envie d'en faire. Et j'en ferai.

— Il faut que je rentre », dit Jacquou.

Jourdan l'accompagna jusqu'au cheval. Comme là-bas à sa ferme, Jacquou mit le pied à l'étrier de corde et doucement il enjamba la bête.

« J'aurais voulu voir Bobi, dit-il, mais je crois que nous aurons l'occasion.

— La chose, dit Jourdan, c'est que le cerf est revenu avant-hier soir et qu'il nous a amené ses deux femelles.

— Ils sont venus paisiblement ? demanda Jacquou.

— Paisiblement. Ils ont pâturé tout autour de la ferme. Les biches s'approchaient de moi, de Bobi et de Marthe comme si elles nous avaient toujours connus.

— Comme si elles nous avaient toujours connus ! » répéta Jacquou.

Il fit tourner son cheval en face des champs couverts de fleurs où courait un petit vent tiède.

« Moi, dit-il, je voudrais avoir un beau taureau et une belle vache, un beau bélier, une belle brebis, une belle ânesse pour mon âne qui est déjà beau, et qu'un bel étalon sorte du ventre de mes juments. Mes mains me démangent pour faire de belles bêtes. Au revoir.

— Salut ! »

Il s'en alla au pas.

Cette visite intrigua beaucoup Jourdan. Il pensa aux plantes qu'il avait rêvées. Maintenant, en même temps, il fut obligé de penser aux bêtes des rêves de Jacquou.

« Nous voulons faire, se dit-il... C'est curieux comme tout ça nous chauffe. »

Il entendit un bruit de pas. Il crut que Jacquou revenait. Il n'y avait rien du côté des vastes champs déserts sous la brume. Il regarda du côté de la forêt. C'était Bobi qui retournait. Il était encore loin, mais dans le silence le bruit du pas solitaire s'entendait bien. D'autant plus que le brouillard faisait écho. De ce côté, le brouillard était en face du soleil et traversé par les rayons qui y ouvraient des cavernes bleuâtres et profondes.

Bobi revenait de la forêt et il se battait les houseaux avec une branche de hêtre. Les cent mille petites gouttes d'eau qui alourdissaient le brouillard faisaient loupe et on voyait un Bobi démesuré, des membres et un corps d'ombre vingt fois plus gros que ses membres et son corps. Au centre il y avait seulement une tache plus noire et c'était son corps véritable. Mais s'il faisait un geste du bras ça devenait le geste d'un bras de vingt mètres de long et gros comme une poutre de grange, et il portait l'ombre loin sur la terre, et s'il bougeait la tête c'était le mouvement de toute une colline. Mais quand il faisait un pas ça n'était qu'un pas d'homme. C'était un géant qui dansait sur place.

*

Bobi ce matin-là avait apporté une branche de hêtre, avec trois bourgeons, trois bourgeons verts lavés de rosée. Et quand il les déplia l'un après l'autre, il les vit gonflés d'une sève résineuse couleur d'or. Le printemps !

Mme Hélène avait fait sortir la calèche dans la cour de Fra-Josépine. Elle avait dit à la vieille Cornute :

« Prends un bouchon de teille et un seau et lave-moi cette voiture. »

Elle vint voir comment le travail était fait. La vieille Cornute avait déjà frotté les boiseries et les ressorts.

« Madame, dit-elle, tu devrais te la faire repeindre.

— Et comment, dit Mme Hélène. Vous avez toujours des idées, vous, Cornute ! Pour ce que j'en fais, pour aller dans les terres !

— Oui, dit la vieille Cornute ; tu devrais te la faire repeindre en bleu ciel. »

Jusque-là le printemps était resté doux. Il devint sauvage. Il écrasa les larges prés de Randoulet sous de la chaleur et du vent. Tous les oiseaux s'envolèrent. Les derniers qui étaient restés dans les nids au fond de l'herbe écoutaient le bruit des grosses racines réveillées, et le roulement de la sève dans les tiges, et le sifflement de la sève qui s'épanouissait dans les feuilles, et le clapotement de la sève qui sortait en bulles de toutes les fentes des bourgeons. Peu à peu ces oiseaux-là commencèrent à avoir peur. C'est alors qu'ils aperçurent au bord de leurs ailes une petite frange couleur de rouille qui les étonna. Ils essayèrent d'abord de se laver à sec à coups de bec. Mais, ce n'était pas de la saleté : ils virent que c'étaient des plumes neuves. Leur œil aussi s'élargit. Il eut besoin d'immenses reflets. Ils furent obligés de partir pour voler dans le ciel en criant.

Mais le sud et le nord du ciel étaient en pleine bataille. Le vent luttait contre les nuages. Le sud était lourd des exhalaisons de la mer. Les nuées s'entassaient en montagnes. Le vent venait du nord, toujours froid comme en plein hiver mais avec moins de force. Quand les nuages s'étaient bien entassés ils s'écroulaient lentement dans le vent. D'abord, ça le surprenait. Il y avait un moment de calme. Le nuage pesait de tout son poids. Une nuit bleue couvrait la terre. Puis, le vent gonflait sa poitrine, se débattait, criait et creusait au milieu des pluies de longs tunnels roux. Le soleil ruisselait dans tout ce tuyautage de nuages comme l'eau souterraine dans les galeries qui, sous les montagnes, courent de caverne en caverne. Le vent en même temps que la lumière rugissait dans le ciel comme dans un orgue.

Bobi courut vers la grange. Il entra et il ferma la porte. Alors, appuyé contre le mur, il essaya de reprendre haleine. Un ancien désir était en lui. Il ne s'en était plus souvenu. Il ne s'était pas remis à y penser petit à petit, non, il avait eu soudainement envie. Il poussa le verrou de fer. Ici il était seul. La lucarne était tantôt pleine d'ombre, tantôt pleine de soleil. Bobi chercha des sacs vides. Il en trouva quatre. Il les étendit par terre. Il se coucha sur les sacs. A ce moment, il entendit dehors tous les bruits du monde. Il essaya les tours d'acrobatie qui lui étaient coutumiers. Ce qu'il appelait l'homme-crapaud, les cuisses sur les épaules, et l'homme-serpent, les bras et les jambes noués autour de lui. Il entendit craquer ses genoux. Il comprit que ses jointures s'étaient durcies. Il se redressa. Ainsi, la souplesse était perdue. A ce moment-là, le vent ayant déchiré un énorme nuage en emportait les morceaux, emplissant successivement la grange d'ombre et de soleil, puis encore d'ombre et de soleil. Bobi sentit qu'un saut périlleux parfait était inscrit dans ses reins. Parfait, rond comme une boule ! Quand la troisième ombre de nuage arriva il sauta. Il retomba juste sur ses pieds. Alors, il eut encore le désir de sauter et il s'élança encore une fois, puis encore une, sans se rendre compte que le plancher de la grange grondait sous lui comme une peau de tambour. Enfin, il retomba d'aplomb sur ses pieds, ivre, vide de force, heureux, en face de la lucarne, juste au moment où, le vent ayant emporté tous les morceaux de nuages, le ciel bleu et doux s'enroulait silencieusement autour du monde comme une aile d'oiseau.

« Où es-tu ? » cria Jourdan.

Bobi se hâta de descendre. Dehors il fut ébloui par la lumière. Dans l'air visqueux, épaissi par les vapeurs de la terre, le soleil semblait venir de partout.

« Regarde ! » cria Jourdan.

Il pointait son bras vers les lisières de l'horizon. Là-bas un cheval galopait. Il était nu et sans cavalier. Il disparut en soulevant la poussière de la lande. Alors ils virent arriver un vol d'oies sauvages. Elles remontaient contre le vent.

« Les narcisses », dit Bobi, montrant les champs.

Mais le vent ne leur permit pas de parler comme des hommes. Il se mit à souffler avec une telle rage qu'il leur limait les mots au ras des dents. Les oies sauvages volaient de toutes leurs forces, mais elles ne bougeaient pas de place. Elles semblaient clouées dans le ciel comme une nouvelle constellation bonne pour la journée, avec de grosses étoiles toutes blanches.

« Orion ! cria Jourdan. Orion-fleur de carotte ! »

Puis le vent leur saqua les reins et ils coururent devant lui jusqu'à la maison. Marthe avait relevé les rideaux de toile à toutes les fenêtres pour que le grand jour puisse entrer librement. Il entrait librement. On voyait clair de tous les côtés dans la cuisine. On entendait le vent ébranler les murs. Les yeux de Marthe avaient plus de couleur que d'ordinaire. Pendant la nuit le vent ne cessait pas et de longs éclairs de soufre voletaient dans l'écroulement des nuages.

Tous les matins, Bobi s'en allait derrière le hangar. D'ordinaire, à cette heure-là, le ciel n'était qu'une cavalcade de nuées joyeuses, fleuries, luisantes de soleil. Dès qu'il était à l'abri, Bobi faisait à la file un, deux, trois sauts périlleux, parfois quatre. Puis, ivre, il rentrait comme si de rien n'était.

Il était arrivé une chose curieuse dont on ne s'était jamais aperçu et qui attira l'attention de Carle et du fils Carle. Et ce jour-là ils rentrèrent à leur ferme ivres comme Bobi après les quatre sauts périlleux. Ils se promenaient, le père et le fils. Ils ne parlaient pas. Ils étaient arrivés au bout du pré où, pour la première fois, l'an d'avant, le fils avait vu le cerf. Au bout de ce pré, comme dans le temps, il y avait une ancienne noria, la terre faisait la bosse. Ils montèrent là-dessus. Au passage, Carle vit qu'un bouleau commençait à pousser tout seul et allait bientôt être assez haut pour se dégager de l'herbe.

Dans les terres plates, il suffit de peu de hauteur pour qu'on découvre un large espace. Du haut du mamelon, Carle et le fils voyaient très loin autour d'eux. Il faisait un très grand vent. Le ciel coulait du nord vers le sud. Les vagues d'herbes couraient vers le sud. On voyait la forêt de Grémone épaisse sur l'horizon. Le balancement des arbres se couchait vers le sud. Une poussière blonde, poussière des fleurs de frênes, fumait de la forêt et s'envolait vers le sud. Carle et le fils étaient tristes tous les deux d'une tristesse pas désagréable. Comme quand on voit partir des gens et qu'on reste, qu'on se dit : « Qui sait ce qui les attend ? Moi, ma maison est douce. » On s'imagine qu'ils vont coucher dans des buissons d'épines par des nuits de pluie. On pense au bon lit de la maison. On désire à la fois d'un même désir le bon lit et le buisson d'épines dans la pluie.

Carle et le fils regardaient tout ce monde vagabond emporté vers le sud. C'est en reportant leurs yeux sur les champs qu'ils virent cette chose curieuse, ce que Carle appela : le printemps, quand il en parla aux autres. On ne savait pas au juste ce qu'il voulait dire, ni lui non plus, mais il le disait. Du haut de l'ancienne noria il avait vu tous les chemins du plateau fortement marqués dans la terre. Jamais, ni lui ni son fils qui étaient montés plus de cent fois sur la butte ne s'étaient aperçus qu'on pouvait voir tout ça d'ici. Il avait fallu venir jusqu'à ce jour ruisselant de départ et de vent. Cela provenait de ce que la saison nouvelle avait partout poussé la vie de l'herbe et que, au milieu de toute cette verdure, les chemins paraissaient plus vigoureux et plus neufs. Il y avait les chemins de charrettes avec les deux ornières bien tracées. Il y avait le sentier de piéton, la sente cavalière, le chemin rapide, la fausse route que ceux du plateau devaient entretenir, qu'ils n'entretenaient jamais autrement que par le travail naturel de leur passage et qui était ce jour-là bleue de la couleur du ciel parce qu'elle était usée jusqu'au granit. Toutes ces routes s'entrecroisaient et partaient. Elles se rejoignaient, elles se séparaient, elles filaient vers la forêt Grémone ; elles s'en allaient vers la vallée de l'Ouvèze, vers les montagnes, vers le sud, vers le nord, vers l'est, vers l'ouest, sans souci de l'heure, de l'ombre ou de la lumière. Elles étaient d'une puissance formidable. On était un peu plus triste en les regardant. En même temps, le sang sonnait sourdement deux ou trois gros coups de tambour dans les oreilles.

« Et, dit Carle quand il en parla, les routes se raccordent à des routes. Il n'y a pas de routes qui finissent en cul-de-sac. Les routes, c'est sans fin et sans fond. (Et il élargit les bras vers les quatre horizons.) Le printemps », dit-il encore.

Les autres restèrent sans rien dire. Ils voyaient tout ça clair comme s'ils étaient sur la butte de la vieille noria.

De ce soir-là, Carle pour la deuxième fois lâcha son étalon. Il n'était pas question de saillies. Il était question de liberté. La bête s'en alla droit devant elle tout de suite au plein galop. Carle remarqua que, derrière elle, un chemin nouveau s'était ouvert dont l'herbe gardait la marque. Cela ne lui enleva pas de tristesse. Il n'y tenait pas d'ailleurs : ce n'était pas une tristesse souffrante mais comme un besoin d'amertume, comme quand le corps doit se décrasser et qu'on boit de la tisane d'aigremoine.

La grande bataille du ciel continuait. Sur le large du plateau l'étalon nu et sans cavalier apparaissait et disparaissait dans un nuage de poussière. Il était devenu une bête admirable, capable de sauts presque magiques et souvent, au long des nuits, il hennissait dans les sifflements du vent.

Mme Hélène avait perdu le sommeil. Elle n'avait un peu de calme qu'en posant ses mains froides sur ses seins. Parfois un éclair illuminait sa chambre, puis l'éclat sourd d'un tonnerre ébranlait la maison comme venant de dessous la terre. Le vent avait fait chanter les girouettes. Maintenant, elles étaient immobilisées dans son courant qui soufflait toujours du même point de la nuit et elles ne faisaient plus que se plaindre doucement, de temps en temps, d'un petit gémissement régulier. Mme Hélène n'avait de calme qu'en touchant ses seins avec ses mains froides. Elle était triste de les sentir durs et de feu. Les gémissements du vent entraient dans sa chair et se plaignaient tout contre son cœur. La fenêtre jointait mal et tremblait en faisant claqueter ses vitres. Dessous le chambranle le vent pouvait passer. Il venait sauter sur la couverture du lit. Il était tiède. Il s'appuyait doucement sur le corps de Mme Hélène. Il faisait avec elle comme avec un feuillage d'arbre ; il la pénétrait profondément ; il apportait son trouble chaud jusqu'au fond d'elle-même, là où elle s'était cru depuis toujours la plus solide. Le vent gémissait. On entendait son gémissement parcourir la nuit et les échos qu'il réveillait dans la montagne et dans les vastes salles de la forêt. La maison tremblait. Non seulement les murs qui étaient frappés directement par la bourrasque et contre lesquels Mme Hélène entendait parfois le crissement sableux des nuages emportés au ras de terre dans les tourbillons sauvages mais, au fond de la maison, les portes les plus secrètes se mettaient à vivre entre leurs gonds de fer. La tristesse de Mme Hélène était faite de paix et ne venait de rien d'humain.

« Je n'ai à me plaindre de personne, se disait-elle naïvement, même pas de moi. Et au fond je suis bien paisible. »

Elle se répétait : paisible, paisible, à mesure que soufflait le vent, et le gémissement apportait toujours plus de tristesse molle et de chaleur. Et c'était une tristesse très désirable.

Mais la voix du vent sortait comme d'un gosier de bois avec des sonorités presque humaines, tandis que les gémissements de la girouette étaient des gémissements de fer. Ils n'entraient pas dans la chair en suivant les ondulations des nerfs et des vaisseaux du sang, se coulant par les routes les plus douces, mais ils tranchaient droit devant eux comme un couteau en direction du cœur. Les nerfs faisaient mal, les artères semblaient se vider tout d'un coup par quelque brèche ouverte au fond de la chair. A ces moments-là, Mme Hélène n'avait que le secours de ses deux mains froides. Elle pensait à Jourdan. Les premières fois, elle avait tout de suite fermé les yeux, mais elle avait vu beaucoup plus clair avec les yeux fermés, et maintenant elle gardait les yeux ouverts. Elle regardait la fenêtre pleine de nuit où s'inscrivait en lignes d'or la constellation du bélier. Elle ne voyait pas les étoiles écrasées de vent et pelucheuses comme des grains d'avoine. Elle voyait les yeux de Jourdan. Elle ne voyait pas la nuit aplatie contre les vitres. Elle voyait le corps noir de Jourdan. Elle n'entendait pas ce gémissement des bourrasques. Elle entendait son ancien gémissement à elle et, sans qu'elle puisse lutter, une puissance d'ombre forçait ses cuisses et les ouvrait.

Une nuit, elle entendit une plainte qui n'était ni celle du vent, ni celle du drapeau de fer. Il y avait dans celle-là quelque chose de bestial et de tendre. Elle s'adressait plus directement au cœur que les plaintes du vent et du fer. Dès qu'elle fut touchée de cette voix nouvelle, Mme Hélène sentit que la jeunesse se réveillait au fond de son ventre. Elle se mit à lui parler.

« Alors, qu'est-ce que tu veux, toi ? dit-elle. (Elle parlait à voix basse. Elle essayait de retarder le plus possible ce moment où elle n'aurait plus de force pour résister.) Qu'est-ce que tu veux ? Quelle est cette chose qui m'arrive ? Qu'est-ce que j'ai fait au bon Dieu pour que ça revienne ? Qu'est-ce que tu veux que je fasse avec toi maintenant ? Je suis seule, tu le sais bien. Il est parti. Il n'y a plus personne à côté de moi. Qu'est-ce que tu viens faire ici ? Laisse-moi. »

Soudain, elle crut que c'était Aurore qui se plaignait. Elle fut soulagée. Elle sauta du lit. Elle alluma sa bougie. Elle ouvrit la porte du couloir. Aurore était là en effet dans sa longue chemise de nuit.

« C'est toi qui pleures ? » dit Mme Hélène.

Aurore était à côté de la grande fenêtre du couloir et elle regardait dehors.

« Je ne pleure pas, dit-elle.

— Qui fait ce bruit ?

— Un cheval », dit Aurore.

Alors, Mme Hélène comprit que c'était bien le hennissement d'un cheval.

Elle soupira.

« Il faut nous recoucher, ma fille, et rester paisibles. »

Mme Hélène retourna à son lit.

Il n'y avait plus maintenant que les gémissements du vent. Un éclair silencieux illumina la chambre. Mme Hélène ferma les yeux. Elle n'essaya plus de lutter contre l'homme immense, chaud et lourd, qu'elle voyait ainsi très clairement devant elle. Elle s'endormit peu à peu et, comme elle tenait ses seins ronds dans ses mains, elle imagina des voiles de navires que le vent gonfle et emporte.

Le printemps continua à être sauvage. Tous les champs de narcisses étaient fleuris. Les éclairs illuminaient toujours les nuits. Le vent ne s'arrêtait pas. Il prenait au contraire de la violence. Il sentait la pierre et la pluie. Il venait des hautes montagnes où la neige commençait à fondre. Il avait parfois l'odeur crue du granit. Durant le jour l'épaisseur des nuages donnait de l'ombre à la terre. A certains matins un moment de calme laissait du repos aux arbres et aux herbes. Un oiseau chantait. Les troncs des bouleaux qui venaient de se balancer sans arrêt se redressaient en soupirant. On entendait dans les prés le glissement de la rosée. Les pigeons sortirent des pigeonniers. Ils firent un tour en l'air puis ils rentrèrent de nouveau dans l'abri.

La truie de Jourdan n'avait que huit mamelles. Elle fit neuf petits cochons. Le neuvième était si clair de graisse, de peau et de sang qu'on voyait le jour au travers. Comme il n'avait pas de place pour téter, il fallut l'élever au biberon. Jourdan allait chercher du lait chez Jacquou. Puis, Jacquou lui dit :

« Je vais te donner ma chèvre en pension pour quelque temps, ce sera plus facile, viens la chercher demain. »

Le lendemain, Jourdan attela la charrette et partit pour chercher la chèvre.

C'était toujours le même temps, un peu plus noir.

Jourdan avait planté du maïs. Il était en train de pousser. Autour de la Jourdane poussait tout ce qui était nécessaire à la vie. Le vent de printemps qui rasait la terre tourmentait le champ de blé vert, juste ce qu'il fallait pour que la tige soit forte et puisse supporter l'épis chargé. Il y avait là assez de blé pour quatre pendant plus d'un an. En faisant son champ de narcisses, Jourdan avait trouvé une source. Toute petite. Pas plus grosse qu'un tuyau de pipe. Il l'avait d'abord prise pour un ver. Il avait pensé à l'économiser dans un bassin de terre colmaté d'argile. Elle y dormait. Elle lui avait permis deux ou trois choses nouvelles : d'abord un potager, un endroit qui, sur la terre, était marqué de vert profond, presque bleu : de gros choux, des raves, des carrés d'épinards, des oseilles, des oignons, des ails, des plançons de tomate (à tout hasard). Ensuite, la plus grande nouveauté de tout : un large carré de lin. Pour plusieurs raisons. La raison que disait Jourdan : « Moi, j'aime ce bleu des fleurs. » L'autre raison, il ne la disait pas. C'était : « Moi, je vois loin. Je vois d'ici deux ans ou trois. On sera content d'avoir ça ici. » Il avait aussi planté du chanvre. Il avait commencé à en mettre à rouir dans son bassin. Il avait essayé d'en battre un petit paquet.

De là étaient venues deux ou trois idées nouvelles : chercher dans la forêt un arbre dont le bois ne jouerait pas ; l'abattre ; l'apporter à la Jourdane ; le scier à la scie longue ; faire des planches ; monter un instrument en bois pour battre le chanvre. Cet arbre, ça pourrait être par exemple un petit noyer, ou bien un petit chêne, ou bien un petit cèdre. Le bois de cèdre sent bon. La sciure du bois de cèdre c'est comme une folie quand on la respire, tellement ça sent bon. Avoir son instrument en bois de cèdre, un outil en bois de cèdre. D'abord, c'était absolument indispensable d'abattre cet arbre. Il y avait un autre outil dont on avait besoin. Tout de suite. Marthe serait si contente. Un métier à tisser. Bobi avait dit qu'il savait de quelle façon c'était agencé. Jourdan s'en souvenait un peu. Marthe se souvenait des gestes et, à cause des gestes, elle se souvenait de l'outil. Bobi avait dessiné les deux montants sur un morceau de papier et Marthe lui avait dit : « Tu te trompes. Ici, ça ne fait pas cette ligne, ça fait celle-là. Parce que, quand on pédale, cette chose monte et si ça faisait cette ligne, on se taperait le genou. Oui mon homme. » « C'est vrai », avait dit Bobi, et il avait effacé sa ligne et tracé une autre ligne en suivant le doigt de Marthe qui lui disait : « Là, comme ça, alors ça ira. » Un métier à tisser. En bois de cèdre. Jourdan se passionnait pour ce métier à tisser. Il le voyait. Il l'entendait. Le bruit qu'il entendait lui remettait en mémoire son jeune temps, son pays de montagne, son père, sa mère, sa vieille maison, leur vieille vie, leur vieux calme, leur vieux beau calme. La vie est belle ! La vie est belle, sort de Dieu !

« Et toi, cheval, tu t'endors ? Oh ! paresseux ! Et nous y arriverons quand chez Jacquou ? Et alors, le petit cochon, il l'aura quand son lait, tu y penses ? »

Il toucha le cheval du bout du fouet.

« Nous le ferons, va, le métier à tisser. Et je te crois ! Et dessus le portique j'y creuserai au couteau un cerf avec de grandes cornes et puis de chaque côté des biches. Tout autour, sur les montants, partout. »

Il voyait le cerf qu'il dessinerait avec son couteau. Le couteau à manche de corne qui a la lame pointue et bien aiguisée. Il voyait les cornes du cerf larges comme des branches d'arbres. Dessous, les biches abritées, se rasant de l'échine et des pattes comme quand elles passent sous les branches basses des cèdres. Tout ça serait dessiné sur le portique et les montants en bois de cèdre du métier à tisser de Marthe.

Il entendit un bruit derrière lui dans la lande. Il arrêta son attelage. Il écouta. C'était un roulement de voiture.

« La voilà encore, se dit-il, mais qu'est-ce qu'elle fait comme ça ? »

Depuis quelque temps, chaque fois qu'il sortait ou qu'il était seul aux champs, il entendait, puis il voyait la calèche de Mme Hélène. Elle apparaissait, puis elle se mettait à tourner autour de lui en rond sans jamais s'approcher. Autant qu'il avait pu en juger, Mme Hélène conduisait seule ; elle avait attelé à deux chevaux, elle menait dur au long trot, parfois au petit galop, souvent debout devant le siège, sans précautions, à travers champs, de toutes ses forces.

Il avait crié :

« Madame Hélène ! »

Il lui avait fait signe avec la main : « Venez ! »

Au lieu de venir, elle avait continué à tourner autour de lui. Puis elle était partie.

Il s'était dit :

« Elle ne m'a pas entendu. »

Mais la fois d'après, soit que l'air ait porté dans sa direction soit qu'aussi lui ait crié plus fort, il vit bien que les chevaux avaient entendu. Donc, elle aussi. Il recommença à faire signe : « Venez ! » Elle regardait de son côté, mais elle fit comme à la fois d'avant, elle tourna et elle disparut.

« Qu'est-ce qu'elle a ? Elle m'a vu, pourtant ! »

En rentrant, il demanda à Marthe :

« Tu as vu Mme Hélène ?

— Pas ces jours-ci.

— Elle ne t'avait rien dit ?

— Non.

— Elle n'avait pas l'air fâchée ?

— Non, dit Marthe, pourquoi ?

— C'est drôle, dit Jourdan, ça fait deux ou trois fois que je la vois avec sa calèche, elle me tourne autour. Je l'appelle, elle me regarde, elle m'entend, elle ne vient pas.

— Elle a peut-être autre chose à faire », dit Marthe.

Jourdan, en son for, ne s'était pas contenté de cette explication. Il s'était dit : « C'est drôle ! »

La lande était nue. Le ciel tout en tumulte, silencieux, car le vent passait haut. Jourdan entendit que la calèche se rapprochait. Il était dans un creux. Mme Hélène ne pouvait pas voir qu'il s'était arrêté. Il entendait les clochettes des chevaux, le bruit des ressorts et même la voix de Mme Hélène, une voix sombre comme le printemps et qui cria : « Hari ! » Puis tout s'arrêta.

Il allait appeler quand il pensa : « Elle s'est arrêtée parce qu'elle ne m'a pas vu déboucher du creux et qu'elle m'a jugé à l'arrêt. Elle ne veut donc pas me rencontrer. Tout ça n'est pas clair. Je me demande ce qui se passe. Qu'est-ce que je lui ai fait ? Pourquoi me suivre et s'arrêter ? Pourquoi me rôder autour en grand cercle ? »

Il se dit : « Le mieux est de faire demi-tour, de la rejoindre et de lui dire : « Alors, qu'est-ce qu'il y a ? » Mais tout de suite après il pensa, au contraire, que mieux valait continuer la route sans faire semblant de rien, sans rien dire, sans rien laisser paraître. Car il aimait beaucoup Mme Hélène. Il aimait son teint, sa couleur de chair, ses manières, ses yeux, la forme de son nez, le son de sa voix, la façon qu'elle avait en marchant, en bougeant les bras. C'est chez lui qu'elle était venue se réfugier quand son mari était devenu fou.

« Jourdan, se dit-il, ne la contrarie pas. »

Il toucha son cheval et se remit en marche.

« Oui ! se dit-il. Un grand métier à tisser, tout droit comme ceux qu'on a dans la montagne. »

Il arriva dans l'endroit du plateau qu'on appelait : « Mouillure. » C'était un large affaissement humide avec des joncs et des prèles. Et là, il y avait du brouillard.

« Là, se dit Jourdan, pour peu qu'elle s'oublie, ça lui sera difficile de ne pas me rencontrer. »

En effet, on ne voyait pas devant soi. On allait à l'aveuglette. Si on arrêtait, les bruits particuliers du brouillard trompaient l'oreille. Tout était changé.

Il était à peu près au milieu quand il s'entendit appeler. Il arrêta son cheval.

« Qui m'appelle ?

— Moi, dit la voix.

— Qui toi ? »

La voix venait de la gauche.

« Mme Hélène.

— C'est vous, dit Jourdan, je ne vous ai pas entendue venir.

— La terre est souple, dit-elle.

— Où êtes-vous ?

— A gauche, dans les saules. »

Il vit au fond du brouillard une ombre plus noire. C'étaient les saules.

« Attendez, je vais vers vous.

— Non, dit Mme Hélène, ne bougez pas.

— Je me demande ce que vous avez, dit Jourdan, presque pour lui, mais elle entendit.

— Je n'ai rien, dit-elle.

— Vous me suivez.

— Oui. »

Il ne sut plus que répondre.

« Où allez-vous ? demanda-t-elle.

— Chez Jacquou chercher la chèvre. J'ai un petit cochon qui ne peut pas profiter du lait de la mère.

— Qu'est-ce qu'il a ?

— La mère a huit mamelles et il est neuvième.

— C'est le sort de tous », dit la voix.

Jourdan entendit crier le timon rond de la calèche,

puis les branches de saules qui frottaient contre la capote de cuir. Mme Hélène faisait tourner les chevaux. Elle les frappa tout de suite du fouet sifflant. Elle était partie.

Quand Jourdan sortit des bas-fonds de « Mouillure » il regarda à droite et à gauche. C'était le désert. On n'entendait rien. Mme Hélène était partie.

Il fouetta le cheval, prit le grand trot, ne pensa à rien qu'à sauter sur son siège, tenir les guides, refrapper du fouet. Il arriva chez Jacquou, parla un petit moment de la pluie et du beau temps, prit la chèvre, tourna bride et revint à Jourdane.

Aussi soudainement qu'avait éclaté la sauvagerie du printemps, s'établit la quiétude des jours paisibles. On les sentit tout de suite durs et solides comme bâtis de ciment et de fer. La forêt était couverte de feuilles. Elle tenait deux fois plus de large qu'avant. Avant, elle n'était qu'un grillage de bois noir contre le ciel. Maintenant elle était grasse et gonflée. Ce coin de ciel était bouché. Le plus petit arbre avant, mince charpente de fil de fer noir et luisant de pluie, maintenant engraissé et charnu était devenu un habitant du monde. Il tenait de la place. Il y avait moins de vide dans le ciel. On le voyait bien en regardant mais on le sentait mieux encore en criant ou en faisant du grand bruit. Avant, le bruit sonnait dans du vide ; maintenant, il sonnait dans de la foule, et de la vie.

Les jours étaient dorés.

Jacquou avait envie de viandes et de sang. Une hallucination vivante née de ses désirs l'entourait. Il voyait d'admirables bêtes aux formes transparentes et qui passaient devant lui comme de la fumée. Il avait maintenant une grande ambition. Il voulait avoir les bêtes de ses rêves, les élever, les faire marcher sur la terre, les mettre là sur ce plateau Grémone où il n'y avait plus rien à faire, où maintenant il y avait quelque chose à créer. Il voyait devant lui un long et beau travail à quoi employer ses mains et sa tête. Son corps demandait beaucoup de force. Il prépara une pierre plate sur l'aire. C'était une vieille meule à blé. Il alla chercher un chevreau. Il lui entrava les jambes et il le coucha sur la pierre. La bête allongea le cou, son haleine soulevait une ancienne poussière de balle de blé.

De la pointe du pouce, Jacquou essaya le fil de son couteau. Il saisit le chevreau par les oreilles. Il lui tira la tête en arrière. Il lui trancha la gorge. La bête avait poussé un cri. Son gémissement silencieux continuait à écumer dans le trou de la blessure. Le sang cessa vite de couler. Il était tout par terre. Les petites pattes s'arrêtèrent de trembler ; le chevreau retroussa ses babines et se mit à rire.

Jacquou l'écorcha. La bête n'avait pas encore d'os mais des cartilages blancs comme de la neige dans une chair blanche de jeunesse. Il fendit le ventre et fit dégorger l'estomac et les tripes.

Il appela le valet :

« Fais-moi un trou, dit-il, et enterre ça. »

Il lui désigna l'emplacement.

« Là-bas », dit-il.

Il avait l'intention d'aller planter un rosier à cet endroit-là.

Il mit de côté, sur la pierre, le foie et la fressure. Une légère buée fumait de ces lambeaux de chair.

A partir de ces jours-là la saison fut lourde et paisible. Les hommes et les femmes étaient remplis de désirs mais personne n'osait encore réaliser les grands rêves.

C'était la tristesse de printemps.

XVIII

L'étoile des bergers éclaira les nuits.

« On l'appelle aussi Vénus », dit Bobi.

Les rossignols chantaient.

Jourdan et Bobi entrèrent dans la forêt avec des haches. Marthe attela le cheval à la charrette légère et s'en alla chercher de la laine chez Randoulet.

Jourdan dit :

« Il nous faut d'abord deux montants en cèdre de deux mètres trente de haut. »

Ils cherchèrent de jeunes cèdres. Ils en trouvèrent au bout de Grémone, à l'endroit où la forêt clairsemée recevait de plein fouet le vent froid de la montagne.

Le premier arbre, une fois abattu, semblait petit. Il mesurait malgré tout trois mètres. Le bout était trop jeune pour faire un bois fier il restait à peu près le compte. Il avait dans les quarante de large, quinze au carré utilisable tout le long.

Jourdan dit : « Ça va. »

Les deux hommes bourrèrent la pipe et fumèrent en réfléchissant.

« Il faut, dit Bobi, laisser les premiers racinages. Ça fera le pied.

— Bonne idée », dit Jourdan.

Il ramassa un des écouens qui avaient sauté quand ils avaient commencé le travail à la hache.

« La fibre a l'air docile », dit Jourdan.

Il sortit son couteau et il essaya de creuser un dessin dans le bois.

Au bout d'un moment Bobi demanda :

« Qu'est-ce que tu fais ?

— J'essaie », dit Jourdan.

Il avait dessiné et creusé une étoile à cinq branches.

« Orion ! dit-il. J'ai l'intention de dessiner tout ça sur le linteau. Orion, le cerf, les biches, les arbres. »

Ils coupèrent encore un autre petit cèdre à peu près dans les mêmes quartiers. Ils l'attachèrent avec des cordes. Ils le traînèrent à côté de l'autre. Après ça, il avait été dit que Jourdan partirait au-devant du retour de Marthe pour la faire venir ici avec la charrette. Qu'on puisse emporter les bois encore d'aujourd'hui. De ce temps, Bobi ébrancherait, puis il couperait trois ou quatre branches de vieux cèdre. Huit d'épaisseur et cent de longueur.

« Coupes-en quatre, mais plutôt cinq. On s'en servira toujours. »

Jourdan s'en alla.

Bobi avait une hache qui coupait bien. Le cèdre qu'il ébranchait se défendait par son odeur. La résine pleurait de partout. C'était un aromate puissant qui s'attachait même au fer de la hache. Chaque fois que Bobi levait l'outil il faisait flotter l'odeur. Bientôt, toute la petite clairière où il travaillait fut parfumée. L'air était chaud, le ciel entièrement éblouissant comme du feu.

Vers midi, Bobi avait fini de faire la litière avec les branchages bleus des deux arbres. Il s'assit sur les troncs saignants et il mangea son fromage. Le monde bourdonnait doucement. A travers le feuillage retombant du vieux cèdre glacial et noir qui l'abritait, Bobi voyait toute l'étendue du plateau. La terre était silencieusement animale.

A peu près à la même heure, Mlle Aurore descendit à l'écurie et sella la jument. Elle avait l'habitude de serrer la sangle jusqu'au cinquième trou. Elle tira. L'ardillon arrivait à peine en face du troisième.

« Ne te gonfle pas », dit-elle à la bête.

C'était la première fois de l'année qu'elle revenait à la jument, faire amitié et dire tout est oublié. Car Mlle Aurore voulait voir Bobi. Lui parler. Le voir. L'entendre. Le toucher. Lui dire : « Soyons amis comme le jour où vous m'avez attrapée à la course à cause de mon cœur. Parce que mon cœur était trop faible pour courir vite et loin, parce que mon cœur était fait pour autre chose. Soyons amis comme le jour où je vous ai essuyé les cheveux avec mon devantier. Faire amitié avec la jument, la seller, la monter, galoper dans le printemps jusqu'à la Jourdane et voir Bobi, être un peu femme, une fois pour toutes. Lui dire : « Voilà pardonnez-moi. Pardonnez tout ce que je vous ai dit. »

« La vérité c'est que... La vérité est dans ce que je vous ai dit, car si je vous l'ai dit c'est que... Toucher sa veste de velours.

— Ne te gonfle pas, sois gentille, je suis amie, tu vois. »

Elle caressa le museau de la jument. Elle essaya de serrer. L'ardillon arriva à peine en face du troisième trou. Aurore vérifia la couverture de dessous-selle. Elle aurait pu être pliée et faire épaisseur. Non. Elle se dit : « Est-ce le cuir ? S'est-il gelé cet hiver et rétréci ? Le cuir ne rétrécit pas en gelant. » Mais elle avait un grand et rapide désir. Elle serra la sangle au troisième trou pensant : « Si la selle est lâche ou si elle menace de tourner, je verrai bien. » Elle montait à la façon des hommes, tenant la jument dans ses jambes. Une fois dehors, elle prit franchement devant elle, tout droit. La bête était maussade et secouait la tête, et frémissait. Elle allait avec dégoût. Aurore lui fit tourner les naseaux vers la forêt, l'obligeant à regarder devant elle le vert des arbres et à respirer l'odeur de sève qui venait de là-bas.

« Tu es fâchée ? demanda Aurore doucement. Tu ne peux pas pardonner ? Est-ce moi qui ai commencé ? N'est-ce pas toi qui as couru après le cheval sans me regarder ? Tu crois que c'était bien cette impatience ? Ne serons-nous plus amies ? »

Elle la serra amicalement dans ses jambes. La forme de ce ventre de bête avait quelque chose de pas naturel. Avant, à l'endroit où le mollet d'Aurore touchait le flanc de la jument, c'était souple et à peine tiède. Maintenant, c'était brûlant et dur.

Aurore chanta :

« Nous allons voir l'homme. Il nous parlera. Il nous regardera. Il nous mènera dans la forêt. »

Après avoir mangé, Bobi s'était étiré ; il avait bâillé ; il s'était couché sur la litière des branches bleues. Tout de suite, il avait senti venir le sommeil. A gestes mous, il s'entassa un petit oreiller de feuilles sous la tête. Il eut d'abord un rêve pendant lequel il était à côté d'un homme qui frappait sur un tambour de cuivre. Le tambour ne faisait pas de bruit, mais, à chaque coup, toute la tête de Bobi était fraîche en dedans comme une poitrine qui respire l'air de la montagne. Il s'éveilla à demi. Il se frotta le nez. Ça provenait de la forte odeur des feuillages de cèdre. C'était l'odeur qui sonnait dans sa tête. Le tambour de cuivre, c'étaient ses paupières fermées et colorées par le soleil. Il entrouvrit les yeux. Entre ses cils, il aperçut le grand vaste du plateau tout cuivré de soleil. Il ferma les yeux, il se rendormit. Il eut un deuxième rêve. Celui-là vint lentement. Il rêva qu'il était couché sur une litière de feuillages de cèdre. Et qu'il était dans un demi-sommeil. Il entendit marcher dans la forêt. Il se dit : « Ce n'est pas Jourdan. » Quelqu'un se coucha près de lui. Là, le rêve s'arrêta longtemps. Plus rien ne bougeait. Il y avait toujours du côté droit ce poids qui creusait la litière de feuilles. Le rêve recommença. Une main toucha ses cheveux. Il dit :

« Pourquoi me soigner, et m'essuyer, et m'dire : « Vous allez prendre froid ? Car, après, vous n'avez « plus de souci pour ma tête, et toutes les pluies de « l'hiver m'ont mouillé jusqu'à m'entrer dans le cuir « d'un bon centimètre. »

« On prend, dit-il, vite l'habitude de se faire sécher la tête dans le tablier chaud des filles, et après ça vous manque.

« Oui, demoiselle, dit-il, c'est comme ça. »

C'était très difficile de parler à une main et à une grande chaleur sur tout le côté droit comme si quelqu'un était couché tout contre lui. Il ne voulait pas bouger, rien, pas même le plus petit bout de son petit doigt, parce que son rêve lui disait : « Ne bouge pas, si tu veux que ça dure. »

« Alors, dit-il, il y a autre chose ? Touchez sous mon

menton, c'est un peu gras. J'aime quand on touche sous mon menton. »

Il se disait : « Comment oser dire tout ça à Aurore ? Comment parler à Aurore, demoiselle, de toute mon envie ? Pourtant c'est vrai que j'aime quand on touche sous mon menton avec le plat de la main. J'aimerais qu'elle touche. Pourquoi ne pas dire simplement tout ce qu'on a à dire ? Et puisqu'elle est étendue près de moi ? » Car, il n'y avait pas d'autres paroles en réponse à tout ce qu'il disait que la réponse chaude de cette forme allongée près de lui.

La main toucha sa poitrine.

Alors, il s'éveilla tout d'un coup. Et même il se redressa à demi. La femme aussi, en s'éloignant un peu de lui. Mais elle restait toujours chaudement à ses côtés. Il ne reconnut pas tout de suite Joséphine.

« Qui êtes-vous ? dit-il.

— Comme si vous ne me connaissiez pas, dit-elle.

— C'est vrai, dit-il. Il y a longtemps que vous êtes là ?

— Un bon moment.

— C'est vous qui étiez là tout à l'heure ?

— Qui voulez-vous que ce soit ?

— C'est vrai, dit-il. Et, qu'est-ce que je faisais ?

— Vous dormiez tranquillement, sans bouger, sans respirer, sans bruit. Et il a fallu que je mette mon oreille tout près de votre bouche pour entendre votre respiration et me rassurer.

— Je ne parlais pas ?

— Non, dit-elle. Pourquoi auriez-vous parlé, puisque vous étiez seul ?

— Vous me caressiez les cheveux, dit-il.

— Je n'ai pas touché vos cheveux, dit-elle, j'ai seulement approché mon oreille de votre bouche. »

Il regarda l'oreille. Elle était charnue et nacrée comme la fleur des lis sauvages.

« Il arrive parfois, dit-il, que, quand on dort, on parle.

— Cette fois, dit-elle, vous dormiez mais vous ne parliez pas.

— Ça m'étonne, dit-il.

— Vous avez l'air de dire, dit-elle, que je suis une menteuse.

— Non, mais j'avais bien l'impression que je parlais. »

Elle releva la tête. Elle le regarda avec les yeux à demi fermés, l'œil malin luisant à travers les cils.

« Quand on le fait, dit-elle, c'est qu'on pense à celle qu'on aime.

— Justement, dit-il.

— Si j'avais mieux écouté, dit-elle, j'aurais appris qui c'est.

— Je pensais à vous, dit-il.

— Menteur ! »

Il s'aperçut qu'elle était toujours allongée près de lui, plus près que tout à l'heure. De la cheville à la hanche, elle était collée contre lui. Il voulut se reculer. Elle lui saisit la main.

« Reste », dit-elle.

Elle respirait vite.

« Dis encore ton mensonge.

— Je pensais à toi.

— A quoi, à ma bouche ? »

Elle approcha brusquement son visage. Ses lèvres étaient gonflées de sang.

« Oui.

— Attendu si longtemps », dit-elle.

Elle appuya sa bouche sur la bouche de Bobi.

« Pourquoi ? »

Elle parlait dans sa caresse.

« Pourquoi ? »

Le mot faisait trembler ses lèvres.

Il essayait de répondre mais il ne s'entendait que gronder et gémir. Et il entendit qu'elle gémissait aussi. Il la tenait dans ses bras. Il la coucha dans les feuilles. La bouche aux lèvres gonflées de sang était chaude et puissante. Le gémissement en coulait comme du jus de fruit.

Il enjamba la femme.

« Attends », dit-elle.

Mais c'était un « attends » pendant lequel e̵l̵l̵e̶
tenait serré contre elle encore plus.

Il sentit qu'elle glissait sa main entre elle et lui et
qu'elle dénouait le lacet de sa jupe.

« Viens, viens », disait-il.

Elle retira sa main.

« Viens », dit-elle.

*

Il entendit battre ses tempes. Il se sentait délivré. Il
ne voulait pas ouvrir ses yeux tant ses paupières
fermées étaient heureuses. Le visage brûlant de Joséphine était encore écrasé contre le sien. Les grosses
lèvres molles tremblaient silencieusement. Le tour de
la bouche était tout mouillé de salive.

Il appela à voix basse :

« Belle !

— Je suis heureuse », soupira-t-elle.

Elle lui caressa les cheveux.

« Et toi ? »

Oui, il était heureux ! Oui, il était heureux. Maintenant, il savait ce que c'était le bonheur. Il était dans
une paix largement étendue autour de lui comme un
désert. Toute la douceur du monde était dans cette
bouche molle écrasée contre sa joue et dont il gardait
encore sur sa langue le goût salé. Il posa sa main sur
le menton de Joséphine. Il en toucha la courbe. Puis le
cou, tiède et sensible. Puis, la poitrine sur le corsage.
Les seins. Joséphine soupira brusquement. Les hanches. Et après, il n'y avait plus d'étoffe : le ventre était
nu.

Non, il n'avait jamais su ce que c'était, le bonheur !

« Comment ferons-nous ? dit-elle.

« Je ne pourrai plus rester sans te voir, dit-elle. Et je
ne pourrai plus attendre. »

Alors, il entendit que le monde revenait autour
d'eux : le cèdre, les arbres, la forêt, les champs, les
montagnes, le torrent, les chemins, les hommes qui
marchent à travers les terres, les grandes fermes, les

*

Aurore était entrée dans la forêt mais pas profond et sans jamais quitter le clair de la lisière. Dès qu'elle avait aperçu les bâtiments de la Jourdane, elle était sortie dans les champs libres.

« C'est là-bas que nous allons, chantait-elle. Nous allons voir l'homme. C'est lui qui est l'ombre. C'est lui qui est l'eau et le soleil. Va, ma fille. »

Mais, à la Jourdane, tout était fermé. Sous le hangar, il n'y avait pas la charrette. Aurore écouta. L'étable même était silencieuse. Elle appela. Elle entendit l'écho du puits. Elle se demanda où ils étaient tous partis. Comme elle était là, immobile, et plus sensible parce que le chagrin montait lentement jusqu'à sa gorge, elle sentit que quelque chose remuait dans le ventre de la jument.

Elle sauta à terre. Elle regarda ce ventre. Il bougeait d'une vie qui n'avait rien à voir avec la vie de la bête.

Aurore approcha sa main, toucha le poil. C'était à cet endroit qui, tout à l'heure en chevauchant, paraissait brûlant. C'était arrêté. Il ne restait plus que le mouvement lent de la respiration. Aurore toucha tout le tour du ventre. Dessous, au lieu d'être souple, il était lourd et tendu comme s'il contenait un paquet. Subitement, ça donna un coup brusque. Puis, trois coups. Et à chaque endroit frappé, le soleil fit luire les poils puis il dessina avec ses ombres et ses lumières la forme nébuleuse d'une bête qui habitait ce ventre. La jument ne bougeait pas, elle semblait heureuse.

Aurore recula de deux pas. Son front était partagé par un froncement en forme de fourche. Elle regarda autour d'elle. Elle ramassa un bâton à serrer le frein des charrettes. Elle frappa la jument sur le museau.

Elle la frappa sur les yeux, sur le cou, sur les épaules, sur les cuisses. De toutes ses forces. Sans dire un mot. Les dents serrées. Elle évitait de frapper sur le ventre. Enfin elle y frappa. Et elle laissa tomber le bâton. La jument n'avait fait que se reculer de côté et Aurore courait sur elle en la frappant. Maintenant, la jument continuait à essayer d'éviter des coups invisibles. Aurore sauta à la bride et secoua le mors. Elle mit le pied à l'étrier, s'enleva en selle, serra les jambes, fit obéir durement du genou et du poignet, mit droit en direction de Fra-Josépine, poussa au galop Mais la bête, au bord du talus, s'arrêta et se mit à trembler.

Au bout d'un moment, la jument échela péniblement le talus et prit à travers champs un petit pas douloureux.

XIX

Jourdan et Bobi avaient monté le métier à tisser. Il était là dans la cuisine de la Jourdane. Pour l'asseoir solidement il avait fallu défoncer les carreaux du parquet, creuser la terre et planter les racinages des deux montants de cèdre. Comme si on avait voulu planter des arbres dans la maison. Seulement, on avait ensuite scellé les trous avec du mortier. Ainsi, les deux montants étaient solides et le métier à tisser faisait partie de la maison. On ne pouvait ni le transporter, ni l'enlever.

« Ni le vendre », avait dit Bobi.

Il avait ses racinages et ses fondations dans le sol du plateau.

« Qu'est-ce que tu crois, avait dit Jourdan, on me l'achèterait, va.

— Sûr », avait dit Bobi.

C'était un métier vertical, car ils avaient eu des difficultés quand il avait fallu faire le plan véritable du métier bas. Marthe ne se souvenait plus ni de la place de la traverse, ni de la position du rouet, ni du moyen dont on pouvait se servir pour faire bouger les lames. Elle était là à imiter avec ses pieds et ses mains celle qui tisse à un métier d'ombre, et elle s'embrouillait, et à la fin les deux hommes avaient été soûlés de tout ce mouvement embrouillé à ne plus savoir eux-mêmes de quelle façon tout ça allait se faire.

« Oui, dit Jourdan, tant que c'était sur du papier tu faisais la fière. Maintenant qu'il faut véritablement le faire, lève-toi de là. »

Alors, ils étaient repartis du principe premier. Ils avaient dit :

« Non, Marthe, ne t'en va pas, attends. Au premier abord, qu'est-ce qu'on fait ? Fais-nous voir le geste. Qu'est-ce que tu tires ? Où sont pendus les fils ?

— Voilà, dit-elle, ils sont pendus là, comme ça.

— Bon. Donc il te faut ici ta traverse, le joug comme on dit chez moi. Voilà une place de trouvée. Et après ? »

Ainsi, d'une pièce à l'autre, et toujours commandés par les nécessités de cette toile de fumée que Marthe tissait en souvenir, ils furent amenés à planter les deux montants de cèdre et à composer comme un bloc le métier vertical, la maison et la terre.

« Car, dit Jourdan comme frappé par une lumière, ça se tiendra tout : la terre, les montants qui sont du bois de la forêt, la maison qui est en pierre de notre terre. Mais le plus beau, dit-il, vous direz ce que vous voudrez, mais ça sera ça ! »

Et il alla ouvrir la huche. Il y avait caché le faîte du métier, la grosse pièce de toiture. Il la sortit de là-dedans, il la leur présenta et il leur dit :

« Venez près de la fenêtre.

« Vous voyez, leur dit-il, là j'ai fait le cerf avec ses ramures. Et puis là, une biche, là deux biches, là trois biches, là quatre biches. J'en ai mis plus que la vérité. C'est mieux. Là, ce quadrillage, c'est le filet qui nous a servi à les attraper. Ici, cette chose qui est comme un serpent, c'est la route qui va de chez nous à la montagne, et là, c'est la montagne, et au-dessus c'est le ciel. Mais, au ciel j'y reviendrai tout à l'heure. Regardez. Là, j'ai encore mis le cerf, et cette maison, c'est la Jourdane. C'est le cerf quand il arrive près de la Jourdane. Là, je l'ai encore mis mais dans la forêt. Là, c'est le printemps. J'ai fait des bourgeons aux arbres. Vous voyez ? Tout se voit bien. Ici j'ai voulu faire une fleur de narcisse, ça n'est pas très bien réussi. Là c'est encore le cerf, là c'est un cheval. Là c'en est un autre. Tu vois, Marthe. Là, d'un côté et de l'autre j'ai fait une grande ligne plate. Ça veut dire que nous sommes tout seuls ici dessus le plateau. Et alors ça, c'est le ciel. Voilà. C'est le plus beau. Regardez : voilà Orion, voilà le chariot, voilà des étoiles qui sont comme une fourche, en voilà d'autres qui sont comme on ne sait pas, un peu au hasard, en voilà d'autres qui sont comme un scorpion. Et voilà, voilà le monde. C'est moi qui l'ai fait.

— Hé bien ! dit Marthe.

— Ah ! dit Jourdan. Tu crois que je ne sais rien faire ?

— Et moi alors », dit Marthe.

Et elle alla chercher la laine. Il y en avait cinq corbeilles. Elle les apporta une après l'autre, et chaque fois elle disait : « Voilà ! Voilà ! Voilà ! »

La laine était couchée dans les corbeilles, toute prête, en écheveaux doux ; lavée, parée, joufflue et blanche comme une nourrissonne de lait.

Jourdan siffla entre ses lèvres.

« Oh ! Marthe ! » dit-il.

Car il était sensible au soin, à l'ordre et au travail.

« On n'aurait pas dit que tu en filais tant que ça, dit-il. Et que tu la filais si bien. »

Il se pencha sur les corbeilles.

« Comment as-tu fait ? »

Il toucha la laine.

« ... pour que ce soit si souple et si régulier.

— Je me suis souvenue peu à peu, dit Marthe, et même je crois qu'à un certain moment j'ai inventé.

— Oui, dit Jourdan qui tâtait les fils de la laine, on sent que c'est nerveux en dedans.

— Allez, Bobi, cria-t-il, arrive, que je languis. Viens, nous allons placer cette poutre sur laquelle j'ai tout dessiné.

« Viens, que je languis de voir Marthe à sa navette. »

Bobi avait fini d'assujettir les montants de cèdre. Il avait lissé le mortier avec ses mains ; on voyait la trace de ses doigts.

Ils soulevèrent la lourde pièce de bois pour la placer dans ses mortaises. Ils la haussèrent au-dessus de leur tête. Ils la placèrent au sommet des deux montants. Puis ils se reculèrent de deux pas, pour voir.

Ah ! Ils furent très touchés par ce qu'ils voyaient. Le passé ne pouvait plus disparaître ; il était tout inscrit là-dessus.

Les deux hommes se prirent par le bras et s'appuyèrent épaule contre épaule.

« Tu as pensé à la navette ? demanda Bobi.

— J'y pense.

— J'y ai pensé », dit Bobi.

Il se détacha de Jourdan et il alla fouiller dans sa cachette à lui qui était ce petit cœur d'ombre entre deux jarres. Il arriva avec une navette toute finie dans ses mains. Elle était aussi en bois de cèdre.

« En nœud de cèdre ! »

Taillée lentement au couteau.

« Tout à contre-fil ! »

Sans une aspérité ni un grumelage, lisse de tous les côtés comme une joue de femme.

« Passe ta main dessus, tu verras !

— Quel orgueil ! » dit Jourdan avec un sourire.

Car Bobi parlait en mâchant la moitié de ses mots, et vite, vite, pour tout dire de la beauté de la navette, qui se voyait du reste.

« Qui, orgueil ?

— Toi.

— Oui, dit Bobi, en effet. Malheureusement ça passe vite. »

Il soupesait la navette dans ses mains. Il était dans une grande inquiétude. Toutes les choses du monde lui paraissaient être blessées et en train de mourir.

C'était une admirable navette en bois de cèdre. Le soir le métier était fini. Il occupait tout le fond de la cuisine. On avait dû traîner la huche dans le couloir, changer de place la herse de bois pendue au mur où Marthe accrochait ses casseroles et ses louches, pousser la table et transporter dans la chambre du fond le lourd fauteuil où jamais personne ne s'asseyait. Le nouvel occupant était robuste et sentait bon. Il était prêt à travailler. Jourdan, Marthe et Bobi le regardèrent en silence, puis Marthe balaya les restes de plâtre. Maintenant, on pouvait s'asseoir un peu pour passer la première soirée en présence du bel hôte. Mais, dès qu'ils essayèrent de parler, ils s'aperçurent que tout avait été bouleversé des échos familiers. La voix ne sonnait plus dans cette pièce comme elle sonnait avant. Cette haute chose en bois de cèdre qu'ils avaient créée avait l'intention de bien tenir son rang. Alors, ils couvrirent le feu et ils allèrent se coucher.

Le lendemain matin, Bobi en s'éveillant se demanda :

« Qu'est-ce que c'est ? »

C'était un bruit.

Il faisait à peine jour, mais jour.

Il sauta de son lit. Il ouvrit la porte. A ce moment la porte de Jourdan s'ouvrit aussi.

« Ecoute », dit Jourdan.

Le bruit venait d'en bas.

« Elle travaille », cria presque Jourdan.

Et ils s'habillèrent comme des fous.

Ils arrivèrent tout doucement. Ils ralentirent le pas en traversant le couloir. Le bruit était régulier, battu glissant, battant. Ça faisait marcher posé. Ça disait : « Vous allez voir ce que vous allez voir. »

Marthe travaillait. Elle était debout, en face du grand portail de cèdre. Au-dessus d'elle le petit jour éclairait le fronton où était dessiné le cerf et les traces du passé.

Les poignées des baguettes de lisses claquetaient. La navette sifflait en quittant la main droite, frappait la main gauche, sifflait en la quittant, frappait la main droite, sifflait, frappait sur un rythme très noble, très lent, fait de force et de peine, et chaque fois les bras de Marthe s'ouvraient comme des ailes, ses mains s'ouvraient, se fermaient, lançaient, saisissaient, lançaient ; elle avançait et reculait son corps dans la cadence. Elle était pareille à un gros oiseau qui danse sur place en s'éventant le ventre. La barre de peigne tapait sourdement dans la toile de laine naissante. L'ensouple criait de temps en temps en tournant. Et tous ces bruits se répétaient l'un après l'autre, chacun à leur place, sans jamais manquer car ils faisaient chacun un travail bien précis mais très lentement car les deux mains de Marthe faisaient tout. Il y avait un autre bruit : c'étaient les grands jupons de Marthe qui soufflaient comme de l'écume au milieu de tous ces larges mouvements.

La toile, quand on la vit, était à grains énormes, mais sans un relâchement. Elle était lourde. Si on en mettait un pan sur ses épaules, on la sentait comme un manteau. Si on la regardait se plier sous les mouvements du bras, on lui voyait des plis simples et beaux sitôt créés, sitôt effacés, sitôt recréés, comme les mouvements mêmes. Des plis qu'on n'avait pas l'habitude de voir dans les étoffes dont on s'était servi jusqu'à présent. Elle était blanche.

Un jour de la semaine, on vit arriver Barbe.

« Voilà, dit-elle en s'asseyant. Laissez-moi souffler. Tout va bien. Rien n'est mal, soyez sans inquiétude. »

Elle reprit haleine.

« Je suis partie, dit-elle, pour un peu revoir le vaste monde. »

Elle expliqua qu'elle était partie à petits pas en disant qu'elle venait passer un jour à la Jourdane. De là, elle irait chez Randoulet, puis chez Carle, puis elle rentrerait à la ferme.

« J'ai pensé, dit-elle, qu'avec l'âge, peu à peu le temps se fait petit et j'ai dit : « Puisque tu es encore « solide, profite de faire le tour encore une fois. »

Jourdan lui dit que c'était une bonne idée et qu'elle coucherait à la Jourdane ce soir-là. Ce qu'elle accepta tout de suite parce que c'était son intention. Il lui dit que le lendemain il attellerait pour la mener où elle voudrait, mais elle refusa, car elle voulait faire toute cette route à pied, lentement, puisque rien ne pressait et qu'il faisait beau. « Car, dit-elle, j'ai beaucoup à revoir un peu partout sur cette grande terre. »

C'était un voyage de trois jours pour ses vieilles jambes. Pendant qu'elle buvait son café, elle regarda autour d'elle avec ses petits yeux gris de fer.

« Hé ! dit-elle, voilà un meuble.

— C'est la tisserandière, dit Marthe.

— Quoi ? dit Barbe.

— Oui, dit Marthe, comme les anciennes.

— Et d'où vient-elle ?

— Ils l'ont faite. »

Barbe se dressa.

« Je n'y vois presque plus, dit-elle, fais voir. »

Elle s'approcha.

« Oh ! mais, dit-elle en reniflant, c'est du beau bois ! Tes hommes ont le nez fin. Ça sent un plaisir magnifique. »

Elle resta sans parler mais elle regarda tout de très près, en approchant de chaque pièce, son visage tout rayonnant de rides.

Elle toucha les montants, les baguettes de lisses, la chaîne pendue ; elle soupesa la navette ; elle en fit dérouler un peu de fil en écoutant la roue de bois à l'intérieur ; elle soupesa le poids qui tenait l'ensouple ; elle tira sur le fil de trame ; elle choisit un fil de chaîne ; elle tira sur le fil de chaîne. Elle dit : « Bon. »

Elle écarta Marthe. Elle prit la navette dans sa main droite. Elle tira la barre de lisse et lança la navette. Une fois. Elle la rattrapa de la main gauche. Elle resta comme ça un bon moment à réfléchir, à se souvenir.

Puis elle soupira et tout d'un coup elle commença à travailler sérieusement.

Le bruit était rapide et clair. Barbe ne faisait presque pas de gestes. A peine de petits gestes très courts. La barre de lisse, elle la touchait à peine du doigt. Et la barre obéissait. La navette volait d'elle-même, sans efforts. Elle se posait d'un côté dans la paume droite. La main ne se refermait pas et la navette s'envolait toute seule vers la paume gauche, comme un oiseau qui se pose et repart.

Ils s'étaient approchés tous les trois pour la regarder travailler. Ils voyaient l'étoffe se construire sous le peigne et augmenter de moment en moment comme une eau qui s'entasse dans un bassin.

Et Barbe se mit à chanter. On n'entendait pas toutes les paroles. On entendait : « Aime joie, aime joie » ; puis le bruit claquetant des baguettes de la navette, de la barre, le tremblement sourd des montants, puis :

« Aime joie, aime joie ! »

« Qu'est-ce que vous chantez ? cria Marthe.

— Quoi ? cria Barbe.

— La chanson.

— Oui », cria Barbe.

Mais elle continua à chanter et à travailler toujours pareil.

Bobi et Jourdan se reculèrent. Ils étaient enivrés comme des alouettes devant cette vieille femme sèche qui tremblait sans arrêt dans un halo de petits mouvements précis et par ce mot de joie, joie, joie, qui sonnait régulièrement dans le travail comme un bruit naturel. Ils essayèrent de sortir mais ils rentrèrent. Ils essayèrent de s'occuper à emmancher une hache. Ils ne pouvaient plus réussir à avoir la tête paisible. Ils étaient soûls. On aurait pu les prendre tous les deux sous un chapeau. Marthe avait eu moins de force. Elle regardait ; elle écoutait. Elle était émue tout doucement par les mêmes gestes que Barbe, comme quand le vent frappe d'un bord sur l'étang de Randoulet et que sur l'autre bord la vague bouge.

Enfin, Barbe poussa un cri sauvage et elle s'arrêta.

« Ça fait penser à la jeunesse.

— Vous êtes une femme du diable !

— J'ai fait ça jusqu'à vingt-quatre ans. Nous étions six : Adolphe, Louise, Marie, Berthe et Angélina. A mon pays. Dans la montagne. Trois dans cette maison sous les châtaigniers, trois dans ma maison, près du torrent. Quand nous finissions, nous, les trois, on se mettait à crier pour prévenir les autres. Et pas plus tôt, on sortait toutes les six, et tout de suite il y avait ceux qui étaient tout le temps chez Antoine qui sortaient avec l'accordéon. Il y en avait un, ma belle, avec de petites moustaches !... Si Jacquou était resté un an de plus de venir, je ne serais pas ici, croyez-moi.

— Et la chanson ?

— Ah ! C'est la chanson qu'on chantait : « Aime joie ! » Je ne me souviens plus que de ça !

« Hé ! dit-elle tout de suite en les regardant tous les trois, où est mon bâton, je pars maintenant.

— Mais vous couchez ici, dit Jourdan.

— Pas plus, je pars sur l'heure.

— Pourquoi ?

— La tisserandière, dit-elle.

« Et même, ajouta-t-elle, je vais peut-être accepter quelque chose. Si tu veux toujours me mener avec la charrette jusque chez Carle ?

— Oui, mais vous n'avez même pas vu votre petite chèvre.

— Je la verrai pendant que tu attelleras. »

Elle suivit Jourdan à l'étable. Elle vit la chèvre. Elle la caressa mais elle pensait à autre chose : elle ne parla pas à la bête. Ce n'était pas nécessaire bien sûr car la chèvre était ici soignée comme une dame et ça se voyait mais, de toute façon, un petit mot n'aurait pas fait de mal. Seulement, quand on a une idée...

Toutefois, elle pensa au petit cochon.

« Et ton neuvième, dit-elle, alors, qu'est-ce qu'il fait ?

— La vérité, dit Jourdan, c'est qu'il est deux fois plus fort que les autres.

— C'est souvent comme ça, dit-elle, pour ceux qui

sont en trop à la mamelle. Ça les fait têtus contre le sort. »

Toute la journée, Bobi et Marthe restèrent seuls. Ils ne parlèrent guère. A un moment donné Bobi s'en alla sous le hangar et on l'entendit qui finissait d'emmancher la hache. Marthe s'assura qu'il était bien là-bas, puis elle s'approcha du métier, elle déroula l'ensouple et elle compara l'étoffe dans ce qu'elle avait tissé et dans ce qu'avait tissé Barbe. A un autre moment, Marthe s'en alla au puits et tira de l'eau. On entendait grincer la chaîne. Bobi s'approcha du métier à tisser et le regarda de haut en bas, l'air sévère. Quand la chaîne s'arrêta de grincer, Bobi sortit doucement par la porte de derrière.

Vers le soir, Jourdan arriva, de retour de chez Carle.

« Bientôt, dit-il, ils seront tous ici. Elle ne fait que parler de la tisserandière. Et quand elle en parle, tout le monde écoute.

— Elle en a parlé chez Carle ?

— Tout de suite. Vous verrez, ça va faire comme pour le cerf.

— C'est une sorte de cerf », dit Bobi.

Ce soir-là, ils ne mirent pas la table mais ils coupèrent en trois parts un fromage de chèvre et ils sortirent sur le seuil, le fromage dans une main, le pain dans l'autre.

La nuit venait, paisible, pleine de chaleur, de feuilles et d'étoiles.

Marthe dit :

« La tisserandière est scellée dans le sol de ma propre maison. »

Les hommes mangeaient sans parler.

« Et la maîtresse du métier, dit Marthe, ça n'est pas moi, c'est Barbe.

— Qu'est-ce que c'est, ce fromage ? demanda Bobi.

— La chèvre a plus de lait que ce qu'il faut, j'ai utilisé le surplus.

— La chèvre de Jacquou ? » dit Bobi.

Ils restèrent encore un long moment en silence.

« Je me suis demandé une chose, dit Bobi. Comment ça s'est passé pour la laine chez Randoulet ?

— Il m'a dit : « Mais oui. » Il a tondu quatre ou cinq moutons. Il m'a dit : « Vous en avez assez ? »

— Et après ?

— Après, il m'a laissée là et il s'est mis à courir du côté de l'étang sous un grand vol de canards sauvages.

— Il a des terres à blé ? demanda Bobi.

— Non, dit Jourdan.

— Et son pain ?

— En ramenant ses moutons, il avait acheté de la farine en bas aux plaines.

— Tu as acheté la laine ?

— Non, dit Marthe, je te dis qu'il ne s'en est pas soucié.

— Et quand il n'aura plus de farine ?

— Je lui en donnerai », dit Jourdan.

La nuit maintenant s'était couchée sur tous les horizons. Au ciel s'allumaient les constellations familières.

« Tous pour tous », dit Bobi.

XX

Une chose inquiétait Bobi : Joséphine allait venir à la Jourdane. Les autres avaient une raison ; elle avait deux raisons de venir. Et là, il allait y avoir aussi Mlle Aurore. Il se souvenait de l'an d'avant, quand Joséphine était en face de lui et Aurore à côté de lui. Maintenant, c'était tout changé.

Elle arriva, en effet, avec Jacquou et Barbe. Elle s'était arrangée pour qu'Honoré ne vienne pas. Barbe avait cent choses à dire. Jacquou écoutait et regardait tout d'un air grave. Il était dans une paix soucieuse et sévère. Joséphine entraîna Bobi vers l'étable en disant :

« Allons voir la chèvre. »

A ce moment-là, Marthe disait :

« Entrez. »

Et les autres entraient très lentement en se rendant compte que tout ça allait être très important. On entendait des bruits de charrettes de droite et de gauche sur les chemins qui venaient de chez Carle, de chez Randoulet et de chez Mme Hélène.

« Moi », dit Joséphine.

Et elle embrassa la bouche de Bobi goulûment et en gémissant, et avec ses lèvres de boue brûlante.

Il pensait, lui, que le temps était bien à la construction sereine et grave et qu'au contraire ici il était en train de tuer toute joie, mais, peu à peu il répondit à la bouche de feu et il caressa les seins qui s'écrasaient contre sa poitrine.

Randoulet arriva, rond, rose et joyeux. Ses yeux qui contemplaient depuis deux mois l'essor extraordinaire de ses grands champs d'herbe, étaient pleins de rêves et de soleil. Il avait avec lui Honorine. Le Noir et Zulma pareille à une statue de marbre et de paille. Carle arriva avec Mme Carle et le fils. Mme Carle faisait des politesses. Elle n'était pas encore habituée à ces réunions. Mais elle dit doucement en montrant son mari et son fils :

« Oh ! ils m'ont dit, ils m'ont raconté pendant tout l'hiver. »

Bobi s'inquiétait d'Aurore et, quand il entra à la ferme, il regarda tout de suite si elle était là. Ni elle, ni Mme Hélène. Peu après, Mme Hélène arriva, mais seule. Puis, Joséphine entra, ne faisant semblant de rien, une tige d'avoine aux dents.

« Voilà ce que j'ai à dire, dit Bobi.

« Et d'abord, qui a du blé ?

— Comment ? » dit Jacquou. Et puis : « Moi j'en ai. »

Ils dirent tous :

« Nous en avons tous. Qui a du blé ? Bien sûr nous en avons tous. Pourquoi ?

— Attendez, vous verrez, dit Bobi. Tu en as, toi ? »

Il s'était tourné vers Randoulet.

« J'en ai, dit Randoulet.

— Il est menteur, dit Le Noir, comme un arracheur de dents.

— De quoi te mêles-tu ? dit Randoulet.

— Si je ne m'en mêlais pas, dit Le Noir, tu serais propre ! »

Le maître berger avait les yeux ardents et la bouche toute rouge comme si ses paroles étaient brûlantes.

Randoulet fit : bô, bô, en haussant les épaules.

« Une tête dure, un cruchon, une pierre à sel, une montagne de fumier, une noix, un front de bête et une galère, voilà ce que tu es, dit Le Noir.

— Toi, dit Honorine, tu devrais un peu mieux parler de ton maître.

— Car, dit Randoulet, si jamais tu me parles mal, moi je te ferai partir un jour ou l'autre dans la longueur des chemins, attention à ta langue !

— Voilà, dit Le Noir : celui-là n'a pas de blé. Celui-là crève la gueule ouverte.

— Non ! dit Randoulet.

— Nous sommes assez grands, dit Honorine.

— Mais, dit Bobi, ton blé, tu l'as semé dans quel endroit de la terre ?

— Pardon ? demanda Randoulet.

— Où est ton champ ?

— Tu sais bien que je n'en ai pas.

— Alors, c'est un blé qui pousse en l'air ?

— C'est un blé qui pousse avec des sous, dit Le Noir, et je vois le moment où cet homme-là va me dire : « Descendons aux plaines avec les moutons. » Car il sera obligé d'en vendre, peut-être de les vendre tous pour faire des sous et pour acheter de la farine. Car celui-là que vous voyez là et qui est mon patron, et qui n'a pas de champs, celui-là, mes braves gens, moissonne sans avoir besoin ni de soleil, ni de faux. Mais vous savez ce qu'il moissonne et avec quoi il fait son pain ? Il fait son pain avec son bonheur. Il n'a jamais été si heureux que depuis qu'il a son grand troupeau dans sa grande herbe mais vous verrez que peut-être demain, ou après-demain, ou la semaine prochaine, il me dira : « Allez, Le Noir, on descend « aux plaines. » Et il ira tout vendre. Parce que moi, j'ai vu ce qui reste dans la farinière, je le sais, je ne parle pas pour rien dire, je ne parle pas pour dire : « Moi j'en ai du blé. Je ne suis pas un menteur, moi. »

Randoulet haussait les épaules, mais il avait courbé la tête.

« Toi, dit-il, tu as l'habitude de parler seul quand tu es seul sur la terre avec tes moutons. A ce moment-là, ce que tu dis n'a pas d'importance. Mais ici il y a du monde. Ça n'est pas nécessaire de dire les choses qui font de la peine.

— Je n'ai pas voulu te faire de la peine.

— Marthe, dit Bobi, montre un peu ce que tu as fait avec la laine de Randoulet. »

Marthe dit :

« Pousse-toi. »

Jacquou se poussa. Marthe releva le couvercle de la huche à farine. Elle sortit la toile de laine.

« Je l'ai mise là-dedans, dit-elle, pour qu'elle sèche un peu. Mais pas pour la blanchir. La laine était blanche comme de la neige. »

Elle la secoua. Une poussière de farine emplit les quatre gros rayons de soleil qui descendaient de la fenêtre.

« Regardez, dit Marthe, touchez. »

Les femmes s'étaient approchées.

« Il te faut, dit Barbe, non pas baisser le peigne mais le frapper d'un coup sec sur la trame et alors, au lieu de te faire le carré « grain de blé » ça te fera le carré « grain de riz ».

« C'est plus solide, dit-elle après.

— Qu'est-ce que vous en pensez ? dit Bobi. Si on était habillé comme ça ?

— Ce blanc-là, dit Jacquou, pour aller dans la terre ou dans les étables, ça n'est pas pratique.

— Il y a de la laine noiraude, dit Randoulet.

— Oui, dit Bobi, et justement de la couleur de la terre.

344

— Il y a, dit Jourdan, la sève de l'églantine, et si on la fait couler dans une casserole et qu'on la fasse bouillir, elle donne une couleur verte pour teindre la laine.

— Si c'est de ça, dit Barbe, on a aussi la cosse de maïs qui fait du jaune, et tant d'autres choses.

— Qu'on trouvera, dit Jourdan.

— Car, dit Marthe, vous n'avez pas encore vu ce que ça fait sur un corps. Viens un peu, Zulma. »

La pièce d'étoffe était longue de trois mètres et large de deux.

« Enlève ta couronne de paille, dit Randoulet.

— Laisse-la-lui », dit Honorine.

Marthe couvrit les épaules de Zulma avec l'étoffe de laine comme avec un manteau. Elle entoura la taille avec le grand pan qui tombait.

« Voilà la bergère », dit-elle.

La jeune fille apparut dans toute sa beauté. On voyait qu'elle avait de petites mains grasses et un cou rond et solide. Quand Marthe abandonna l'étoffe de la main droite, de longs plis pareils à des troncs de jeunes bouleaux descendirent de la taille de Zulma jusqu'à terre. Et on vit qu'elle était grande, bien faite, large de hanches, saine, d'aplomb et d'une beauté éclatante. Elle ne bougeait pas. Elle baissait les yeux. Pour la première fois, on voyait que ses joues avaient la ligne pure des coques d'œuf.

« Je ne peux pas, dit Mme Hélène...

— Qu'est-ce que vous avez ?

— Je ne sais pas, dit-elle, je viens de voir. Je suis vieille, moi. C'était facile. »

Ses yeux se mouillaient ; le dessous de ses yeux se mouillait.

« Ça ne ressemble plus à une femme ordinaire, dit Jacquou doucement.

— Laissez-la se reposer, dit Mme Carle.

— Elle ne se fatigue pas, dit Honorine.

— Oui, peut-être, dit Mme Carle, c'est vrai.

— Ce qu'il faut, dit Bobi, c'est vivre doucement. Donnons du blé à Randoulet. Il n'aura pas besoin de descendre aux plaines pour changer ses moutons contre de la farine.

— Jamais personne ne m'a nourri, dit Randoulet.

— Tu nous donneras la laine, dit Bobi.

— Alors, dit Barbe, venez voir comment on fait pour habiller une belle fille. »

Elle se plaça en face du métier et elle commença à faire aller ses bras dans ce mouvement léger et précis qui disait sa grande habitude du tissage. Les montants de cèdre gémirent, la toile sonna sourdement sous les premiers coups de peigne, la navette sifflait, claquait. Ils s'étaient tous approchés. Les femmes, tout contre Barbe, presque sur elle à la gêner, et tous les regards allaient de droite à gauche, et inversement, en suivant la navette, et toutes les paupières s'abaissaient chaque fois que le peigne frappait la toile.

Subitement, ils ne furent plus qu'un grand corps commun. Il n'y avait plus ni Bobi, ni Jacquou, ni Mme Hélène, ni personne. Il n'y avait plus le poumon de l'un, le cœur de l'autre, la jambe, la cuisse, l'œil ou la bouche, mais tous les yeux ensemble suivaient la navette, et dans toutes les poitrines au même moment sonnait sourdement le coup de peigne frappant la toile. La cadence des baguettes de lisses obligeait les respirations à aller en mesure, puis, peu à peu ces mesures se rejoignaient et ça n'était plus qu'une seule mesure, et tous les poumons respiraient ensemble. Tous les regards étaient attachés à la navette : le regard bleu de Bobi, le regard vert de Joséphine, le regard marron de Marthe, le roux, le gris, un autre bleu, un beau violet profond qui était le regard de Jacquou, un aigu et froid qui était le regard du fils Carle. Et la navette les emportait tous ensemble, de droite, de gauche, de droite, de gauche, comme si elle tissait en même temps une toile avec tous ces regards, pour les réunir en une chose solide. Ils étaient attachés à la r.avette tous au même point : à cet endroit de la navette de cèdre où le bois poli reflétait le soleil. D'un côté ils étaient attachés là. De l'autre côté les regards étaient attachés aux yeux de Bobi, de Jourdan, de Marthe, de Joséphine, de Mme Hélène, Mme Carle, Carle, le fils, Honorine, Randoulet, Le Noir. Les yeux de tous allaient ensemble de droite, de gauche, de gauche, de droite. Les muscles qui font bouger les yeux faisaient effort tous ensemble dans toutes les têtes. Les réflexions particulières de toutes les têtes étaient hachées en même temps par ce mouvement régulier, cet effort régulier, comme de la paille sous le hachoir. Et de ce côté-ci du hachoir il y a la poignée de paille avec toutes les tiges séparées les unes des autres, mais de l'autre côté du hachoir il n'y a plus que le tas mélangé de la paille hachée dans un mélange qui n'est plus de la paille, mais de la paille hachée en un tas. Et aussi, d'un côté des lisses, de ce côté d'en haut qui va des baguettes de lisses jusqu'au montant d'en haut où sont sculptés le cerf et les étoiles, il y a tous les fils de laine de la chaîne, séparés les uns des autres, chacun avec leur force, leur couleur — qui parfois change de la couleur du fil d'à côté par une petite chose presque invisible mais qui est la personnalité propre du fil — et de l'autre côté des lisses, du côté d'en bas qui va des baguettes de lisses à l'ensouple, il y a la toile, et elle n'est plus le fil, elle est la personnalité-toile, tous les fils serrés et unis, et la réunion de toutes les subtilités de couleurs de chacun tremble dans la toile comme les reflets de nacre dans les coquilles de la mer. Chaque fois que le peigne frappait son coup, c'était comme le coup d'un tambour. Il avait des échos jusque dans les fondations de la maison et dans le sol du plafond. Il se répétait régulièrement chaque fois que Barbe serrait le fil de trame. L'oreille l'attendait. Il arrivait, il frappait dans l'oreille, le sang l'emportait à travers le corps. Mais en même temps il frappait en dessous de la poitrine, dans le creux, sous la carène des côtes : là où Joséphine était si sensible, là où Mme Hélène était si sensible, là où Mme Carle appuya soudain sa main en se disant : « Qu'est-ce que j'ai ? » (Elle sentait à chaque coup, à cet endroit-là, un mal délicieux et enivrant, comme quand on est sur un char et que soudain le cheval s'enlève au galop) là où Jacquou, Jourdan, Carle, Randoulet et Le Noir se sentirent saisis comme par une poigne, là où se réveillèrent pas mal de souvenirs de Bobi, là où il fallait juste frapper pour donner au fils Carle l'envie de détourner la tête en un clin d'œil et regarder Zulma, toujours vêtue de l'étoffe de laine, séparée du groupe et seule, debout dans les quatre rayons de soleil qui descendaient de la fenêtre.

Barbe tissait au sauvage métier de cèdre.

« Pourquoi, dit Bobi, avoir chacun notre petit champ de blé ? Si nous avions un grand champ de blé pour tous que nous sèmerions ensemble et que nous faucherions ensemble, et qui ferait du blé pour tous sans qu'on soit obligé de dire : « Mon blé, ou ton blé » et sans que l'un de nous — qui nous donne la laine — soit touché dans son amour-propre quand nous lui donnons du blé, puisqu'il aurait charrué, et semé, et fauché, et foulé, et battu, et mouliné, et pétri, et cuit le blé de tous avec nous tous ensemble comme son propre blé ?

— Qu'est-ce que tu dis ? Qu'est-ce que tu dis du blé ? chuchotèrent les hommes.

— Approchez-vous. »

Ils s'approchèrent.

Barbe serrait la toile, du peigne et des baguettes ; et le métier gémissait et grondait.

« Si l'an prochain, dit Bobi, nous faisions un grand champ du meilleur de la terre, qu'elle soit à toi, à toi ou à un autre ? D'abord, peut-être qu'on pourrait faire que ce champ soit un peu de ta terre, ou de la tienne, mais ce n'est pas sûr, et le plus raisonnable c'est de choisir la meilleure terre, qu'elle soit à toi, ou à toi, qu'est-ce que ça fait puisque nous travaillons tous ensemble, que le blé serait à nous tous, et que l'important c'est qu'il soit beau. »

Pendant qu'il parlait, sonnaient les coups de peigne de Barbe qui serrait la trame de la toile. La belle toile de laine, à grains de riz, épaisse et lourde, et pure comme de la neige. Les coups du tambour sombre frappaient dans les oreilles. Le sang les charriait en même temps que le bruit des paroles de Bobi. Les coups frappaient dans le creux, sous les poitrines où ils portaient tous le plus chaud et le plus sensible de leur vie et de leurs soucis.

Jacquou se mit à parler. Il regardait sa femme au métier à tisser, sa vieille femme, et il n'aurait jamais cru qu'elle soit encore si forte, si forte pour tisser, si puissante dans tout ce qu'elle commandait dans son cœur terreux de vieux paysan. Car il se souvenait du temps où il était allé la chercher dans son village du tonnerre de dieu, là-haut dans les montagnes qui sont bleues. Et elles ne sont bleues que lorsqu'on les regarde de loin. Quand on est là-haut, la terre est la terre : grise comme les autres, comme toutes les terres. Va chercher ce qui fait qu'on se met ensemble et qu'on va ensemble dans la vie, côte à côte. On ne peut pas vivre seul. Voilà que déjà, là se trouve l'indication, si on veut bien se donner la peine. Qu'est-ce qu'on a fait ? Qu'est-ce qu'on a pu faire, Barbe ? (Il se curait la gorge de temps en temps et il parlait bas, malgré tous les curages, avec une petite voix que le bruit du métier à tisser couvrait.) Des jours bons, des jours mauvais, mais sûrement pas quelque chose de solide, on peut l'affirmer, et toujours la crainte que tout s'écroule quand ça va un peu bien, mais toujours ce qu'on peut dire, rien de solide, et toujours à batailler contre le sort.

Jourdan et Carle se mirent à parler sans attendre que Jacquou ait fini. Il s'agissait en effet de tout ce qui tenait à cœur et non plus essentiellement de ce qui tenait au ventre, si on pouvait dire. Le blé...

« Qu'est-ce que vous dites ? demanda Joséphine.

— Nous parlons du blé.

— J'ai entendu que vous disiez « cœur ».

Depuis un moment elle voulait parler elle aussi.

Elle avait un grand désir : parler pour se faire entendre de Bobi.

« Le blé, dirent-ils, on dit toujours que c'est le

principal. Non, ça n'est pas le principal, ah ! non alors ! C'est justement pour ça. Bien sûr que c'est nécessaire. Bien sûr que c'est exactement comme l'air que tu respires. Si tu t'arrêtes de respirer, ou tu ne tiens pas longtemps ou tu meurs. Et si tu n'as plus rien pour respirer, tu meurs, nous le savons. Nous savons la belle, la grande, la forte, la puissante utilité du blé. Qui dit le contraire ? Personne. Nous moins que les autres parce que c'est nous qui le savons le mieux. Mais justement, il faudrait que ça soit comme l'air qu'on respire. Il faudrait qu'on se serve du blé comme on se sert de l'air. Il faudrait qu'on s'en serve sans faire attention, machinalement, obligatoirement comme d'une chose sans valeur. Voilà justement ce qu'il fallait dire. C'est très exactement ça, comme d'une chose sans valeur, comme de l'air, comme d'une chose inépuisable qu'on prend, qu'on avale, et voilà. Sans aucune valeur, absolument comme de l'air. Car on aurait moins besoin de consacrer tant de temps à cette nourriture qu'on avale, et puis c'est tout. Je ne dis pas, c'est agréable, je sais, bien sûr c'est agréable de manger. C'est une joie. Ça fait du sang. Ça compte. Mais ce que je veux dire c'est que ça ne compte pas pour tout. Je veux dire que quand on n'a qu'une seule joie, c'est comme quand on a une seule lampe ou un seul enfant. D'un seul coup, tout peut s'éteindre, ou même je veux dire qu'une seule lampe par exemple, tout en restant allumée, elle n'est parfois pas suffisante si elle est seule dans une grande chambre. Car, au fond, nous avons beaucoup de besoins et pas seulement le besoin de blé. Si tu réfléchis, regarde combien de choses nous désirons qui sont pour nous des choses principales, et si on nous disait : « Prive- « toi de manger pour les avoir », nous nous priverions de manger. Mais c'est absolument obligé comme de respirer de l'air. Et alors, faisons que ça ne nous pèse pas, que ça ne soit pas difficile, mais très facile, et alors nous aurons du temps pour tous nos autres besoins. Au fond, les choses sont simples quand on y met de la bonne volonté.

— Oui », disait Carle.

Il y avait une grosse approbation dans Carle. Il parlait, il disait son mot. Il était d'accord. Et, à côté de lui, le fils faisait « oui » de la tête, et Randoulet même qui écoutait tout renfrogné mais battu au creux de la poitrine par les coups sourds du peigne qui serrait la trame. Il approuvait aussi. Il entendait de l'autre côté Jacquou qui continuait à parler de ses rêves, de ses animaux merveilleux, de ses taureaux presque trop beaux pour être sur terre, de ses vaches avec des mamelles de crème, avec même parfois des mots, et on se demandait où Jacquou allait les chercher. Quand il disait : « Ils ont des yeux gros comme des culs de bouteille, et si paisibles que moi je m'y mets devant pour me faire la barbe. » Il en parlait comme si c'était vrai, comme si ces animaux étaient déjà là. Et ils étaient encore dans le rêve. Mais Randoulet comprenait parce que, lui, il savait ce que c'était qu'être lié à des bêtes comme par des boulons et des clous de fer. Et c'était de reste de lui dire que parfois on se priverait de manger pour ne pas se priver d'une autre nourriture qu'on considère à ce moment-là comme bien plus nourrissante. Car, qu'est-ce qu'il faisait, lui, avec ses moutons, sinon cette chose-là même ?

Car, se disait Bobi, la joie et la paix. Il faudrait que la joie soit paisible. Il faudrait que la joie soit une chose habituelle et tout à fait paisible, et tranquille, et non pas batailleuse et passionnée. Car moi je ne dis pas que c'est de la joie quand on rit ou quand on chante, ou même quand le plaisir qu'on a vous dépasse le corps. Je dis qu'on est dans la joie quand tous les gestes habituels sont des gestes de joie, quand c'est une joie de travailler pour sa nourriture. Quand on est dans une nature qu'on apprécie et qu'on aime, quand chaque jour, à tous les moments, à toutes les minutes tout est facile et paisible. Quand tout ce qu'on désire est là. Et malheureusement il y avait là Joséphine, et le bruit du métier et de tous pouvait être un bruit à gonfler les oreilles comme le bruit des torrents, ce qu'il entendait le mieux, c'était le bruit de la respiration de Joséphine. Et les coups sombres du métier à tisser pouvaient se répercuter dans les échos de dessous terre et les fondations de la maison, et faire trembler la semelle de ses pieds ; ce qui véritablement le faisait frissonner des pieds à la tête c'était le petit choc tiède de la respiration de Joséphine qui venait frapper contre sa joue droite. Et il savait qu'elle était près de lui, qu'elle le regardait avec ses yeux verts. Il savait qu'elle avait une bouche épaisse et chaude. Il savait qu'elle avait des seins juste à la mesure de ses mains à lui, qu'elle était pleine pour lui d'une joie qui, justement quand il la ressentait, dépassait son corps à lui. Il se rendait compte justement que pour lui, désormais, la joie ne serait pas paisible. Et il était là à se débattre et à lutter parce que la joie n'est rien et ne vaut pas la peine si elle ne demeure pas.

« Nous pourrions d'abord, dit Bobi...

— Ecoutez.

— Tais-toi, Barbe.

— Quoi ? cria Barbe.

— Arrête-toi un peu, qu'on s'entende parler. »

Barbe s'arrêta de travailler.

« Voilà ce que nous pourrions d'abord faire, dit Bobi. Cette année-ci, puisque c'est trop tard, nous commencerons si vous voulez par faire une moisson commune. Nous faucherons dans chaque champ mais nous foulerons tout le blé sur une seule aire, sur l'aire de tous et tous ensemble. Nous mettrons le grain dans une seule grange. Il sera ni à l'un ni à l'autre ; comme le cerf. Il sera à tous. Aussi bien à Randoulet qu'à nous. Et, l'an prochain, nous choisirons un champ où nous sèmerons notre blé tous ensemble.

« Nous aurons, dit-il avec un petit sourire gris, un peu plus de temps pour nous occuper de ce qui est le volontiers. »

Au moment où tout le monde s'apprêtait pour partir, Bobi s'approcha de Mme Hélène.

« Je pense, dit-il, que pour vous ce sera plus difficile parce que vous avez un fermier. Je ne sais pas s'il voudra faire partie de notre association.

— Je ne sais pas, dit Mme Hélène, toutefois je pourrai toujours mettre à la commune ce qui me revient de ma part.

— Oui, dit Bobi, mais demandez-le-lui quand même. »

XXI

Que déciderait l'homme ?

Mme Hélène avait dû lui dire : « Voilà ce que nous allons faire. Qu'en pensez-vous ? »

« Je n'ai pas vu Mme Hélène, dit Jourdan, plus rien. Depuis le jour du métier à tisser. Ce jour-là, j'ai remarqué qu'elle me regardait comme si elle avait quelque chose à me dire. Mais elle n'a rien dit. »

On n'avait plus vu Mlle Aurore. On approchait de l'été. Les blés étaient vert bleu.

« J'ai envie, dit Bobi, d'aller chez elle et de demander.

— Demande, dit Jourdan, quoique, ajouta-t-il, ça me paraît une chose sûre.

— Quoi ?

— Qu'elle donne son blé.

— Je le crois, dit Bobi, mais je voudrais savoir si son fermier le donnera aussi.

— Il est comment ? demanda Jourdan. Enfin, toi qui le connais mieux que moi, il ressemble à quoi ?

— Je crois, dit Bobi, que s'il donnait son blé, ça serait très important. »

Il avait besoin de croire à la joie. Joséphine avait détruit l'ordre et la paix. Elle apparaissait souvent. Il

semblait que, pour elle, le plateau n'avait pas d'étendue et que la vie c'était venir. A un trouble de l'air, Bobi
se disait : elle est là. Il allait derrière le hangar. Elle
était là.

Elle disait :

« Viens. »

Ils allaient à la forêt. Pour ne pas être vue, elle se
glissait derrière le talus des narcisses.

Elle disait :

« Tu es ma vie. Je ne peux pas vivre sans toi.

— Si je mourais ? disait-il.

— Je mourrais.

— Si je n'étais pas venu ?

— Ah ! alors... »

Il se souvenait de sa vie passée, rouge et noire
comme un brasier de charbon.

« J'aurais pu ne pas venir, disait-il. Il y avait sept
chances sur dix. Qu'aurais-tu fait ?

— Rien.

— Joséphine, je voudrais avoir le temps comme
avant.

— Le temps de quoi ?

— Le temps, pas plus. Je veux dire que maintenant
il y a toi.

— Tu n'as plus envie de moi ?

— Si.

— Tu ne m'aimes plus ?

— Si, je t'aime, mais ce qu'il faut savoir, Joséphine,
c'est qu'autour de nous il y a, malgré tout, le monde
entier. »

Il lui disait tout ça très doucement et il la regardait
avec ses yeux clairs. Il lui disait sincèrement tout ce
qu'il pensait. Il était malheureux de la voir comme
dépouillée de tout. Il ne pouvait pas comprendre
qu'elle était peut-être plus riche que toute la terre. Il
ne savait pas que la gravité de ce visage était beaucoup plus joyeuse que le rire.

« Je voudrais que tu profites de tout.

— Tu es tout, disait-elle, et toi seul me fais envie. »

Depuis que les nuits étaient devenues aussi chaudes que les jours, on entendait chanter les hautes montagnes. La fonte des neiges les faisait ruisseler d'eau. Les glaces qui pendaient contre les parois des vallons s'étaient écroulées avec des bruits de tonnerre. Les forêts de mélèzes ayant repris leurs feuillages avaient étoffé les pentes ; l'herbe des pâturages avait adouci le râpement du ciel aigre contre les glaciers. Et tous les échos s'étaient réveillés. Les ruisseaux et les torrents bondissaient partout comme des courses de moutons ou des cavalcades de grosses juments blanches. Très haut dans la montagne, là où les vallons n'étaient plus creusés que comme la paume d'une main et où venait s'appuyer le tranchant des glaces éternelles, on entendait parfois hennir les glaciers ; ils restaient encore un moment immobiles, puis soudain ils se cabraient dans le craquement de leurs muscles de fer et les avalanches libres galopaient vers les fonds. Alors, le long des veines et des artères du grand pays au milieu duquel se trouvait le plateau Grémone, le long des ruisseaux, des torrents, des rivières, des sources au fond de la terre, courait le gonflement d'une nouvelle force des eaux.

Les bruits de la montagne arrivaient dans le vent ; et quand le vent changeait de côté, il apportait le grincement des larges plaines couvertes d'un blé déjà craquetant comme une carapace d'insecte.

Un après-midi, Bobi se dit qu'il fallait absolument savoir tout de suite ce que l'homme avait décidé. Il ne servait plus de rien d'être porté par le plateau Grémone dans le retentissement des chansons sauvages de la montagne. Il se sentait de plus en plus tiré hors du monde par le noir travail de l'amour.

« Je vais voir Mme Hélène, dit Bobi.

— Il vaudrait peut-être mieux aller voir carrément cet homme, dit Jourdan, et tout lui expliquer.

— Ça n'est pas encore le moment », dit Bobi.

Les sycomores de Fra-Josépine étaient en pleine feuillaison et le bourdonnement des ramures composait un grand silence autour de la maison des maîtres.

Bobi monta l'escalier de la terrasse. Il regarda par la porte vitrée : le salon était rouge et désert. Dans les vitres, se reflétait un ciel plombé.

« Que voulez-vous ? »

La porte d'à côté s'était ouverte ; Mlle Aurore était là.

« Je voudrais voir Mme Hélène.

— Entrez. »

Le salon sentait le vieux meuble engraissé de cire.

« Asseyez-vous. »

Elle lui désigna une chaise près de la fenêtre. Elle s'en alla au fond du salon où il y avait un peu d'ombre rousse et elle s'assit dans un fauteuil. La haute pendule battait lentement. Dehors, le ciel se faisait de plus en plus sombre. Bobi entendit une voix mâle et paisible et qui chantait. Il n'y avait plus que ce bruit dehors. La lourdeur de l'air avait assommé les arbres. Les branchages pendaient sans bouger. « C'est le premier que j'entends chanter de son propre gré », se dit Bobi.

« Mme Hélène est là ? demanda-t-il à haute voix.

— Elle n'est pas ici, dit Aurore.

— Je croyais qu'elle allait venir.

— Elle viendra, mais plus tard. Je vous ai fait entrer pour l'attendre.

— Elle n'est pas au château ?

— Non.

— Elle restera longtemps ?

— Oui.

— Je ne sais pas si je pourrai l'attendre.

— Comme vous voudrez.

— Je voulais lui demander quelque chose d'important.

— Demandez-le-moi, peut-être que je le sais mieux qu'elle.

— Cet homme, dit Bobi, chante souvent comme il fait ?

— Souvent.

— Toujours si paisible ?

— Toujours.

— Nous avons décidé de mettre tout notre [coupé par bord]
commun et j'avais dit à Mme Hélène de lui deman[coupé]
s'il voulait être avec nous.

— C'est moi qui ai fait la commission.

— Qu'est-ce qu'il a dit ?

— Il a dit : « S'il ne le sait pas d'avance, c'est qu'il « n'a rien compris. »

— Il est entier dans tout ce qu'il fait.

— Il ne l'a pas dit avec méchanceté ; au contraire il s'est mis à rire.

— Il n'aurait pas dû rire. C'est une chose très sérieuse.

— Mais, il a eu l'air de penser justement que c'était très sérieux.

— Je crois, mademoiselle, que vous ne m'aimez pas, dit Bobi.

— Je ne vous aime sûrement pas », dit Mlle Aurore, puis elle ajouta :

« Qu'est-ce que vous voulez dire au juste ?

— Je veux dire que vous n'avez pas d'amitié pour moi.

— L'amitié c'est autre chose, dit-elle. Pourquoi n'aurais-je pas d'amitié ?

— Une fois vous m'avez parlé avec une violence et une colère terribles, je n'ai pu ni faire un geste ni vous répondre. J'étais comme changé en pierre.

— Je ne vous ai pas dit le quart de ce que je voulais vous dire.

— Pourtant, demoiselle, une autre fois vous m'avez essuyé la tête avec votre tablier.

— C'était avant, dit-elle.

— C'était avant, dit-il, et je n'ai jamais su pourquoi tout d'un coup j'avais perdu tout mon mérite. »

Elle resta un moment silencieuse, puis elle dit à voix basse :

« Vous n'avez rien perdu de votre mérite.

« Restez où vous êtes, ajouta-t-elle, car elle venait d'entendre craquer la chaise. D'ici où je suis, je vous vois. Le jour vient de derrière vous et on dirait que le jour vient de vous. »

vers elle.

... vois pas, dit-il. Vous vous êtes mise
.. Ecoutez-moi. Je ne suis qu'un pauvre
.. qui faisait des tours d'acrobate dans les
.. là ce que je suis. Mais je me suis aperçu
peu à p... que mon cœur pouvait tout comprendre. Et
je crois que c'est le plus grand malheur qui puisse
arriver à une créature vivante. Je connais un peu
l'homme qui chante dehors sous les sycomores. Il m'a
dit que j'étais un poète. Vous venez de parler comme
je parle. »

La voix de Mlle Aurore était elle-même une voix
d'ombre.

« Soyez tranquille, dit-elle, vous ne connaissez pas
le plus grand malheur de la terre.

— Je ne sais pas si c'est le plus grand mais j'en
connais un et il n'est pas petit. Quand on est sur le
sommet d'une colline et que l'aube n'est pas encore
arrivée. Et votre chemin s'en va devant vous, et vous
pouvez l'imaginer tout plat parce que devant vous
c'est la nuit où tout peut s'inscrire. Mais, peu à peu le
jour monte, et voilà que maintenant vous voyez
d'abord devant vous un vallon qui s'approfondit, puis,
de l'autre côté, la terre qui remonte et derrière cette
terre d'autres vallons, puis des montagnes, et des
sommets, et des sommets jusque par-delà le ciel. Je ne
manque pas de courage. Les hommes ne manquent
pas de courage. Je pense que je vais descendre le
vallon, remonter la terre de l'autre côté et peu à peu
avec mon courage, et ma force, et mon espoir, je
monterai mon chemin sur les plus hautes montagnes.
Mais, maintenant, de plus en plus il y a le jour ; et de
plus en plus sous moi le vallon s'approfondit. Le
premier vallon, celui qui est tout près de moi, celui
qui tout à l'heure était plein de nuit et qui portait le
chemin que je m'imaginais raide comme une tringle à
travers l'air, voilà qu'il se creuse et qu'il se creuse. Ce
que je croyais tout à l'heure être le fond n'était qu'une
nappe de brumes ; le fond, c'est encore bien plus
profond par en bas dessous. Et voilà que maintenant

dans la lumière qui est plus claire vous voyez sur les parois de cette pente les buissons et les taillis, et les forêts et les épines, et la course des bêtes, et la traverse des ravins, et les murailles de rochers, et de plus en plus la lumière devient claire, et quelque chose vous dit qu'elle peut continuer à s'éclaircir de moment en moment jusqu'au fond de l'éternité sans jamais s'arrêter de vous faire découvrir de plus en plus des épines et des murailles, et des obstacles, et des attaques, et des traverses, et des empêchements. Voilà que vous ne pensez plus à monter sur les cimes, là-bas loin où la lumière étincelle pourtant comme les bonds d'une chèvre blanche. Voilà que vous ne pensez même plus que votre force, et votre courage, et votre espoir vous permettront seulement de descendre dans le premier vallon qui d'instant en instant s'approfondit, mais voilà que maintenant vous criez en vous-même comme un désespéré : « Que je fasse seulement un « pas devant moi. C'est tout ce que ma force me « permet. Et toujours la lumière augmente !... »

Il avait parlé vite, comme enivré, mais sans un geste. Il s'arrêta pour respirer.

Elle resta silencieuse.

« Toujours la lumière augmente !

— Soyez tranquille, dit la voix d'ombre. Vous ne connaîtrez jamais le plus grand malheur de la terre.

— Pourquoi ?

— Parce que vous êtes un homme.

— Vous les faites plus forts que ce qu'ils sont. »

On entendait dehors le chant de la voix mâle ; il était paisible et un peu triste.

« Je vais voir si vous êtes un menteur, dit la voix d'ombre. Vous vous criez en vous-même : « Dieu que « je fasse un pas ! » Mais la lumière qui éclaire de plus en plus le monde vous enlève toute espérance. Et voilà ce que vous avez pensé tout de suite après votre cri désespéré : j'irai là-haut tout droit avec des ailes. Là-haut, ce sont les cimes où vous dites que la lumière saute comme une chèvre blonde, n'est-ce pas vrai ?

— C'est vrai, dit-il, on ne perd jamais tout l'espoir.

— Et c'est pour moi un mystère, dit-elle.

— C'est la vie qui le veut.

— Je ne peux pas savoir, dit-elle.

— Vous êtes malheureuse ?

— Oui.

— De ce grand malheur que vous dites ?

— Oui.

— Expliquez-le-moi, dit Bobi, il y a peut-être des moyens de faire pousser des ailes à votre corps.

— Ah ! non, dit-elle, c'est un malheur si humble. Ce sont des choses du corps ordinaire, ajouta-t-elle au bout d'un moment.

« Allez-vous-en, cria-t-elle en se dressant, je vous ai menti, je ne suis pas malheureuse ! »

XXII

La chaleur était partout : dans le ciel, sur la terre, dans le fond de la terre, et même dans les eaux. L'été était arrivé. Il chauffait beaucoup plus les plaines que le plateau et souvent dans le jour les terres hautes étaient silencieusement assaillies de trois côtés à la fois par des bouffées d'air torride à goût de poussière et de grain.

Le monde avait de plus en plus besoin de vie. Les petits oiseaux quittaient les nids où il faisait trop chaud. Ils se posaient sur les branches pour la première fois de leur vie. Ils essayaient de dormir, mais, dès qu'ils fermaient les yeux, ils perdaient l'équilibre, ils tombaient en battant éperdument des ailes, et un peu de fraîcheur caressait leur poitrine sous le duvet. Alors, ils apprenaient tout d'un coup combien voler était splendide pour le corps et pour la joie, et ils s'en allaient d'un arbre à l'autre, et même dans de grands espaces sans arbres ; la sensation délicieuse de la fraîcheur de l'air remué par les ailes leur donnait de

360

l'audace, ils s'élançaient tout droit vers les profondeurs du ciel jusqu'au moment où, ivres de peur et de vertige de voir chavirer sous eux la terre chargée de champs verts, ils s'écroulaient comme une pluie de pierres en poussant des cris.

Les abeilles et les mouches à ventre rouge, jaune et bleu étaient en adoration autour des mélèzes dont les troncs et les branches étaient tout suintants de la grande sève de l'année. L'épaisse foule, blonde comme le rayon d'un soleil grondant, dansait d'abord sourdement devant l'arbre. C'était un vol noble et haletant, presque immobile, tremblant de désir devant la divinité des sèves et des forces, puis lancées comme des flèches, les abeilles et les mouches entraient dans le feuillage, buvaient une goutte de sang roux et rebondissaient à leur danse de joie. L'arbre ronronnait.

De plus en plus, les routes des bêtes s'entrecroisaient dans le jour et dans la nuit, à travers la lande et la forêt. Le feuillage des buissons ne s'arrêtait plus de trembler sans vent, traversé par le renard, la belette, la fouine, le rat, ou les ailes pelucheuses de la chouette. Les chauves-souris étaient sorties des cavernes. Pendant le jour elles dormaient dans l'ombre des cèdres qui, maintenant, était plus noire que l'ombre du fond de la terre et, dès le soir venu, elles parcouraient les airs, maladroites et têtues. La couleur du soir, ou, parfois la lune, illuminaient leurs petits ventres blancs. Toutes les variétés de sauterelles étaient sorties. Toutes les variétés de fourmis étaient vivantes. Toutes les variétés de papillons vivaient, toutes les mouches, tous les scarabées. Tous les lézards sortaient des trous, s'allongeaient au soleil, se réveillaient en bondissant, soufflaient de l'écume, s'apaisaient, dormaient, s'en allaient pesamment à leurs trous en dandinant leur gros ventre entre leurs pattes courtes. Toutes les couleuvres avaient fini leurs amours et, déroulées, s'en allaient sur leurs routes solitaires : les mâles vers des batailles avec des mulots, des rats, des oiseaux et de petits poissons ; les femelles vers les chaudes poussières des landes pour y pondre et y siffler doucement en attendant que les œufs crèvent.

Les hases n'avaient pas encore fait les petits, mais déjà elles avaient gagné les cantons solitaires de la forêt, car le moment approchait. C'était un endroit, au cœur du bois, près de trois roches énormes entassées de telle façon qu'elles figuraient une table. Cette petite éminence n'émergeait pas du bois : la hauteur des arbres égalisait tout. Sur cette butte, toutes les hases faisaient leurs petits toutes ensemble. C'était le moment le plus brûlant de l'amour des renards et de tous les carnassiers. Il n'y avait rien à craindre de ce côté-là ; ils ne mangeaient presque pas, ils criaient seulement des appels à longueur de jour, de nuit, de matins et de soirs, sans arrêt, et ils galopaient sur des chemins sans fin, haletants, baveux, maigres, l'œil affolé et terrible, grattant parfois leurs flancs vides et sonores contre les dures bruyères de la lande comme pour s'arracher d'un couteau ou d'un fer de fourche. De ce temps, les hases pouvaient tranquillement faire les petits. Elles en faisaient. Il y en avait tant que, parfois, l'herbe des talus ne pouvait plus les retenir et ils roulaient tous sur la pente en couinant.

Enfin, les carnassiers finirent brusquement leurs amours. Les mâles reniflèrent vers le large des landes ; leur œil s'arrêta de trembler, ils se léchèrent les babines avec des langues rouges comme du feu. Les femelles baissèrent la tête et se mirent à réfléchir. De nouvelles routes de bêtes s'entrecroisèrent sous les buissons. Les levrauts maintenant ruisselaient des talus, non plus emportés par le poids inerte de leur ventre plein de lait mais ils essayaient le grand ressort de leurs pattes de derrière.

Dans toutes les places vides laissées sur la terre par la mort d'une bête, il y avait trois ou quatre bêtes neuves nouvellement nées.

Au plein du jour, les loutres dormaient sous les saules. Aux lisières de la forêt Grémone, tous les écureuils se réunissaient. On ne savait pas pourquoi.

Ils étaient tous là. Ils ne gambadaient pas. Ils chantaient tous ensemble une petite chanson grave, presque imperceptible, mais dans laquelle ils employaient tant de force que tout leur corps tremblait.

L'étang, qui était seul au milieu des joncs, se mettait parfois à bouillir. De grosses cloques et de l'écume le soulevaient et de petites vagues parallèles venaient sur les limons de la rive submerger les myriades de puces de l'osier qui fouillaient le sable humide. Les grosses carpes qui avaient passé tout l'hiver dans le fond noir remontaient à la surface et sautaient au-dessus de l'eau, éblouissantes, lourdes et retentissantes de claquements.

Au bord de l'étang, il y avait une grande étendue de joncs clairsemés, à moitié baignés par un mince débord, une sorte de demi-marécage. A l'endroit où le jonc jaillissait de l'eau, il portait une petite bague mordorée. C'était un reflet de l'eau, c'était comme une auréole, ça gardait toutes les couleurs, ça tremblait, ça mélangeait les couleurs, c'était comme une petite poussière. C'était de la laitance d'ablettes. Il y avait mille et mille et mille joncs et tous jaillissaient d'une petite bague de laitance, et quand le vent léger balançait doucement le marécage — et ce vent n'était que l'haleine des blés mûrissants dans les plaines torrides — la laitance docilement pétrie préparait en elle les formes et le cœur blanc des futurs poissons.

Le vieux cerf était venu se baigner dans l'étang. Il s'était brusquement souvenu de lui un soir où, après s'être longuement frotté contre sa biche, il lui avait trouvé la peau trop douce. Il s'était ensuite frotté contre le tronc d'un fayard. Là, ça l'apaisait mieux. Mais il avait soudain pensé à la fraîcheur de l'eau et il s'était souvenu de l'étang. Il était parti tout de suite malgré la nuit. Il avait fait dix grands pas, il s'était arrêté, il avait appelé la biche. En éternuant et en remuant la tête il lui avait expliqué longuement la joie de l'eau, là-bas. La biche avait d'abord écouté puis elle s'était vautrée dans les feuilles, sans répondre, toute à sa joie à elle, gémissant pour elle-même, plus séparée de son cerf que si elle avait été une biche de la lune. Alors, lui, il était parti, lentement, en mettant beaucoup de noblesse et de gravité dans son pas, et grommelant en lui-même.

Il arriva au bord de l'eau au moment où la lune était au plus haut de la nuit. Il marcha dans le marécage. Des nichées de canards s'envolaient et retombaient. Il entra dans l'eau et quand le froid toucha son ventre il mugit de plaisir. Alors, du fond du bois, la biche lui répondit. Il nagea vers le large de l'étang où la lune s'était écrasée et rebondissait en jets de lumière. L'eau froide battait ses babines et ses yeux. Ses jambes profondes fouillaient l'eau. De chaque pointe de ses sabots montaient des grappes de bulles, étincelantes comme des étoiles et sans cesse renouvelées. Les grosses carpes dormaient à fleur d'eau. Elles sautèrent en l'air toutes à la fois, faisant plus de bruit et d'écume qu'un autre cerf en train de nager et elles se mirent à fuir devant la bête. Elles ne pensaient pas à plonger mais elles nageaient en surface avec leurs dos hors de l'eau. La lumière de la lune allumait leurs écailles que les petites vagues éteignaient sous de l'écume bleue.

Alors, le cerf sentit sous son ventre toute la profondeur de l'étang, une profondeur qui faisait poids et bloc sous lui et qui balançait la profondeur du monde dans la balance. Il vit des poissons longs qui semblaient verts, puis étaient blancs, sautaient rouges et se renfonçaient noirs avec de grandes gueules ouvertes sur des dents éblouissantes comme des scies. Il vit de grandes lianes immergées, féroces et souples comme des serpents et comme toutes faites en bois d'ombre, si puissantes qu'elles étaient remontées jusqu'à deux doigts de la surface, et on les sentait plantées dans le fond mortel de l'étang. Elles avaient de larges feuilles pâles. Il vit des petits poissons d'argent. Il vit des anguilles brunes. Il vit flotter des écrevisses. Il vit s'enfoncer, pattes repliées, une longue araignée d'eau maigre comme un fil de la Vierge mais qui traînait un chapelet de bulles d'air et dans chaque bulle d'air était enfermée une petite araignée toute neuve qui venait à peine de naître. Il vit un cadavre de rat tout mangé et un petit poisson tirait pour dérouler un bout de boyau. Il vit l'argent de l'écume qui pétillait dans ses babines. Il vit le grand globe des poissons, des plantes, des rats, des arbres, des biches et des cerfs.

Alors, il mugit.

Les renards s'arrêtèrent sur tous les chemins, écoutèrent, répondirent et se mirent à courir. Les blaireaux grognèrent. Les loutres commencèrent à miauler en s'aiguisant les griffes contre les troncs des saules, les hulottes s'appelèrent. Les écureuils crièrent dans les branches, les rats coururent comme des fous dans le marais en bousculant les roseaux, les canards s'envolèrent encore et retombèrent, les belettes, les mulots, les sauterelles, les lézards, les scarabées et les grands papillons de nuit crièrent ; les couleuvres silencieuses dardèrent leurs têtes allumées au-dessus de leurs œufs et la biche appela longuement, longuement, longuement, avec une grande voix chaude pleine d'amour.

Quand il prit terre de l'autre côté, le monde s'apaisait et peu à peu s'établit le silence. Il écouta. Il frissonnait. L'eau s'égouttait de ses poils, claquait sur les pierres du bord. Il traversa et retraversa l'étang plus de vingt fois, et, à la longue, tous les poissons allèrent s'enterrer au plus profond des trous et il fut tout seul dans l'eau avec le reflet de la lune. Et chaque fois il mugissait. Et chaque fois le vaste monde lui répondait. Enfin, vaincu de fatigue et si brûlant de joie qu'il fumait comme un brasier, il se coucha dans l'herbe. Le jour se levait. Il vit arriver la biche. Il ne pouvait plus bouger. Il ne voulait plus bouger. Il gémit vers elle. Elle vint lui lécher doucement le museau, soigneusement, de tous les côtés, comme s'il avait été un tronc d'érable ruisselant de sève douce. La clarté du jour monta et s'établit. La biche entra dans l'eau et nagea le long du bord. Quand elle fut bien mouillée, elle revint se coucher près du cerf, elle poussa sa tête près de la grosse tête haletante, aux yeux joyeux, elle se plaça, babine contre babine pour pouvoir respirer l'air qu'il respirait, et ils s'endormirent.

Un après-midi, les écureuils immobiles dans les branches à la lisière de la forêt Grémone poussèrent un cri et se décidèrent tous à la fois. Ils sautèrent à bas des arbres. Ils s'en allèrent sur le plateau. Ils s'arrêtèrent pour écouter. Ils entendirent glapir le renard. Ils se regardèrent, effrayés. Ils regardèrent d'un côté les arbres de la forêt où ils pouvaient aller se mettre à l'abri dans les branches ; et il était encore temps. Ils regardèrent de l'autre côté le vide des terres plates où il n'y avait pas d'abri mais où les tirait leur désir. Et alors, ils eurent un coup de courage formidable : « A quoi bon toujours garder sa vie soigneusement comme une petite noisette douce ? Est-ce qu'on ne peut pas, un bon coup, la jeter tout entière du côté de ce qu'on aime ? » Il leur semblait que c'était un grand écureuil de fumée qui leur disait ça ; un grand, grand écureuil, plus gros que vingt montagnes et qu'en écoutant sa voix folle ils allaient devenir aussi grands que lui. C'était seulement l'été qui leur parlait et la vie qui leur parlait. Ils devinrent aussi grands que l'écureuil de fumée et ils s'en allèrent sur le plateau. Le renard des combes les atteignit vers « Mouillure ». Vers le soir, ceux qui restaient se réfugièrent dans un saule. Cet arbre n'avait pas de faine. A tout hasard, ils grattèrent l'écorce avec les griffes. Il en sortit un peu de farine et une goutte de sève. C'était une nourriture magique. Ils n'avaient jamais été aussi heureux. Le ciel était d'une profondeur extraordinaire ; ils se souvenaient de la bataille avec le renard. Le ciel et le renard étaient mélangés dans le cœur des écureuils avec du sang et des étoiles. Les branches du saule balançaient le rêve des petits animaux Ils étaient partis vers les fruits. A la première étape ils n'en avaient pas trouvé mais ils savaient que le monde allait bientôt en être couvert. Déjà l'air sentait le sucre et le ferment.

La chaleur gonflait des fruits partout. Jusqu'à présent ils n'avaient été que de petits globes verts ou les étuis mous d'une farine laiteuse. Maintenant, ils mûrissaient. Le monde entier s'inquiétait du gonflement des fruits. Il n'y avait pas un morceau de la terre qui ne soit parcouru d'animaux dans cette grande quête de désir et d'attente. Les fourmis cherchaient les fortes tiges brunes de datura ; elles montaient en longues colonnes jusqu'à la fleur flétrie ; elles entraient dans les corolles ; elles allaient tâter avec leurs petites pattes le ventre vert du pistil. Il lui fallait encore quelques jours de chaleur pour qu'il soit mûr à point. Elles redescendaient. Pas plus tôt dans l'herbe qu'elles croisaient le petit sentier foulé où venait de passer un rat. On l'entendait là-bas plus loin renifler vers des avoines. Si la barbe du grain était verte et emperlée c'est que le grain n'était pas mûr. Pour mûr, il lui fallait la barbe jaune et cassante. Et à ce moment-là il sentait le lait aigre. Mais le rat pensait encore à beaucoup de choses. Il pensait aux capsules de pavot. Il aimait les graines noires. D'un coup rapide de langue rouge il se lécha le bout pointu du museau.

Quand les bêtes étaient couchées pour se reposer, elles entendaient des grattements au fond de la terre. C'étaient les taupes en train de creuser de petits couloirs en direction de certaines racines à fruits. Dans le fond de la terre, s'arrondissaient les fruits pâles des racines. Dans l'herbe les fruits de l'herbe, dans l'eau les fruits de l'eau, dans l'arbre les fruits de l'arbre. Pas une tige, pas un vaisseau du bois, pas un tronc, pas une branche qui n'aboutisse à un fruit. Pas une sève qui ne vienne s'endormir et rêver dans le petit alambic rond d'un fruit.

La mousse, l'avoine, le sapin, le cèdre, le peuplier. L'arbre le plus haut ici monte à vingt mètres ; la racine la plus profonde et qui porte des tubercules s'enfonce à cinq mètres. Des vingt mètres au-dessus du sol jusqu'à cinq mètres de profondeur, il y a plus de cinquante couches de fruits, tous différents, tous mûrissants, tous peu à peu gonflés par la chaleur patiente de l'été. Il y en a pour toutes les dents et tous les ventres.

La plaine de Roume était couverte de fruits ronds, une épaisseur par terre : les pastèques, les melons, les courges ; une épaisseur à un mètre et demi du sol : les pêches, les abricots, les pommes vertes, les prunes vertes. Les vergers criaient sous le poids. Les arbustes étaient épais de feuilles et de fruits. L'ombre sous eux était noire et fraîche. L'herbe y était drue. Les jours étaient si chauds qu'on ne pouvait pas tenir. Les femmes venaient sous les arbres, s'enfonçaient dans la profondeur des vergers. Elles étalaient des couvertures par terre. Elles renversaient là-dessus tout ce que la ville avait d'enfants, de trois mois à deux ans. Ils étaient demi-nus avec des fesses rondes, séparées par une profonde fente bleuâtre. Ils se traînaient dans l'herbe.

Le plateau plus haut dans le ciel ne portait presque pas de fruits ronds mais des graines acérées, des faines, des grappes de semences ligneuses. Il était aussi plus riche en tubercules. A de certains endroits la terre craquait, découvrant au fond de ses fentes des apostumes de racines bleuâtres, vers lesquels se hâtaient les processions de fourmis et de scarabées. Parfois, de petits rongeurs agrandissaient le trou avec leurs pattes, plongeant leurs têtes, et râpaient les farines grumeleuses du bout de leurs petits museaux pointus. Des vols d'oiseaux tournaient des journées entières au-dessus des alisiers, des prunelliers sauvages, des buissons de mûres ; dès que la nuit venait ils s'abattaient sur place ; dès que le matin venait ils s'envolaient de nouveau comme la fumée d'un brasier que le souffle de l'aube faisait reprendre.

Le soleil roulait sans arrêt d'un bord à l'autre du ciel vide. Les cosses s'ouvraient en crépitant, les graines coulaient sur la terre, le fléau des avoines jetait des graines, les bardanes jetaient des graines, les mousses expulsaient d'un seul coup de petites graines d'or que le moindre vent emportait. Les têtes de datura cra-

quaient, s'ouvraient, délivraient de leur coque de
satin blanc les trois noix couleur de la nuit. Les choux
pleins d'humidité et travaillés par la chaleur sentaient
fort. Les betteraves, les oignons, les navets, les grosses
carottes sortaient de la terre poudreuse, poussés par
le gonflement de leurs chairs. Dans tous les endroits
ensoleillés de la montagne, les abricotiers sauvages
pleuraient de la sève et du jus. Seules, quelques marmottes venaient lécher ce sirop.

Le blé était mûr.
Au-delà des vergers, dans la plaine de Roume, il
s'étendait à perte de vue comme l'inondation d'un
immense fleuve chargé de limon. Il avait aplani les
petites ondulations du sol. Il n'y avait plus que lui
seul. Il chauffait autant que le soleil. Il était comme
un miroir de cuivre et des rayons étouffants jaillissaient des champs d'épis serrés. La hauteur de la
paille cachait les routes et les chemins.
Quand les gros propriétaires sortaient de la ville
pour venir voir leurs champs, ils s'enfonçaient avec
leurs autos entre deux murailles de richesses. Ils ne
pouvaient plus voir ni le ciel bas, ni le tournoiement
des champs autour d'eux, ni l'ordonnance de la solidité de la terre dans les hautes montagnes de l'horizon ; ils ne pouvaient voir que du blé, du blé, du blé et
du blé ; des murailles de blé sans un trou, sans une
fente, sans une fissure, des millions et des millions de
tiges de blé qui passaient devant leurs yeux à toute
vitesse, des murailles de tiges de blé qui frottaient à
toute vitesse de chaque côté de leur tête, étourdissant
toutes leurs réflexions, les enivrant d'un vide nau-
séeux, comme s'ils étaient en train de pénétrer dans la
chair même de l'or.
Ils installèrent des tables d'embauche sous les platanes de la place du marché. Ils écrivirent aux maires
des petites communes de la montagne : « Dites chez
vous qu'on embauche pour faucher le blé. » Ils se
réunissaient le soir à quelques-uns au « Café des
Sports » pour se dire entre eux : « On paie tant la

journée, pas plus, pas un sou de plus. » Le blé des vastes terres soufflait à travers les rues son haleine torride.

D'immenses vols de freux et d'oiseaux de toutes sortes s'abattaient dans les champs de blé.

Les montagnards descendirent des montagnes. Ils portaient à l'épaule la faux démontée en deux pièces. Il en venait deux de ce chemin, un de celui-là, quatre de l'autre, dix de l'autre, vingt ici. Ils se réunissaient au carrefour. Ils entraient dans la ville par la porte du nord. Les commerçants avaient rentré leurs étalages car la rue passait pleine d'hommes de la montagne, portant à l'épaule la faux démontée en deux pièces, des hommes au pas, aux épaules, aux gestes amples et qui bousculaient les éventaires en passant sans même s'en apercevoir. Ils allèrent d'une table à l'autre. Ils s'interpellaient dans leur patois incompréhensible. Ils discutaient les prix de la journée. Ils disaient que c'était trop peu. Ils donnaient leurs noms. On les inscrivait sur des listes. On leur donnait un papier où était écrit le nom de l'endroit où ils devaient coucher. Parfois même, un fourrier les accompagnait jusqu'à ces granges. Ils se déséquipaient. Ils se couchaient. Ils se mettaient à chanter tous en chœur.

Alors, toute la ville se taisait.

On arrêtait tous les gestes. On écoutait.

Les hommes de la montagne chantaient les grands chœurs poétiques de l'amour de la femme et de la bataille contre les démons de la vie. Dans la chair secrète des gens de la ville passait un vent terriblement parfumé à l'odeur amère des fleurs d'amandiers. Toute la loi intérieure de la cité tremblait. Les fenêtres des maisons étaient grandes ouvertes à cause de la chaleur. La voix des montagnards était plus chargée d'étoiles que la nuit. Mais les vastes champs de blé soufflaient le sec et le chaud. On avait de nouveau la force de continuer les gestes habituels : taper l'oreiller, fermer la porte au verrou. La voix des montagnards s'apaisait. Les heures de la nuit sonnaient maintenant loin l'une de l'autre dans le silence.

Sur le plateau, la moisson commença avec une petite fièvre rapide. Soudain, ils s'aperçurent tous qu'ils n'avaient pas besoin de se presser. Ils furent effrayés de voir leurs champs si petits ; un peu tristement ils dirent :

« Nous n'avions pas besoin de faire ce travail tous ensemble. Un seul aurait suffi.

— Nous travaillons dans notre champ », dit Bobi.

Ils étaient à ce moment dans le champ de Jacquou. Randoulet était là avec les autres. C'était lui qui bottelait les gerbes.

Randoulet dit :

« Je vais vous faire voir, moi, comment on fauche dans mon pays.

— Quel pays ?

— Un pays, dit-il, où la paille a de la valeur. »

Il s'essuya le plat des mains à ses pantalons ; il empoigna la faux ; il cligna de l'œil.

« Car, dit-il, la paille y sert de tuile, et plus elle est longue meilleure elle est. »

Il lança un coup de faux à ras du sol.

« Et, ajouta-t-il, entière et sans brisure. »

Il avait emprunté la faux d'Honoré.

« Fils de garce, dit Honoré, pour avoir un centimètre de paille tu vas me casser ma faux sur les pierres. Laisse ça, enfant de salaud ! »

Mais Randoulet manœuvra.

Si vous avez vu l'hirondelle qui frotte d'un seul coup son ventre sur l'eau, et revole, et retombe, et revole sans jamais se mouiller le bout de l'aile...

« Voilà comme il fauche, dit Honoré.

— Venez voir. »

Ils s'approchèrent. C'était vraiment quelque chose de beau. Les champs n'étaient pas passés au crible comme les terres de la plaine. Ici, ça avait été gagné peu à peu sur la lande et par conséquent plein de pierres. Il semblait que Randoulet les sentait à l'avance. Sa faux ondulait, jamais une fois dans un même rythme. C'était du travail presque tige à tige, lent et précis. A tous moments, tous les muscles de

Randoulet étaient en plein émoi, d'attente ou de force. Il lançait la faux, la retenait, la faisait passer à plat sur les pierres, plongeait du bout de la pointe, la relevait, la relançait. Chaque abattée demandait des gestes nouveaux ; chaque fois les gestes nécessaires arrivaient justes et précisément à point pour que la faux soit sauvegardée et pour que le blé soit coupé ras de la terre. C'était une joie de regarder. Tout le monde regardait. Ils s'étaient tous approchés, les hommes et les femmes. Ils faisaient un pas quand Randoulet faisait un pas. Il n'y avait plus qu'un faucheur.

Jacquou se baissa et ramassa une tige de blé. Elle était coupée juste à l'anneau de terre. Elle était entière, comme pas touchée, fauchée comme par un faucheur divin. Jacquou garda sa tige de blé dans les doigts. C'était trop beau. Un travail qu'on ne fait plus. Il faut du temps pour faire ça, se disait-il. Il faut avoir, se disait-il, du temps à perdre pour faucher comme ça.

Il suivait le faucheur en tenant sa tige de blé dans ses doigts comme un cierge.

Ou bien alors, il faut être très pauvre, avoir besoin de tout. Ou bien alors, il faut être très riche et faire ça pour son plaisir, pour sa joie, pour bien faire ce qu'on fait. Voilà que dans ces choses-là, riche ou pauvre c'est pareil, et pauvreté c'est richesse.

Randoulet arriva au bout du champ.

« Voilà », dit-il.

Il avait fait une alignée. On n'était pas malheureux, somme toute.

Oui, mais les champs paraissaient petits. L'œil était habitué à la grosseur des meules ; elles étaient plus petites que les autres années. Il y en avait soixante grosses d'habitude ; il y en avait cette fois vingt-quatre...

« Moyennes », dit Jacquou.

Et, le soir, on n'était pas fatigué.

Et, sans la fatigue, le corps était seul dans ces longs soirs couleur de perle. Car on avait l'habitude d'être fatigué à mourir quand il faisait ce temps-là. A force de posséder les champs de blé, on était devenu champ de blé, avec les dimensions, la charge de gerbes et de meules, le soir lustré couché sur les éteules. Tout avait changé, sauf le soir. On souffrait de ne pas être fatigué. L'esprit ne pouvait pas s'y faire.

Ils avaient décidé de camper près des champs. Les nuits étaient des miracles de fraîcheur et de parfum. Ils avaient allumé un petit feu, non pas pour la chaleur mais pour la lumière. Ils étaient couchés tout autour sur des lits de paille. Avant de s'endormir, ils se relevaient tous à moitié appuyés sur leurs coudes. Mais ils avaient beau être tous ensemble, ils se sentaient seuls. Ils pouvaient bouger leurs bras et leurs jambes sans douleur. Ils n'étaient pas fatigués. La première qui retombait sur sa litière de paille, c'était Mlle Aurore, puis Mme Hélène.

« Allons, disait Mme Hélène, bonsoir. »

On les entendait s'arranger dans la paille pour dormir. La dernière à s'allonger, c'était Joséphine. Elle appelait encore quelquefois :

« Dites ! Eh ! là-bas ! Vous dormez ? »

Jacquou ronflait. Personne ne répondait.

« Je vais mettre encore un peu de bois », disait Joséphine en parlant seule.

Elle se levait. Elle venait à côté de Bobi. Elle s'accroupissait pour prendre des branchettes sèches. Sa main cherchait la main de l'homme, la trouvait, la couvrait, restait sur elle, brûlante et lourde.

Joséphine soupirait. Elle revenait à sa place et se couchait.

Le silence et la nuit enveloppaient la moitié de la terre dans leurs ailes courbes. Les étoiles faisaient tant de lumières qu'on voyait le dessin noir des montagnes.

Au bout de deux jours le champ de Jacquou fut fini de faucher, en gerbes et en meules. L'éteule rase faisait encore plus solitaire qu'avant.

« Maintenant, allons chez moi », dit Carle.

Son champ n'était pas autour de sa ferme. Il était à l'autre bout du plateau et au bord, juste à la fin de la forêt Grémone. Il dominait la plaine à un endroit où le ravin tombait en pente raide. C'était un champ qui lui était venu par l'héritage de son beau-père, un des premiers défricheurs du plateau. A l'origine, sur le champ de Carle, il y avait une forêt de bouleaux. Le beau-père avait coupé les arbres, arraché les souches, écobué les buissons, aplani les cendres et fait une terre qui de loin était la meilleure de toutes pour le blé.

Depuis deux jours qu'on campait, qu'on mangeait, qu'on dormait aux champs tous ensemble, on avait oublié les maisons. Le ciel était si solide tout autour !

« Ce qu'on peut faire, dit Carle, c'est prendre les charrettes et aller là-bas en caravane. »

Il était dix heures du matin.

« On arrivera encore de bonne heure. On fera campement près du bois. On aura le temps de faire la soupe et de dormir. On commencera demain de bonne heure. En deux jours aussi ça doit être fini. De là, on sera tout près du champ de Jourdan, qu'est-ce que vous en pensez ? »

Ils en pensaient « oui ».

Carle venait de se souvenir brusquement de ce départ en charrette pour la chasse à la biche et il avait envie de sentir encore le bonheur s'installer en lui au milieu d'un nouveau départ à la charrette, dans le balancement et le grincement des ridelles.

« Du moment qu'on a le temps. »

Le temps ne manquait pas, ni pour parler, ni pour atteler les charrettes, ni pour combiner tout ce qu'il y aurait à faire là-bas dans le nouveau campement au bord de la forêt. Malgré la solitude des champs de blé il y avait maintenant une sorte de joie grave à se sentir plus pauvre de grain mais tellement riche de temps !

Jacquou avait trois gros chars bleus. Mais ses deux juments étaient pleines.

Mlle Aurore baissa la tête.

« Pleines, dit Jacquou, comme des vaches. (Il avait un large sourire dans sa vieille tête en bois de buis.) Ça, on peut dire qu'elles n'ont jamais été si pleines.

— Il fallait, dit Jourdan, partir à pied à la Jourdane et ramener de là-bas le cheval. »

Ça ferait pour deux chars. En se serrant ça irait. Jourdan donna la clef de l'étable au fils Carle qui avait de bonnes jambes.

Vers quatre heures de l'après-midi, les deux chars bleus furent attelés et un peu après ils s'en allèrent doucement au pas, à travers champs. Marthe et Mme Carle commencèrent à chanter. Mme Hélène bourdonnait en sourdine. Le balancement du char les secouait. Joséphine regardait droit devant elle avec des yeux tristes qui ne voyaient rien. Les femmes avaient toutes ce même regard. Mlle Aurore était assise au fond du char.

Après une heure de route ils rencontrèrent un étranger. D'après sa direction de marche il avait l'air de traverser le plateau en biais, venant des montagnes, allant vers les plaines. On l'appela. Il s'approcha. Il avait l'air d'être un homme de la montagne. Il portait sur l'épaule une faux démontée en deux pièces et un balluchon dans un foulard de coton rouge.

« Et où vas-tu ?

— Je vais aux plaines.

— Quelle idée de passer par ici !

— Une idée drôle, dit-il. Vous savez qu'il y a des cerfs sur votre plateau ?

— Oui, nous savons.

— Ah ! Alors, il n'y en a pas qu'un ?

— Non, il y en a plusieurs.

— J'en ai vu un, dit-il, je suivais la route naturelle. »

Il voulait parler de la route à trafic régulier qui en bas à gauche passait l'Ouvèze sur un pont de pierre, contournait le plateau et entrait dans la plaine de Roume après un grand détour.

« Il m'a semblé qu'il y en avait un dans le taillis. »

(Il resta un moment sans plus rien dire, regardant les uns et les autres avec ses yeux sauvages et brillants.)

« ... Car, ajouta-t-il ensuite, chez moi c'est le pays

des cerfs. Je suis parti depuis douze jours. Ma femme, c'est Catherine la rousse, et j'ai deux filles. Je me suis dit : « Ce n'est pas possible, ou bien c'est un qui t'a « suivi. » Mais j'ai voulu en avoir le cœur sûr. Je suis entré dans le bois et, d'une chose à l'autre, le soir j'étais déjà trop haut pour penser à redescendre. Je me suis dit : « Monte encore, traverse Grémone. « Maintenant que tu es là c'est le plus court. »

— Et qu'est-ce que tu vas faire aux plaines ?

— Je vais m'engager pour la fauchaison.

— Ah ! dirent-ils tous ensemble, c'est vrai !

— Si tu n'étais pas pressé, dit Jacquou, on te dirait : « Viens avec nous, on te porterait un bout de « chemin, mais ça n'est pas bien ta direction. »

— Oui, dit l'étranger, mais je suis pressé. Le cerf m'a fait perdre un bon jour. Tout le monde a déjà commencé en bas. Bonne chance !

— Bonne chance ! »

Il s'en alla de son côté.

Ils arrivèrent au champ de Carle à sept heures du soir. Ils approchèrent du rebord d'où l'on voyait toute la plaine. Oui, tout le monde avait déjà commencé en bas.

Le jour avait décliné. La lumière frisante entrait dans la plaine par le débouché du vallon et faisait ressortir dans la profondeur de l'éloignement tous les plans des faucheurs, des blés droits, des blés couchés et des meules. Les travailleurs étaient noirs comme des fourmis. Il y en avait partout. On les voyait s'agiter sans arrêt. La plaine entière, d'un bord à l'autre, était pleine de blés et de faucheurs. On était trop haut pour entendre les bruits. Tout était silence sauf un bourdonnement. Dans le lointain, la lumière décomposée par l'épaisse poussière du blé et de la terre fusait en arcs décolorés qui avaient la blancheur éblouissante de la neige. L'étranger qu'on avait rencontré allait descendre en bas dedans, démailloter sa faux et joindre son travail et sa force au travail de tous. Il était tard et en bas ça ne s'arrêtait pas.

Ils firent le campement au rebord du plateau pour

avoir le spectacle sous les yeux. Ils avaient attaché les chevaux aux arbres et allumé un feu pour réchauffer la soupe. Enfin, la nuit emplit les vallons, s'avança dans la plaine, repoussa la lumière. La poussière tomba. On vit que, de l'autre côté de l'immense plaine, il y avait d'autres collines, d'autres montagnes car la lumière les toucha, les fit sortir de l'indécision des lointains, leur donna forme un instant avant de les laisser recouvrir par la nuit.

Le soleil s'attarda un moment sur eux ici qui étaient plus hauts que tous ; le feu, les chars bleus, les chevaux, c'était un petit rond de lumière solitaire au bord de la nuit. Le silence était venu. En bas, un petit feu rouge s'alluma. Il était comme un point. Il clignotait. C'était une étoile de la terre. Ce devait être un fanal. Il bougea. Il se cacha derrière une masse noire qui semblait être un rideau de cyprès. Il reparut. Il se fixa.

Ils le regardèrent longtemps pour voir s'il ne bougeait plus. Alors, en regardant toute la plaine, ils virent que de nombreuses lanternes rouges s'étaient allumées. C'étaient les lanternes des aires.

Le lendemain ils fauchèrent tout le champ de Carle. Sans parler, sans perdre une minute, de toutes leurs forces, perdus dans un travail jaune et étouffant qui normalement aurait dû durer deux jours.

Mlle Aurore avait un cotillon à fleurs. Il ballonnait sur les hanches ; il découvrait les jambes nues. Elle avait des genoux ronds et gras comme des têtes de nourrissons. Elle marchait derrière les faucheurs en tordant un lien de javelle. Tous les sept pas, tous les sept coups de faux, elle se baissait, elle embrassait sur la terre les épis renversés, elle les serrait contre elle, elle les attachait avec son lien, elle rejetait sur la terre une gerbe qui ressemblait déjà à une femme avec sa taille, son corps de jupe tuyauté et sa chevelure d'épis barbus.

Elle se trouva derrière Bobi. Il fauchait comme quelqu'un qui vient d'en reprendre l'habitude. Il allait avec ivresse. Il allait trop vite pour ne pas perdre le souffle. Il s'arrêta.

« Vous saignez, mademoiselle », lui dit-il.

Il avait à ce moment-là l'œil clair et sombre comme le ciel quand l'arc-en-ciel se lève.

Elle s'était déchiré les mollets à des chardons et à des tuyaux d'épis. A un endroit ça avait saigné en raie de sang noir avec un petit point de sang rouge encore palpitant.

Bobi s'approcha et se mit à genoux. Mlle Aurore avait un terrible besoin de tendresse et de douceur. Elle vit le sang ; elle vit l'œil clair et sombre. Elle ne pouvait plus bouger.

Bobi lava la petite blessure avec son mouchoir et sa salive.

Pendant le jour, tout pouvait se supporter. Dès que le soir venait, le corps de Mlle Aurore se mettait à souffrir physiquement. Le cœur lui faisait mal. Une douleur à la pointe du cœur et qui augmentait à chaque battement pour devenir à la fin si forte qu'elle se répandait dans tout son corps, jusque dans le bout de ses doigts. Ni le velouté des feuilles, ni la paix du soir n'apportaient de soulagement. Elle avait beau rêver plus loin que la vie, elle n'apercevait pas d'espérance. Elle restait repliée sur elle-même à attendre le sommeil. Les champs de blé sentaient fort. Les soirs magnifiques calmaient tout le monde, sauf elle. Elle restait seule allumée dans la nuit.

Elle était couchée juste au rebord du plateau. Il lui suffisait de tourner la tête pour voir s'ouvrir à côté d'elle le gouffre de la plaine couvert de nuit où flambaient les lanternes rouges des aires. Sans cette couleur des petites lumières clignotantes — et elle était produite par le charbonnage de l'huile de noix dans les vieilles mèches — on aurait pu les prendre pour des étoiles. Il n'y avait pas de barrières entre la nuit du ciel et la nuit de la terre. La grande constellation du Scorpion, tendue au ras de l'horizon, se continuait, s'élargissait de deux ou trois petits feux rouges. Il était très difficile de distinguer ce qui était la queue cornue de la bête du ciel de ce qui était les feux d'aires les plus lointains de la plaine. Toute la nuit était vide ; tout ce qui était allumé travaillait ou préparait un travail. La douleur de Mlle Aurore était si vive qu'elle la voyait s'écarquiller dans sa tête comme la branche dorée de l'éclair qui jaillit des nuages. En bas, sous chacune de ces lampes tremblantes, on battait le sol des aires avec une grosse dame en fonte.

Vers le milieu de la nuit, Jourdan se leva. Il devait partir avant les autres pour la Jourdane, préparer l'aire commune, balayer le vieux poussier, planter le poteau. Il fit son paquet et il partit sans réveiller personne. Mlle Aurore l'entendit s'éloigner. Il traversa la corne du bois. Après son passage, un renard se mit à glapir et deux yeux phosphorescents s'allumèrent puis s'éteignirent.

Mme Hélène se dressa. Mlle Aurore se demanda ce qu'elle allait faire. Elle s'en alla doucement du côté où Jourdan était parti. Mlle Aurore, la tête appuyée sur son bras, faisait semblant de dormir. Elle avait fermé les yeux. Elle ne voyait plus que ses fulgurantes douleurs. Elle entendit sa mère marcher dans le bois puis s'arrêter. Elle resta longtemps à écouter ronfler son sang dans l'oreille qui était appuyée contre son bras. Elle ouvrit les yeux. Le feu s'éteignait. Sa mère n'était pas revenue se coucher. Elle se dressa à son tour. Elle contourna doucement le corps de Marthe étendue. Elle entra dans le bois. Il n'y avait pas de bruit.

Il y avait un bruit minuscule qu'elle reconnut tout de suite. Mme Hélène était assise dans l'herbe et elle pleurait. Mlle Aurore s'assit près d'elle sans rien dire. Mme Hélène prit sa fille par les épaules et la serra contre elle.

« Nous sommes seules, seules, dit-elle. Seules ! »
Et elle continua de pleurer.

*

Ils partirent au matin. Ils traversèrent le bois avec les deux charrettes. Les femmes chantaient ; même Mme Hélène et Mlle Aurore. A la Jourdane, ils retrouvèrent Jourdan qui avait balayé l'aire, planté le poteau, sorti les fléaux, arrangé le harnais des rouleaux. Ils se mirent à faucher le champ de Jourdan.

C'était dans ce champ que Bobi était arrivé. C'était de là qu'il avait dit : « Orion-fleur de carotte. »

On était près de la ferme Jourdane et l'on ne campait plus. On venait manger à table. On faisait la cuisine à l'âtre. Les femmes s'étaient partagé les chambres. Les hommes couchaient à la paille. Il fallut aller chercher les blés dispersés dans les trois champs et entasser les gerbes autour de l'aire. On commença à fouler.

Il y avait naturellement un tour de travail pour les chevaux et pour les hommes, surtout pendant la nuit.

Un soir, Jourdan était de garde. Il faisait tourner son cheval. C'était minuit. Tout le monde dormait. Il regarda vers la ferme. La fenêtre de sa chambre était éclairée. Là, couchaient Marthe et Mme Hélène, toutes les deux dans le même lit, et Mlle Aurore dans le petit lit de fer. Il se dit :

« Il y en a peut-être une de malade. »

Il avait fait très lourd dans la journée et l'on avait été porté à boire plus d'eau que d'habitude.

Il s'approcha de la fenêtre. Il allait appeler quand il vit Mlle Aurore. La chandelle était sur la commode. Mlle Aurore avait ouvert le premier tiroir de la commode. Elle fouillait doucement là-dedans.

« Qu'est-ce qu'elle fait ? se demanda Jourdan. Elle cherche peut-être un mouchoir. Il y a au moins dix ans que je n'ai plus rien mis dans ce tiroir ! »

Puis, Mlle Aurore eut l'air de trouver ce qu'elle cherchait et elle souffla la chandelle.

Le lendemain, il faisait encore plus chaud. L'aire était comme un soleil. Elle brûlait. Il était quatre heures de l'après-midi. On entendit tirer un coup de fusil dans la forêt. C'était tout près. Le cheval s'arrêta de tourner. Le fils Carle, Randoulet, Le Noir qui fourchaient s'arrêtèrent de fourcher ; les délieurs, les délieuses s'arrêtèrent de délier. On se regarda. Silence.

« Hari ! » dit Jacquou.

Il poussa le cheval. Les autres se remirent à fourcher et à délier. Le cheval fit trois tours, quatre, cinq, six. Le pivot de fer criait. Jourdan jeta sa fourche. Il entra à la Jourdane. Il traversa la cuisine.

« Qu'est-ce que tu veux ? » dit Marthe.

Elle était en train de peler des pommes de terre. Il ne répondit pas. Il monta à la chambre. Il ouvrit le premier tiroir de la commode. Il redescendit. Il sortit. Il retourna à l'aire. Il regarda toutes les femmes. Il s'approcha de Mme Hélène. Il lui toucha le bras.

« Madame Hélène ! »

Elle s'arrêta de délier les gerbes.

« Et Mlle Aurore, où est-elle ?

— Elle était là.

— Quand ?

— Tout à l'heure.

— Il y a longtemps ?

— Non, je ne sais pas, dit Mme Hélène. Pourquoi ?

— Pour rien. »

Elle appela :

« Aurore ! »

Sa voix roula comme un cri de pigeon.

Le cheval s'arrêta de tourner.

« Elle était là, dit Joséphine.

— Oui, mais où est-elle ?

— Je l'ai vue s'en aller de ce côté », dit Honorine.

C'était du côté de l'étable.

Jourdan marcha du côté de l'étable, Mme Hélène le suivit. Puis Honorine le suivit, puis Joséphine.

« Ho ! » dit Jacquou.

Et il arrêta le cheval qui allait repartir.

« Qu'est-ce que c'est ? demanda Bobi.

— La petite.

— Mais elle était là il y a un moment.

— Oui.

— Elle a filé doucement par là, dit Le Noir, je l'ai vue.

— Quoi ? dit Randoulet.

— La petite.

— Qu'est-ce que c'est ? demanda Carle.

— La petite.

— Quoi ?

— On ne sait pas où elle est.

— Mon Dieu ! » dit Mme Carle.

Ils la regardèrent.

Les autres ne revenaient pas.

« Je vais voir », dit Jacquou.

Ils le suivirent.

« Non, leur dit Jourdan, elle n'est pas ici. Elle y est venue mais elle est repartie. Là, elle a fouillé la paille. Regardez. »

Mme Hélène appela :

« Aurore ! »

Jourdan fit doucement signe à Bobi :

« Viens. »

Il fit signe à Jacquou et à Carle.

« Où allez-vous ? cria Mme Hélène.

— Restez là, dit Jourdan, nous allons voir jusque par là. Ce n'est rien. Elle avait l'habitude de partir. Elle est peut-être allée à la forêt. »

Ils s'arrêtèrent tous de parler.

« Non, dit Jacquou en repoussant Mme Hélène, restez là. »

Elle hurla :

« Non, laissez-moi, je veux ma fille. Je n'ai que ma fille. Jourdan ! »

Jourdan retourna sur ses pas.

« Mais non, dit-il, vous savez bien. On va la chercher, ce n'est rien, ne vous inquiétez pas. »

Il dit aux femmes à voix basse :

« Gardez-la. »

Mais elle l'entendit et comme Joséphine la prenait par la taille elle se débattit. Elle hurla :

« Ma fille !

— Mais non, mais non, dit Jourdan en s'éloignant. Venez », dit-il aux hommes.

Marthe était sortie de la Jourdane et s'approchait.

« Qu'est-ce que c'est ? demanda-t-elle en croisant les hommes.

— Rien, dit Jourdan, garde Mme Hélène. »

Ils tournèrent le coin de la maison. Ils s[...]
courir.

« C'est là-bas », dit Jourdan.

Il désigna un bosquet de bouleaux qui a[...]
pointe.

A vingt pas du bosquet ils s'arrêtèrent.

On la voyait, couchée dans l'herbe, les pieds nus.

Bobi appela :

« Aurore ! »

Une pie chantait.

Ils s'approchèrent doucement.

Aurore était tombée à la renverse. Elle s'était tiré un coup de fusil dans la bouche. Elle n'était plus une femme. Avec ses éclaboussures de cervelle et de sang rayonnantes autour d'elle, elle éclairait l'herbe et le monde comme un terrible soleil.

Ils entendirent de nouveau crier Mme Hélène. Elle s'était échappée. Elle venait. Jourdan courut sur elle. Il dut la chasser à droite et à gauche avant de la saisir dans ses bras.

« Ma fille, mon petit enfant ! Donnez-la-moi, Jourdan.

— Vous ne pouvez pas la voir », dit Jourdan.

Alors, elle cessa de crier et elle se laissa emmener silencieusement par les femmes.

XXIII

Dehors, une nuit sans étoiles et une chaleur de bœuf. Mlle Aurore était étendue sur le lit ; on lui avait caché la tête dans un sac.

« Vous n'avez pas de raison, madame, dit Barbe. Buvez cette infusion de pavot et dormez.

— Je ne dormirai pas.

— Ça n'avance à rien.

— Je veux garder les yeux ouverts, oui, ouverts, sur
e sale monde.

— Vous vous énervez, dit Barbe, et vous l'empê-
chez d'avoir la paix que maintenant elle mérite. »

Joséphine sortit de la chambre. Dans l'escalier elle
croisa Jourdan qui montait.

« Où est l'eau-de-vie ? dit-elle.

— Pour qui ?

— Pour moi, je ne peux plus résister. Ça me soulève
le cœur. Je vais vomir. C'est plus fort que moi.

— Quoi, dit Jourdan, elle sent déjà ?

— Non. C'est d'avoir vu le sang. On lui a lavé les
mains et elle a encore du sang dans toutes les rainures
de la peau.

— Le placard de droite. L'étagère du milieu. »

En bas, Joséphine chercha un verre et ne le trouva
pas. Il n'y avait qu'un petit chandellon de rien du
tout ; on n'y voyait guère. Elle but à la bouteille.

Elle se demanda :

« Où es-tu, toi, mon chéri ? »

Elle regarda dehors. Les hommes étaient sous le
hangar à côté d'une lanterne. On les entendait scier et
clouer des planches. Bobi devait être avec eux.

Là-haut, Jourdan caressa les cheveux de Mme Hélène. Elle se laissa faire. De temps en temps elle
tremblait.

« Vous avez froid ?

— Oui. »

La fenêtre était ouverte mais pour le corps il fallait
la laisser ouverte. La nuit n'avait jamais été si lourde
et si chaude.

« C'est la fièvre, dit-il, buvez de l'infusion.

— Non, on veut me faire boire du pavot pour que je
dorme.

— Buvez le pavot et dormez, ça sera toujours du
temps gagné.

— Perdu, dit-elle. Ma fille va partir. Et vous voulez
me faire dormir. Pourquoi tant de méchanceté ? Je ne
vous ai rien fait. Je n'en ai pas assez ?

— Vous en avez trop. On fait ce qu'on peut pour éviter du malheur.

— Ça ne s'évite pas, dit-elle.

« Oh ! puis, maintenant... »

Marthe et Barbe faisaient signe à Jourdan : « Laisse-la, ne lui parle pas ». Il vit les gestes. Il la laissa. Il s'approcha du lit.

Il ne se souvenait pas d'avoir vu une nuit aussi chaude et aussi lourde. La fenêtre était ouverte mais elle semblait murée comme avec du ciment noir, sans fissures. Il pensa tout de suite à de l'orage et que ça faisait pourrir plus vite.

La main de Mlle Aurore était posée avec grand calme sur le suaire.

Marthe et Barbe s'approchèrent doucement. Elles deux seulement avaient pensé à ôter leurs souliers et à mettre des pantoufles. Barbe avait mis les pantoufles de corde de Jourdan. Mme Carle était assise dans l'ombre, dans un coin où n'allait pas la lumière des chandelles. Elle ne pouvait pas s'arrêter de pleurer. Elle voyait qu'elle était la seule. Mme Hélène ne pleurait pas. Mais elle ne pouvait pas empêcher son cœur et ses yeux de faire des larmes. Son cœur se serrait, ses yeux s'ouvraient — elle les sentait s'ouvrir beaucoup plus grands que quand ils s'ouvraient pour voir — et les larmes coulaient. Ses yeux s'ouvraient tant que malgré la chaleur elle se sentait du froid dans la tête. Elle pensait : « Je devrais enlever mes souliers, mes pieds me pèsent. Je devrais demander à Marthe si elle n'a pas une vieille paire de chaussons. »

« Qu'est-ce que tu en dis ? demanda Marthe à voix basse.

— De quoi ? dit Jourdan.

— Cette petite, dit Marthe, tu crois qu'on pourra attendre jusqu'à demain pour la mettre dans la caisse ?

— Je crois.

— Ça fait huit heures, dit Barbe.

— Déjà huit heures ?

— Oui, c'est minuit.

— Le temps passe vite, dit-il.

— Parce que, souffla Marthe, viens voir. »

Elle se tourna à demi vers Mme Hélène.

« Mais il ne faudrait pas que la mère regarde. »

Elle souleva un tout petit peu le sac qui cachait le haut du corps de Mlle Aurore.

« Lumière de mes yeux !

« Vin de mon cœur !

« La plus belle !

« Ma fille !

« La joie de tous !

« Miracle des jours et des nuits ! »

chantait la voix sombre et basse de Mme Hélène.

« Regarde, souffla Marthe.

— Non, couvre, couvre », dit Jourdan, et il poussa la main de Marthe.

« Pas besoin de voir », dit-il.

Il était effrayé de l'odeur.

« Déjà ! dit-il.

— Le temps est à l'orage, dit Barbe.

— Je vais leur dire de finir la caisse au plus vite », dit Jourdan tout bas.

Il se pencha vers les deux femmes et elles s'approchèrent de lui.

« Il faudrait, murmura-t-il, lui faire boire le pavot sans faute — d'un petit signe de tête il désigna Mme Hélène.

— Au moment du matin, dit Barbe.

— Elle va se fatiguer, dit Marthe, et alors elle boira.

— Il le faut, dit Jourdan. A quoi sert de souffrir ? »

Barbe soupira.

« A plus que ce qu'on croit, dit-elle. A mes moments, ça sert de pain. »

Mais ils s'arrêtèrent de parler. Mme Hélène avait relevé la tête. Elle les regardait avec inquiétude. Elle avait dû sentir l'odeur.

Jourdan s'en alla sur la pointe des pieds.

« Reposez-vous, madame, dit-il, mettez la tête sur votre bras, là, sur le dossier de la chaise, et fermez les yeux un moment. »

Il descendit les escaliers en se tenant fortement à la rampe. Le monde s'écroulait.

Joséphine était encore en bas dans la cuisine. Debout, luttant contre elle-même une grande lutte immobile. Sans volonté pour faire un pas à droite ou à gauche, en avant ou en arrière.

« Ça va mieux ? demanda Jourdan.

— Oui, j'ai bu. Savez-vous où est Bobi ?

— Non, dit-il.

— Il n'est pas sous le hangar, là-bas ?

— Non. »

*

La nuit était si noire, si lourde qu'elle n'avait plus ni profondeur ni mesure. On faisait un pas, vingt pas, cent pas, on était toujours au même endroit. Il n'y avait rien : ni bruit, ni forme, ni odeur.

La nuit abolissait toutes les douleurs parce qu'elle avait aboli le monde. Elle abolissait les douleurs les plus fortes, parce qu'elle était infinie, sans borne, ni mesure, ni commencement, ni fin. Elle donnait un contentement de nuage : un nuage qui est le ciel et qui se déplace dans le ciel.

« C'est revenu ! C'est impossible ! Il faut partir », dit Bobi.

Il s'en alla du côté du sud, instinctivement, parce que du côté du nord il y avait presque toutes les fermes et tout ce qu'on avait fait.

Au bout d'un moment, il fut dans le large de la nuit à l'endroit où il n'y avait plus ni sud ni nord.

Il souffla.

« Hompf ! »

Il venait d'avoir brusquement le souvenir lumineux de sa mère.

« Plus de dix ans ! Qu'est-ce que ça veut dire ? Allez, marche ! »

Et puis, toute sa longue vie ! Il se voyait en train d'être construit par le temps. Il entendait le bruit qu'avait fait le temps en construisant cet homme qui s'appelait Bobi.

Joies, peines, douleurs, enthousiasmes, cris, courses, amours, morts, morts, ma mère est morte, Aurore est morte, la truelle du temps, le ciment et la pierre, le mortier, le plâtre, les poutres, le bruit qu'avait fait le temps en construisant cet homme.

« Tout a raté », dit-il.

Au milieu de la nuit, il entendit l'imperceptible bruit d'immenses arbres qui vivaient doucement.

C'était Fra-Josépine. Il ne voyait rien. Il s'approcha. Il toucha un mur avec de la mousse. C'était le mur de la terrasse. Il pensa à Aurore. Il l'avait vue, tout à l'heure, il y avait quelques heures, il y avait un moment, il n'y avait pas longtemps, allongée sur le lit, la tête dans le sac, la main blanche sur le drap. Il pensa à elle en touchant le mur. A mesure qu'il marchait, il sentait qu'au-dessus de lui s'élevait la maison et qu'il approchait de l'endroit où les fenêtres devaient être ouvertes sur le petit salon rouge, maintenant noir comme tout le reste. Il dépassa l'endroit. Il arriva aux escaliers. Il dépassa les escaliers, il retrouva le mur. Il continua à marcher. Il arriva sur le flanc gauche de la maison. Il aperçut la lumière de la ferme. Une seule lumière. Ce devait être la porte ouverte. Il marcha vers elle. Il toucha un champ de blé encore debout. Il en fit le tour. Maintenant, cette lumière donnait forme à la nuit. Il sentit soudain la chaleur extraordinaire, l'immobilité du monde.

« Qu'est-ce qui se prépare ? » dit-il.

Il essaya de regarder autour de lui. Il ne pouvait regarder que dans la direction de cette lampe. De ce côté-là seul la nuit avait de la profondeur.

Il s'approcha.

« On peut entrer ? dit-il.

— On peut entrer », dit l'homme.

Il ne paraissait pas surpris. Il était assis à sa table comme pour la visite de l'an d'avant. Il lisait encore un livre, mais en même temps il mangeait du fromage et du pain.

« Je ne t'attendais pas ce soir, dit-il, ni ce soir ni les autres. Enfin, pour un bout de temps, tout au moins. Qu'est-ce qui arrive ?

— Voilà, c'est fini », dit Bobi.

L'homme corna sa page et ferma le livre.

« C'est arrivé comment ?

— Mlle Aurore s'est tuée. Elle a pris des cartouches dans le tiroir de la commode et le fusil qui était pendu sous ma veste. Elle s'est tiré dans la bouche. »

L'homme s'était dressé :

« Et madame ?

— Elle est là-bas avec les femmes. »

L'homme se dégagea de la table et de la chaise.

« J'y vais, dit-il. Il faut... Cette petite ! Non, il ne faut pas les femmes. Il ne faut pas ces hommes-là. Il faut un peu de raison. »

Il regarda Bobi.

« C'est difficile, dit-il, de jouer avec les étoiles.

— Non, dit Bobi, ça n'est pas ça le difficile, le difficile c'est de faire l'impossible. »

L'homme allumait sa lanterne tempête.

« C'est de vouloir, dit-il, de vouloir l'impossible.

— Je suis responsable, dit Bobi.

— Non, dit l'homme, moins que ça.

— Quelle heure est-il ?

— Deux heures et demie.

— Le jour doit se lever.

— Le jour ne se lèvera pas aujourd'hui », dit l'homme.

Il claqua son couteau et le mit dans sa poche.

« Tu n'as pas vu le temps ? dit-il.

— Non.

— L'ouragan monte du sud depuis le moment où le soleil s'est couché hier soir. C'est ça que j'attendais. »

Bobi regarda la porte. Il n'y avait pas trace d'aube.

Bobi toucha le bras de l'homme.

« Ça doit nous servir de leçon, dit-il. Il ne faut plus rien essayer. »

L'homme posa sa lanterne.

« Il faut essayer la raison.

— Nous ne sommes pas capables de la comprendre. »

L'homme alla dans l'ombre et prit sa lourde veste en peau de mouton.

« Je suis pressé, dit-il, je ne peux pas te répondre. »

Revenant avec sa veste fourrée :

« Peut-être, ajouta-t-il, que — regarde ça — tu te dis : « Avec la chaleur qui fait on n'a pas besoin de « fourrure. »

Il jeta la veste sur ses épaules.

« Ce n'est pas pour moi, dit-il, c'est pour elle, la dame. Je vais la plier là-dedans pour la ramener. Le malheur rend frileux. Ne t'inquiète pas, je sais peut-être me débrouiller au milieu des raisons. »

Il prit la lanterne et il marcha vers la porte.

Bobi sortit.

Il n'y avait toujours pas trace d'aube. La lanterne éclairait quelques mètres de terre et une cinquantaine d'épis de ce blé qui était encore debout.

L'homme ferma la porte.

« Alors, dit Bobi, tu ne crois pas au mystère, toi ?
— Non.
— Pourtant, il y a des choses qui te dépassent ?
— Pour le moment. »

L'homme ferma son poing et il le mit en plein milieu dans la lumière de la lanterne.

« Le combat, dit-il, ne cesse jamais. Voilà ce qu'il faut savoir. Le mystère c'est commode pour se reposer. C'est un mystère : il n'y a rien à faire ; repos ! Non. Jamais de repos. Une bataille jusqu'à la fin du monde. Et même, ajouta-t-il, avec un peu de rêve dans la voix, jamais de fin du monde puisque toujours la bataille.

— J'étais venu pour te dire quelque chose, dit Bobi. Tu verras : là-bas il y a toutes les femmes sauf Zulma. Elle garde les moutons.

« J'étais venu, comment te dire, pour t'éclairer la route. J'ai bien pensé que, puisque je partais...

— Tu pars ?
— Oui.
— ... Ce serait toi qui chercherais la joie pour le

compte de tous, et avec tes moyens qui ne sont pas ceux que j'aime. Alors, je veux éclairer ta route et te montrer la montagne qui barre ton échappée. Tu seras prévenu. Tu n'auras pas d'excuses.

— Fais vite, dit l'homme, je suis pressé. Il y en a une là-bas qui a froid à force de malheur et qui attend la veste fourrée.

— Tu sais quel est le plus vieux métier de la terre.

— Oui.

— C'est berger.

— Oui.

— Et il est resté toujours pareil.

— Oui.

— Depuis mille, mille et mille ans, on garde les moutons toujours de la même manière, et le chien court comme il courait dans ce temps-là, et le berger a le même repos sur son bâton.

— C'est entendu, chacun le sait. Reste à savoir ce que tu veux dire.

— Je veux dire qu'on n'a pas encore inventé de machine à garder les moutons et qu'on n'en inventera jamais.

— Qui t'a parlé de machines ?

— Personne.

— Il faut donc, dit l'homme, que tu connaisses le fond secret de mes soucis ! »

Il s'aperçut que Bobi n'était plus à côté de lui.

« Holà ! » cria-t-il.

Il entendit les pas qui s'éloignaient du côté du sud.

« Holà ! cria-t-il, où vas-tu ?

« Ne va pas au sud ! »

Il n'y eut pas de réponse.

XXIV

L'aube pointa. Les terres du sud étaient sous cinquante kilomètres d'orage. De ce côté du plateau, il
n'y avait pas d'arbres ; toute la végétation consistait
en une sorte d'alfa scintillant comme du quartz,
étendu à perte de vue. Ce matin la lumière ne venait
que des herbes ; le ciel n'était pas éclairé.

Ce morceau de la contrée n'avait pas de nom pour
les hommes du plateau. Ils n'en parlaient jamais.
Quand c'était tout à fait obligé, ils disaient : « là-bas »
et ils désignaient les vagues miroitantes de la terre
perdue.

Pour aller au bout des terres de Fra-Josépine
jusqu'à l'étang de Randoulet, même pour aller
jusqu'au rebord nord du plateau, à l'extrême bord des
pâtures, à l'endroit d'où l'on voyait l'Ouvèze faire un
détour et entrer calmement dans les plaines de
Roume couvertes de brumes, il fallait à peine un jour,
et en marchant doucement au pas d'homme. Mais, du
côté du sud, le plateau s'en allait pendant plus de sept
jours de marche, et dans cette lumière double dont la
plus éblouissante partie sortait de l'herbe en tremblant comme de la flamme blanche.

Si on avait pu faire ces sept jours de marche, on
serait arrivé au rebord sud du plateau. C'était la
falaise de plus de soixante mètres de haut, toute en
roches de grès, abrupte et sans une mousse, qui
dominait le gros village de Saint-Julien-le-Forestier.
Saint-Julien-le-Forestier était dans une énorme forêt
de chênes. Du haut de la falaise, on devait voir le
village rond et fumeux avec sa carapace de tuiles,
comme un grand brasier assommé par la pluie, sur
lequel s'est durcie une croûte de cendres mais dont les
crevasses soufflent encore de la vapeur. On devait voir
aussi la grande forêt crépue. Pour les gens de Saint-
Julien ces terres, là-haut, étendues dans le ciel
étaient : le désert. Ils n'y montaient jamais. Il n'y avait
pas de chemin. La falaise était pleine d'oiseaux.

Quand le soleil des beaux jours la frappait en plein sur toute son étendue, on la voyait salie de longues raies noirâtres : c'était l'affleurement des ruisseaux souterrains ou le suintement des nids centenaires. L'écho de la forêt faisait chanter toute la masse de la falaise.

Pour éclairer ce qu'elle éclairait, l'aube aurait mieux fait de rester où elle était. Les premières lueurs avaient découvert le mouvement des nuages. Il y avait eu une déchirure à l'est, juste au ras tranchant des hautes montagnes et un peu de clarté verte tout à fait pure était venue. Elle s'était enfoncée dans l'étendue du sud, couchée à ras de terre comme de l'eau. Le ciel se voyait dans son reflet. Les nuages étaient bas mais le plus loin qu'on pouvait voir, ils ne touchaient pas la terre comme ces orages qui ferment l'horizon ; ils se courbaient au contraire en plafond de caverne. Dans les quelques instants où la lumière de l'aube resta pure, elle s'en alla très loin devant elle sans rien rencontrer que de l'herbe, de l'herbe et de l'herbe. Enfin, elle arriva au rebord qui domine Saint-Julien-le-Forestier et elle éclaira le fond de l'orage. C'était une immense porte de nuage. Au-delà, une nuit compacte comme de la pierre ; comme le mineur quand sa lampe éclaire le fond de la galerie et qu'il voit le mur de charbon. Mais la clarté de l'aube se troubla vite, puis elle s'arrêta de couler. Il ne resta plus qu'une sorte de lueur grise qui fumait uniformément de toute l'étendue de l'herbe.

A ce moment-là, Bobi longeait les champs abandonnés de Silve. Il n'était pas encore entré dans le véritable sud qui commençait derrière la ferme. Il voyait la ferme à cent mètres devant lui. L'aube la frappait en plein, et, par contraste sur le ciel noir, elle était blanche comme une maison de neige. Les champs de Silve étaient couverts de ronces robustes.

« Alors, vagabond, se dit Bobi, te revoilà sur le chemin ?... »

Il regarda le ciel.

« Alors, marche. »

Il marcha le long du champ, vers la maison de

neige. Il était encore plein d'images qui se battaient comme au jeu de cartes. Il n'avait plus l'impression d'être dans le monde. L'image d'Aurore morte avait remplacé son cœur. D'elle partait le sang qui coulait dans son corps. Un sang épais et noir, lent à ruisseler comme celui qui là-bas était gelé dans les cheveux d'Aurore.

Il ne pouvait plus imaginer son propre corps, ni le sentir, comme on fait d'habitude. Dire : voilà mes bras, ma tête et mon ventre. Il avait une autre perception de lui-même. Il était un faisceau d'images. Il voyait des pays, plats comme des cartes à jouer, avec des arbres, des fermes, des champs et le serpentement des routes aplatis en dessin sur le carton. Sur toutes ces cartes était la figure d'un homme ou d'une femme. Il y avait sa mère ; le joueur de tambour qui l'avait suivi une fois dans sa tournée dans les pays ; l'homme avec la barbe rouge qui habitait la ferme forestière au col de Clans et chez qui il avait couché l'hiver de 1903 où il faisait si froid ; encore sa mère ; une femme appelée Fannette ; encore sa mère ; Aurore sans visage avec des cheveux durcis de sang ; une femme appelée Sonia qui faisait du trapèze volant sur les places des villages, le soir, avec deux trapèzes et une lampe à carbure ; encore sa mère, toujours blanche comme du lait ; l'homme appelé Fabre qui avait le théâtre ambulant de la vallée du Lauzon et qui jouait sur des tréteaux des pièces astronomiques avec sa femme appelée Voie Lactée et ses enfants appelés : Orion, Uranie, Sirius et Centaure.

« Et maintenant, disait Fabre, voici Orion entouré d'animaux et de rivières ! »

« Oh ! oui, se dit Bobi, nous sommes la nourriture des bêtes du ciel. »

Puis, la lumière diminua et il ne resta plus que la lueur grise qui sortait de l'herbe. Mais maintenant il faisait jour.

« Et alors ? se dit-il. »

— Alors, se répondit-il, te voilà de nouveau sur les grandes routes.

« — Oui, avec mon bagage !

— Oui, avec ton bagage, et après ?... Tu es assez grand pour le porter.

— J'en ai porté d'autres, ça n'était pas ça, mais cette fois je suis responsable.

— De quoi responsable ?

— De tout.

— Celui qui est responsable de tout, il n'existe pas sur la terre. Sur la terre, on n'est responsable de rien. C'est moi qui te le dis.

— Fais le malin. »

Il dépassa la maison de Silve. Elle était morte et immobile. Il pensa : « Tout à l'heure deux ans que Silve s'est pendu. C'est pendant que j'étais parti chercher le cerf. Une, deux, trois morts : Silve, Aurore, la maison. »

Le toit échiné semblait mou ; la carcasse de poutres était en train de pourrir sous les tuiles. Des lambeaux de crépi arrachés avaient découvert les muscles de la pierre. Elle pourrissait aussi. La mousse mangeait les murs. Un volet dégoncé pendait, la fenêtre était ouverte. Elle n'avait plus la forme d'une fenêtre. C'était un trou. Les racines d'un gros lierre avaient détruit sa bordure et déjà elles descellaient les pierres de taille et faisaient éclater le bois du volet. La fontaine près de la maison ne coulait plus mais son bassin était encore plein d'eau. Il portait de larges plantes vert sombre. Il sentait le chien et le fumier. On ne voyait plus la porte de la maison envahie par le foin, les buissons de lilas, les églantiers qui montaient jusqu'au premier étage.

« Maison pourrie !

— Tu n'as jamais vu d'aussi beaux platanes. Ils ont monté droit. Ils vont aller jusqu'où vont les arbres sauvages.

— Une maison qui ne peut plus servir !

— Pour tout ce que tu vois, tu te demandes si ça peut servir. Servir à qui ? A toi ? Bien sûr non, ça ne peut plus servir, mais tu le sais, toi, si ça ne sert pas à autre chose ? Tu es toujours à dire.

— Silve est mort et enterré et Aurore est morte. Ils vont l'enterrer aujourd'hui.

— Responsable.

— Eh ! oui, responsable, eh ! oui, je te l'ai dit, oui responsable, oui moi.

— Qu'est-ce que tu t'imagines d'être ?

— Plus que ce que tu crois.

— Rien.

— Pourtant, je suis arrivé, j'ai dit : « Orion-fleur de « carotte. » C'est une chose qui était dans ma tête, je l'ai dit. Ils l'ont entendu et c'est passé dans leur tête. Donc...

— Donc quoi ?

— Donc je suis quelque chose !

— Merde, tiens, oui tu es quelque chose, andouille, comme tout le reste, comme tout ce qui est sur la terre, pas plus.

— Plus.

— Pas plus. Toi et les autres, Silve et Aurore et la maison. Aurore est comme la maison, pas plus que la maison. Dans le monde.

— Sur la terre...

— Je ne te dis pas sur la terre, je te dis dans le monde. Ferme ta gueule à la fin. Tu es encore là à faire le beau avec tes Orion-fleur de carotte. Si tu es responsable comme tu dis, alors tu es le dernier des salauds.

— Oui, je suis le dernier des salauds.

— Regarde avant de la dépasser, car tu ne la verras plus. Regarde la maison comme elle devient un bosquet d'arbres. L'an prochain elle sera cachée sous les lilas. Elle sera devenue une montagne de lilas, et, quand ce sera tout fleuri, les gens qui passeront sur les chemins des collines, sur les routes de l'Ouvèze, sur le rebord des montagnes sentiront dans le vent l'odeur de ces lilas. Marche, mon vieux, marche, mon vieux poteau ! Ne crois pas trop à la mort.

— Laisse la mort. »

Il avait dépassé la maison de Silve. Devant lui maintenant s'étendait le sud aux herbes lumineuses.

Pas de lumière dans le ciel. Pas de reflets. Des nuages. Pas d'horizons, un air épais couleur de perle et qui cachait tout jusqu'au ras du sol.

« Laisse la mort tranquille, dit Bobi. N'en parle pas. »

Il marcha un long moment. Il regarda derrière lui. On voyait encore la maison. Il marcha en écoutant le bruit de ses pas. Le sol était de graviers ronds. Les touffes d'herbes sèches craquaient. Il avait pris sa cadence des longues marches. Il ne faisait presque pas d'efforts. Ses pas allaient tout seuls. Il n'avait pas engraissé. Il était aussi maigre que le soir d'hiver quand il s'était planté en haut du champ de Jourdan, écoutant crier la charrue dans la nuit et souffler le cheval. Ses cheveux étaient toujours raides et retombaient en deux ailes de chaque côté de ses tempes. Il tourna la tête pour revoir la maison. On ne la voyait plus. Même pas le sombre des arbres. De ce côté, comme devant lui, comme à droite et à gauche, c'était le ciel touchant la terre de tout son poids.

Il venait d'entrer dans le vrai sud.

« Une belle solitude, se dit-il.

— Toi qui toujours la demandais.

— Tais-toi.

— Qu'est-ce que tu comptes faire ?

— Je ne sais pas. Marcher.

— Marcher où ?

— Là-dessus

— Ne fais pas l'andouille. Où vas-tu aller ? »

L'orage a l'air d'être un orage.

« D'abord quelle heure est-il ?

— Pas besoin de savoir l'heure. Tu sais que tu peux marcher tout le jour et toute la nuit si tu veux.

— Je sais, mais où ça va par là ?

— Voilà. C'était une chose à te demander avant d'y venir.

— Je pourrais toujours retourner.

— Non, tu sais bien que tu ne peux pas toujours retourner.

— Qu'est-ce que tu crois que j'ai dit ? Tu crois que j'ai voulu dire autre chose ?

— Oui, tu as voulu dire ça et puis autre chose. Je te connais. Non, maintenant, tu ne peux plus retourner, ni pour la route ni pour rien. Tu es un homme ?

— Oui.

— Alors, l'homme est l'homme. Va droit. De ce côté, ça doit aller vers Saint-Julien-le-Forestier. C'est trop loin. Ce qu'il faut faire c'est dans une heure ou deux tourner à gauche. Tu seras à peu près à la hauteur du Val d'Arène dans la vallée de l'Ouvèze. En haut. Ce village avec l'usine à plâtre. Bon. Quatre heures et tu seras au bord du plateau. Tu descends dans la vallée de mélèzes, droit devant toi. Tu passes l'Ouvèze. Tu entres à Val « Au rendez-vous des chasseurs ». Là, une omelette au lard. Un litre de vin. Tu n'as pas de sous. Tu vois que les sous ça sert à quelque chose. Oui, je sais. Ferme ta gueule. Marche et ne dis rien. C'est moi qui ai raison. Ferme-la avec ta poésie. Alors, voilà ce que tu fais. Tu dis : « Je reste ici, « donnez-moi une chambre. » On te donne une chambre. Tu sais qu'on paie tous les trois jours. Oui, c'est la montagne, ce sont déjà les usages de la montagne, ne t'en fais pas. Demain tu t'arrangeras. Tu peux aller aider à la carrière de plâtre... »

« Ou bien, se dit Bobi, voilà ce que je peux faire : ce que j'ai fait une fois dans la haute vallée de la Méouge, à Buis, à Verdier et à Bar. Je leur dis : je vais vous raconter des histoires, et je leur raconte des histoires. De celles comme Fabre, sur les étoiles, ou bien sur les légendes, ou bien des histoires que j'invente.

— Si tu veux, ou, plutôt s'ils veulent. Si ce sont de malheureuses bêtes, alors oui. »

Dans le défaut d'un nuage de l'est un peu de l'ancienne lueur verte de l'aube glissa, et la porte dressée dans le fond du sud s'éclaira de biais. Elle ouvrait toujours sur des profondeurs de charbon.

« Tu vois qu'elle sert, ma fleur de carotte.

— A quoi, je voudrais bien savoir à quoi ?

— Quand ce sont de malheureuses bêtes, comme tu dis.

— Ne fais pas le fier. Tu fais le fier parce que tu te crois le remède contre le malheur. Belle andouille ! Il n'y a pas de remède. Si tu as encore besoin qu'on te le dise c'est que tu es fou... Tu veux savoir ce que tu es ? Tout juste ? La tisane de pavot que Marthe faisait bouillir pour Mme Hélène, voilà ce que tu es. Tu endors.

— Pourquoi sont-ils tous altérés de sommeil ?

— Parce qu'ils n'ont pas le courage de vivre dans l'énorme tristesse et dans la solitude de la vie.

— Je leur donne donc des compagnons et de la joie ?

— Oui. comme dans les rêves.

— Ce n'est pas ce que j'ai voulu faire.

— C'est pour ça que je te le dis.

— J'ai voulu leur donner des compagnons véritables et la joie véritable.

— Et à toi surtout.

— Oui, à moi aussi.

— J'ai dit surtout.

— J'entends.

— Alors écoute : la chair est seule. Il n'y a pas de compagnons. »

La porte de nuages s'illumina. Comme si un mineur s'avançait là-bas dessous avec sa lampe.

Tout s'éteignit. Un grondement ébranla la terre et le ciel. En bas dessous, dans l'ombre, des échos creusèrent des vallées et des conques. Le silence revint. Il n'y avait plus que le pas de chat des nuages. Tout le ciel s'avançait avec une énorme vitesse, lourde et sans faiblesse. Mais la haute porte de charbon ne s'était pas encore mise en marche. Elle restait là-bas au fond, avec ses gonds de plâtre et son chapiteau nocturne que le jour ne pouvait pas pénétrer. L'aube était pourtant finie. Il n'y avait toujours pas plus de lumière. Elle noircissait même. Les reflets de l'herbe ne pouvaient plus monter jusqu'au ciel. Ils restaient à voleter à ras du sol, de touffe en touffe. Le calme aplatissait tout. Il n'était plus possible d'imaginer des vallées, des forêts, des profondeurs et des couloirs sonores où le vent marche. Il n'y avait pas de bruit et, d'instant en instant, le silence se faisait plus épais. Il n'y avait plus que cette terre plate.

Il faisait chaud. Bobi enleva sa chemise. Il la roula serrée, le plus petit possible. Il l'enfonça dans la grosse poche de son pantalon de velours. Du plat de la main il essuya la sueur de son torse. Il regarda son épaule. Elle était ronde et rousse. L'attache du bras trapue et pleine de muscles serrait l'os de l'épaule comme une grosse main de forgeron. A part ça, le ciel noir au-dessus. Il regarda l'autre épaule : c'était pareil. Il se remit en marche. Même ses pas ne faisaient pas de bruit. Le silence collait à ses talons. L'air chauffait comme de la laine. A gauche, les nuages étaient un peu sanglants. A droite, bleus ; devant, noirs ; ceux-là sans forme, largement étendus, presque sans mouvement. A leur surface roulaient les formes : un cheval, un serpent, un oiseau.

« Ni de joie.

— Qu'est-ce que tu dis ?

— Je continue ce que je disais tout à l'heure. »

Bobi ferma les yeux et se jeta par terre. Il avait le nez plein d'odeur du soufre, un goût acide et écœurant sous la langue. Bobi serrait une touffe d'herbe dans sa main comme pour se retenir. Le sifflet aigu qui lui perçait les oreilles siffla grave, puis se tut. Il entendit rouler dans les fonds lointains les échos du tonnerre.

« Pas tapé loin celui-là ! »

Il se redressa. Il se souvenait de l'arbre de feu soudain dressé sur sa gauche. Il marcha de ce côté. Dix pas. Il trouva l'herbe roussie sur un mètre de large. L'écho continuait à creuser profondément des vallées et à élargir des plaines en bas dessous. Le vaste monde ! Au ciel, l'oiseau et le serpent s'étaient fondus.

Il n'y avait pas besoin de courir. Non, marcher toujours, au même pas. C'était l'orage. Il avait vu, tout seul, plus de cent orages. L'écho au fond de l'horizon rencontrait des montagnes, des forêts, des vallons et des plaines sonores comme des tôles.

Tout ça resurgissait.

« Dans huit heures je serai à Val d'Arène, dans sept heures. Sept heures. Sept heures. »

Il marchait. Il frotta les poils de sa poitrine où était restée de la terre. Il toucha sa poche. La chemise était à l'abri.

« A Val d'Arène, dans sept heures. Un village, la lampe à pétrole. Il fera nuit de bonne heure. Un lit. J'ai faim. Sept heures. Sept heures.

— Tu te presses bien.

— Je marche à mon pas.

— C'est rigolo comme tu aimes mentir ! Pourquoi me dire que tu marches à ton pas puisque je sais bien, moi, que ton pas c'est un-deux, un-deux, large, solide, un-deux. Tu en es assez fier, tu l'as assez dit que tu as le pas large et solide. Et non pas un-deux, un-deux comme tu fais. Si je te le dis, c'est que tu vas te fatiguer.

— Je suis fort.

— Alors tu as peur.

— Peur de quoi ?

— Voilà, c'est ça. Ça c'est ton vrai pas. Avec ça tu peux aller loin. Alors, ça n'était pas plus simple de le faire tout de suite quand je te l'ai dit ?

— De quoi veux-tu que j'aie peur ?

— J'ai dit ça pour ton amour-propre. Je ne sais pas, moi, peur de la foudre.

— Qu'est-ce que je risque ?

— D'être tué.

— Oui, mais d'un seul coup. Alors tant mieux.

— Eh bien voilà, nous sommes d'accord. »

Il se sentit mordu à l'épaule par une goutte froide. Il regarda. Elle était si large qu'elle coulait. Une autre goutte le frappa au front, l'autre à la poitrine, puis sur la tête, sur les épaules, le dos, les oreilles, les yeux. La pluie s'avançait sur toute l'étendue en soufflant comme une forêt. Maintenant le sang remontait à sa peau. La pluie n'était pas froide, chaude au contraire.

Il se retroussa les sourcils du bout du doigt. Ses yeux étaient un peu à l'abri. C'était une pluie rapide mais sans colère.

« Comment, d'accord ?

— Il n'y a pas de joie.

— Je ne l'ai pas dit.

— Mais la mort délivre ?

— Oui.

— De la joie ? Réponds !

— Laisse-moi. Il faut que j'arrive à Val d'Arène. Je suis fatigué. Je n'ai pas dormi. Dix heures que je marche depuis hier soir. J'ai faim. Laisse-moi. Aurore est morte, je ne la vois plus. J'essaie de la revoir. Je ne la vois plus. Ne plus pouvoir se souvenir. Ah ! laisse-moi. A quoi sert la force ? A quoi servent les yeux ? Ils l'ont vue ! Si c'est pour voir à quoi bon ? Je veux revoir, je veux entendre sa voix maintenant.

— Marche, tu es trop près.

— Qu'est-ce que tu dis ?

— Je dis que tu es encore trop près d'elle pour la revoir et pour l'entendre avec la voix qu'elle avait quand elle te parlait dans les champs. Et le monde faisait silence.

— M'éloigner pour que je la trouve ? Quelqu'un triche là-dedans !

— Non, c'est le jeu. Il n'y a pas de joie. »

Depuis longtemps avant l'aube, un orage sans tonnerre mais terriblement chaud broyait la forêt de chênes à vingt kilomètres au sud de Saint-Julien-le-Forestier. Il avait d'abord alourdi les arbres avec une longue chute de grêle. A ce moment de l'été, le feuillage des chênes était dur comme du cuir. Les grêlons avaient beau être de la grosseur d'un œuf de pinson, ils ne pouvaient pas déchirer les feuilles. Mais ils restaient dans le croisillon des branches. Ils s'entassaient en petites pyramides blanches. Les arbres craquaient sous des charges de bœuf. La chaleur soufflait comme de la gueule d'un four. Mais la grêle ne fondait pas. Tous les grains se soudaient en un seul bloc de glace. Il était comme enduit d'un phosphore bleu. C'était la nuit, avec des ténèbres impénétrables. Mais tous les blocs de glace étaient allumés comme des lampes. Les rais de l'orage de grêle luisaient aussi. Ces lueurs n'éclairaient ni les feuilles ni les arbres. Elles restaient là sur la glace comme de l'esprit de phosphore. Tous les oiseaux étaient partis. La forêt était seule. La grêle tombait sans arrêt. Les branches commençaient à casser sous le poids. Elles se cassaient toutes lentement en se déchirant du tronc et elles descendaient de longs lambeaux d'écorce avant de s'écraser sous leurs poids de glace. Alors, la lueur de phosphore échelait le long des troncs en léchant la sève. Elle pétillait comme un diamant sur chaque goutte de sève, son fil tremblait le long des suintements et, quand elle arrivait sur la source de la blessure, le bouillonnement de la sève lui donnait une joie froide qui la faisait presque danser comme une flamme. Tous les arbres gémissaient dans du feu. Mais il n'y avait pas de clarté. Il y avait l'esprit luisant et la nuit. Enfin, toutes ces lueurs s'enroulèrent en boule. Elles s'envolèrent lentement dans le ciel. Toujours sans rien éclairer. En dépassant le toit de la forêt elles s'éteignaient. Soudain, la nuit s'éclaira sur une vaste arène découvrant entre les montagnes des nuages, des vallées où silencieusement s'élargit un immense fleuve d'or à mille rameaux. Tout s'éteignit. La grêle s'arrêta de tomber. Le jour se leva. Les arbres étaient saignés à blanc. Ils ne pouvaient plus bouger, ni gémir.

Quand il arriva sur le plateau, l'orage avait déjà atteint depuis peu la vallée de l'Ouvèze et la plaine de Roume.

Il était fait d'un énorme massif montagneux qui entrait dans le ciel jusqu'à des hauteurs formidables avec des étages sans fin de cimes et de plateaux portant des massifs secondaires de plus en plus hauts dans le ciel. Le pied de cette montagne de nuages s'élargissait en vallées qui paraissaient pleines d'arbres étranges pareils à des fantômes, avec des feuillages d'un côté sombre comme la nuit et de l'autre côté clair comme de la neige. Tout ce monde était en travail. Les vallées se creusaient à vue d'œil si profondément que soudain les deux bords s'enroulaient comme de la toile de laine, se gonflaient en collines et montaient lentement vers les cimes de la montagne. Des avalanches s'écroulaient et s'aplatissaient. Depuis le bout de la forêt de chênes de Saint-Julien-le-Forestier jusqu'au village où les hommes du plateau étaient allés chasser les biches en pleine montagne du nord, on ne pouvait pas voir le relief de l'orage ni sa géographie de montagnes, de vallées, de plaines, de torrents, de neiges et de sables noirs car toute la contrée était couverte d'ombre et de pluie par le dessous des nuages ; mais les bergers qui à ce moment-là de l'année gardaient les troupeaux transhumants dans les plus hauts pâturages des Alpes pouvaient le voir avec toute son architecture dressée au fond de l'horizon.

Il s'avança d'abord en même temps dans la vallée de l'Ouvèze et dans la plaine de Roume. Il avait l'air de chercher quelque chose. Le bouleversement incessant de ses terres aériennes ressemblait au travail d'une respiration. Il n'avait pas encore fait de bruit mais dans son halètement, de petites vapeurs blanchâtres qui tournoyaient comme les tourbillons d'un fleuve en colère décelaient l'énervement d'une force concentrée comme du gaz de mine.

Il soupesa d'un seul coup toute l'eau de l'Ouvèze. Ça se passa dans la haute vallée du torrent, bien au-dessus du Val d'Arène. L'orage lança soudain une nébuleuse noire allongée au bout en gueule de serpent. L'eau se mit à bouillonner. La nuée plongea sa tête dans le torrent et se mit à barboter et à boire comme une bête. Le lit de l'Ouvèze en resta à sec sur plus de vingt mètres, blanc comme un os pendant que tout gargouillait dans le nuage. Puis le serpent se redressa et, frappant à droite et à gauche en sifflant, il s'éleva de toute sa hauteur pour retomber sur le plateau où il éclata en coup de tonnerre dans une gerbe de feu.

C'est à ce moment-là que la pluie se mit à couler, épaisse et solide mais sans colère. Il n'y avait pas encore de déchaînement mais cette eau de l'Ouvèze, verte et glacée, avait irrigué tous les fonds troubles de la montagne de l'orage et déjà la force prise aux arbres de la forêt germait en racines de feu. De temps en temps, de petites bulles de foudre éclataient dans l'écume des nuages.

Dans la plaine de Roume l'orage avait trouvé quelqu'un qui l'attendait. Les éteules débarrassées du blé s'étaient mûries sous le soleil. Déjà, depuis quelques jours les derniers moissonneurs écoutaient craquer la terre. Ils se disaient : « Qu'est-ce qu'elle prépare ? » Ils se dépêchaient à faucher en surveillant de droite et de gauche. On ne la sentait pas solide sous le pied. Non pas qu'elle ait tendance à bouger. On sait bien que les champs ne se mettent pas comme ça à chavirer comme des planchers de charrettes, mais elle suait une vapeur qui épaississait l'air comme un sirop. « Elle va nous jouer des tours, disaient-ils. — Cette chose-là ne peut pas durer. — Vous allez voir qu'elle va s'y mettre. » La terre craquait. Il n'y avait pas de vent mais parfois des tourbillons de poussières se dressaient dans la nudité des champs et se mettaient à marcher comme des personnes naturelles sans être poussés par rien. Sous la croûte de la terre on entendait un grignotement comme la marée montante d'un océan de fourmis.

Avant même d'avoir abordé la plaine, l'orage avait été prévenu. Il lui venait de ce côté-là des signes d'amitié. Personne n'était sorti de la ville où d'instant en instant l'ombre s'épaississait dans les rues.

L'orage avait doucement tâté le plateau de trois côtés et, oui avait dit la lande, oui avaient dit les herbes que le vent faisait siffler comme des queues de chevaux. Les oiseaux avaient été les premiers à sentir l'odeur de cet esprit de phosphore qui avait brillé dans la forêt. Ils avaient dessous la langue une petite membrane pareille à de la pelure d'oignon et qui avait vibré dès que la première branche s'était déchirée à plus de cinquante kilomètres de là. Les oiseaux endormis s'étaient tout de suite réveillés. Puis, par bandes, ils s'étaient envolés vers le nord malgré la nuit. Les bêtes de poils étaient parties à la course. Les insectes s'étaient enfouis au profond de la terre en se maçonnant des couvercles et des boucliers avec de la salive et de la boue.

L'orage s'avançait dans un désert.

« En avant ! » se dit Bobi.

Il était déjà ruisselant sur tout son torse nu. Il se réjouissait d'avoir mis sa chemise à l'abri dans sa poche.

Dans la plaine de Roume tout se passait sans colère. Un gros nuage noir s'était couché sur elle, le ventre à ras des éteules et il s'emplissait lentement de la force magnétique de la terre.

Tout d'un coup, dans la montagne de l'orage ruisselèrent vingt torrents de feu. Le plateau frappé de partout par la foudre sonna comme une cloche.

« Ce n'est pas vrai. S'il n'y avait pas de joie, il n'y aurait pas de monde. Ce n'est pas vrai qu'il n'y a pas de joie. Quand on dit qu'il n'y a pas de joie, on perd confiance. Il ne faut pas perdre confiance. Il faut se souvenir que la confiance c'est déjà de la joie. L'espérance que ça sera tout à l'heure, l'espérance que ça sera demain, que ça va arriver, que c'est là, que ça nous touche, que ça attend, que ça se gonfle, que ça va crever tout d'un coup, que ça va couler dans notre bouche, que ça va nous faire boire, qu'on n'aura plus soif, qu'on n'aura plus mal, qu'on va aimer.

— Ce n'est pas le moment de rigoler. Regarde ce qui tombe.

— Laisse-moi. Il faut que je me parle.

— Ah ! Il me semblait que tu parlais d'amour, j'ai cru que tu voulais rigoler. Rigoler pour crâner. Pour faire croire que tu te fous de tout ça. Mais c'est une cafouillade de la fin du monde ça, mon vieux. C'est sérieux, ça, mon poteau. Faut pas blaguer.

— Oui, je parlais d'amour.

— Toi, je te vois venir. Tu penses à Fannette ?

— Oui, à Fannette et à Sonia.

— C'est curieux, mon vieux, j'ai beau te connaître mais chaque fois tu m'épates. Comme si c'était le moment !

— C'est le moment. Je ne veux pas mourir.

— Alors, serre les fesses et marche, ça vaudra mieux. Seulement, je vais profiter de l'occasion pour t'épater un peu, moi aussi. Regarde comme tu les vois bien, ces deux-là dont tu es loin.

— C'est vrai ! Tu aurais donc raison, parfois ?

— J'ai toujours raison.

— Es-tu sûr que je pourrai voir Aurore toute claire dans ma tête ?

— Oui, quand tu l'auras mieux perdue.

— Ne pourrait-on pas faire qu'elle soit là, maintenant, tout de suite ?

— Non. Parce qu'il n'y a pas de joie.

— Mais les deux autres ne me donnent presque plus de secours.

— C'est la loi.

— J'ai peur.

— Tremble.

— Elle me sauverait ?

— Il ne peut pas y avoir d'exception. Même pour un seul. Et qu'est-ce que ça peut foutre au monde que tu sois sauvé ou perdu ?

— Fannette ! Je la vois comme elle était. Avec sa bure de montagnarde, et je l'entends parler comme on parle encore dans les vergers de chez moi.

— Oui, et après ? C'est Aurore que tu aimes.

— C'est vrai !

— Allons, ne fais pas le fier. Crois-moi quand je te le dis. Rien ne peut s'ajouter à toi. Tu es seul depuis que tu es né. Tu es né pour ça. Si la joie existait, mon pauvre vieux, si elle pouvait entrer dans ton corps pour faire l'addition, tu serais tellement grand, que le monde éclaterait en poussière. Désirer. Voilà tout ce que tu es capable de faire. C'est une façon qu'on t'a donnée de te brûler toi-même. Rien ne demeure. Si peu qu'une chose soit arrêtée, elle meurt et elle s'enfonce d'un seul coup à l'endroit où elle est immobile comme un fer rouge dans la neige. Il n'y a pas de joie.

— Ce n'est pas vrai.
— Qui te le prouve ?
— Rien.
— Il n'y a pas de joie.
— Si.
— Il n'y a pas de joie.
— Il ne faut pas que ce soit vrai.
— Il n'y a pas de joie.
— Tais-toi.
— Il n'y a pas de joie.
— Si ! Je la vois !
— C'est toi que tu vois. »

Son torse ruisselait de pluie. Ses muscles luisaient. Il marchait sans se presser. Le vent embarrassait ses jambes, mais il ne sentait pas la fatigue. Il n'y avait plus de jour. La clarté venait de la pluie. Et des éclairs. Pour eux il n'y avait plus ni barrière ni rien. Ils sautaient d'un bord à l'autre. Tout le ciel était à eux. Et la terre. Il n'y avait plus de différence entre le ciel et la terre. Il n'y avait plus de ligne de séparation. Plus que des embruns d'eau, de la fumée, des forces huileuses qui traversaient la pluie en jetant de l'ombre comme le passage d'un oiseau ; la magie de la foudre même ne pouvait pas départager la terre de l'eau. Les cent formes de la foudre : la roue, le clou, l'arbre ! qui se plante dans la terre, lancé par le ciel, à qui rien ne résiste, qui fait tout trembler par ses feuillages et ses racines ; l'oiseau de feu, la pierre, la cloche, l'éclatement du monde ! Et tout se déchire, tout se voit d'un seul coup : le fond du ciel et le fond de la terre, millions de torrents, de fleuves, de rivières, de ruisseaux d'or ; millions de vallées, de gouffres, d'abîmes, de cavernes d'ombres — au clin de l'œil, puis tout s'éteint — le serpent, la flèche, la corde, le fouet, le rire, les dents, la morsure, la blessure, le ruissellement de sang, toutes les formes de la foudre !

Bobi pliait les reins.

Le ciel grondait sans arrêt. Le bruit était si violent qu'on le touchait. Il était chaud comme du vent d'Afrique. Il flottait. Il battait des ailes. Il renversait la pluie. Il couchait les embruns. Il sonnait dans les profondeurs du pays, et ce n'était plus que par lui qu'on pouvait connaître l'existence des plaines et des montagnes, des vallées et des murailles de roches, et comprendre l'entablement fantastique de l'orage dressé jusque dans les hauteurs les plus grinçantes de l'air. Chaque grondement charriait les échos de toutes les formes du monde.

« Tu es inquiet, je le sens. Tu voudrais bien que je te dise pourquoi c'est toujours toi que tu vois. Ça a été répondu droit fil tout à l'heure, hé ? Je t'attendais à cet endroit-là. Je te surveille depuis que nous avons commencé à parler. Je savais qu'à un certain moment tu allais me dire : « Je la vois. » Au bout du rouleau, justement, quand tu ne voyais plus rien de rien. Est-ce vrai ? A la bonne heure, je n'ai pas de mérite. Je suis un million de fois plus vieux que moi. Qui je suis ? Mais, toi, imbécile ! Exactement comme pour la joie. La « maljoie » comme dirait Fabre. Elle d'un côté, moi de l'autre, toi au milieu. La trinité. Si j'existe ? Mais non, je n'existe pas moi non plus. Pourquoi tant mieux ? Ton malheur et ta joie, c'est toi-même. Qu'est-ce que tu dis ? Parle plus fort. Qu'est-ce que tu bourdonnes tout bas ? Ma ! Tu appelles ta mère ? Et après ? Tu veux me faire jouer aux cartes avec tes souvenirs. J'ai gagné de donne. Regarde ce jeu. Et je n'ai pas encore la carte d'Aurore. Elle serait plutôt dans mon jeu que dans le tien. Qu'est-ce que tu fais comme pli ? Tes atouts me servent. Tu l'appelais : « Ma ! » Tous les enfants des villages l'appellent « Ma ! » Ça ne me touche pas, moi, les hommes qui appellent leur mère. Je trouve ça un peu ridicule. Oui, je sais, c'est dramatique. Tiens, je joue la carte de Fabre. Ne prends pas, c'est un as. Ça c'était un dramatique, tu te souviens : Orion, Uranie, Sirius, Phœbus, le Centaure, et la mère, la Voie Lactée. Souviens-toi : il attrapait Orion par un bras — et en réalité le petit s'appelait Charles. Ça ne fait rien, mon as est bon — et il le lançait dans les coulisses en criant : « Orion, éclate dans les gouffres de l'uni-« vers. » On entendait Orion qui criait : « Maman » et on voyait Mme Fabre-Voie Lactée qui s'avançait noblement vers le décor, les mains sur le cœur ! C'est beau, le théâtre ! Allons, écoute-moi : Ma, c'est un mot. Le mot de ta mère. Quand tu l'appelais elle venait. Maintenant tu l'appelles, elle ne vient plus. Tu serais là, écrabouillé d'un coup qu'elle ne bougerait pas plus qu'une montagne. Et je fais le pli de la mère. Qu'est-ce qui te reste comme atout ?

« Non, écoute, et je gagnerai aussi bien avec Fannette, avec Sonia, et même avec Aurore, et même avec Joséphine. Tiens, tu n'avais pas beaucoup pensé à celle-là depuis le début. Tu n'as pas d'atout solide. Ne jouons plus.

« Mais non, tu n'es pas plus accablé que les autres. C'est le sentiment de ta solitude qui te fait dire ça. Tu essaies d'en être orgueilleux. Même pas, mon vieux. Tous les hommes sont logés à la même enseigne : « Hôtel de la solitude et des trois mondes. » Pas un ne gagne contre moi. Ils peuvent jouer toutes leurs cartes. C'est toujours capote et capot.

« Foutre !

« En voilà un qui a tapé près ! Ça a l'air de s'énerver là tout autour. Tourne à gauche. A gauche, je te dis. Qui je suis ? Je suis ton désir de vivre, malgré et contre tout.

« Saloperie de pluie. On ne voit pas à un mètre. Marche. Tu crois que c'est de ce côté la gauche ? Je languis d'arriver. »

L'orage traînait sur le plateau. Les éclairs jaillissaient de la terre.

« Couche-toi. Laisse-les faire. Ça s'arrête. Dresse-toi. Marche. Là, sur la droite. Couche-toi ! »

Les barres de foudre sifflaient comme du fer de forge. Elles ne mouraient plus tout de suite. Elles couraient plus de cent pas droit devant elles en brûlant la pluie.

« C'est passé. Marche. C'est bien de ce côté-là, la gauche ? Val d'Arène. La forêt là-bas au fond ! Non, c'est de l'ombre. Marche ! Val d'Arène : « Au rendez-« vous des chasseurs ! » Tout contre toi !

« Orion entouré d'animaux et de rivières ! »

Les éclairs jaillissaient de partout comme la force d'une forêt.

« Cours, cours, cours !

— Ne cours plus ! » cria Bobi.

Et il s'arrêta de courir.

« Non, dit-il, maintenant je sais. J'ai toujours été un enfant ; mais c'est moi qui ai raison. »

La sueur fumait de son torse nu.

Soudain, il fut prévenu comme un oiseau par un pétillement sous sa langue.

« Ma ! » cria-t-il.

La foudre lui planta un arbre d'or dans les épaules.

XXV

Jacquou avait dit qu'il serait de retour à cinq heures. Il était parti pour sa ferme chercher le deuxième cheval. Il avait emmené Barbe.

« Je te laisserai là-bas et tu feras la soupe pour ce soir.

— Si ça vous fatigue, avait dit Marthe, mangez encore ici ce soir.

— Il faut bien qu'on commence », avait dit Barbe.

Carle et Mme Carle et le fils étaient partis. Ils

411

avaient offert trois places à Randoulet, à Honorine et au Noir.

« On vous laissera à Mouillures. Mais, montez toujours jusque-là.

— Moi, avait dit Honorine, j'ai les reins brisés.

— Oh ! dit Carle, de Mouillures, ça ne vous fait plus que neuf kilomètres. »

Jourdan s'était avancé de la carriole et avait posé sa main sur la ridelle.

« Attends, dit-il, et tout ce blé alors, qu'est-ce qu'on en fait ?

— Rentrons d'abord, dit Carle. Demain nous verrons. On se le partagera suivant son compte.

— Il n'est pas tout battu.

— On le remportera.

— Alors bonsoir, dit Jourdan.

— Bonsoir », dit Carle, et il toucha le cheval.

Les trois Randoulet étaient assis derrière et ballottaient de la tête sans rien dire.

La veille au soir, déjà, Mme Hélène était partie pour sa maison. Son fermier l'accompagnait. Elle n'avait plus ce gros froid qui la faisait claquer des dents pendant qu'on enterrait Mlle Aurore.

« Non, merci, avait-elle dit, je n'ai plus besoin de votre veste. »

Elle avait touché la main à tous mais sans parler. Elle était montée dans son boggey. Elle ne tourna pas la tête.

Pour cette fois on avait fait une exception et Mlle Aurore n'était pas enterrée à la lisière de la forêt Grémone, à côté de son père, à côté de Silve, dans le petit cimetière à deux corps sous la barrière d'églantier. On avait creusé la fosse dans le champ des narcisses. L'orage avait empêché d'emporter le corps loin de la maison. »

En attendant Jacquou, Marthe et Joséphine s'étaient assises sur le seuil de la Jourdane. Jourdan, seul, s'était avancé jusqu'au milieu de l'aire et, debout dans tout ce blé, il réfléchissait. Le soir venait. Il était plus de sept heures. Le ciel était entièrement violet, sans un nuage. Les herbes étaient extraordinairement neuves. Dans l'air sans épaisseur, on entendait gronder la forêt.

« Ceux-là, dit Marthe, je les ai déjà vus passer ce matin. »

Elle avait levé la tête ; elle regardait un vol de corbeaux.

« Ils descendaient au sud. Maintenant les voilà qui remontent vers le nord.

— L'orage a dû tuer des bêtes.

— Surtout dans le sud, dit Marthe.

— Alors, dit Joséphine, cet homme dit qu'il est parti.

— Il dit qu'il l'a vu arriver dans la nuit et partir dans la nuit.

— Il reviendra, dit Joséphine.

— Une fois, dit Marthe, il est parti, et puis il est revenu. Nous étions allés l'attendre, Jourdan et moi, à la Croix-Chauve. Et il est revenu avec le cerf ! »

Jacquou arriva avec son gros char bleu. Il avait ramené les deux petits enfants.

« Là-bas, dit-il, ils ne font que tourner autour de Barbe et elle a à faire. Tiens, toi, occupe-toi un peu de tes petits. »

Il s'avança de Jourdan.

« Alors ? dit-il.

— Alors, dit Jourdan, fais comme tu veux.

— J'en vais charger le char. Du pas battu. Ça fera dans les six cents kilos avec la paille. Et puis je prendrai neuf sacs de grains. C'est à peu près mon droit.

— Alors, viens, dit Jourdan, je vais t'aider. »

Il y avait un petit garçon et une petite fille. Le petit garçon ressemblait à Joséphine et la petite fille à Honoré. Elle avait les yeux verts et des cils très longs, tout neufs, luisant comme cette herbe que l'orage avait lavée. Ses joues étaient comme les joues de son père, mais toutes tendres. Sa bouche charmait. Le garçon avait le front de sa mère.

« Le bel âge ! dit Marthe.

— Oui, dit Joséphine, il faudrait toujours rester comme ça. »

Ce soir, elle ne souffrait pas. Elle n'avait jamais tant reçu du monde. Il lui semblait que tout l'aidait. Elle recevait force de tout : du soir, de l'air, des couleurs, des parfums et du grondement de la forêt. Il lui semblait que Bobi avait maintenant cent façons d'être avec elle. Il y avait quelque chose d'assuré qu'elle n'avait jamais senti.

Elle se dit : tout à l'heure je monterai sur la charrette de blé et nous partirons dans la nuit. Tout doucement. Ça durera longtemps. Le ciel est déjà plein d'étoiles. Je ferai coucher le garçon sous ce bras-là et la fille sous ce bras-là.

Elle se sentit comme déjà couchée, emportée par la lente charrette.

« Il reviendra, se dit-elle, j'en suis sûre. »

Elle se répéta longtemps en elle-même :

« J'en suis sûre, j'en suis sûre, j'en suis sûre. »

Ses lèvres bougeaient sans faire de bruit.

Manosque.

- point lut... —extr.
- spig stores
- tile wall
- Thr... da.
- Lanton
- ano... int... extr.

Le Livre de Poche s'engage pour
l'environnement en réduisant
l'empreinte carbone de ses livres.
Celle de cet exemplaire est de :
450 g éq. CO_2
Rendez-vous sur
www.livredepoche-durable.fr

PAPIER À BASE DE
FIBRES CERTIFIÉES

Composition réalisée par JOUVE

Achevé d'imprimer en mars 2017, en France sur Presse Offset par
Maury-Imprimeur – 45330 Malesherbes
Nº d'imprimeur : 215129
Dépôt légal 1ʳᵉ publication : octobre 1959
Édition 49 – mars 2017
LIBRAIRIE GÉNÉRALE FRANÇAISE – 21, rue du Montparnasse – 75298 Paris Cedex 06

Cancel RHS.

Contact Francesca.

Call Carrara re Taj
                 rohals

Call V+A

— Ask Vincent about band,

Book skiing.
      + pony Simon.

Call Waitrose re
        vanues.